Staread
星文文化

U0450623

一世华裳 著

该我上场带飞了

IT'S MY
TURN
TO DOMINATE

长江出版社
CHANGJIANG PRESS

琉光碎星赏金墙,今生不悔来游梦。

CONTENTS 目录

001	CHAPTER ONE	重回游梦
067	CHAPTER TWO	完美通关成就
141	CHAPTER THREE	黑色封印师
215	CHAPTER FOUR	你试试看
253	CHAPTER FIVE	他回来了
315	CHAPTER SIX	辰辉兰乐
359	EXTRA CHAPTER	建城

□ 辰辉兰乐之后，游梦再无封印师。

CHAPTER ONE

重回游梦
TRYING TO RECONNECT...

001.

"……游梦职业联赛第二赛季总冠军，青涛战队！"

"恭喜青涛战队！"

万人体育馆掌声雷动，人声鼎沸。

青涛战队的队员们走上台，共同举起冠军奖杯，金色彩带飞舞成一片耀眼的海洋。

简单的庆祝之后，他们站成一排，其中一位伸出手，接过主持人递来的话筒。现场几块屏幕上同时出现他的脸，场内的尖叫声瞬间拔高了一个度，几乎能掀翻屋顶。

屏幕上的少年唇红齿白，俊逸无双，左眼角下还有颗红色的小泪痣，正是青涛战队的队长，姜辰。

他十七岁开始打比赛，用了半年时间坐稳主力位置，更是在总决赛凭借出色的发挥力挽狂澜，帮助战队拿下了第一赛季的冠军。第二赛季他升为队长，又带队拿下一个冠军，并获得了赛季MVP[1]。

十八岁，两个赛季总冠军，少年天才，前途无量，再加上神仙颜值，如今他在圈内的人气极高，风头无两。

姜辰握着话筒，安静地看向观众席。

彩带、掌声、尖叫……如山呼海啸般从四面八方而来，这些全是对他们的肯定。此刻的他荣耀加身，仿佛站在了整个世界的中心。

姜辰尽情地感受着这一切，勾起一个淡淡的微笑。

笑容被投到屏幕上，粉丝立刻给出了最直接的反应，尖叫声再次拔高。

姜辰的性格偏冷，赛后采访也多是板着脸，现在这么一笑，简直迷得人腿软。

1　MVP：最有价值选手。

"辰辉兰乐！"

"辰辉兰乐！"

"辰辉兰乐！"

零星的声音汇聚成海，转瞬间变成万人齐喝。

"辰辉兰乐"是姜辰在游梦里的ID，职业是封印师。

今天的决赛上他所向披靡，拿了全队最多的人头，那热血的画面足以让观众为他疯狂。

青涛的队员们被现场气氛带动，红着眼合力把他抬了起来。

观众跟着疯："啊啊啊啊啊！"

其他战队的人坐在台下，看得发酸："啧，这排面。"

"毕竟是第一流量队。"

"就是……"

少数几个队长知道内情，目光沉沉地看着舞台。

观众席半天才安静下来，主持人面带微笑，对青涛战队的人做了采访，最后看向姜辰，压着惋惜的情绪，按事先交代好的问道："姜队还有话要对粉丝说吗？"

姜辰："有。"

他往前走了几步，站定，看着人群："成为职业选手的那一天，我就想过将来会以什么样的姿态离开赛场。"

这语气平淡得如同谈论天气，但他的话听着实在不像好话，现场有一瞬的死寂。

猝不及防的职业选手们猛地坐直，惊愕地瞪大眼睛。姜辰的脾气他们都清楚，绝不是会在这种场合谈心的人，这明显是有事。

姜辰继续说："现在拿了两个冠军和一个MVP，也算圆满。"

不祥的预感被证实，观众席一片哗然。

粉丝们如遭晴天霹雳，无法接受，大声喊着"不要"。

但姜辰的决定谁也无法更改。

他做事向来干净利落，退役宣言也只是寥寥几句，在嘈杂沸腾的场馆里，他的声音沉稳而坚决："我因为个人原因，从今天起正式退役，感谢大家一年多的陪伴。"

他握紧话筒，"再见"两个字在嘴里转悠了一圈，又咽了回去。

查出癌症后，他对自己的职业生涯从怀有希望到最终绝望，情绪和心态来回颠倒了好几轮，其中滋味不足为外人道，左右不过是一句"退役"。然而即使已经下定决心、做好准备，真说出口时，还是比想象中的要难受。

他哽了一下，忽然想起游梦论坛上最近很火的一句话，下意识地把冷冰冰的"再见"换了，给自己的职业生涯留下了最后一笔。

"琉光碎星赏金墙，今生不悔来游梦。"

桀骜不驯的少年低下头，对着众人深深鞠了一躬，然后直起身，头也不回地离开了舞台。

本就不平静的冠军之夜因姜辰突如其来的退役宣言变得更加热闹，到处都是相关的讨论和新闻，猜什么的都有。

"青涛夺冠"和"辰辉兰乐退役"两个话题迅速冲上热搜，俱乐部随后发布公告，交代了姜辰退役的原因和新赛季的人员调整。

人们在其中找到了两个关键字：生病。

再具体的就没了。

不过这世上没有不透风的墙，很快就有小道消息传出来，说姜辰得的是癌症。

粉丝陷入又一轮的疯狂，连只关注事情进展的路人也跟着心疼。

不出半天，"等你回来"的话题也上了热搜，越来越多的人知道了这位少年天才的事，都善意地为他祈福。

可惜他们不知道，姜辰得的是胰腺癌，查出来的时候已经是晚期了。

退役当晚，他被家人接走，半路陷入昏迷，醒后已经到了医院。床边的椅子上坐着一个看书的人，是他姐，姜诗兰。

姜辰牵动了下嘴角："早。"

姜诗兰抬头看他，笑道："早，饿吗？吃点饭？"

姜辰："喝粥。"

姜诗兰把书一放，起身走了。

姜辰摸到床头柜上的手机，打开一看，心想够早，下午两点一刻。

他爬起来洗漱，顺便看了看镜中的自己。

没了那层赛前上的妆，此时镜中的人脸上带着明显的病气，他近乎冷漠地想：是个早死的面相。

他得的癌症致死率比较高，很多人确诊后都是在半年内离世。他听医生的意思，感觉自己也会随大溜，更别提为了季后赛殚精竭虑，身体进一步损耗，怎么想都不乐观。

他擦干脸上的水，出去坐在床上翻手机，挑着回了几条消息。

片刻后，姜诗兰回来，把饭递给他，坐在一旁看着他吃。

姜辰咽下一口粥："你不忙？"

姜诗兰："今天不忙。"

姜辰问："我要住几天？"

姜诗兰："听医生的。"

姜辰："医生怎么说？"

姜诗兰温和的语气半点不变："说你的情况挺好的。"

姜辰不置可否，但没有再问。

在病房待到傍晚，他哥和他爸也来了。

姜家的家庭成员十分简单：一个父亲加三个孩子。

前两个孩子是龙凤胎，姜辰是小儿子，和哥哥姐姐差了六岁。姜夫人在姜辰三岁时不幸离世，父亲没有再娶，一个人把三个孩子拉扯大。

父亲姜康乐是医学研究院的副院长，三个孩子里两个都学了医，只有姜辰对学医毫无兴趣，一心只想打游戏，好在家人比较支持，没有阻止。

他"辰辉兰乐"的 ID 就是在家人的名字里各取一个字凑成的，其中的"兰"字出自他母亲和姐姐的名字。

如今姜辰生病，面对家里的三位医生，他只能老实听话。

配合治疗了两个月，他整个人瘦了两圈，恹恹地躺在床上，觉得没意思，只是拖时间而已。

他说："世界那么大，我想去看看。"

他哥一眼扫过来："我给你买个地球仪，你不但能看看，还能转转。"

姜辰极轻地笑了声，没说话。

姜家三位成员都懂他的意思，他这是不想治了。

他们何尝不知道现在只是在拖时间，可放弃治疗就等于看着他死，但不放弃，他们就得继续看着他被折腾。姜康乐沉默许久，说道："你想去哪儿就去吧。"

其余两人眼眶一红，别过了头。

姜辰闭上眼："嗯。"

结果他只自在了一个月，身体状况便急转直下，又一次病危被救活后，他偶然看见了老爸手里的资料——人体冷冻项目。把人的身体用低温冷冻保存，寄希望于未来的医学科技能对其进行救治。

他找老爸要了资料过来，认真研究了大半天，得出一个结论：这是理论上的东西，一直争议很大，且技术不成熟，很可能冻上一百年，最后得到的也只是一堆新鲜的器官。

但左右都是死，他不甘心就这么病死，于是决定赌一把：冰冻自己。

目前世界上已有好几个国家在进行这项研究，本国自然也不例外。

不过这个项目是第一次被列为国家项目，所用技术虽不成熟，但和之前向外界公布的有所不同，属于医学院的机密，不能公开。

姜辰看完文件，签了名。

一个多月后，"辰辉兰乐去世"的话题登顶热搜，粉丝哭声一片。

这个少年如流星，惊艳了无数人的青春，尤其离总决赛只过了四个月，热度还在，悲痛的粉丝差点用眼泪水淹广场，话题好几天才降下去。

逝者已矣，生者如斯。

有电竞天赋的人一波接一波，"辰辉兰乐"这颗流星逐渐被遗忘，直到四年后游戏进行重大调整，老牌队长杜飞舟接受采访时被问及游戏更新，其间提起"封印师"这个职业，平淡地给了一句话："辰辉兰乐之后，游梦再无封印师。"

新粉不明所以，老粉则深以为然，又去哭了一次姜队。

"辰辉兰乐"在短暂的闪亮后再次沉寂，一年又一年，距他离世已过了三十个年头。圈内每年都有人退役，而今年退役的人里有位重量级大神——NXK战队的队长方景行。

从十八岁到二十五岁，方景行在近八年的职业生涯里拿了五个国内总冠军和四个世界冠军，虽然第一个国内冠军是新人时期坐着战队的顺风车拿的，但后面的荣誉都是他实打实地带队拿下的，因此他在联盟的人气是当之无愧的第一。

今年他同时拿了国内赛季总冠军和世界冠军，荣誉满载，功成身退。粉丝早知道他要退役，表达不舍的同时都送上了满满的祝福。

方景行含笑站在台上，宣布道："我从今天起正式退役，感谢大家多年的不离不弃。"

游梦联盟的人退役时不说再见已成传统，方队当然不会破例。

他微微一笑："琉光碎星赏金墙，今生不悔来游梦。"

这一幕迅速传遍全网，此后又过了一个月，游戏官方投出一颗炸弹：游梦全息版即将内测，如果没问题，很快会正式和玩家见面。

这是世界第一款全息网游，游戏迷们都沸腾了。不止年轻人，很多中老年人也有进去看看的兴趣，其中包括很早就退役了的选手。他们有聊天群，正商量着在游戏里建个"夕阳红"帮会，原青涛战队的人突然感慨："要是姜队还在就好了。"

众人附和："唉，是啊。"

被惦记的人此时意识全无，沉沉地浸在黑暗里。

时间变得没有意义，无所谓昼夜，无所谓长短，全都惊扰不了他。

不知过去了多久，那死寂的意识突然轻轻地跳了一下，他隐约听见了声音。

起初很轻，而后慢慢增大，如海浪般层层地涌向他。

"辰辉兰乐！"

"辰辉兰乐！"

"辰辉兰乐！"

眼前豁然开朗，只见彩带飞腾，人群尖叫，那是他记忆最深刻的画面。这时一个声音如从天外而来，猛地刺进他的脑海。

"……脑活动已达标准线，他能醒！他能醒！"

姜辰的意识追着这个声音从黑暗的海底向上浮，直到破水而出。

——当年所向披靡的游梦第一封印师，睁开了双眼。

002.

从冰冻中解封，虽然外表看着挺"保鲜"，实际效果却大打折扣。

姜辰只有眼睛能动，且完全感受不到身体的存在，这种情况持续了一个多礼拜，他才渐渐取回身体的控制权。

他是已知案例里第一个成功苏醒的人，研究小组对他的治疗慎之又慎，战战兢兢地观察了两个月，才敢把他从无菌病房里放出来。

这两个月里，姜辰基本都在昏睡，少数清醒的时候见到了家属。姐姐姜诗兰走的是医学研究路线，哥哥姜辉如今是三甲医院的院长，而父亲姜康乐已经八十多岁高龄，竟然还没退休。

其间姜诗兰告诉他，这些年医学发展迅猛，衰老抑制剂问世，把国人平均寿命从七十六岁提到了现在的一百一十二岁。姜康乐抑制剂打得晚，虽说生不逢时错过了注射黄金期，但他本身学医，注重养生又喜欢锻炼，加之试剂还在不断改良，没病没灾的话，肯定能活到一百二十岁。

姜辰回想自家老头精神矍铄的样子，揪起的心微微放下一点，喉咙里发出一声沙哑的"嗯"，感觉熟悉的睡意又漫了上来。

幸好，他想。

家人都还在。

无菌病房不能多待，姜诗兰为他盖好被子，起身走了。

姜康乐早已调离研究院，现在姜诗兰在这里工作。她四年前升为副院长，目前负责别的项目，等两个月后姜辰转到普通病房，她刚好忙完。

经过这两个月的调养，姜辰终于摆脱了浑浑噩噩的状态，癌症也已治好。虽然还是很瘦，但他脸上已没了濒死的病气，精神也好了很多，有多余的力气可以关心家人了。

姜诗兰空闲时来看他，简单为他讲了讲。

父亲依然没续弦，她和姜辉都已结婚。她有个儿子，姜辉有对龙凤胎。三个小辈都二十多岁了，全比姜辰大。

姜辰问："姐夫是干什么的？"

姜诗兰："也是做研究的，是我学长。"

姜辰："那我外甥也学了医？"

姜诗兰笑："没有，他不感兴趣。"

姜辰点头，家里总算有和他一样不学医的了，他问："他做什么的？"

"表演。"她的笑容更深了些，"最近刚拿了影帝。"

家里竟出了一个影帝！姜辰好奇："有照片吗？"

姜诗兰点开了手机。

这个时代的手机形状类似手表和戒指，轻轻一点就能拉出透明的屏幕。她用的是手表型，解锁后打开了一个小视频。

视频里是个年轻的男人，正拿着奖杯站在台上做获奖感言。他的五官和姜诗兰有些像，长得很帅气，应该有很多女友粉。

姜辰问："叫什么名字？"

姜诗兰："谢承颜。"

说话间，走廊上响起一阵嘈杂声，片刻后仍没平息。

姜诗兰示意弟弟休息，自己出去查看情况，让小护士陪他。

小护士是个AI。

过去三十年，电子科技飞速发展，AI逐渐代替了人工。

与当年死板的机器人不同，如今的机器人逼真了不少，声音也与常人一样，还分了不同种类，比如这位属于医用机器人，他家老头用的是保姆机器人，据说还有一款单身狗机器人，很受年轻人的欢迎。

小护士拿着苹果询问："削皮吗？"

"削。"姜辰问道，"外面怎么了？"

小护士道："不知道。"

姜辰："那你知道什么？"

小护士："我知道你这个时间该吃水果了，吃完休息半小时，打两瓶点滴，然后……"

姜辰："可以了。"

他懂。这 AI 是专门给他配的，只会按照程序照顾他，应该问不出八卦。

他又问："我如果不配合，你怎么办？有强制手段吗？"

小护士道："我嘤嘤嘤，没有强制手段。"

"嘤嘤嘤？"

"指令设定，"小护士道，"你的家属说你吃软不吃硬，你不听话的时候，我哭就完事了。"

姜辰："……要是哭也没用呢？"

小护士："我喊人呀。"

姜辰接过苹果咬了一口，没别的问题了。

外面的嘈杂声不知何时停了，姜诗兰这一走就没再回来。姜辰老实地休息了一晚，第二天一早才知道发生了什么——人体冰冻小组见他恢复得挺好，总结经验之后解冻了第二个人，结果没救活。

团队连开两天的会，之后解冻了第三个人，依然没活。

这次他们连开了一个礼拜的会，翻来覆去查看姜辰解冻时的视频和数据，谨慎地解冻了第四个人，还是没活。

姜辰："……"

得知这事的姜诗兰和姜康乐："……"

姜康乐赶到研究院，见自家失而复得的小儿子正在午睡，后怕地摸了摸他的头。

这项研究到现在还存在争议，当年技术不成熟，虽然被列为国家级项目，但以后会怎么样、是否公开都是未知，所以一切都十分低调。也正因如此，粉丝无数的姜辰其实并不适合当志愿者，是姜康乐想搏一把。他和项目组定了一个协议，解冻时让姜辰第一个来，人活就活了，没活就当是给后面的工作提供参考。

研究院里有不少他带出来的后辈，冰冻小组的组长更是他的学生，原本他们想把姜辰挪到后面，但姜康乐向来正直，还是坚持让儿子第一个来，没人知道他当时站在外面，手都是抖的。

现在再看，也不知是因人而异，还是中间有什么细小的误差，幸亏把儿子放到了第一个。

姜辰刚睡不久，迷糊地睁开眼："爸？"

姜康乐又摸了摸他的头："没事，就是来看看你……我下午还有会，这就走了，你睡吧。"

姜辰"嗯"了声，很快被睡意淹没。

一觉睡了一个小时，他醒后被推着做了一系列检查，休息片刻，带着小护士去花园散步，见后面又跟了两个人。

一共十个志愿者，解冻四个死了三个，剩下的暂时没人敢碰了。研究小组围着这唯一的活人，恨不得二十四小时盯着，生怕他磕一下就一命呜呼了。

项目卡住，也没个结论，姜辰不知道他们还敢不敢继续开展工作，但他知道，自己短时间内是别想走了。不过好在他们不会关着他，除了活动范围小一点，其他的都还可以。

姜诗兰怕他无聊，只要有空就来陪他。

这天，姜诗兰把弟弟送回病房，刚下楼便接到了儿子的视频通话，说是要进组，不回家了。

她问道："不是说能回来待几天吗？"

谢承颜无奈："在国外碰见景行，和他玩了几天，半路又帮忙救场接了综艺，就没时间了。对了，我是不是有个快递？"

姜诗兰："有，寄来一个月了。"

谢承颜："你帮我寄到剧组……不，算了，我估计没空玩。"

姜诗兰问："是什么？"

"游梦全息设备。"谢承颜郁闷道，"好不容易托人要来的内测号，本以为回家能玩几天。"

姜诗兰一怔："游梦？"

谢承颜道："就景行打的那个游戏，现在出全息了。"

姜诗兰沉默了几秒："我有个……朋友，他也喜欢游梦，你如果不玩，我能不能先拿给他？等你回来，我再还给你。"

谢承颜痛快地同意了。

因为这只是内测而已，一般内测的 bug[1] 比较多，他要账号纯粹是好奇，等他拍完戏，游梦应该就能正式开服，他完全可以玩正式版的。

姜诗兰下班回家后拆开快递，第二天交给了弟弟。

姜辰醒后曾关注过游梦，第一反应是：三十年了，这游戏竟然没凉。

---

1 bug：漏洞。

他也知道游梦全息版要内测了，但内测邀请的都是高端玩家和主播，人数极其有限，没想到他姐姐竟能弄到账号。

"这是你外甥的，他要拍戏，没空玩。"姜诗兰顿了顿，又提醒道，"你现在情况特殊，你懂的。"

姜辰："嗯，我签过保密协议。"

如此，姜诗兰便放心了，不再打扰他。

姜辰一目十行地扫完说明书，戴上眼镜，往床上一躺，进了游梦。

熟悉中透着陌生的背景音乐响起，他的呼吸微微一紧，只觉全身的血液都跟着热了，但紧接着想到自己的现状，将来不知能不能重返赛场，便有点不爽。

姜辰不爽地看着空白的 ID，随手写了串格格不入的火星文，外貌声音则一律都是系统默认的，之后便到了新手村。

游梦大陆分为三个族群：人族，魔族，妖族。

姜辰当年玩的时候只有人、魔两族，如今加了妖族，还加了好几个他不认识的职业。

他用的职业依然是封印师，走在魔族领域，觉得很新鲜。

隔着屏幕玩是一回事，身临其境又是另一回事，连吹在脸上的风都很真实。

内测开了近一个月，先头部队早已抵达主城，领域里除了 NPC[1] 就只有他一个活人，十分清静。他和 NPC 对话，简单做任务升了两级便没再继续，而是在周围转了转。

魔族领域的风景颜色偏暗，多是黑色、深紫和幽蓝。

他不紧不慢地逛到前广场，脚步忽然一顿。

只见前面立着一座封印师的雕像，服装和配饰万分眼熟。

下面的底座上写着字：

辰辉兰乐（姜辰）

出生于 1999 年

18 岁获得游梦职业联赛第二赛季 MVP

纯黑色的雕像矗立着，既庄严又肃穆。也不知在游梦的世界里站了多久，现在才等到它的操作者来看它。

姜辰的心情有一瞬的复杂，余光扫见远处还有几座雕像，便去看了看，很快发现了

---

[1] NPC：非玩家角色。

规律。

　　这里只有每年职业联赛MVP选手在游戏中所用人物的雕像，否则联赛打了三十二年，如果把冠军队成员全做成雕像，这里怕是要成兵马俑。而且这是分种族的，广场上立着的几座雕像无一例外都是魔族，由此可知，人族和妖族的领域里八成也有同族的得奖雕像。

　　最后，他停在了一座雕像前。

　　原因无他，这人拿的MVP太多了，里面还有世界级的。

　　方景行退役后出国玩了一圈，这才回国。

　　游梦全息版本不同于其他游戏的内测，不是有个账号就行，而是需要相应的设备。他的设备寄到了家里，也是刚玩。

　　本以为新手村不会再有活人，谁知竟还能看见一个。

　　他走过去，见这封印师站在自己的雕像前不动，问道："你是方队粉丝？"

　　姜辰看了他一眼，想到保密协议，便回了一个"嗯"。

　　方景行没想到晚来一个月还能撞上粉丝，多问了一句："你喜欢他什么？"

　　姜辰道："厉害呗。"

　　方景行不置可否地一笑："哦，还有吗？"

　　姜辰不知他哪来的那么多问题，有点后悔假装粉丝，干脆说了实话："健康。"

　　他看看这雕像上不熟悉的职业、不熟悉的人，和下面的一堆荣耀，由衷地又加了一个评价："命硬。"

　　方景行只是随口一问，问完都打算走了，闻言又退了回来，虚心求教："你给解释一下。"

003.

　　方景行含着金汤匙出生，自小被众星捧月。

　　后来他爱上电竞，接手家里的俱乐部，放着老板不当，而是隐藏身份从新人做起，之后上场打比赛，靠实力打出了名堂，如今仅国内粉丝数量就已超过了千万。

　　喜欢他的人太多了，各种赞美之词他也听得太多了。本以为再听到粉丝说什么都会无动于衷，谁知竟然不是。活了二十五年，他第一次听见有人喜欢他是因为他健康命硬。

　　他觉得有点新鲜。

　　结果当事人连个理由都没给他。

姜辰心情不好的时候就懒得应付人："你十万个为什么啊？"

方景行："我好奇。"

姜辰："我没义务回答你，你又不是……"他卡了一下壳，低头看看雕像上的简介，镇定地转回来，像什么都没发生过一般，坦然地接着说，"又不是高山仰止。"

方景行："……"

这动作太明显，方队顿时觉得智商受到了侮辱。

他心想这怕不是个假粉，便问道："你连他ID都记不住，还粉丝？"

姜辰拒不承认撒谎，冷淡道："新粉，刚粉上。"

说完他又看了一眼底座，忽略掉各种奖项，专门看了看名字，这次只一秒钟就彻底记住了。

高山仰止（JX）（方景行）
……

高山仰止，景行行止。

名字是方景行，国服ID取为"高山仰止"，刚好对应，很容易记住。至于后面的字母……没猜错的话，应该是打世界赛时用的。

来回看了两眼，他终于发现眼前人的游戏职业和雕像的一样。

不过他绝不会多嘴问一句"你该不会是本人吧"，便问道："你也是他粉丝？"

方景行被这假粉弄得啼笑皆非："算是吧。"

他说着看向对方的胸口。

键盘的版本，角色ID一般在头上显示，既醒目又方便辨认。但在全息版本里，头上顶着一行或几行字就显得有些难看了，因此有两种模式供玩家选择，一是头顶悬挂，二是胸口悬挂。

他们两个都是胸口悬挂，此刻这位封印师的左胸口就浮着一行字——是姜辰不痛快时随便写的火星文。饶是方景行见多识广，这一眼望去，一时也不知该怎么称呼对方。

他暗想自己取一个"啊"已经够随意了，结果还有更个性的。

姜辰不知道他的想法，说道："都是一家粉，别问来问去的了。"

方景行这次很好说话，笑道："既然是一家粉，那咱们组队刷怪吧，我带你升级。"

姜辰看了他一眼。

刚才这小子明明打算走的，两三句话的工夫竟改了主意。他想不明白，但无所谓组队，便接受了邀请。

方景行和他并肩往前走，想探探这假粉的底。

不是他自恋，实在是他的名气太大。

能被官方邀请内测的大多是高玩[1]，现在新赛季开始，各战队要准备比赛，主力来得少，基本是训练营的新人或已退役的选手。再有就是各个服的大神和有名气的主播——这部分人里，除去极少数只专注打本、不喜欢看比赛的大神，不可能有人记不住他的 ID。

此外还有两种可能：一是托关系得到内测号的人，二是游戏公司的人。

他对前者没兴趣，但对后者的兴趣还是蛮大的。据说为了有更好的游戏体验，全息版本会做很多改动，还会增加隐藏剧情。他带着这位玩，搞不好会有点新发现。

精明的方队算盘打得啪啪作响，被扣上"疑似工作人员"帽子的姜辰却一无所知，他们很快出了广场。

二人顺着主路抵达野区[2]，入目便是一株大藤树。

它种在野区的正中央，枝条被架得很高，垂下的紫色小花一层层向外扩散，极其壮观，恰到好处地将草地分成四个区域，每个区域里的小怪各不相同。

方景行看着这株新加的植物："开服后，这里肯定会成为打卡圣地。"

姜辰当时玩的游梦版本和现在差了三十年，他压根分不清哪个是新加的，只吝啬地给了一个"嗯"字，等新鲜够了全息模式，便说道："刷怪吧。"

二人就近挑了块地方，刷起了小怪。

方景行是和 NPC 对话升到 5 级，学了一个单体技能才走到广场的。而姜辰只有 2 级，目前只会普攻。这片区域的怪全是 5 级小怪，和姜辰有着 3 级的等级差，一个不小心就得扑街。

方景行选中一只小怪，没有正面打，而是拉着它放风筝[3]，余光向旁边扫了一眼，他顿住了。

从键盘转到全息，打破以往的操作习惯和视角，刚开始肯定会不适应。

这封印师自然也不例外，但愣是没让小怪碰一下，而是靠走位一边躲一边调整，短时间内快速适应了新模式，转守为攻，用普攻把小怪弄死了，血一点没掉。

这走位十分潇洒，显然是个高玩。

他忍不住推翻了先前的判断，这难道不是工作人员，真是玩家？

姜辰虽然在时间上和游梦隔了三十年，但实际上只是睡了一觉而已，顶尖的意识和

---

1 高玩：高端玩家。

2 野区：游戏中的非线上区域。

3 放风筝：指边打边跑。

判断都没丢，打小怪对他来说再容易不过。

姜辰打完一只看了看旁边的人，见他和小怪全是满血，以为他还没调整好，便继续打自己的。

两分钟后，姜辰升到5级，终于有了第一个技能。方景行摸鱼摸得很彻底，就打了两只小怪，算上从姜辰那里吃的经验，升到了6级。

姜辰说道："真菜。"

方景行笑着解释："刚才有点事，咱们换个地方，5级怪刷着没意思。"

于是二人来到湖边，开始打高级怪。

方景行这次认真了一些。两大高手组队刷怪，经验值涨得飞快。

湖里的两个玩家爬上岸时，正好看到了这幅画面。

他们知道的信息有限，但都不瞎，交头接耳地嘀咕了几句，猜测这二人或许是职业选手。

姜辰和方景行也发现了他们。

这个时间点能在领域里见到活人太难了，二人先后停了下来。方景行见他们16级了，率先出声："两位也是刚玩不久？"

那二人的职业一个战神一个剑客。

前者道："我们进来好几天了，一直在打水里的怪，有点慢。"

这话一出，姜辰和方景行都懂了。

游梦新赛季仍是键盘模式，目前虽然没有消息说要改成全息，但将来总会改，而水里的操作本就难，这两个人是提前来做练习的。

八成是训练营的新人。

方景行笑着"哦"了声。

战神问："你们是哪家俱乐部的？"

姜辰："我不是，纯路人。"

方景行："我也不是。"

这显然是不想说，战神干笑，识趣地没多问。

剑客问道："我们要去打蜘蛛洞，你们去吗？"

姜辰没听过蜘蛛洞，保持沉默。

方景行则有些心动。

他和封印师已经10级了，蜘蛛洞是15级的5人小本，5级的等级差，刚好是能吃经验红利的极限。这两个人是训练营的，基本功摆在那里，完全能带他们飞，省时又省力。

他看向队友："去吧。"

姜辰点头，跟着他进了新队伍。

两位新人走到他们面前，习惯性地看了看 ID。

一个叫"啊"，另一个叫"{xu-5cc 夒の！"。

没经历过火星文时代洗礼的两位新人当场就被镇住了，愣是不知道该喊什么。

战神问道："你……你这 ID 什么意思？"

姜辰打怪打到现在，气已经顺了，随口道："意思是爱的 five。"

剑客："……"

方景行："……"

战神比较耿直，掰着手指一数，心想是在要我，说道："字数对不上啊！"

姜辰又道："爱的疼痛和废物。"

战神："也对不上。"

姜辰没耐心了："爱信不信。"

几人边走边聊，绕过小湖上了一旁的山，走到半山腰，正要顺着山路转弯，只见剑客突然晃了晃，身体一歪，栽下去躺尸了。

上面的三个人愣了一下，一齐探头往下望。

战神问："怎么了，掉线了？"

剑客过了几秒才原地复活，声音飘忽又脆弱："我……我恐高……"

上面的三人："……"

全息模式比较贴近真实，除了身体察觉不到累，大概和真爬山没什么区别，这是真惨。

剑客看着整个人都不好了，表示要去缓缓，随即直接下线消失。

上面的三人："……"

出师未捷身先死。

还没走到副本[1]门口，大腿就没了一个。

好在还有一个战神能拉怪[2]，他们继续往上走，成功抵达副本。

蜘蛛洞在山顶，小怪是一只只脸盆大的蝙蝠。战神一路砍瓜切菜，带着两位队友到了 boss[3] 的老巢。

姜辰观察了一下。

这是一个五米深的山洞，暂时还没看到 boss 的身影。

1　副本：游戏中一种战斗形式，可在其中做任务和练级。

2　拉怪：吸引小怪仇恨。

3　boss：游戏里某一阶段的最强敌人。

这一念头刚闪过，只见头顶降下一片阴影，一只巨大的蜘蛛落了下来。

以前隔着屏幕，哪怕在现实生活中害怕，打起来也是毫无压力。

但此时换成全息，这蜘蛛栩栩如生，足有成年男人的大腿高，还奇丑无比，直直落在战神的面前。

战神当场就疯了："我去，啊啊啊！"

姜辰："……"

方景行："……"

战神扔下 boss，扭头就跑。

这副本有一个缺德的设定，进来后，山洞会封上。

于是他直接撞上了关闭的洞门，回头一看蜘蛛往前走了两步，崩溃道："别过来啊啊啊！杀千刀的策划！放我出去！"

姜辰："……"

方景行："……"

二人猝不及防，一时愣住了。

紧接着蜘蛛一个技能放过来，打掉了离得最近的方景行 35% 的血。

方景行："……"

姜辰回神，立即后退两步。

与此同时，战神发现墙上渐渐渗出了蜘蛛印记，嗷嗷叫唤着扑到姜辰的身边，死死抱住了他。

姜辰不耐烦道："别扒拉我。"

战神完全听不见，已经紧张到口不择言了："我去……"

姜辰知道说什么都不管用了。

他回头查看被迫扛怪的方景行的情况，意外地扬了扬眉。

山洞里能发挥的空间有限，5 级的等级差，面对的还是最终 boss，被碰两三下就会死，可这小子除了最初的一击，之后就没再中招，走位行云流水，堪称赏心悦目。

刚刚一起刷怪，他就知道这队友的水平不错，此刻危急关头，他才彻底看出这人的实力，绝对是职业级的，八成还是战队主力。

陌生的职业、陌生的副本。

他渐渐看得入了迷，连战神什么时候下线了都不知道，直到队友开口。

方景行："你就这么干看着？"

姜辰想了想，给他打了个call[1]："666[2]。"

方景行："……"

姜辰鼓掌："加油。"

方景行："……"

姜辰："别走神，注意走位。"

方景行笑了一声，万分温柔。

姜辰心头一跳，直觉不好。

下一刻，只见某人拉着boss，对着他就冲了过来。

004.

简单的5人小副本，被两位大佬弄得鸡飞狗跳。

方景行遛着boss咬姜辰，姜辰自然不会坐以待毙，来回地躲。

但他到底是第一次打这个本，地形不熟，本以为前面有一个身位能让他拐弯，走近了才看清石壁有弧度，刚好挡住去路。

方景行趁机带着boss扑过来，把他堵在了角落里。

堵就堵了，某人还装大尾巴狼。

"光顾着'专心'打boss了，都没注意你，你怎么不知道躲呢？"方景行温柔又体贴，"别怕，我尽快打死它。"

姜辰很淡定："不怕，毕竟仇恨值在你身上。"

方景行："……"

仇恨值在方景行的身上，这意味着boss只会追着他咬。

不过boss的攻击范围广，除了单体攻击还有群体攻击。姜辰被迫吃了一招群攻的伤害，然后在它切换单体攻击的空当快速翻上它的身体，当着某人的面，踩着它从角落里出去了。

方景行："……"

姜辰来到安全地带，给他鼓劲："慢慢打，别着急。"

方景行笑道："何必呢？"

姜辰："不是你说会尽快打死它吗？"

1　打call：加油。

2　666：厉害。

方景行转过身，又冲着他过去了。

姜辰吸取教训，没再犯上次的错误。方景行拖着 boss 追了五分钟，愣是没再堵到他。

如果有第三个人在场，怕是会惊愕地直了眼。

山洞总共就这么大，还有碎石和凹凸不平的石壁，更别提和 boss 有 5 级的等级差，他们一追一赶的同时竟全避开了它的攻击。

方景行一心想弄死姜辰，直到这时才回过味儿。

说实在的，低级小本能发挥的空间有限。

那些战队的主力里随便拉一个人出来，让他差 5 级躲 boss，他们都能躲开。但这个的大前提是，没有其他因素的干扰。

现在是他拖着 boss 主动制造混乱，刻意压缩对方的生存空间，还专找刁钻的角度，而这封印师却能应对得游刃有余。

角色自身是有速度设置的，不可能想跑多快就跑多快。

全息的自由度虽然比较高，看上去能随便跑，但每次都能恰到好处地离开 boss 的攻击范围，这就不随便了。

这封印师是真的溜。

方景行认真思考了一下。

刨除其他不谈，单说走位，整个游梦联盟能用脆皮职业和他玩到这种程度的，也就十几个人——这些人不可能连他的 ID 都记不住。

难道是因为以前键盘模式的时候手速跟不上，但意识跟得上，所以只能当个普通高玩，现在换到全息就牛了？

或者……这小子以前玩的是别的项目。

不然凭这封印师的实力，刚刚不会被他堵，除非是对地图不熟。

真是这样的话，事情就复杂了。

在陌生的地图上顶着 boss 的火力还敢这么玩，顶尖的判断和意识缺一不可——游梦联盟里能做到这一点的，不超过十个人。

方景行："好了不玩了，浪费时间。"

他不再追杀队友，老老实实打 boss，说道："好歹搭把手，行吗？"

姜辰也知道自己不该干看着。

他帮着打了几下，见队友没再使坏等着整他，便也开始认真打怪。

两个人一旦联手，事情就容易多了。

boss 的血条"唰唰"地往下掉，很快见底。

方景行见状急忙向前冲："要血红[1]了，别让它后退脱战。"

姜辰一听便懂了 boss 的血红机制，下意识跟他追击。

结果 boss 根本没后退，而是对着他们蹦过来，和他们来了一个脸贴脸。

姜辰："……"

下一秒，boss 暴走的大招轰然砸在身上，二人瞬间只剩一丝血皮。

姜辰："……"

就为让他被 boss 虐，不惜把自己也搭进去，这货是真的有病。

方景行确实是故意的，但不是为了整人，而是想试探一下。

现在试出来了，这封印师果然是第一次打这个本，不清楚 boss 的血红机制，才会上他的当。

二人素养极高，中了一招便迅速向旁边躲，顶着丝血继续打。

蜘蛛再也扛不住两位大佬的火力，惨叫一声后，便趴在地上不动了。

乱哄哄的山洞终于平息，剩下的人彼此对视。

方景行诚恳道："不好意思，我记错了。这样，boss 爆的东西都归你。"

姜辰信他才见鬼了，随手摸了把尸[2]，离开了副本。

方景行跟着封印师出去，装作不经意地问道："不过你怎么也忘了呢？"

姜辰脚步一顿，说道："我记混了。"

他不想再搭理这货，走到崖边看了一眼风景，跳了下去。

方景行："……喂！"

姜辰张开双臂，自由落体。

游戏的好处就是，死了能复活。

而全息模式的好处在于，能体验一把蹦极的快乐。

只是这快乐打了折扣。

不知是技术问题，还是游戏公司出于安全考虑，他降落的速度不像现实中那么快，迎面吹来的风也只是大了一点点，但是没关系，他不介意。

下方的景色不停地放大，游戏音乐直接在脑海中流淌。

清风拂面，吹着他一腔未凉的少年意气，畅快又淋漓，让人不禁眼眶一热。

游梦大陆。

我回来了。

1　血红：怒气值满。

2　摸了把尸：获得已击败敌人随机掉出的战利品。

姜辰极轻地笑了一声。

然而这笑意还没收回，他的身体就卡在了半空——内测的弊端，bug多，这是撞到了空气墙上。

他呈大字形趴在离地三十米的空中，试着动了动，发现不管用。

下一刻，一个黑影从他身侧滑落，"砰"地拍在地上，成了尸体。

方景行原地复活，抬头一看，看到了姜辰的新造型。

姜辰："……"

方景行："……"

方景行立刻笑出声，把姜辰的话还给了他："666。"

姜辰："……"

方景行怕他下线，正经了点："不能往旁边挪？"

姜辰说："不能。"

方景行来到他的正下方："我看看你的坐标，等我一下，我跳过去试试能不能把你拉起来。"说完他快速上山，找准坐标往下跳，成功落到了姜辰身上，在他后背上来回踩，笑道，"我得截个图……"

话没说完，他不知踩到了哪里，竟把人挤了下去。

姜辰落地成尸，方景行则踉跄栽倒，代替他趴在了空中，风水轮流转。

姜辰："……"

方景行："……"

姜辰："你截个图？"

方景行："……我开玩笑的。"

姜辰没给他叩6，而是打开了商城。

内测期间，商城里的东西很多都是灰的，买不了。但游戏公司很懂玩家的喜好，知道他们爱放烟花，因此这件物品是亮的，内测时不要钱，免费给他们测试。

于是他拿出一个放在地上，想给队友放把烟花，感谢救命之恩。

方景行："……"

姜辰正要点，忽然停住："我在这里放，你那个视角是不是看不见上面？"

方景行想也不想就说道："看得见。"

姜辰看着方景行。

方景行也望着他。

二人对视几秒，姜辰抱着烟花走过来，调准角度让烟花正对他的脸，显然是不信他的话。

方队打了这么多年游戏，第一次落到这般田地，问道："能不能做个人？"

姜辰道："这是我的一点心意。"

他说完就按了点燃，只听"嗖"的一声，烟花冲着某人的脸，"砰"地炸开了。

方景行："……"

砰砰声不绝于耳，足足十发，每发都精准无比。

方队的眼前五彩缤纷，热闹极了，他也彻底记住了这个封印师。

姜辰放完一轮又拿了好几个，密密麻麻地摆在下面，想试试能不能把他轰下来。

方景行："还来？"

姜辰："救你。"

方景行："你自己信吗？"

姜辰言简意赅："信。"

话音一落，他察觉胳膊被戳了戳，便挂机摘下眼镜，见小护士站在床边，提醒他该吃饭了，他说道："等我五分钟。"

小护士道："我刚才来好几趟了，这是吃饭的最晚时间，不能拖了。"

姜辰："就五分钟。"

小护士："不行。"

姜辰不理她。

小护士得不到回应，再次戳他，见他避开不配合，程序启动，"哇"地哭了。

不是"嘤嘤嘤"地哭，也不是抽抽噎噎地哭，而是号啕大哭，几乎撕心裂肺。

外面的人听到动静，"呼啦"跑到门口，其中还有两个AI，一齐看向他。

姜辰面无表情地沉默了几秒，看看这干打雷不下雨的糟心AI，说道："行，吃。"

小护士一秒消音，颠颠地给他拿饭。

姜辰借着这空当切回游戏，说道："有点事先下了，你自求多福。"

扔下这句话后，他随手点燃一枚烟花，便消失得无影无踪。

方景行："……"

他不想再趴着，干脆也下了线，独自琢磨了一阵，随即打开联盟的聊天群，笑着问："谁在线？"

这声音低沉中透着股温润，"苏"倒过万千粉丝。

群里的人不需要看名字，一听便知是联盟男神，全被炸了出来，问他有什么事。

方景行道："帮我问问，哪家俱乐部的人最近才开始玩内测，所有项目都包括在内。"

小事一桩，不到半小时，方景行就得到了反馈。

其他项目里确实有来游梦的，但都是一个月前就在玩了。游梦项目里有五个刚进内测的新人,其中有三个是别的种族,只有两个是魔族。

方景行心想,应该是打本时遇到的战神和剑客,随即单聊了剑客,让他上线。

剑客已经缓过来了,只觉得受宠若惊,不知大神找他干什么。

方景行喊完他才想起自己的角色还在 bug 里卡着,示意他稍等。自己先上线看了看,幸运地发现角色从 bug 里出来了,于是让那个剑客闭眼点"跟随",带着他去了一次副本,交代两句后,开始遛着 boss 咬他。

剑客顿时被咬得抱头鼠窜,血量直往下掉。

这前后的对比太明显,方景行暗道自己的判断果然没错——全息模式或许占一部分原因,但绝不是全部,那封印师是真的厉害。

而且他八成不是俱乐部的人。

方景行为保险起见又去确认了一遍,得到肯定的答复后立刻心动了。作为一个俱乐部老板,他得在别人发现这封印师之前把人签过来。

打定主意后,他便开始蹲守封印师,可惜一直等到晚上,对方都没再回来。

他转天又等了一天,还是没看见对方的身影,担心可能是错过了,有点后悔没加好友,想了想,打开了个人主页,顺便联系了几个朋友帮忙转发。

于是这一天,粉丝们见到他们失踪已久的男神终于冒泡了,集体热泪盈眶,然后又齐刷刷愣住,一脸蒙地看着他的最新状态——

一见如故,如隔三秋。
渡尽劫波兄弟在,相逢一笑泯恩仇。
爱的 five,等你上线[心][心][心]

005.

"???"
"这是个啥?"
"是本人?不是被盗号?"
"爱的 five?废物?"
"男神你怎么了?"
"方队我好想你啊啊啊![亲吻][亲吻][亲吻]"

一大堆刷屏的问号里夹杂着各种疑惑，很快有人做了分析。

"我捋捋，这意思是遇见了一个人，很投缘，后来发生了点矛盾，人家不上线了，男神在隔空喊人家上线。"

"这谁看不出来？主要是这个画风不太对……"

"嗯……"

方家底蕴深厚，方景行为方家老二，家教简直没得挑，是个绅士又优雅的贵公子。

而且他的长相还很出色，精致的五官放在别人身上都会显得"锐"或是"艳"，但在方景行这里，却硬是被他自身的气质压了下来，一点都不冰冷或轻浮。

颜值逆天，才华横溢，温文尔雅，性感的声音中还总带着笑意，成功迷倒了一片又一片的粉丝。

以往他发布的状态大都和工作有关，极少数涉及生活的文字，也都和他自身给人的感觉一样。而不是像今天这样，透着一股子说不上来的不对劲。

如果非要形容一下，就好比一个正经矜贵的少爷突然烫了个头，染了个发，灌了瓶白酒，一腔江湖义气，要撸袖子上梁山给人打 call……大概就是这样。

"我好慌，你们看看那个'如隔三秋'，再看看那个心，一个人做出平时不会做的事，很可能是有事了啊！"

"滚滚滚！"

"方队是我的，不接受反驳！"

"不不不我无法接受男神这样的人属于别人，那个'爱的废物'是干吗的？"

"所以到现在只有我注意到'上线'两个字了吗？游梦全息版已经内测了，方队肯定会被邀请，这是在内测里遇见的？"

"不一定吧……"

虽然不一定，但是粉丝们还是去扒了扒都有谁进了内测。

另一小部分依旧不太信这是男神本人发的，正等着澄清，可惜五分钟后就傻眼了。

只见游梦联盟各战队的队长、其他项目的几个人气队长、游戏圈内厉害的主播，全转发了这条状态，后面跟着两个字："帮转。"

这一看就是打过招呼的。

他们顿时死心，捂着被打疼的脸也去扒人了。

比起闹腾的粉丝和外界的各种猜测，游梦联盟的队长们都十分平静——他们毕竟和方景行打了好几年。

这位联盟男神看着脾气好，人模人样的，实则一肚子坏水，骚操作层出不穷，一个不小心就会着他的道，个中滋味真的是谁打谁知道。

正因如此，方景行突然发了这么一串东西，他们竟都不觉得画风歪，只吩咐了自家新人在内测里留意一下那个 ID 和低级账号，看看是怎么回事。

TQ 的队长知道的要多一点，因为战神和剑客都是他家的。

虽说方景行特意私聊过他们要求保密，但对着自家队长，两位训练营的新人当然会实话实说。

队长："不叫 five？那他叫什么？"

两位新人有些一言难尽："……没、没记住。"

队长："连个 ID 都记不住？"

两位新人更一言难尽。

换你你也记不住，你看方队好像都没记住。

战神弱弱地说道："是符号和字母组成的……哦，还有个日文。"

队长想象了一下，沉默了。

他略过这个问题，没再打断他们，听了整件事情后问道："方景行还带着你打了一次副本，遛着 boss 咬你？"

剑客点头。

队长道："那个 five 什么职业？"

二人异口同声："封印师。"

队长摸着下巴想了想。

方景行那货精得很，刚认识就这么急哄哄地找人，那封印师不是给方景行灌了迷魂汤，就是本身有打游戏的天分，是个人才。

他说道："你们多在领域里转转，再碰见他，立刻喊我。"

两位新人齐齐应声，又进了内测。

TQ 的队长回到训练室，见队员们都在看群，跟着看了一眼，发现是方景行架不住别人的询问，终于做了解释。

方景行温柔的语气里带着一点歉意和无奈："在内测里碰见的一个小孩，说是我的粉丝。我本想逗逗他，但好像把人虐狠了，他不上线了。他不知道那是我，所以我正想办法把人哄回来，别因为我就不玩了。"

这是个大群，所有战队的人都在里面，既有颜控，也有把方景行当目标和偶像的。

此刻他们听着那句"哄回来"，总感觉有种很宠的味道，当即一颗心苏了一半，有点羡慕，想让方队也宠宠他们，于是纷纷冒泡安慰他。

只有熟知方景行德行的几个队长在心里打了一个问号，对此半信半疑。

和他们有相同疑惑的还有谢承颜。

谢承颜最近正在剧组拍戏，休息时恰好看见这条状态。

谢家和方家是世交，他和方景行从小一起玩到大，感情十分要好。

他自然了解方景行的脾气，看着好友不惜逆人设，总觉得事情没那么简单，便问道："到底什么情况？"

方景行对他没什么好隐瞒的，说了实话。

谢承颜："你这么一弄，那些战队的人不是都会注意他了？"

方景行："从我向他们打听消息的那一刻起，他们肯定就会在意了，我发不发状态都没区别。这样高调地找人，他们反而会打消一点疑虑。"

再说他们连那小子的 ID 和职业都不清楚，就目前这点信息，要找人很难。

TQ 的队长倒是能知道，但肯定不会往外说，方景行对此并不担心，只想尽快联系上封印师。

谢承颜问："这才 10 级，万一他其实没你想象的那么厉害呢？"

方景行说道："那我也没什么损失。"

谢承颜心想：这倒也是，总比守株待兔的效率高。

他又看了看好友发的状态："你不会说点好话啊，怎么发这两句？"

方景行笑道："我琢磨着他的脾气发的。"

谢承颜无语。

方景行听见他那边要拍戏了，说道："你忙吧，我去游戏里蹲人。"

说着切断通话，上网看了看。

帮忙转发的这些人粉丝数都是过百万的，粉丝们凑热闹再帮着转，"爱的 five"直接热搜登顶了。

方景行对此很满意。

虽然才认识一天，但他多少能摸出一点封印师的脾气。

取符号当 ID、不肯吃亏、被算计了绝对会报复回来，综合一下，是个少年的概率很大。

少年性格冷淡，但不故作冷酷，联系打 boss 时的妥协，可能吃软不吃硬，是能听进去好话的……所以他发的是"泯恩仇"，毕竟当时是他被 bug 卡，处于劣势，他都不计较了，封印师应该也不会再计较。

为以防万一，他还放出了一点小道消息说虐过对方，依封印师的脾气，怕是不能忍。

那封印师有实力，也有来游梦的兴趣，只要再遇上，他直接自爆身份，告诉对方自己是 NXK 的老板。NXK 是老牌强队，但凡那封印师有打职业的意愿就会动心。

如今热搜登顶，封印师只要打开社交网络，肯定就能看见。

方景行把能想的都想了，然而一连等了一个礼拜，等到热度都没了，也没再见到对方的影子。他开始怀疑那小子是不上网，还是出事了？

方景行猜测的两条，姜辰都中了。

那天姜辰吃完午饭便在小护士的陪同下出门遛弯儿消食，午休后做复查，得知自己癌症复发了。

他之前就被通知过，自己的病复发的概率很大，所以对此一点也不意外，问道："怎么办？"

主治医生道："再做个手术就行。"

这个时代，癌症复发不是什么大事，顶多是费些工夫治疗。

不过姜辰本就没有养回来，再挨一刀怕是更不好受。研究小组最近正紧张他，又听说他中午玩游戏差点不吃饭，于是想出一个办法：把人请回了无菌病房里。

怕他无聊，他们还给他多配了一个 AI。

热搜的事他们都看见了，但绝对不会想到正和两个 AI 打斗地主的网瘾少年竟然就是"爱的 five"——实在不像姜辰的风格——因此他们都没在意。

姜辰对外界发生的事全然无知，自然更不会在意。

他盘腿坐在床上，被两个 AI 贴了一脑门的纸条，深深地觉得和会记牌的 AI 打斗地主不是个好主意，说道："换，抽大小。"

两个 AI 很乖："好。"

它们一个抽了 4 一个抽了 6，看得姜辰万分舒坦。

他暗道终于能一雪前耻了，抬手一抽，抽出一张红桃 3。

姜辰："……"

小护士咯咯一笑，拿起一旁的纸条，贴在了他的脑门上。

姜辰："……"

006.

姜辰在无菌病房住了二十天才出来。

其间他做了手术，把复发的问题解决了，只是经过这一通折腾，先前好不容易养的一点肉又没了。

研究小组心疼得不行，让两个 AI 专门盯着他吃东西。

由于担心他沉迷游戏，他们还给他规定了时间，上午两小时下午一小时，晚八点睡觉。

姜辰觉得这个"八点"太反人类了,问道:"你们八点睡吗?"

工作人员不答,拿着镜子正对他,让他看看消瘦又虚弱的自己。

姜辰看了看,点评道:"颜值依然能吊打 90% 以上的人。"

"……"工作人员一时竟无法反驳,于是翻出他以前的照片,给他做个参考,免得他太膨胀。

姜辰沉默了一下后道:"九点半。"

工作人员说:"八点半。"

姜辰:"十点。"

工作人员:"……"

还有这样讨价还价的?

工作人员看向旁边的两个 AI,下达指令:"哭。"

小护士立刻"哇"地大哭起来。

哭声此起彼伏,效果成倍增加。

姜辰:"……"

双方各退一步,最后敲定九点睡。

不过晚上依然不能打游戏,他们怕姜辰打亢奋了会降低睡眠质量,他可以在看电影、听歌和让 AI 念书中做选择。

姜辰点头同意,把人应付走后,戴上久违的眼镜,进了内测。

眼前是熟悉的高山,崖底的烟花已经消失,可能是放置的时间太长被系统收回了,也可能是被某个人放了。

他挑了一个野区,慢条斯理地往前走。

二十天没来,那个"啊"和倒霉催的战神、剑客怕是都离开了领域。如今这里荒无人烟,他打了半天的怪都没再见到一个活人,便干脆去跑任务,好歹能听听 NPC 说话。

两个小时一晃而过,他被小护士喊下线,带着她们出门散步。

二十多分钟后,魔族领域出现了一个熟悉的身影。

方景行慢悠悠地转了转,依旧没见着封印师,便摘下眼镜去吃饭了。

"爱的 five"掉下热搜后,他就没有再管。

诚然,他可以转发那条状态,激将地问一句"你是不敢见我吗",但过犹不及的道理他懂,说太多就会显得刻意,有逼人现身的嫌疑。

何况也没这个必要。

就像他那天对谢承颜说的,就算最后发现那封印师不厉害,他折腾这么一出也不会有什么损失。同理，他找不到人，也不会怎么样。

　　自家俱乐部的选手实力都不弱，训练营也有几个有天赋的新人，并不是非那个封印师不可，所以能签就签，不能签他也不强求。

　　人与人之间讲究一个缘分，有些人注定有缘无分。

　　方景行向来看得透彻，不是个会钻牛角尖的人，只是偶尔想起那封印师游刃有余的走位，总觉得有些可惜，因此有空还是会来这边转转。

　　他想过几种可能。

　　一是那小子有事，一直没上线；二是看见了热搜，但出于某种原因不想搭理他；三是没看见热搜，也不是真的有事，更没有消失，而是……他们遇不到。

　　遇不到……他想加那封印师为好友，只能搜 ID。

　　然而他没记住人家的 ID。

　　当时他们刚认识，他只是随意地看了一眼，压根没往心里去，加上内测的模糊搜索功能貌似出了毛病，结果就悲剧了。

　　好在他多少有一点印象，便试着排列组合搜索，可惜直到现在也没搜出来，只好在空闲时四处逛逛，想试着偶遇一把。

　　不过这个概率很低，因为游梦实在是太大了。

　　单是各族的领域就囊括了一个主殿和三座小城，更别提外面还有更广阔的公共区域。这么大的地图，目前只有一千多人在玩，想要靠运气偶遇，简直难如登天。

　　不仅他难，TQ 的两位新人也难。

　　方景行还专门拉了一个小群，示意他们见到人的时候吱一声。两位新人不敢不从，都答应了。

　　这些天下来，他们交流的次数越来越少，聊天间隔也越来越长。他知道等再过一段时间，等心里的那点惋惜消失，他便连逛都不会逛了。

　　也不知那封印师到底是什么情况……方队坐在餐厅等饭，支着下巴无奈地想。

　　姜辰这个时候正在吃饭。

　　饭后，他听小护士念了首诗，放了段音乐便午休了，睡醒后就继续玩。

　　随着日常作息渐渐规律，身体慢慢恢复，他的气色一天好过一天，游戏也升到了三十多级，唯一让他觉得有瑕疵的是，这内测被他玩成了单机。

　　他当过网瘾少年，知道圈子里的人都是夜猫子，上午基本"昏迷"，中午和下午陆续起床，然后吃个外卖，半梦半醒地爬上线，晚上才彻底精神——完美地和他的游戏时间错开了。

偶尔他也会看见有人在世界频道冒泡，可没等他想好要不要插嘴，话题就结束了，重新变得安静，来回三次，他就连看频道的兴趣都没了。

或许是运气不好，或许是他的路走窄了，又或许是他每天玩游戏的时间太有限，玩了近一个月，他见过的活人一只手就能数得过来，且每次人家都有事，匆匆而过，只留给他一个潇洒的背影。眼看内测即将结束，他也懒得再练级，便找了一个风景不错的地图，当作旅游了。

与姜辰的"自闭"相比，方景行的内测经历十分丰富多彩。

他朋友多，干什么都有人陪。起初他上午还会进来一下，想找找人，后来嫌冷清，便把上线时间调到了晚上，只不过他不熬夜。

这天，他告别了一群朋友，准备下线睡觉，临走前按照惯例随手写了一串符号，按了"搜索"。

只见一个透明的屏幕瞬间出现在了眼前，上面是简单的介绍——

ID：{xu-5cc 燹の！

职业：封印师

等级：53

是否在线：否

方景行："……"

试了这么久，他都不抱希望了，没想到竟能峰回路转。

他看着这可怜的 53 级，估摸着那小子真是有一段时间没上过线，急忙查了查下线时间，发现是今天下午四点多。

这意味着他最近可能都在玩。

方队冷却的心思顿时又动了。

刚进游戏就遇见那小子，虽然中间把人丢了，但内测结束前又重新找了回来，这是要再续前缘的节奏。

姜辰转天一上线，就收到了未读消息。

他伸手打开，对上了一块透明屏。

玩家啊请求添加您为好友。

同意，拒绝

备注：兄弟，我一直在找你。

姜辰挑眉。

真是……一个人凄凉久了，现在看到这货都觉得慈眉善目。

他下意识地想同意，但转念一想，内测今天就结束了，这个设备得还给自家外甥。

他不清楚内测的数据是否会保留，因此没必要加好友，何况他们上次分别时算不上愉快，谁知这货找他是什么心思，想着还是不给外甥添麻烦了。

于是他点了"拒绝"，备注：duck 不必。

方景行这天上午特意上了线，见他回复了，便打开了私聊。

啊："你在哪儿？面谈。"

姜辰装没看见。

两分钟后，第二条消息发了过来。

啊："你想打职业吗？"

姜辰目光一顿，懂了。

这货上次看出了他的实力，想拉拢他。

他给了回复："如果是想拉我进战队，就不用聊了。"

啊："你已经签了俱乐部？"

姜辰回复说没有，见对方又问，被弄得有点郁闷，连他自己也不清楚什么时候能打比赛，他应付道："咱们放过彼此吧，有缘开服见。"

啊："行，那天一共开十个服，你进哪个？"

方景行按下发送，出来一个叹号——对方把他拉黑了。

方景行："……"

方队有那么一瞬间想把这小子按在地上摩擦一顿。

他不甘就这么错过，便四处找人，可惜运气太差，直到封印师下线，他都没有找到对方。

当晚十二点，测试服关闭。

接下来的时间，游戏公司会综合玩家的反馈，进行修补和调试。

从夏初到夏末，姜辰好吃好喝地养了三个月，终于把身上的肉养了回来，便去找工作人员，想谈谈。

结果刚打开门，他就收到了一份礼物。

研究小组的人站在外面，笑着把手里的盒子递给他，上面是熟悉的游戏 LOGO。

姜辰一怔，接过来："我可以随便玩？"

"……"众人异口同声，"不行！"

不过时间可以适当放宽一点，依然不准熬夜。

姜辰和他们讨价还价了一番，满意地抱着盒子进了门。

一个星期眨眼过完，这天，姜辰吃完早饭便戴上了眼镜，等着倒计时。
九月五日，上午九点。
游梦全息版，正式开服。

007.

游梦这款游戏的全称为游梦大陆，讲的是在一片玄幻大陆上所发生的故事。
正如姜辰醒后感慨的那样，它运营了三十多年都没凉。
其实中间有几年也是要死不活的，后来换了策划团队，这才起死回生，之后一路势如破竹活到了现在。
三十多年过去，游梦开服早已破百。在里面抛过头颅、洒过热血，有过爱恨情仇的玩家更是数不胜数。
全息模式一出，原先只能隔着屏幕观看的画面，立刻变成可以亲身游览的风景，没有游梦玩家能抗拒得了这种诱惑。而作为世界上第一款全息网游，它本身自带一种"想进去看看"的魅力，哪怕是其他游戏的死忠粉，对此也不会完全无动于衷。
几十年积累的老玩家、被吸引而来的新玩家、好奇的路人……可想而知，在游梦全息版正式开服这天会有多少人上线，更别提日子还选在了周末。
游戏公司显然做过调研和预测，因此国内一口气开了十个服。即便如此，开服这天也还是卡了一下。
九点一到，十个服一瞬间全爆了。
随着科技的进步，这个时代早已没有了"开服排队"的情况。
像三十几年前那种动辄前面有几千几万个人排队的事，现在的小孩都觉得不可思议，如今他们终于亲身体验了一把。不过到底不是以前了，现在顶多排一分钟，也就进去了。
策划团队这次取名的灵感来源于宇宙中的星球。
例如水星又叫辰星，火星又名荧惑，在此基础上编辑一下，生成的名字便是"辰星映缘"和"荧惑照梦"。把八大行星全部拉出来见客，再加上太阳和月亮，十个服，齐了。
服是以"门"的形式存在的，按照行星顺序一字排开。
姜辰站在空地上快速扫视一遍，把目光投向了"辰星映缘"。
有保密协议在，他既然还玩封印师，就不能和以前的ID有任何关联，这个"辰"字刚好可以弥补那一丝微妙的不爽。

于是他走过去，推开了这扇门。

门后是个房间，玩家需要进行人物设定，包括职业、ID、身高、长相、服饰、声音等。

姜辰玩内测时很随便，除了职业和需要手动输入的 ID，其他一律选择默认。现在要正式开始玩，他就不能再这么随便了，不然以后还得花钱改。

他按照喜好一一设定完，推开了房间的另一扇门。

星辰的光辉在周围飞速倒退，他在漆黑的隧道里卡了半分钟后，只觉眼前一亮，到了魔族领域。

嘈杂声顿时迎面扑来。

在内测里独自凄凉过一个多月的姜辰站在刷新点，恍惚了一下。

只见原本荒无人烟、万籁俱寂的领域，如今熙来攘往、热火朝天，仿佛一下子从凌晨三四点的街道切换成了国庆小长假的热门景点。原先那些孤苦伶仃没人搭理的 NPC 也已被人海淹没，连个影子都看不见。

世界频道更是刷得飞快。

[世界] 大时代：牛×，真的有风吹在脸上的感觉！

[世界] 树影：啊啊啊我的妈，魔域这棵大藤树美爆了 [截图]

[世界] 风筝断线：人太多，我都找不到路了。

[世界] 狐狸不乖：看看我们妖域的樱花 [截图][截图]

[世界] 许你一生：本人男，高玩，颜值 8.5，来个小姐姐当伴侣，我带你升级打怪，竞技场赏金墙手到擒来。

[世界] 强者无敌：报——！！！妖族的耳朵现在不光能看还能摸了！有毛茸茸的触感！

[世界] 负一米：吹吧你就，真是高玩还缺腿部挂件？

[世界] 叔叔来了：年轻真好啊。

[世界] 我是个杀：我去！

[世界] 西红柿鸡蛋：我去！！！

[世界] 魔族护卫：我去耳朵我可以！求个妖族伴侣！

[世界] 许你一生：我也可以！妖族的美女们看看我！

乱七八糟的频道瞬间被妖族的耳朵刷了屏。可以想象，未来一段时间里，妖族都将成为抢手货。

姜辰暂时无视掉各种消息，往前走去。

他知道附近的几块野区肯定是人比怪多，便艰难地挤进人群，靠着跑任务升到 5 级，学会第一个单体攻击技能，然后直奔湖边。

这里的怪都是8级的。3级的等级差打起来不算难，经验多，还清净。

高手的想法大都一样。

他过来时，湖边已经有十几个人了。虽然这块野区的面积小，但依然有地方让他踩，他便选中了一只小怪，开始打。

封印师的第一个单体伤害不高，远没有战神和剑客那么有利，打起来会费些时间。

姜辰靠着走位慢慢磨小怪，眼看要打掉了，一旁的战神一个技能放过来，把他的怪弄死了。

他问道："几个意思？"

战神没回答，拎着武器闷头继续打别的怪，显然是在抓紧时间练级。

姜辰也知道刚开服，抢怪的事不可避免，决定饶他一次，选了一个新的怪。

结果这次快要打死的时候，附近的刺客突然出了手，简单两下就收了他的怪。

姜辰停了下来。

湖边野区被树林分成两块，一块面积大一块面积小。

他看看这边大块树林里的八个人，又看看旁边的小块树林挤了六个人，想了想，又打了一只怪，结果再次被人抢走，暗道果然如此。

这八个人组队了，很可能还是彼此认识的。

他们想霸占这块野区不让别人打，可直接说出来又会显得太蛮不讲理，于是就用这种无声抢怪的方式逼着人走。

既然不愿嚷嚷，这就好办了。

姜辰不再打怪，慢悠悠地在湖边溜达。

他对血量的把握极准，角度也刁钻，一招一只残血小怪。一圈下来，收了他们六只怪，连升两级。

他深深地觉得这样比自己打怪快，于是意犹未尽，又去收了一圈。

八人小团体："……"

姜辰说道："都愣着干什么，继续打。"

八个人静默几秒，集体转向他。

姜辰二话不说，扭头就跑。

八人小团体一起开仇杀[1]，对着他就冲了过去。

周围的玩家："……"

---

1 仇杀：游戏设定，对游戏中的指定玩家开启无限制攻击。

谢承颜刚走到湖边，远远地看见了这幅画面。

只见七八个人气势汹汹地向前跑，一直进了树林。

他们挡住了最前面那个人的身影，从谢承颜的角度只能看见一个脑袋瓜，大概猜出是一群人在追杀一个。

他嘴角一抽："什么情况？刚开服大家都忙着练级，有人竟能拉一波仇恨值！"

方景行笑道："抢别人怪了吧。"

内测结束的那晚，他们一群人凑在一起讨论了各自要去的地方。

他当时正被某个封印师弄得郁闷，"辰星映缘"的"缘"字莫名戳到了他，他便决定来这个服。

而谢承颜最近刚好拍完戏回来，便来找他，想让他带着练级。

他们也是开服就进来了，只是谢承颜对形象的要求比较高，在人物设定那里选了半天，这才满意。

谢承颜又看了一眼那边，啧啧道："能一口气抢这么多人的怪，也是够可以的。"

"够可以的"姜辰轻松摆脱了后面的人，见自己已经快 9 级了，便又换了一处更高级的野区，开始正式练级。

一直打到十一点半，他下线散步，等着吃午饭。

饭后照例要午休，然后才能玩游戏，他一门心思练级，断断续续地打，到晚上成功升到了 15 级。

方景行带着一个拖油瓶，这个时候也才 15 级。

15 级算是目前玩家中等级中上游的一档，而且能有资格进魔域的一座小城，他不必担心被粉丝围堵，便调试好设备，开了直播。

粉丝瞬间沸腾了。

"啊啊啊啊！"

"男神！！！"

"我都快想死你了！！！"

"你终于开播了！"

"看脸！我要看脸！"

"我也要看脸！"

弹幕能直接镶嵌到游戏里，方景行右手边的透明屏幕迅速刷满了"看脸"的弹幕。

他笑道："看什么脸，我戴着眼镜呢。"

粉丝不干，纷纷说戴眼镜也要看，并谴责他消失了大半年。

方景行说："我忙。"

粉丝才不信他的理由，还是想看脸，礼物刷得满屏都是。

方景行笑了笑："这样，老规矩，做个游戏，我要是能抽中露脸，就给你们露。"

说着打开了一个抽签程序，里面有各种小任务，都是比较容易完成的事，不会太掉节操。

他轻轻一点，只见上面出现三个字：装萌新[1]。

粉丝们立刻哭了，开始撒泼打滚。

方景行笑道："别玩赖，就这个了。"

为了更逼真一点，他还改了声音，把原先的设定换成少年音，抬头环视一周，突然看见了一个封印师。他想到某个浑小子，下意识地走了过去。

姜辰这时正要下本，被人挡住了去路。

他看着这眼熟的职业，心想：不会这么巧是某人吧？但转念一想自己换了ID，便又淡定了。

下一刻，他听见了一个少年的声音："大佬，我第一次玩，能不能带带我？"

008.

姜辰问道："玩我？"

方景行："……"

正打滚的粉丝："？？？"

粉丝瞬间不号了，一齐看着他。

他们的第一反应是这人知道方景行在直播，但又想到如果他真的知道，被大神找上门，语气不能这么冷淡啊。

方景行则快速猜出他的意思，故作不解地发出一个音："嗯？"

姜辰："你第一次玩能这么快到15级？"

方景行："一直有人带我，他刚刚下线了，让我自己玩，我不知道该去哪儿。"

他看了看对方的ID——十方俱灭，这是封印师的一个技能名，中规中矩的。

他不禁有些失望，暗道是某人的可能性估计不太高。

姜辰往旁边一指："看见那个NPC了吗，去和他说话，他会告诉你去哪儿。"

1　萌新：新手玩家。

"我不想跑任务，没意思。"方景行道，"我想打本，大佬你带我去打本吧。"

他挑的这个少年音有一点点奶，那个"吧"说得像撒娇。

粉丝看他玩游戏，听的自然也是他游戏里的声音，当即又兴奋得打滚——萌的。

"我好了姐妹们，我有生之年竟能见识男神的这种 feel！"

"虽然没有方队自己的嗓音好听，但这个小奶音我也可！"

"谁15级了，去那边看看有没有暗冥师加封印师的组合，尽快查查他在哪个服啊！"

"就是，好着急，男神太坏了，还没走近呢，就先把封印师的ID打了码，世界频道也没开，都看不出他在哪个服。[哭泣][哭泣][哭泣]"

"上面是什么脑回路，给路人打码不是正常操作吗？"

"女友粉克制一下好吗？"

姜辰不知道自己正被一群人围观，问道："附近有比我级高的，为什么找我？"

方景行仗着自己的小奶音，用理所当然的语气，很心机地拉好感："因为你长得最好看啊！"

他也不算说谎，只是游戏里的"好看"有"醒目"的意思。

魔族的衣服普遍偏暗，只有封印师除外。

封印师短发黑裤白衬衣，架着金框眼镜，两边还各带一条镜链，走的是斯文路线。那白衬衣上虽说隐约透着少许暗纹，但在一群暗系穿衣风格的人群里仍十分显眼。

方景行再接再厉："大佬，你就带我去打本吧，我一定听话。"

姜辰："行吧。"

他也不打算把正式服还玩成单机，原本就是想找人组队打本的。

但现在带着这么一个新人，在不知道对方会不会惹出乱子的情况下，还是先自己带一遍保险，免得祸害到别人。

但有一个问题得问清楚。

他问道："你过十岁了吗？"

方景行："过了。"

姜辰："多大？"

方景行张嘴就来："十六了。"

姜辰点头，这声音和年龄刚好对上。

不过这是系统声音，隔着网络，谁知道对面坐着的是人是狗，也可能是个猥琐大叔，故意选的少年音。

他说道："要是让我知道你骗我，你就完了。"

方景行笑着"嗯"了一声。

姜辰发送了组队邀请，之后带着方景行往附近的一个副本走去。

小城的建筑是黑白搭配，地面用灰色鹅卵石铺成，街道和中心广场种着大片冰蓝色的植物，不显阴森，反而美轮美奂。

副本在城中心的大殿里，和里面的 NPC 对话，就能被传送进去。

方景行一路跟着姜辰走过广场，见他没有要喊人的意思，有点意外："大佬，就咱们两个人打？"

姜辰："嗯。"

方景行装得特别像一回事："这……这能行吗？"

姜辰："能行。"

在他凄凉的内测时光里，他一个人打过这个本。

说来也惨，玩了这么久，这才是他第二次和人组队打本，还都是和相同的职业。他看着身边的暗冥师，脑中闪过上次打本的事，顺嘴添了一句："别怕，爸爸带你飞。"

方景行啼笑皆非，捧场道："好，大佬加油，我负责给你喊 6。"

粉丝们都"呵呵"了。

这个 15 级本在所有低级 5 人副本里的难度是很高的，没两把刷子根本过不去，你可别牛皮吹大了兜不住，看一会儿是谁带谁。

"装萌新"不是一直装，而是刚开始装，后面再拿出实力秀一波操作，好玩的地方就在于路人前后的态度和反应上。

粉丝们摩拳擦掌，等着看男神用操作打那个路人的脸。

姜辰听他说"喊 6"就想起了某人，心想：你玩什么不好非得玩暗冥师？

他问道："战神、剑客都适合新手，你怎么玩这个？"

"因为厉害啊。"方景行道，"而且我是方队粉丝，方队就用的暗冥师。"

他难得开播，便特意弄了点节目效果："大佬你看比赛吗，知道方队吗？拿过很多冠军，不仅有实力，连颜值都排第一的那个。对了他还很宠粉，粉他很值。"

弹幕静了一瞬，紧接着疯狂涌上来。

"哈哈哈哈哈！"

"对对对，你说什么都对。"

"你说这话的样子，像极了给小伙伴安利你的我们。"

"你再说一遍你宠粉？"

"一消失就是大半年，直播也不露脸，你宠粉？"

"大神啥时候出个全息模式的玩法心得啊？在线等！"

姜辰听完这一堆倒是没什么感想,还主动问了一句:"他人怎么样?"

方景行道:"人特别好。"

他回想粉丝的评价,随意挑了几条,比如"优雅贵气,温和有礼,不骄不躁"等等,总之是个神仙。

姜辰盯着他看了两眼,实在没忍住:"年纪轻轻的就瞎了。"

方景行:"……"

粉丝们:"……"

方景行问:"大佬你认识他?"

姜辰:"不认识。"

只是上次在内测里,他能看出那货很厉害,联系第一次见面时被问的一堆问题,他猜测那有可能是方景行本人,但没求证过。

方景行用小奶音委屈道:"那你怎么说我瞎呢?"

姜辰道:"粉丝滤镜太重。"

方景行:"他在我心里就是这么完美。"

姜辰道:"你高兴就好。"说着他想起一件事,"我见过他的雕像,ID 后有 JX 两个字母,代表景行?"

方景行:"对。"

姜辰道:"高山仰止,景(háng)行止。他为什么叫景行(xíng)?"

其实他第一次看见的时候就想问了,但当时他认领了方景行粉丝,便不好再问,后来也就忘了,今天遇见正牌粉丝才想起来。

方景行被人问过很多次这种问题,说道:"因为他家人觉得'xíng'好听,一直这么叫他,就当是取'景行行止'里的第一、第三个字了。"

姜辰"哦"了声,没别的问题了。

两个人迈进大殿找 NPC,进了副本。

副本背景是上代城主想一统天下,把市民做成了傀儡,最终被镇压,封进了这座大殿的地下。小怪是傀儡市民,一二号 boss 是前任大臣,三号 boss 就是上代城主本人。

方景行不能一直当观众,否则最后的反转没有效果,便主动道:"这小怪,我能打打试试吗?"

姜辰:"打吧。"

方景行很有经验,演得特别像,且全息的效果要更好,因为能闭眼。

于是他乱打一气,把小怪打死后自己只剩了三分之一的血,问道:"怎么样大佬,我有打游戏的天赋吗？"

姜辰："有。"

方景行："真的？"

姜辰："嗯，来加个好友，以后保持联系。"

方景行听他不像是应付，顿时挑眉，思考究竟是自己大半年不玩这个演技退步了，还是这封印师眼光毒辣，能看出一点他掩饰不了的东西。

他通过了好友申请，问道："大佬，你觉得我哪点做得比较好？"

姜辰由衷道："'闭眼'这一点。"

方景行："……"

粉丝们："？？？"

方景行忽然有种诡异的熟悉感，诚恳发问："能不能详细解释一下，为什么我闭眼还是优点？"

姜辰道："威力大，效果好，还不做作。"

方景行："……嗯？"

姜辰道："你将来看谁不顺眼或者我和谁结仇了，你就去陪他们下本。"

方景行："……"

粉丝们："哈哈哈我去！"

方景行哭笑不得。

他担心露馅，便没细想，敢情不是他的演技有问题，是人家的思考角度不同。

他说道："这不就是没天赋吗？"

姜辰："说不好，慢慢来吧。"

二人继续往前走。

方景行嗑药[1]加血，又演了两次戏，依然没被队友嫌弃或嘲讽，甚至听队友的语气还特别满意，不禁更加哭笑不得。

以往"装萌新"，队友们前后的对比是：

嫌弃——震惊

嘲讽——膜拜

换成这个封印师，估计会变成：

满意——嫌弃

表扬——你完了

---

1 嗑药：指使用某种回复类道具或者加成类的道具。

这性子怎么有点像那浑小子？

方景行看着前方的背影，摸了摸下巴。

二人很快到达一号 boss 的面前。

这是地下的一座偏殿，一号 boss 坐在正位上。

姜辰道："躲在角落，别出来。"

方景行很听话，走到了一个视野不错的墙角。

与此同时，一号 boss 见到他们，走了下来，怒道："任何阻碍城主的人……"

姜辰不等他说完，抬手就是三招。

封印师 15 级能学两个技能，一个单攻一个状态，因此实际上他能攻击的技能依然和 5 级时没区别，都是单体加普攻。

单体有冷却时间，但很短。

他一招单体一招普攻，刚好能又跟一招单体。

三招直奔 boss 的脸，精准无比，快得让人几乎看不清。

瞬间只见 boss 的嘴和双眼一起喷血，然后他顶着一脸血，说完了后面的话："……都得死。"

方景行挑眉。

粉丝们：OMG！

009.

"震惊我全家！"

"敢一个人带萌新来这个本，真的有两把刷子啊！"

"我没文化别哄我，封印师也能这么厉害吗！"

"对呀，封印师不是一向信佛吗？"

"你们看 boss 那样……"

"别说了，可怜死了，我都想替他擦把脸。"

游梦里的职业绝大多数都是三族共通的。

像战神、剑客、杀手、奶妈[1]等，三族的人都能练，只是会因种族不同而产生差异。比如魔族战神的攻击更高，妖族战神的血槽更厚，各有优缺点。

---

1 奶妈：游戏中负责给队友加血和治疗的职业代称。

除去共通职业，三族还各拥有两个专有职业，非本族的人不能练。

魔族专有职业是暗冥师和封印师，其中封印师是从第一版就有的，暗冥师则是后来改版新加的。

而所有的这些职业，全部有两套体系。

经过多年实践，玩家们早已找到最佳的组合方式。

对于封印师来说，最流行最简单的玩法就是选辅助体系。如今各战队的封印师也全是辅助。

至于封印师的攻击体系，那是冷门中的冷门，很少有人玩。

然而……

粉丝看着脸上不断飙血的 boss，突然觉得这封印师搞不好会走攻击体系——实在太暴力了，完全不像是肯放下屠刀，立地成佛的。

只见封印师绕着殿内的石柱转圈，步伐优雅，下手却招招见血。

单攻和普攻来回换，中间受冷却时间的影响，有大概一秒的停顿，但基本能当成连招，并且全是往脑袋上招呼。

效果也是真的好。

攻击要害是有暴击加成的，连招加暴击，boss 脸上的血就没干过，顺着脖子都流进衣服里了。

"太惨了，我都不忍心看了。"

"刚才 boss 那一下我还以为打到他了！卑鄙，竟然躲开了！"

"话说回来，他是不是还是满血？"

"对啊，真牛。"

粉丝们忍不住讨论起他是职业选手的可能性。

不过聊着聊着，有人提到了关键的一点。

他这样 carry[1] 全场，男神就没有发挥的余地了啊！

换成男神来，能做的也就是满血虐 boss 了，这封印师根本不会震惊。

然而男神如果真的插手，按照这封印师先前放的话，他反而会把男神打一顿。

"……"

"！！！"

"我……"

粉丝本想看男神打他的脸，现在倒好，成了这封印师打他们的脸。

---

1 carry：游戏中带动胜利节奏。

但很快他们又升起了希望——boss 血红了。

一号 boss 的难点只在血红上，他会横向放出一面扇形的咒气，躲在石柱后是没用的，因为咒气会透过石柱诅咒活物。

想活命，就得及时离开他的攻击范围。

这扇形的面积还是蛮大的，血红模式下，boss 会不停地追着人放，玩家在这一关都会掉血。

众人打起精神，期待这封印师被追得嗷嗷乱叫，然后男神从天而降出手救他。

结果他根本没跑。

姜辰从石柱后走出来，正对 boss。

boss 一脸的血，仇恨地瞪着他，手臂狠狠向外一扫，释放咒气。

姜辰往前迈了一步。

咒气的技能光影散出来，几乎要和他融为一体。

下一刻，他"投怀送抱"似的紧紧和 boss 贴在一起。同一时间，黑色的咒气在他背后凝成扇形，"唰"的一下，打向他身后的空气。

方景行心里哟吼一声，笑道："大佬 666！"

粉丝全体膜拜："……大神！"

boss 和咒气间是有一个身位的，这事很多玩家都知道。

但一来 boss 放技能的速度太快，二来可走的空间太小，要把握这个时机极难，因此是属于传说中的神级办法。

他们以前看方景行打过，但方景行的实力摆在那里，他们并不意外。

如今猛地见到一个路人这么玩，就觉得十分震撼。有一部分人不敢相信，总以为他是蒙的，谁知紧接着就见他后退一步，离开了 boss 的怀抱。

boss 看见他，怒吼一声，手臂又是一扫。

他向前一迈，卡着技能要放不放的点来到 boss 面前，再次躲开咒气，那姿态要多淡定有多淡定，要多讽刺也有多讽刺。

粉丝追上了男神的步伐："大佬 666！"

方景行觉得这应该是那小子没跑了。

刚才绕着柱子躲 boss，不需要太多走位，但现在这操作可不是随便什么人就能办到的。

他当机立断，关闭语音，抬手打了一个响指。

旁边的一人一机同时看向他。

这是在方景行的家里。

全息网游不需要对着电脑，所以方景行和谢承颜是在休闲区的沙发上玩的。谢承颜玩了一天，见他要直播，便准备休息半小时，吃点水果。

正吃着，就听见方景行的一声响指。

他问道："他这是什么意思？"

单身狗机器人道："在喊我。"

方景行等了等，估摸 AI 听见声音过来了。

他观察战况，知道离开一会儿没事，便又将语音打开，摘下眼镜挂机。

眼镜一摘，直播软件和游戏的语音通道立刻断开。

游戏的音效是没了，但直播依然开着。

方景行对 AI 比画了一个暗号。

AI 秒懂。

于是粉丝们听到的那边的对话是——

方景行："嗯，怎么了？"

AI："主人，有客人来了。"

方景行诧异："这么晚？"

AI："他看着挺着急的。"

方景行道："是吗？"

他默数五秒，对着直播的话筒歉然道："不好意思，我这边有客人，今天先到这里，下次直播我补偿你们露脸。大家早点睡，晚安。"

他说完就下了播，把直播全部关掉，然后戴上眼镜又进了游戏。

谢承颜维持着拿叉子的姿势，把方景行这通操作从头看到尾，问道："他一般什么情况会这么干？"

AI 的权限是对谢承颜开放的，便回答道："主人不想直播或有不想应付的电话时，就让我来救他。电话用得多，因为对面的人不同，不会看出问题。直播是第一次用，因为他说粉丝的基数大，用太多次，会被看出来。"

谢承颜服气。

不过方景行下播后又进了游戏，这说明有什么事不方便让粉丝看。

他急忙把果盘一放，跟着回到了游戏，发消息询问方景行在哪儿，什么情况。

方景行回道："我可能遇见那个封印师了。"

谢承颜知道他和封印师之间的事，惊讶道："这都能遇见！缘分啊。"

方景行也是这么想的。

蛮神奇的。

第一次找了那么久，最后竟能蒙对 ID；第二次他以为能成功，对方却把他拉黑了；

第三次他看着对方的新ID，以为不是要找的人，谁知竟然就是。

好像每次他快要放弃的时候，都能遇见这个封印师。

方队觉得要是不把这小子签进俱乐部，老天爷都看不下去了。

他看着某人把boss打死，嘴上喊着6，心里却在想：我这次一定不能再让你跑了！

姜辰摸了把尸。

只见尸体消失，地面上留下了钱、普通材料和暗冥师的装备，他便把装备给了队友。

方景行道："我不要，大佬你可以卖钱啊！"

姜辰："拿着，说了要带你。"

方景行说："你能带我我已经很高兴了，怎么能再要你的装备？"

姜辰道："我不喜欢说废话。"

方景行从了，只是拿得有点虚。

要是让这小子知道是他，怕是会被弄死。

他一边跟着对方继续往前走，一边打开了通信软件。

游梦官方考虑全面，全息版本能镶嵌很多生活软件，让玩家在游戏世界里也能处理现实中的事，通信软件就是其中之一。

他一边走一边给助理发消息，让他们去处理刚刚的视频。

——方队直播"装萌新"翻车。

——大神装菜鸟逗路人，岂料对方也是大神。

——方队直播竟给一个路人狂打call？

诸如此类有可能会出现的标题，他想一想就觉得很可怕。

这小子上次八成怀疑过他的身份，明知他有可能是方景行，还是把他给拉黑了，换成正式服也是一样的。要是一气之下换个服玩，他还能再遇见吗？

姜辰不知道队友的纠结，带着他把二号boss也推了，又出来一件暗冥师的装备，同样给了他。

两个人去推完三号boss，得到两件不错的装备，一件暗冥师的一件战神的，就是没有封印师的，也没掉稀有材料。

姜辰："……"

方景行："……"

方景行道："大佬，这是最终boss掉的，我虽然看不懂，但觉得应该挺值钱的，你去卖钱吧。"

他是真的不想再要了。

这一件件的，后面全是债。

姜辰："拿着。"

话音一落，他察觉胳膊被戳了戳。心想还好，运气也不是那么差，至少成功打完了这个本。

他一边退出副本一边说道："我得下线了，明天见。"

方景行追问："大佬你明天几点上线？"

姜辰："早晨八点半。"

方景行看着他的身影消失，之后找到了谢承颜。

谢承颜看向他身后："封印师呢？"

方景行："下线了。"

谢承颜："这么早……喔……"

方景行："怎么？"

谢承颜："你没开频道？"

方景行打开了频道，瞬间看见最上方的一条消息。

[喇叭] 一粒橙：大新闻大新闻，方景行在咱们服！！！

方景行："……"

010.

方队高估了粉丝，也低估了粉丝。

说高估，是因为粉丝录完屏，并没有去四处分享，弄个"大神翻车"的新闻。

而说低估，是因为他们拿着视频一个画面一个画面地看，然后选中广场上作为背景的其他玩家，不断放大和调整清晰度，看清ID，接着根据已知ID，外加"对应职业"和"15级以上"两个条件，快速确定了他在辰星映缘。

发言杂七杂八的世界频道，在经历完"妖族耳朵"的刷屏后，迎来了今天的第二次刷屏，并且比之前疯狂了好几倍。

[世界] 黑色盒子：真的假的？

[世界] 书打酱油：那咱们服的赏金墙是不是能冲到第一？

[世界] 佐佑：！！！说得对！

[世界] 阿瑞艾缇：啊啊啊想看大神打赏金墙！

[世界] 兔子不秃鸭：你们在说什么？是我知道的那个方景行？

[世界] 晓日：还能有第二个方景行？

[世界]小鱼仔：大神ID是什么？现在在哪儿？想去围观[兴奋]

[世界]泉水平：我也想！

[世界]方队死忠：老公我爱你~~~

[世界]方队挂件：男神娶我[心][心][心]

随着大批粉丝杀到，"频道"和"喇叭"全被洗了一遍。

直到有理智粉站出来，这才消停。

[喇叭]殿下你好：行了散了吧，男神早就下线了，别吵到其他玩家。

粉丝们乖乖听话，打算明天再来一轮。

方景行："……"

谢承颜围观完，啧啧了几声，问道："你直播时没遮住ID？"

方景行道："我没开过人物属性的界面，他们不知道我的ID。"

他不是傻子，略微一想便猜到他们是通过别的玩家查的。

谢承颜作为顶流，深知粉丝的战斗力，也快速想明白了，同情道："点蜡，你就不该开直播。"

方景行无奈地呵出一口气："是平台那边找的我。"

他是签了直播合同的。

虽然条件比较宽松，但搁置了大半年，平台希望他能在开服这天直播一下，他也不好拒绝。

他开始处理这事。

首先让助理继续盯着视频，只要有人往外发，就想办法删掉。

其次主动找上几个曾经见过面也信得过的大粉，坦白自己是故意下播，告诉他们想签封印师，让他们保密的同时也规劝一下其他粉，别乱发视频，免得封印师被别的战队截和。

接着他发了一条微博，诚恳地表明自己已经退役，不想受到太多打扰，至少前期练级的时候能安静一点，所以明天会换一个服玩。

最后，他联系了那几个大粉和从内测一起过来的朋友，在游戏里带了波节奏。

只要有人提起他，便解释说他已经换服了，争取用一个晚上把"方景行在这个服"的事给洗下去。

其间他一直开着好友界面，就怕那个封印师睡不着又回来了。

好在运气不错，某人没有再上线。

于是方队一通操作猛如虎，成功给自己争取到了喘息的机会。

谢承颜看完整个过程，有点想笑："你这个身份和这张脸，就这么不好使？"

方景行笑得无奈："好使的话，我会不用？"

谢承颜："万一他没看见之前的热搜呢？"

方景行："他挺聪明的，应该能猜出我的身份。"

方队还是有一点偶像包袱的。

他对好友说的版本是内测结束时终于找到了封印师，游说对方加入战队，只是不知为什么封印师有些抗拒，导致谈话无疾而终，而没提自己被拉黑了。

谢承颜问："那你今天和他打本，他就没猜出是你？"

方景行将"装萌新"的事简单交代了一遍，说道："他脾气不太好，我暂时不能让他知道是我。"

谢承颜了然。他还以为方景行是直播时一时兴起才改的声音，没想到是做任务。

他和方景行一起长大，第一次见他在一个人身上接连受挫，更是第一次见他为一个人做到这种地步，很好奇："他真的这么厉害？"

方景行："真的，能跟上我节奏的人，游梦这边两只手就数得过来，全是各战队的大神。他有这个实力，难得的是还不独[1]。"

选手太出色有时候并不是什么好事，反而会让战队的节奏脱节。

可那封印师不同，之前他们联手打 boss，他每次出手都卡在方景行技能冷却的空当，显然是懂配合的。

有实力，懂配合，所以方景行才这么想签他。

不过他也没把话说得那么绝对，补充道："反正我目前还没看到他的短板。"

他说道："而且很奇怪，我查不到他的底细。"

路人高手和经过正统训练的职业选手是不一样的，那封印师绝对是职业级的。

他当时好不容易找到人，又要眼睁睁地再次错过，实在太不甘心了。

因此这段时间他把所有项目的职业选手捋了一遍，包括刚退役的、早前退役的、短暂闪耀又失踪的、和俱乐部有过矛盾的……他全查过，没有一个符合条件。

那个封印师就像凭空冒出来似的。

谢承颜问道："你从内测里也查不到？"

方景行："还在查。"

谢承颜："其实也无所谓，你们现在又遇见了。"

方景行"嗯"了声。

谢承颜："那你接下来是打算狂刷好感，慢慢处出感情再和他说？"

---

[1] 独：游戏里在做团体任务时单独行动，团队意识差。

方景行摇头："不，这事宜早不宜迟。"

那小子不是肯吃亏的人，他骗得越久就越惨。

其实今天可以说，只是他摸不准那小子的反应，担心自己会被 PK 拉黑一条龙，觉得风险太大，这才没说。

所以接下来，他得抓紧时间摸清那小子的脾气，尽快找个恰当的时机坦白。

谢承颜也挺希望好友能成功的，想了想，问道："他追星吗？哪怕他喜欢我对家，我也可以想办法安排他们见面。"

方景行："他不像追星族。"

但这不妨碍他问。

于是第二天八点半，姜辰一上线，就见到了正在等他的小菜鸟。

游戏里的时间是按照现实来的，同样是早晨。

魔域的白天，哪怕有光也是云隙光，斜斜的光柱打在广场上，显得很静谧。

方景行把昨晚打的装备交给他，笑道："昨天你下线后，我朋友就回来了，带着我打了几次本。他们队伍里没有封印师，听我说起你，就给我了。"

姜辰没和他客气，道谢后接了过来。

方景行道："他们还说如果大佬想打多人的本，可以考虑他们的队伍。"

姜辰点头。

方景行不紧不慢地跟着他，问道："对了大佬，你追星吗？"

姜辰："不追。"

方景行暗道一声：果然。

姜辰："你追？"

方景行下意识地想说他也不追，但转念一想这小子现在不追没关系，他可以安利一波。

他说道："你知道谢承颜吗？娱乐圈顶流，刚拿到影帝，主演的电影很好看，推荐你看看。"

姜辰一愣："你喜欢谢承颜？"

方景行："嗯，我是他的粉丝。"

这小菜鸟竟是自家外甥的粉。

姜队顿时看他更顺眼了，说道："我看过，是挺好看的。"

方队很满意，心想：至少这小子对谢承颜有一定的好感，就算以后真翻车了，还能把谢承颜拖出来救场。

他便又安利了一波谢承颜的综艺，紧接着话题一转："大佬有喜欢的电竞选手吗？"

姜辰道："有。"

方景行来了兴趣："谁啊？"

姜辰说道："姜辰。"

方景行微怔，觉得这名字有点耳熟。

他去搜索了一下，后知后觉地意识到是谢承颜的小舅舅，眼前一亮："这么巧，我有他的亲笔签名，大佬你要吗，我给你寄过去。"

姜辰再次愣住："哪来的签名？"

方景行和谢承颜是发小，这事谁都知道。所以他不能说姜辰是他朋友的亲戚，否则很容易推理到他身上，于是说道："家里的长辈以前是他的粉丝，有富余的。他们如果知道现在还有人喜欢他，肯定愿意给你一张。"

这是句实话。

如果姜家的人知道，在姜辰去世三十年后的现在依然有少年喜欢他，并练了封印师，绝对愿意送给对方一张姜辰的签名照。

姜辰心情复杂："不用，我家里也有，让你家长辈好好收藏吧。"

想想也挺有缘。

这小菜鸟不仅是他外甥的粉丝，家长竟还是他的粉。

他说道："走，我带你打点好的装备。"

"……"方景行道，"不用了大佬，你看我都齐了。"

"等你今天升几级，这些就用不上了。"姜辰认真道，"我喜欢你，不用喊大佬，喊声哥，从今以后我罩着你。"

方景行："……"

011.

姜辰觉得这辈子的运气大概都在赌命上用没了。

昨天他没打算给小菜鸟弄装备，结果出的基本都是人家的，自己一件没有。

今天想给小菜鸟弄点好装备，结果出的都是乱七八糟的玩意，适合暗冥师的装备既少又没有人家身上的好。

正式服不像内测服的副本能随便打，每天只能打一次。

姜辰带着小菜鸟把 15 级的 5 人本全打了一遍，升级后又把 20 级的小本屠完，最后揣着这一堆破烂，站在副本门口沉默几秒，淡淡道："没事，明天再打。"

方景行松了口气的同时又有点想笑，乖巧道："好。"

姜辰："我十一点半下线，还有想打的东西吗？"

方景行看了一眼时间，发现还有半个小时。

他说道："暂时没有，散散步或者钓钓鱼？"

姜辰："行。"

于是两个人出了城，向郊外走去。

魔域三座小城的城外各有一条河，这三条河都是同一条河的支流。它们汇聚在一起，曲曲折折地流向外面的公共区域。

方景行和姜辰边走边聊，很快抵达河边，他犹豫了一下问道："哥，你多大？"

姜辰下意识说道："十八。"他紧接着反应过来，"不对，十九，今年的生日过完了。"

只是那个时候他正在无菌病房里待着，没有吃蛋糕，明年应该就能吃到了。

方景行又多了一条线索，也没再问别的。

虽然他现在在封印师那里好感度不错，还能趁机套点情报，但如果真的套了，后面封印师得知他的真实身份后就更不好哄了，因此只能问点无关痛痒的东西。

他明知故问道："是吗，我觉得你的声音很好听，是你自己的，还是用的游戏里的声音？"

姜辰："游戏。"

方景行立刻顺着话题继续："几号音色啊？我想换一个，我朋友都说我选的声音和暗冥师不太搭。"

姜辰看了一眼。

暗冥师穿着黑色暗纹的法袍，头发略有些长，脸色苍白冰冷，额角还带着点暗红的法纹符号，走的是邪气冷傲的路线，确实和少年音不搭。

姜辰说道："无所谓，自己喜欢就行。"

方景行不喜欢。

他翻车或坦白的时候要是还用着小奶音，岂不是顶着罪证在人家面前晃？所以一定得改。

他嘴上说着想想，心里则打定主意等对方下线了就改，慢慢为之后的坦白做铺垫。

姜辰不清楚他的小算盘，在河边找到一块大石，带着他走了过去。

二人刚要坐下，只见从另一边也过来一个玩家，目的貌似和他们一样。

这石块足够大，坐三个人不成问题。姜辰便没有理会，谁知对方率先开了口，嫌弃道："是你？"

姜辰看向那个剑客："跟我说话？"

剑客："别给我装傻！"

姜辰顿悟。

今天是开服的第二天，而在这一天半里，他只和一伙人发生过矛盾。

他说道："你是昨天湖边的八人小团体之一？"

剑客语气凉凉道："终于想起来了？那你记得抢了我3只怪吗？"

"别'你'，是'你们'，"姜辰纠正他，"是11只怪。"

剑客："……"

方景行："……"

方景行想起昨天看到的画面，一时哭笑不得，心想原来被追杀的是他。

嗯，也就是他了，除了他谁能在开服第一天拉稳那么多仇恨，真是又冷又狂。不过依这小子的脾气，肯定是别人先惹的他。

剑客被气笑了："你还挺自豪？"

"还行。"姜辰说道，"抢怪者衡被抢之，你不爽要么再抢回来，要么PK。"

剑客当然知道开服抢怪的概率高，没必要为这点事大动干戈。

被抢了再抢回来不就完了吗？然而这封印师不光抢怪，还把他们当ATM机使，实在太招恨了，他们八个人全都记住了他。

他说道："你以后最好别再惹我们，不然有你好看的。"

他不想和他们坐在一起，扭头就走，走之前轻哼一声："啧，晦气。"

姜辰大度地不和他计较，席地而坐，拿出了渔具。

方景行跟着坐好，好奇道："怎么回事？"

姜辰便简单讲了讲昨天的经过，说道："普通恩怨，不是什么大事。"

方景行听得想笑，拿出渔具也甩下去了。

钓鱼钓出的东西有好有坏，好的可以钓到稀有材料，坏的就是单纯的垃圾。

钓鱼时间玩家可以挂机交给系统控制，也可以在线自己钓。全息模式下，自己钓的时候能察觉到鱼竿的颤动，要及时拉上来，否则东西就没了。

二人正说着话，姜辰这边的鱼竿突然动了动。

他快速抬竿，发现是一枚铜币，便收起来继续钓。

方景行那边也钓出了东西，是一个钱袋，打开后里面有五枚银币。

他收好，再次甩钩，见旁边的人又抬起了鱼竿。

姜辰拉到近前一看，是一只破鞋。

他下意识地想扔回去，转念一想又怕钓回来，便放在了大石上。

方景行忍着笑，问道："你下午几点上线？"

姜辰："两点或两点半。"

方景行记下了，抬起竿，见钓上来一个宝箱。

宝箱里的东西同样有好有坏，而稀有材料一律是开箱得到的。

姜辰不由得看过去，见他开出了十枚金币，算是不错的了。他看看自己的竿，发现又钓上来一枚铜币，顿时觉得钓鱼不是个好主意。

好在也就钓半个小时。

姜辰默默坐着，钓了一堆破烂，看着小菜鸟断断续续钓上来五个宝箱，有点不想玩了。他察觉鱼竿又在动，不耐烦地抬起来，是一个红彤彤的箱子——他总算也钓到了一个宝箱。

方景行忍笑忍得十分痛苦，见状急忙恭喜了一句。

姜辰宠辱不惊地"嗯"了声，把宝箱摘下来放在腿上，打开一看，是另一只破鞋。

姜辰："……"

方景行："……"

方景行实在没忍住，终于破功，笑出了声。

姜辰面无表情地把石块上的破鞋扔进去凑成一双，盖子一合就要扔回水里，这时余光一扫，看见了五十米外的剑客，便抱着盒子走过去，喊道："哎。"

剑客维持着钓鱼的姿势，头也没抬。

姜辰说："来单挑。"

剑客依然没理他。

姜辰便确定他是在挂机。

他拒绝承认是自己太"非[1]"，迷信地觉得是剑客临走前那句"晦气"诅咒了他，于是把箱子扔进剑客面前的水里，将这"晦气"还给了他。

方景行又笑了笑，突然觉得这小子记仇的样子挺对他的胃口。

当然，如果"记仇"这个特质以后不会用在他身上，就更好了。

姜辰溜达着走回去，耗到十一点半，立刻收竿下线，中午多吃了一碗米饭。

午休过后，他满血复活，忘了上午的不愉快，带着小菜鸟做做任务刷刷怪，想着到晚上就能打 25 级的本了。

方景行和他融洽地相处了一天，有种"真不容易"的感觉，见他要走到 25 级的副本门口，说道："我看过攻略，boss 好像会随机给玩家下 [混乱]，咱们是不是需要一个奶妈？"

---

[1] 非：运气差。

游梦的副本可不是给玩家单刷的，级别越高，难度越大，需要团队配合。

姜辰等待开服的这三个月把资料补过一遍，自然也知道这个设定。他的封印师有一个免控技能，但技能有冷却时间，大概率不够，所以是得找个奶妈，顺便还能在他们 [混乱] 时加个血。

不过他想了想，道："其实我们俩也可以试试看。"

方景行心想：绝不能让他试，万一没过去，自己又不能暴露实力，就得眼睁睁地看着他死，反倒又是一笔债。

他劝道："副本只能打一次，咱们还是找奶妈吧，或者等我朋友过来，咱们和他们打。"

姜辰问道："你朋友几点到？"

方景行："最早十一点。"因为那几个是主播，晚上得直播。

姜辰："不行，我九点半下线。"

方景行挑眉。

这小子昨天好像也是这个点下的，是作息规律，还是有别的原因？

他说道："那咱们就在附近频道喊奶妈吧。"

姜辰觉得也行，便发了条消息，发完突然想起一件事，看向他："你平时几点睡？"

方景行："十二点左右。"

姜辰："昨天也是？"

方景行点头："哥你放心，我不熬夜。"

姜辰关注的不是这个，问道："你作业写完了吗？"

方景行猝不及防："啊？"他猛地反应过来自己现在十六岁，回道，"写完了啊，我周五写完的，所以这两天能玩。"

姜辰教育道："今天早点睡，明天还得上课。"

方景行："……"

他很后悔，为什么要说自己十六岁，搞得这一个礼拜都得"上课"。

说话的工夫，有三个玩家走了过来。

其中的奶妈开口道："我们三个是一起的，看你们刚好缺三个人，我们水平还是挺好的，组吗？"

姜辰："组。"

说完把这三个人拉了进来。

只见队伍频道瞬间刷出三条成员信息，姜辰和方景行两人同时看了一眼。

奶妈，ID：爱的 one

战神，ID：爱的 two

刺客，ID：爱的 three

姜辰："？"

方景行："……"

方景行立刻联系了几个大粉。

那几个人知道他没换服，如果是他们，他就提醒他们闭嘴。

几个大粉一头雾水，回复说不是，应该是普通粉丝，谁让他之前要发什么"爱的 five 等你上线"。

方景行关掉通信软件，沉默。

还不如刚才让他试——方队在心里想，总好过现在上了辆死亡飞车。

012.

方景行给谢承颜发消息："在哪儿？"

谢承颜回得很快："刚拍完广告，正坐车往回走。"

方景行："游梦设备带着了吗？"

谢承颜："没，怎么？"

方景行："那你还有多久到家？"

谢承颜："四十多分钟，到底怎么了？"

方景行："要凉。"

谢承颜秒懂。

他快速敲字："你昨晚折腾那么一圈，就多活了一天？"说完又紧跟着道，"不对，都不到一天，这还没有二十四个小时。"

方景行把队伍信息截图发给了他。

谢承颜看得一愣，接着反应过来，笑倒在座位上。

小助理吓了一跳，见他笑得停不下来，好奇地问了句。谢承颜笑着摆摆手，回复好友："你改个 four，加你那边那位 five，齐了。"

方景行没再理他。

四十多分钟才能上线，黄花菜都凉了，谢承颜救不了场。

这三个粉丝也不知有没有脑子，如果真是没脑子那种，他贸然私聊他们，局面恐怕更不可控。

幸亏他中午时把声音换了，不然"小奶音暗冥师 + 封印师"的组合太容易让人起疑，他会直接凉掉。

方景行正想着对策，只听某人开了口。

姜辰道："你们这个爱的号码牌有后面的 45678 吗？"

三位粉丝都很年轻，没听过以前那句著名歌词，觉得这个称呼还挺好玩。

奶妈道："有，但没有 five。"

方景行："……"

怕什么来什么。

姜辰问："为什么？"

距离那次在内测打本已经过去好几个月，他早就忘记当时胡扯过什么，直到现在看见这些 ID 才想起来，因为"爱的废物"实在很好记。

不过他没往自己身上联想，问这个问题只是因为自己毕竟是当过队长的人，马上要指挥一些不太熟的成员，便想着挑个话题先聊一聊。

战神说道："因为爱的 five 是我们方队的朋友，我们要给予一定的尊重。"

姜辰一怔："嗯？"

方景行忙解释道："哥，这事我知道，方队玩内测的时候发过一条状态，写的是'爱的 five 等你上线'，当时还上过热搜。"

姜辰又是一怔，简单"哦"了声。

那货上次加他好友时貌似说过一直在找他，原来还在网上发过状态。

方景行仔细分辨了下这声"哦"，没能听出喜怒。

奶妈道："也不知道我们方队找没找到人，他可是第一次在网上找人。"

姜辰问道："你们都是他的粉丝？"

"爱的 123"异口同声："嗯！"

姜辰又看了一眼他们的 ID。

虽然罪魁祸首是方景行，但自己怎么说也算根源，把一群好好的粉丝 ID 搞成了爱的号码牌。

他没忍住："你们想没想过那个 five 可能不是数字 5 的意思？"

奶妈："想过啊，但没关系，我们取这个 ID 只是为了吸引男神的注意。"

方景行："……"

嗯，你们成功了。

说话间，他们遇见了副本的第一波小怪，姜辰还没开口，战神就冲了上去。

他观望两眼，觉得没问题，便一边跟着打一边道："有什么用，他又不在这个服。"

奶妈郁闷："他昨天还在的。"

姜辰诧异："嗯？"

"……"方景行觉得不能再坐以待毙了，主动跳出来，"这事我没跟你说？"

姜辰道："没有。"

方景行道："哦，那我可能忘了。"

他说道："昨天开服方队开了直播，被粉丝扒出是在咱们辰星映缘，他不想练级的时候被打扰，就决定换一个服玩。"

姜辰想想某人奸诈的性格，评价道："他不一定是真的换了。"

方景行："……"

战神把一柄钢枪舞得虎虎生威，爽朗一笑："我们也是这么猜的，所以想留下来玩。"

"希望还在吧。"方景行快速切换话题，"对了哥，你知道他和谢承颜是发小吗？"

姜辰顿时意外："不知道。"

方景行说："他们是一起长大的，谢承颜也喜欢玩游梦，方队以前总带他玩。方队昨天在这个服，那谢承颜很可能也在。他换服，谢承颜也会换。"

姜辰："可惜了。"

方景行："？"

"爱的123"沉痛道："是啊！"

方景行没理会粉丝，向姜辰确认："哥，你也希望他还在？"

姜辰"嗯"了一声。

他还没和自家外甥说过话呢，外甥也不知道他还活着，如果谢承颜还在这个区，他们好歹能一起打个游戏。不过这事不能和别人说，于是他说道："你不是喜欢他们吗？他们在，你也有机会偶遇。"

原来是为我着想？方景行沉默。

奶妈则激动了，看向他："我们也喜欢他们两个！他们可配了！"

两位大佬几乎同时开口。

姜辰嫌弃："他俩？"

方景行："是吗？"

他引着粉丝继续说下去，心想刚好能借此岔开刚才的话题。

方景行问道："有糖吗？"

"爱的123"齐声道："有！"

三人不等他要，急忙翻出存粮发在队伍频道里，顺便给他们讲了各种小八卦。

聊天过程中，方景行得知她们都是妹子，战神只是练了男号而已，其实是女生。

八卦中的女孩最快乐。

于是直到抵达 boss 的老巢，她们都没再提起昨天直播的事。

方景行对此十分满意。

姜辰面无表情地听了一路自家外甥和某人的"糖"，终于要解脱了，冷淡道："打 boss，谁再废话我把谁踢出去。"

四人瞬间安静下来。

姜辰看向战神："你拉得住吗？"

战神："应该能行。"

姜辰也不想用一个脆皮[1]慢慢磨 boss，说道："那战神开怪[2]，刺客往右站，奶妈到我身边来……"

他有条不紊地指挥着，把职业技能搭配考虑了进去，节奏恰到好处。

方景行是第一次见姜辰指挥，有点惊喜，想签他的心更迫切了，便乖巧地按照他的指示移动。

一个副本打得极其流畅顺利，哪怕中间 boss 点名 [混乱] 的时候，也都被封印师成功稳住了。三个粉丝都不是菜鸟，能看出他是高手，说道："你真厉害。"

方景行生怕她们会提到昨天直播的封印师，说道："那加个好友吧，以后有机会再打本。"

三人没意见，纷纷加了他们。

姜辰摸了把尸，把爆出的东西分了分，发现这次又没有封印师和暗冥师的装备，心想：下次不能自己摸尸了！

退出副本后和她们道别，看了一眼时间，发现还有五分钟就到九点半，便知道玩不了别的，于是教育了下小菜鸟早点睡后，打算下线。

方景行叫住他："等等，你明天还八点半上线？"

姜辰："嗯，你老实上课。"

方景行答应一声，望着他的身影消失，长出了一口气。

三位粉丝没走远，见状又折了回来。

她们都不瞎，能看出这封印师很暴力，便借着嗑糖嗑出来的友谊，好奇地问道："你哥是昨天方队直播遇见的封印师吗？"

方景行沉默地看着她们。

三位粉丝也看着他，等待答案。

---

1 脆皮：指血量少、防御低的英雄。

2 开怪：一轮游戏中首次攻击目标物，让目标物开始施放攻击。

方景行说道："没问过，我明天帮你们问问。"

三位粉丝说了声"好"，满意地走了。

方景行联系了朋友，组队去打十人的本，准备给封印师打装备。

他在半路接到谢承颜发来的问候，回复说还活着，询问对方明天是否有空。

谢承颜："我明天下午要坐飞机去录节目。"

方景行："你上午在线就行。"

谢承颜："？"

方景行："我要和他坦白。"

谢承颜："来真的？"

方景行："真的。"

他一向不喜欢被动，不想再这么心惊胆战。

而且他是经过深思熟虑的，他白天要"上课"不能玩，如果那小子在游戏里又遇见了他的粉丝呢？如果又和今天那三个人打本呢？到时候还有谁能岔开话题？与其让封印师从别人口中知道真相，还不如他自己说。

谢承颜无语道："早这样，你昨天还折腾那一圈干什么？"

方景行："昨天没意识到我还得上课和写作业。"

谢承颜反应了下，又笑倒过去。

方景行关上聊天框，和朋友一直打到十二点，暂时没下线，而是独自去踩地图，想挑个好地方。

其中一个朋友恰好路过，见他抱着烟花来回走，似乎在调整角度，不禁上前问道："你干什么？"

方景行："找个能放烟花、最好还清净一点的地方。"

朋友一愣："干什么用？"

方景行："和人说点事。"

朋友又是一愣："什么时候用？"

方景行："明天早晨。"

朋友说道："早晨人少……哦，我知道一个地方。"

他把方景行带到刷新区附近的湖边，然后带着他游到湖中的小岛上，问道："这里行吗？"

方景行看了眼头顶的树杈，笑道："行，谢了。"

朋友："客气。"

他们原路返回，那人犹豫了几秒，刚想多问两句，便见方景行对他挥挥手，直接下线了。

他琢磨一下，忍不住打开聊天群，发了条消息。

"方队明天可能要和人表白！"

群里果然炸了。

"？？？"

"和谁？"

"是不是封印师？他这两天要的全是封印师的装备，说是送人！"

"有可能，除了谢承颜，谁能让他做这种事？只能是喜欢的人啊！"

"这事你确定吗？"

那人把过程叙述了一遍，问道："你们觉得呢？"

众人觉得是。

买烟花、挑没人的地方和人说事，不是表白是什么！方景行以前可从没干过这种事！

只是他们想想那个画面，都有点唏嘘。堂堂联盟男神，表白的时候竟要一个人孤零零地挑地方，他们这些做兄弟的于心何忍？

不知道就算了，既然知道了，就不能这么干看着！

他们得帮忙！

013.

群里的人什么都不玩了，迅速集合，直奔小岛，准备提前踩点。

他们一共五个人，都是主播，其中两个以前还是职业选手。几人和方景行的关系一直不错，就来了同一个服。

有人不放心地道："你刚才圈我们的时候屏蔽他了吗？"

先前的人道："屏蔽了，他看不见的。"

嗯，那就好。

他们在小岛上转了一圈，觉得这里虽然不如游梦里那些著名的打卡圣地漂亮，但胜在清幽，有水有树有花有草，也挺适合表白。

"我还是觉得玄幻，这才认识两天。"

"我也……"

"哎，你们记不记得内测的时候他让咱们留意过一个人，好像职业就是封印师？"

其余几人一怔，紧接着也想起了这事。

"对呀，他还让咱们帮忙转发过他的状态！"

"这俩是同一个人？"

"肯定是吧！"

他们顿时觉得自己发现了真相。

原来是早有交集，分开后方队魂牵梦萦，如今开服重逢，一时情难自禁，就想表白了。

其中一人冷不丁问道："如果是封印师过生日呢？"

另外四人脚步一停，齐刷刷地看向他。

"说事"和"过生日"不怎么搭边，但也不是没可能。有人一拍大腿："好办，做两手准备！"

他们围成圈商量片刻，决定明天躲在暗处观望。

如果自家兄弟是给别人过生日，他们私下里征得兄弟的同意，再出来帮着庆祝，顺便还能给人家添一份生日礼物。

如果兄弟是和人表白，成了，他们就从暗处跳出来喷彩带，给兄弟一个惊喜；没成，那他们就偷偷溜走，免得伤兄弟自尊。

"看看商城都有什么东西能买。"

"生日礼物也都备好。"

"咱们换个统一的衣服吧。"

"也是，好歹是伴郎团。"

他们都是主播，根本不差钱，便把能买的都买了。

做完这一切，他们离开小岛，集体下线睡觉，养精蓄锐。

转天一早，方景行带着迷人的微笑，礼貌地敲开了谢家的大门。

姜诗兰还没有出发去研究所，笑道："小颜还没醒呢，你吃过饭了吗？"

方景行笑道："吃过了。"他把手里沾着露水的花束递过去，"早晨路过花店看他们在配花，觉得挺漂亮，买了一束。"

姜诗兰笑着接了过来。

方、谢两家是世交，她基本是看着这孩子长大的，早已熟得不能再熟，不需要那些虚礼，因此他说觉得漂亮，那就是觉得漂亮。

方景行这孩子特别招人喜欢，难得的是还不花心，喜欢他的人一抓一大把，也没见他对谁动过心思。姜诗兰有时也在感慨，不知将来什么样的人能和他在一起。

方景行说道："我昨天和他约好了，我上去喊他。"

姜诗兰："去吧。"

方景行轻车熟路地进了谢承颜的房间，把影帝从被窝里挖了出来。

谢承颜迷迷糊糊地看了眼时间，缩了回去："才八点十分。"

方景行："他八点半上线。"

谢承颜："我再睡十分钟。"

方景行笑得温文尔雅："不行。"

谢承颜不吭声。

方景行掀了他的被子。

谢承颜在床上挣扎了五分钟，起床洗漱，终于清醒了。

他拎着眼镜走到阳台附近的沙发坐下，跟着方景行上线，问道："你确定我管用？"

方景行："不确定，但他看过你的电影，评价也好，对你应该有一定的好感。"

他不紧不慢地分析："普通人突然见到明星，态度或许会改变一下，你再帮我说点话，他可能不会直接下线。"

只要不下线，一切都好说。

方景行就怕他一语不发换个服。

谢承颜："行吧，我去哪儿？"

方景行给了他一个坐标："先在岸边等着，等我们上岛，你再游过去藏好。有需要我叫你，没需要你就自己去玩。"

谢承颜没意见，开始出发去小湖。

方景行则折回到 25 级的副本门口，站在封印师下线的地方等着他。

姜辰这天一上线，就看见了身边的小菜鸟，问道："你怎么没上课？"

方景行："有点事，你跟我去个地方。"

姜辰："逃课了？"

方景行："一会儿说。"

他带着人前往目的地，装作好奇地问道："哥，你遇见什么事会被气得删号换服？"

姜辰思考了一下那种情况，觉得没可能。

他说道："我一般能把别人弄到删号换服。"

方景行："……"嗯，他信。

他试探道："万一是你信任的人做了某件事伤了你的心呢？"

姜辰道："那从今以后我就当没这个人。"

方景行："……"

姜辰看向他："到底什么事？"

方景行掂量着自己的分量，觉得才认识两天，他应该没到"被信任"的程度，只要这小子的气消了，他就能活。如果现在不坦白，越往后拖他死得越惨。

他说道："到了你就知道了。"

姜辰跟着方景行一路来到湖边，又游到了湖心的小岛上。

这座岛的面积不大，从一头到另一头只需要走七八十步。岛上种着几棵树和大片的花草，周围零星分布着几块石头，此外就再没别的了。

"伴郎团"不清楚具体时间，早晨七点就来蹲守了。

由于担心被自家兄弟撞上，他们是特意从离岸边最远的那一侧游过来的，如今四人藏在石头后，一人趴在前面的草丛里，负责实况转播。

他们很久没起过这么早了，差点要了半条命，恍恍惚惚都快睡着了。

直到这时，有人看见了熟悉的身影，才猛地一个激灵清醒，低声在队伍频道提醒："都醒醒，来了。"

"伴郎团"顿时打起精神，一齐望向那边。

同一时间，谢承颜顺着好友指定的路线也游到了小岛上，和"伴郎团"一南一北，各守一边，谁也看不见谁。

两个当事人此刻已经走到一棵树下。

方景行拿出事先买好的烟花，密密麻麻放了一地，干咳一声："我有件事想告诉你。"

"伴郎团"最前方的人将这句话听了个大概，转述给了兄弟们。

不是过生日，果然是表白啊！

而且竟然是个男号，意外。

几个人想着想着，开始痛心疾首。

就这？就这？就只有烟花？

烟花就烟花，但你摆一摆也行啊，往地上一堆算什么事！早知道他们不如直接联系方景行，好歹能帮着布置一下！

"他平时情商挺高的，怎么表白弄成这样？"

"可能是第一次，紧张。"

"那他倒是问问别人啊！"

"唉……"

姜辰看看这个地点和地上的烟花，联想了一下刚才的几个问题，第一反应也是要表白。

但他又觉得有点奇怪，毕竟他们才认识两天而已。当然，不排除对方中二病的因素在。

方景行等了等，见他一声不吭，问道："那我直接说了？"

姜辰："等会儿。"

方景行不敢反驳他："好。"

姜辰压着心头的怪异感，扫视了一圈。

他想起这小菜鸟总提起朋友，怀疑附近埋伏着亲友团。结果这一看，果然眼尖地发现石块后冒出半个人头。他心情复杂地想：这小菜鸟真是要表白？

姜辰往那个方向一指："让你的亲友团都走，咱们谈谈。"

方景行一怔，猛地回头。

"伴郎团"正在队伍频道里嘀咕自家兄弟的情商，影响了播报人员的听力，加之他和姜辰离得很远，因此这句话没听清。

几人只见他们一齐看过来，都一惊。

"我去，尴尬了，咱们被发现了！"

"怎么办？还在看呢！"

"走走走不藏了，出去给兄弟救救场！"

"堂堂联盟男神，告白不能这么没排面！"

"就是！"

几人说干就干，"呼啦"一下跑了出去，每人抱起地上的两束烟花，快速摆好，将他们围成了圈，还勉强弄了个形状。然后他们把买的鲜花雨特效开出来，几包萤火虫也放了，湖底的花灯跟着启动，开始往上浮。

姜辰："……"

方景行："……"

谢承颜："……"

谢承颜趴在另一侧的石块后，被这一通操作秀了满脸，整个人都惊呆了。

"伴郎团"做完这一切，动作整齐地掏出烟花棒，齐刷刷打开，给兄弟鼓劲："答应他！答应他！答应他！"

姜辰："……"

方景行："……"

谢承颜："……"

方景行闭眼吸了一口气。

正当他觉得这已经够惨了的时候，就听见他们又开了口。

"答应我们方队吧！"

"我们景行温柔体贴长得还帅，你不会后悔的！"

"而且还是世界冠军呢！"

"答应他吧！"

姜辰："……"

方景行："……"

谢承颜："……"

姜辰只觉得昨天的线索和今天的问题一瞬间串联了起来，刚刚的怪异感终于烟消云散。他倏地看向面前的暗冥师，缓缓道："方景行？"

方景行："……"

我杀了你们！

CHAPTER TWO

完美通关成就
PERFECT GAME ACHIEVEMENT!

014.

方景行活到现在就没有这么惨过。

他急于让这群二货闭嘴，顾不上轰他们，说道："你别下线，听我解释。"

姜辰点头，直接开了仇杀。

花雨飘落，萤虫纷飞，唯美浪漫的风景里徒然染上了杀气。

斯文的封印师往前迈出一步，暗色的封印符号自他的指尖凝聚成型，直冲对方的脸，暗冥师苍白的脸上顿时爆出一团血雾。

"伴郎团"："……"

谢承颜："……"

第二轮攻击衔尾相随，还出了暴击，猛地炸开一朵血花。

"伴郎团"终于回神，大叫一声扔了烟花棒，快速将他们隔开，看向封印师。

"别别别，有话好好说。"

"是我们不好，我们智障，你打我们。"

"气大伤身，别气别气，啊。"

方景行原本还想确认一下这封印师是不是内测遇见的那个人，免得他一厢情愿，如今一看这个反应，便彻底相信了，说道："你们让开。"

"伴郎团"再傻也知道惹出事了，立刻听话地给他们腾地方，躲到了树下。正好见谢承颜从另一边跑了过来，众人仿佛看到了救星，把人拉到身边："到底怎么回事？"

谢承颜："我还想问你们呢，你们搞什么，谁告诉你们他要表白？"

"伴郎团"震惊道："不是吗？"

谢承颜："不是，怎么就表白了？"

"伴郎团"觉得有点冤，给影帝分析："把人约到这里，掏出一大堆烟花，不是过生日，而是说有事要告诉他，你品，你细品。"

谢承颜一时竟无言以对。

他也不知道方景行要对人家坦白，弄烟花是什么操作。

说话的工夫，一个人影"砰"地砸在了他们的面前。

世界冠军、NXK 的前队长，曾在比赛里虐过无数人的联盟男神，就这么成了一具尸体。

几人瞬间惊悚地抱成一团，不敢出声。

只见那个封印师慢条斯理地走过来，踢了踢尸体。

方景行原地复活，问道："消气了？"

姜辰："并没有。"

方景行认命："那再来。"

姜辰站着没动。

依他的脾气，自己昨天免费当苦力带"小菜鸟"打过多少次本，今天就会在这基础上翻倍虐回来，但前提是……他没有听到昨天那些话。

看这货昨晚找粉丝嗑糖的架势，万一真和谢承颜有点什么怎么办？

他的脾气是不好，但对家人永远很有耐心。

方景行见姜辰没反应，不知是气狠了不想说话，还是打算一言不发下线消失，连忙给救兵发了一个符号，同时说道："别走，我错了，我道歉。"

谢承颜来到他身边，帮腔道："他一直在想怎么和你坦白，真的，不骗你。我是谢承颜，我要是骗你，你以后尽情黑我，没关系。"

姜辰一怔，看向了他。

谢承颜玩的是刺客。

方景行取 ID 的风格和姜辰异曲同工。

姜辰用的是技能名，ID 为十方俱灭，方景行则干脆用了暗冥师的前两个字，ID 为暗冥。

但谢承颜不同，他比他们讲究，ID 名为青盐，是他曾经演过的一个刺客的名字。

姜辰："你怎么证明你是谢承颜？"

谢承颜："你想让我怎么证明？开个视频？"

姜辰："不假思索地告诉我，你妈叫什么？"

谢承颜："姜诗兰。"

姜辰："几月生日？"

谢承颜："七月。"

姜辰确定，这就是自家外甥。

一般的冒充者大概率都是记明星本人的喜好和特点，而不会记明星家人的名字，哪怕记了，也不太可能会记生日。

不过他不能立刻表态，而是说要去网上查查，核实一下。

一分钟后，他才开口："嗯，我信你。"

见对方相信了自己，谢承颜便继续帮腔："他其实今天是想和你坦白的，你听听他的解释吧。"

外甥第一次有事求他，姜辰必然不会拒绝。

他点点头，看向方景行，等着这货开口。

方景行没想到弄到如此惨烈的地步之后还能这么顺利地得到解释的机会，于是赶紧抓住姜辰态度松动的时机，带着人去旁边谈，把前因后果和自己的顾虑全说了一遍，最后道："我知道你不想谈打职业的事，我以后不提，咱们只打游戏，行吗？"

姜辰给了一个"嗯"。

方景行听不出是否敷衍，但他不觉得这小子能这么好说话，于是问道："不会拉黑我吧？"

姜辰又给他一个"嗯"，随即看了一眼这糟心的玩意："今天要不是谢承颜，你死这儿了。"

但凡他晚一天知道方景行和谢承颜两人的关系，但凡谢承颜今天不在场，这货都别想好过。

他问道："你们是发小，还是？"

方景行："发小。"

姜辰："那你昨天要什么糖？"

方景行："不，我就是好奇。"

姜辰冷漠道："哦，是为了岔开话题。"

"……"方景行知道这小子还是气不顺，说道，"你要还是不痛快，我以后还喊你哥，怎么样？"

姜辰道："那我也亏。"外甥的发小，应该跟着外甥喊他舅舅。

方景行不知道姜辰的想法，闻言哭笑不得，心想：这小子怕不是想让自己喊他爸爸。

他明智地换了话题，指着那边的烟花："上次那堆烟花没炸完，我新买了一堆，要不我爬树上挂着，你继续炸？"

姜辰回头看了看，觉得这个可以有。

他一直是家里最小的，现在一觉睡醒猛地变成了"长辈"，由于没有中间过渡，加之心理和生理年龄都小，他也不知道这"长辈"该怎么当。

于是想了想，他决定不亲自动手了。

一分钟后，方景行靠树站好。

前方二十米远的地方，"伴郎团"每人抱着两束烟花，战战兢兢地排着队。

姜辰坐在一旁当观众，给他们指导用法。

"伴郎团"不可置信："你……你让我们用烟花突突自家兄弟？"

姜辰："有问题？"

"伴郎团"："你你你杀人诛心！"

姜辰很淡定："嗯。"

"伴郎团"："……"

你还嗯，魔鬼吗！怎么这么损的招都想得出来！

姜辰："别愣着，拿出你们刚刚给他鼓劲的势头。"

"伴郎团"："……"

这能一样吗？我们拿不出来！

姜辰道："他买烟花就是这么用的，你们不是来帮他忙的吗？帮吧。"

"伴郎团"："……"

真是后悔啊，他们就不该来！

几人听见对面的方景行也让他们动手，便忍着滴血的小心脏，悲痛地开始用烟花突突他。

谢承颜一边做观众，一边忍笑给好友发了一排蜡烛，说道："这主意不错，以后能买几个烟花当水枪玩。"

他见好友回复让他帮着约姜辰，便问道："一会儿去打本吗？"

姜辰："你也来？"

谢承颜："来，但我只能打到十点，今天有工作。"

姜辰："行。"

片刻后，一轮烟花突突完。

姜辰观看了全程，这口气终于顺了。

他看到方景行走过来，起身道："方景行，PK一把？"

备受煎熬的"伴郎团"刚松了口气，闻言猛地望向他。

还打？

方景行能听懂他的意思，提醒道："你级别比我低。"

他昨晚为了给封印师刷装备，打了几个本，等级也升了上去。

对他们来说，和一般人玩，差几级可能没关系，但高手之间，差一级都要命。

姜辰："我和他们去打本，你在这里等着。"

方景行无奈地笑道："好。"

姜辰便从那"五人伴郎团"里挑了三个，外加一个外甥，带着走了。

方景行看向剩下的两个兄弟，笑得万分和气："来，咱们聊聊。"

那两个人："……"

就知道这顿打跑不了。

一个多小时后，姜辰回来了。

岛上留守的两个人早就跑了，跟着姜辰打本的三个人收到同伴的消息，深深地觉得搅进他们的事里没好处，也都不敢再来，而谢承颜则刚好到点下线。所以现在岛上只剩了他们两个人。

封印师，暗冥师。

二人相互对视，同时开了录像。

方景行发送PK邀请，姜辰点了"同意"，手指的封印符号一凝，直奔方景行而去。

方景行侧身躲开，刚要反击，突然发现自己的法力被封了。

他一惊，暗道这小子什么时候动的手？

姜辰自然不会放过这个机会，紧跟着又是一个技能。

20级的小技能，能一次性命中三个目标，但他愣是开成直线，三次全打在方景行身上，血量刷地下去了一块。

方景行熬到解封时间，立刻还了一套暴击。

双方你来我往，节奏极快。方景行算着时间，知道他的封印技能要冷却好，急忙躲开，可惜刚跨出一步又被封上了，心里不禁讶然。

如果他知道封印师的身份也就不会这么惊讶了。

当年联盟第一封印师，在赛场上能封到人自闭，这个技能玩得自然十分溜。

姜辰没再给他机会，趁着他不能用法力，一轮爆发带走了他，问道："服吗？"

方景行起身："再来。"

二人开了第二场。

方景行吃了一轮亏就不会再吃，率先找机会打了姜辰一波，靠着血量优势把人撂倒，之后笑着问："你服吗？"

姜辰："再来。"

一局 PK 愣是打了近一个小时。

如果不是 AI 喊人，姜辰恐怕还会和他打下去。

方景行同样意犹未尽："不能晚下一会儿？"

姜辰："不能。"

方景行："你下午还是那个点上线？"

姜辰："嗯。"

方景行笑道："那下午见。"

他看着对方的身影消失，摘下眼镜，望向房间里的谢承颜。

谢承颜洗了澡，吃了饭，正在收拾行李，见状问道："PK 怎么样？"

他没听见回答，便看了过去，见好友一向带着笑意的双眼极亮，像闪着光似的，不禁一愣："怎么？"

方景行勾起嘴角："我要定他了。"

谢承颜挑眉。

方景行靠着沙发回味："我现在恨不得马上满级，再和他打一场。"

姜辰也是差不多的想法。

他吃完饭，散了步，往床上一躺，感觉体内的血仍在沸腾，便睡不着了，对 AI 道："给我唱首歌。"

AI 道："唱什么？"

姜辰想了一下，点了首林肯公园的歌。

两个 AI 搜索完，唱了起来。

姜辰听得很满意，心想：这种歌都能 hold 住？！

但工作人员遭不住了。

不一会儿几人跑了过来，见姜辰闭着眼，双手交叠放在身上，看着竟有点安详。两个 AI 则站在床头对着他号，声嘶力竭——哭丧也不过如此！

他们顿时震惊："别唱了，他睡觉你们唱这个？"

两个 AI 很无辜："他让唱的。"

工作人员再次看向姜辰。

姜辰闭眼装死，一副"我睡着了"的样子。

工作人员无语，把两个委委屈屈的 AI 拉了出去。

姜辰终究没有睡着，熬到两点，再次上线。

方景行早已在原地等他，见他来了，笑着打招呼："哥，来了？"

姜辰经过那场 PK 看他顺眼了点，说道："其实我有件事也骗了你。"

方景行没想到竟有意外收获，好奇地问道："什么事？"

姜辰："你今年多大？"

方景行："二十五。"

姜辰："我不是十九岁。"他拍拍对方的肩，"以后喊叔，我玩游梦的时候你还没出生。"

方景行："？？？"

015.

方景行理所当然地没有信。

知道他的身份前，放话要罩着他让他喊哥，被问到年龄时很自然地说自己十八，又因为生日过了改成十九，如果对方真的是骗人，没必要还改一下。而知道他的身份后，反倒不乐意听他喊哥了，还让他喊自己叔，这显然是还看他不顺眼。

方景行笑得无奈："那你多大？"

姜辰卡了一下。

他想想自己现在堪称巅峰的颜值，有点抗拒理论上的年龄，说道："反正比你大。"

方景行点点头，很配合地"哦"了一声。

姜辰一听就知道他不信，但也没有多说，毕竟自己签了保密协议。

二人上午打得意犹未尽，下午却不准备再打。

因为等级低有一定的局限性，打起来不怎么过瘾，他们都想尽快满级，便回到了岸边。

方景行突然想起一件事："对了，内测的时候你有一段时间为什么没上线？"

姜辰："做了一个手术。"

方景行脚步一顿："没事了吧？"

姜辰："嗯。"

方景行放心了，见他们刚好在刷新点的主殿附近，说道："咱们把主线任务清一清吧。"

见姜辰不解，他解释说："全息里加了几个隐藏的副本和剧情，奖励很丰富，内测的时候他们只打出来一个，是挂靠在主线上的，剩下几个都没打出来，或许是单独的故事，或许也和主线有关，总之清了没坏处。"

姜辰无动于衷。

依他如今这个运气，那些隐藏的奖励基本和他绝缘。

方景行走了两步，回头看他："去不去？"

姜辰："去。"

他运气是差，但这货的运气貌似还蛮好的，可以跟着他打。

做任务耗时又耗力，两个人跑了一下午都没清完。

方景行见某人的话越来越少，知道他的耐心要告罄了，笑着安抚："晚上就能清完，到时候也能出领域了。"

一般的游戏，10级或20级就能出新手村。

但游梦不同，游梦里每个领域的面积很大，五人小副本和两个十人本也都很费心思，因此要到35级才能离开。他们现在32级，晚上做完主线，肯定能升到35级。

姜辰暗道：比内测时快多了。

那时他很多地方不熟，加之时间有限，一个人又太凄凉，没什么玩的动力，磕磕绊绊好几天才打到35级。

谁知到了正式服，只用三天就完成了。

这么一想，他心里便舒坦了。

于是二人下线吃饭，晚上再次集合。

晚上，姜辰一上线，就被疯狂涌来的消息提示音淹没了。

方景行那边也有，但是不多。

他打开一看，是"爱的123"，下意识地觉得她们是想问封印师的事，却发现竟然不是。

——快看论坛！

——我的天，你哥火了！

——被烟花轰的人是不是你？

——你们怎么了？吵架了吗？

方景行挑眉，开了论坛。

与此同时，姜辰在乱七八糟的消息里找到重点，也进了论坛。

只见一个帖子高高挂起，人气极高。

发帖的是刚进游梦的新人，事发时正在拍旅游视频，走到半路扫见岛上站着两个人，隐约可见一地烟花，便将镜头转了过去："哎呀，一大早就有人表白……"

话未说完，局面就朝着一发不可收拾的方向迅速发展，彻底震惊了他。

早晨游戏里的人虽然少，但烟花的爆炸声一传开，附近有几个玩家也见到了这一幕，纷纷将拍到的视频上传，大部分都是用烟花突突人的片段，只有楼主的视频比较完整，能看出是封印师指挥"伴郎团"动的手。

全息模式刚出来，讨论度正高，帖子下午一发，立刻蹿红。

众人没想到全息里的烟花还能这么使，顿时记住了这位封印师大佬——他这是以一己之力开拓了烟花的新用途。

帖子发酵到傍晚，人们的关注点渐渐转移到事情本身。

游梦里向来不缺爱恨情仇，但谁知仅开服三天，第一盆狗血就来了。

有人一点点解析视频，推敲出了事情的大概——

封印师对暗冥师告白，伸手一指：我亲友团都叫来了，你不同意，我让他们突突你。

亲友团得到指示出来起哄，但暗冥师硬气地拒绝了他，激得封印师当场开仇杀，把人打死了。之后封印师冷静下来，两个人走到一边继续谈。暗冥师依旧不同意，指着烟花：你今天突突死我，我都不松口！

于是封印师成全了他，但打一巴掌又给了个甜枣，走时把两位亲友留下了，给暗冥师泄愤。

还有人持不同的观点——

暗冥师对封印师表白，封印师伸手一指：我看见你的人了，人再多都没用。

亲友团出来起哄，封印师恼羞成怒开仇杀，弄死了暗冥师。两个人走到一旁谈，暗冥师指着烟花：你不同意没关系，让我为你放一场烟花吧。

封印师：行，你放。

于是他就让亲友团突突自己，后来封印师终于气顺了，亲友团分成两拨人，一拨陪着他玩，另外两人留下想辙，可能出了馊主意，就被暗冥师打了。

两种观点各有人支持，越讨论越激烈，最后愣是开了赌局。

再后来其中一个目击者上线，说封印师上岸时他小心翼翼地看过一眼，ID 为十方俱灭。

因此某人就火了。

姜辰："……"

方景行："……"

姜辰关掉论坛，冷淡道："方景行。"

方景行很谨慎："嗯？"

姜辰："和你在一块什么时候能遇见点好事？"

方景行给他降火："你别理他们，过了今天就没事了。"

话音一落，频道飘上来一条消息。

[喇叭] 木乔南：报——！十方俱灭上线了，身边跟着一个暗冥师。

玩家们立刻沸腾了。

[世界]素颜冠军：是封印师巧取豪夺成功了，还是暗冥师继续当着跟班？

[世界]镜中人：妖族领域发来问候，大佬，求您给个答案。

[世界]单身飞车：我把全身的钱都押了，您一定得是1啊[哭泣]

[世界]名字好难取：我押的2，是2是2~

姜辰懒得搭理，继续去做任务。

周围的人虽然能看见他，但这里和现实差不多，一般不会有人那么失礼和不要脸，直接走到他面前问。

游戏里永远很热闹，上面那条喇叭没停留多久，就被刷了下去。

[喇叭]情字当头：焚天帮会正式成立，欢迎各位大佬萌新加入。帮会大佬遍地，副本情缘赏金墙，竞技场兄弟情，神兵材料世界boss……你想要的全都有。

然而众人并不关心这个，于是快速把这条顶了。

[喇叭]WD：@十方俱灭，大佬，看得见吗？

姜辰无视。

[喇叭]情字当头：焚天帮会正式成立，欢迎各位大佬萌新加入。帮会大佬遍地，副本情缘赏金墙，竞技场兄弟情，神兵材料世界boss……你想要的全都有。

[喇叭]小竹峰：@十方俱灭，大佬说句话呗！

[喇叭]情字当头：焚天帮会正式成立，欢迎各位大佬萌新加入。帮会大佬遍地，副本情缘赏金墙，竞技场兄弟情，神兵材料世界boss……你想要的全都有。

[喇叭]晚风：大佬，看看我们嘛[扭动]

焚天帮会的队员情字当头狠狠一捶胸口，差点吐血。

十方俱灭，又是十方俱灭，真是和这货冤家路窄！

帮主问道："你们之前在魔域被抢怪，就是他下的手？"

八人小团体一齐点头。

帮主："他实力怎么样？"

八人小团体不情愿地说道："应该挺好的。"

帮主拍板："你们回魔域找他，等他35级，拉他进来。"

八人小团体："啊？"

帮主："听我的。"

刷ATM机似的抢怪、烟花轰人，这十方俱灭将来肯定是风云人物，拉进来就是活招牌。

八人小团体无奈，听话地去了。

这边方景行也正和姜辰说起这事。

因为见某人不怎么理他，便挑了一个话题："那个叫焚天的帮会，你第一天抢的就是他们的怪。"

姜辰终于给了他一个眼神。

方景行："那天听你说完，我找人打听了一下。"

游梦键盘版，那是多少个服啊，而且每个服都有大帮会。如今全息版，这些服的帮会全挤在十个服里，碰撞不可避免，当然要争个高下，焚天就是其中之一。

按照他们的进度，第一梯队的人今天凌晨或早晨应该就35级了，而35级就能组建帮会和加入帮会。不过一般游戏晚上人更多，所以他们才等到现在宣传，想收第一波打到35级的路人高手，结果好死不死又撞上了姜辰。

方景行笑道："我猜他们现在不是想拉你，就是想杀你。"

姜辰淡定地"嗯"了声，无所畏惧。

方景行："等到35级，你就跟着我进我朋友的帮会吧？"

姜辰嫌弃道："那几个货都在？"

方景行答非所问："影帝也来。"

姜辰同意了。

两个人快速清完任务，终于走出领域，到了公共区域。

眼前是一条通往邻城的官路，附近有驿站，可以坐马车。姜辰暂时没过去，而是望见了不远处的粼粼波光，忍不住走到了河边。

琉光碎星赏金墙。

这句话中的"琉光"，指的就是这条贯穿整片大陆的主河琉光河，游梦里所有领域的河流全是从它这里分出去的。

方景行跟着他过来，陪他一起站在河边眺望，笑着问："要钓个鱼吗？"

提起钓鱼，姜辰就想起了那两只破鞋。

他尤其对从宝箱里开出的那一只耿耿于怀，虽说河里的东西都是随机刷新的，但他总觉得是别的玩家钓完后扔进去的。

他想了想，从包袱里挑出一双不打算要的鞋，用力扔进河里："明天过来钓，看看能不能钓上来……"

话音未落，只见一个女孩跃出河面，怒道："是谁竟敢污染我的河！"

同一时间，全服玩家都看见了一条巨大的金色公告：恭喜玩家十方俱灭、暗冥发现隐藏剧情[灵槐]！

姜辰："……"

方景行："……"

二人还没回过神，女孩一个大招便迎面砸来，两个人一起躺尸。

姜辰："……"

方景行："……"

巨大的金色公告又飘了上来：玩家十方俱灭、暗冥 [灵槐] 任务失败！

全服玩家："？？？"你们坚持了有一秒钟没有？

姜辰："……"

方景行："……"

混账系统不干人事，失败了竟还发公告。

但这还不是最惨的，这个任务失败了能掉级，他们掉到 34 级，被送回了领域里。

二人站在主殿的刷新点，各拿着一只被扔回来的鞋，相互对视。

姜辰面无表情地把手里这只塞进方景行的怀里，扭头就走。

016.

开服第三天，隐藏剧情竟然就被打出来了一个。

什么狗血，什么谁追谁，什么赌局，通通都不重要了。

[世界] 园园园：隐藏剧情啊啊啊！

[世界] 板蓝根：谁看见他们了，在哪儿？

[世界] 归路有秋光：前方发来报道，在魔域主殿附近！

[世界] 卅卅玖：那这样推测，我们妖族的主殿周围是不是也能打出隐藏剧情？

[世界] 白鼬：不一定，万一只在魔域有呢？

[世界] 缺衍：所以人族妖族的得 35 级之后才能去魔域打？

[世界] 我叉会腰：啊啊啊我为什么没选魔族！

[世界] 路西：隐藏剧情长什么样 [好奇]

[世界] 耀暗：我一直在这边，风平浪静，完全看不出有隐藏剧情的样子。

[世界] 御风行南：或许是因为他们失败得太快？

焚天帮会的语音频道也在讨论这件事。

帮主问道："你们当时在场吗？"

八人小团体："不在。"

帮主："不是让你们去找他吗？"

小团体有心无力："没找到啊。"

先前世界频道闹腾得虽然厉害，但玩家们都把握着一个度，只隔空喊话，没有发坐标去围观。他们在频道里问，也没人告诉他们。兴许是那两个人收到的消息太多，关闭了陌生人聊天和加好友的功能，他们想找对方，只能到处逛。

领域里一座主殿加三座小城，四个地方的周围遍布野区，更别提还有高山湖泊河流什么的，实在太大了。

由于不清楚十方俱灭什么时候会到35级，他们还分出两个人在驿站留守，剩余六人散开找人。帮会的人倒是帮着提供过线索，但很不幸，他们刚得到消息，就眼睁睁地看着那两人进了小城的传送阵，自此又失去踪迹。

他们也在喇叭上呼叫过对方，然而人家不搭理。

帮主问道："看世界频道了吗，听说在主殿附近。"

小团体有些迟疑："帮主，我们现在找过去，他会不会认为是冲着隐藏剧情才拉他的？"

帮主："你们不是发过喇叭吗，翻记录截图给他看，证明咱们之前就想拉他。"

他的判断果然没错。

这才三天，十方俱灭搞出的动静一个比一个大，看那行事风格，以后怕是也不会太收敛，绝对会成为本服的风云人物。

他说道："你们抓紧，现在不光咱们，那几个帮会估计也盯上他了……这样，你们找到他先别和他说话，把人盯紧了，我亲自和他谈。"

小团体因为抢怪的事，都觉得找十方俱灭有点尴尬。

如今一听不用他们谈了，立刻松了口气，颠颠地去了主殿。

同一时间，打出隐藏剧情的事被发到论坛上，其余九个服都一片哗然。

于是这天晚上，九个服的魔域里呼啦啦涌进了一群第一梯队的大佬，有人也有妖。领域的新人不明所以，猛地见到其他种族，差点以为他们要联手攻打魔族。

辰星映缘的玩家倒是知道缘由。

但他们把主殿周围翻了个底朝天，也没找到任何有关隐藏剧情的线索。

人们爬过大藤树，到过湖中小岛，骚扰过NPC，甚至把广场上的雕像挨个摸了一遍……突然发现当事人不见了。

[喇叭] 弱犬善吠：谁看见十方俱灭了？

[喇叭] 悲化鹤：第一个说他们在主殿的是谁，是不是骗人的？

[喇叭] 归路有秋光：是我，当时好多人都看见了，不信你问啊。

[喇叭] 为屿：会不会又进剧情里了？

[喇叭] 弱犬善吠：@十方俱灭，大佬你人呢？

而这时，焚天的帮主早已知道人不在主殿了。

因为他的手下一路跟着十方俱灭到了传送阵，又把人跟丢了。

他不是很懂："他不打隐藏剧情，跑别处干什么去？"

小团体沉默，更加不懂了。

当事人这时正在打本。

姜辰和方景行掉回 34 级，只能重新升级。

为了多得些经验，他们打的是十人本。

二人找的野队，队长是个老玩家，原本正端着姿态告诉新人们听话，猛地看见这两位过来，顿时一愣，听说他们想打本，抖着手把人加进了队伍。

方景行看了一眼成员名单，笑着问："我们想打快点，我来指挥，行吗？"

队长有心卖他们面子，痛快道："行啊。"

方景行："走吧。"

队长："这才七个人。"

方景行："足够了。"

一群人就这么进了本。

队长只知道他们名气大，对他们的实力存疑，结果一进去便见他们火力全开地往前推，当场就震惊了。几个新人更是大气不敢喘一下，乖乖听着指挥。

刚把一号 boss 打死，频道上又刷了屏，都在喊人。

两位大佬没事人似的继续打怪。片刻后，一条喇叭顶了上来。

[喇叭] 爱吃火锅：可靠消息，他们在打副本。

[世界] 板蓝根：？？？

[世界] 神仙素颜：？？？

[世界] 弱犬善吠：打副本？

[世界] 哈哈机：打副本是什么操作？

他们都快把主殿外的草地啃了，这两个人竟然在打副本？隐藏剧情它不香吗？！

副本里，队长也炸了："谁往外传的消息？"

新人们纷纷摇头，都说不是自己。

姜辰："无所谓，快点打。"

队长见状便没再计较，在那位暗冥师的指挥下迅速打败了 boss。

几人分完东西，离开副本。姜辰被 AI 催促着，简单对方景行打了声招呼，原地下线。

队长："……"

新人们:"……"

这就下了,真就为了打个本?

一分钟后,刚刚爆料的人又上来了。

[喇叭] 爱吃火锅:最新消息,十方俱灭下线睡觉了。

[世界] 二一:……

[世界] 言笑晏晏:……

[世界] 顾瑾歌:……

[世界] 弱犬善吠:……天!

[世界] 板蓝根:我搜了一下,他确实不在线了。

[世界] 叔叔来了:是个狠人 [抽烟]

另外九个服的大佬都在等消息。

他们翻遍了魔域主殿,什么都没发现,便有大佬提出主殿有刷新点,或许隐藏剧情的地点不在这里,只是他们恰好被扔了过来。

这话说完没多久,他们就得知人家打本去了,便猜测副本里爆出来的东西可能对隐藏剧情有用,于是又是一轮讨论,等着那二人的新动作,然后……就听说人家睡觉去了。

九个服的大佬:"……"

那可是隐藏剧情啊,你就打本睡觉?这还是个人?

他们急忙道:"另一个呢?"

辰星映缘的玩家:"又……又打本去了。"

大佬们:"……"

果然,什么锅配什么盖!

方景行这时站在副本里,被亲友团围了。

亲友团今晚全都提前下播,找到他询问情况。

方景行笑道:"是他打出来的,我得问他的意思。"

亲友团:"给个提示呗。"

方景行思考了两秒:"首先,运气不能太好。"他琢磨着某人扔鞋的动机,笑道,"比如钓鱼钓上来一个宝箱,从箱子里开出一只破鞋。"

亲友团:"……"

这叫不太好?这是手黑到一定程度了行吗!

方景行道:"其次,你得怀疑这不是你的问题。"

亲友团:"……那能是谁的问题?"

方景行笑出了声："谁知道呢。"

亲友团熟知他的德行，一听便知问不出什么有用的东西，决定先等等消息。

方景行这天没玩到十二点，早早下了，愉悦地睡了一觉，起床吃完饭，上线和封印师会合。

二人离开魔域，到了琉光河。

方景行把昨天的鞋递给他，姜辰接过来，扔了下去。

只见河面翻腾，眼熟的女孩又出来了。

二人转身就跑，紧接着被大招一轰，再次回到主殿。

好的一点是，这次无论发现任务还是任务失败，都没有公告了。

他们推测可能只有第一次有，但以防万一，还是姜辰来扔鞋，毕竟上次公告是他的名字在前面，要是换成方景行，谁知这混账系统会不会又来一轮死亡公告。

二人练到35级，继续去扔鞋，然后又被送回魔域。

来回三次，他们终于弄清了女孩的攻击范围。

二人站在岸边与女孩大眼瞪小眼。

女孩冷哼一声把鞋往地上一扔，走了。

方景行见她没有开口说别的，便知道避开攻击就不会触发剧情，无奈地笑道："这个距离她打不着咱们，咱们也打不着她啊。"

姜辰："弓箭手可以。"

方景行："但她够不着咱们，立刻就会走。"

姜辰"嗯"了一声。

方景行摸摸下巴："或者是扔的东西不对？"

姜辰想了想，掏出一枚铜币扔进河里，无事发生。

他打开包袱，挑了点武器和装备扔下去，依然无事发生，沉默两秒，又把衬衣脱了。

他刚刚扔的全是其他职业的装备，封印师本身的装备除了一双不要的鞋，他就没多余的了，于是只能脱身上穿的。他想试试是不是一定得是本职的东西，才能让女孩出来。

只见衬衣下水，女孩果然又现身了。

她冲过来把衬衣扔给他，发现打不着他们，扭头就走。

二人双眼一亮，这次她没说那句"污染河水"的台词！

姜辰便又换成了裤子，伸手一卷，扔了下去。

下一刻，女孩再次现身，拎着一条裤子："谁这么浑蛋！"

她跃出水面，见封印师站在岸边，上面穿着衬衣，下面光溜溜，"呀"的一声捂住脸，急忙又跃回了水里。

裤子没还给他。

姜辰："……"

方景行："……"

河岸一阵窒息般的死寂。

方景行看着身边的人，干咳一声，竭力忍着笑："还有备用的吗？"

姜辰用冷飕飕的语气反问道："你觉得呢？"

但凡他有一条备用的，都不会脱身上这条。

方景行立刻破功，笑了出来。

姜辰冷着脸把他踢出队伍，开了仇杀。

017.

方景行笑得不行。

刨去那点想签人的心思不谈，他发现单是和这小子一起玩游戏，就是件特有意思的事。

他一边躲一边提醒："我可是现在唯一能帮你去弄条裤子的人。"

"用不着你，"姜辰道，"我能买时装。"

商城里是有很多时装的。

时装一穿，便会遮住原先的衣服，也就没人知道他里面没穿裤子了。

方景行挨了姜辰一招，快速还了回去，又优哉游哉地躲开他的下一轮攻击，说道："你少一件装备，打不过我。"

姜辰："裸P敢不敢？"

方景行知道他这是被隐藏剧情弄郁闷了，笑道："来吧。"

所谓裸P，就是放弃装备优势，仅凭技术PK。

姜辰关掉仇杀，脱了衬衣和鞋。

方景行也把装备全脱了，正要发送PK邀请，突然听见嘈杂的脚步声由远及近，紧接着一群人从河边的小树林里冲了出来。

上午的玩家是少，但那也是相对而言的。

目前想招募他们的帮会有七个，每个在以前的服里都是呼风唤雨的存在，成员的人数也都有一定基础。而"封印师＋暗冥师"的组合如今太惹人注目，不少人都看见他们出了领域。

几大帮会都在驿站留了人手，谁知左等右等就是不见人影。

他们猜测这两人很可能没往驿站的方向走，又想起昨晚大佬们说隐藏剧情的地点或许不在主殿，便开始召集成员找人，在快找到琉光河的时候，不知谁说了一句河边似乎有人影，于是急忙赶了来。

结果就见这两个人脱得只剩一条初始设定的大裤衩，面对面站着。

姜辰："……"

方景行："……"

众玩家诚恳道："对不起，打扰了。"

脱光衣服是想游泳？没这个必要吧？

光天化日，朗朗乾坤，这是想玩什么？难不成是想录个野外小视频？

噫……会玩会玩。

众人正打算往回走，刚迈出几步，七个帮会的骨干实在不想就这么错过，又转了回来："我们有事想和你们谈谈，你们看什么时候方便？"言下之意，你们这点play啥时候搞完？

姜辰心情不好，不想说话。

方景行有心想把法袍穿上，但转念一想，他穿完，那边没得穿的人心情怕是会更糟糕。于是他在"维护自己形象"和"与封印师共患难"之间选了后者，说道："如果是想拉我们，就不用谈了，我们马上会加帮会。"

七个帮会的人一齐惊讶。

谁下手这么早！难道是昨天和他们打本的人？

有人忍不住道："我能问问是哪个帮会吗？"

方景行道："儒逸。"

众人沉默。

竟然是儒逸。

如果是其他帮会，他们还能用帮会福利争取一下，儒逸就算了。

儒逸是一对兄弟创建的，其中的"儒"和"逸"各代表一个人。

这对兄弟是富二代出身，有的是钱，帮会福利搞得特别好，而且人脉广，来辰星映缘的人气主播大部分都在儒逸。由于帮会名字与"如意"同音，所以他们一般都喊如意。

如意这个帮会，不像他们会组建第一梯队玩命练级，也不会广泛招收各路高手，甚至一般人进如意还有点难，毕竟好几个主播都在，要是随便收人，那帮会分分钟就能被粉丝挤爆。

也因此，如意帮会没有七大帮会的人多，对成员的帮会贡献也不做硬性要求，基本就像帮会宣言说的那样：进我们帮会，如意就好。

但要说如意的人没有上进心吧，也不算是。

哪怕不算那几个主播，他们帮会也是有一批高手在的，操作水平也属于第一梯队，而这些人都曾是各排行榜上叱咤风云、赫赫有名的主。

总之，如意这个帮会看似一盘散沙，满地咸鱼，却是个轻易不能招惹的存在，谁碰谁倒霉。

焚天的帮主被手下电话叫醒，是亲自来的。

他还是有些不甘心，说道："你们进如意，以后打50人的大本，可能都叫不齐人。"

其余几个帮会的人闻言也找到切入点，纷纷附和。

"如意的人都很有个性，好多高手都不喜欢打本。"

"别看有几个主播，但他们都是要直播的，不太可能会带你们玩。"

"我们帮会也有主播，他们就喜欢带人。"

"来我们帮会吧，无论你们打本、打竞技场还是打赏金墙，随时都能叫到人。"

方景行笑道："好意领了，但我们已经决定了。"

听到他这么说，几大帮会的人便不勉强了。

他们不清楚这两人的实力，想招他们进来，大部分都是为了隐藏剧情，但隐藏剧情早晚会被大佬们挖出来，早打晚打都一样，所以也没有太过遗憾。

只有焚天的帮主比较可惜，说道："加个好友吧，以后你们改主意，或是在如意过得不适应，欢迎随时联系我。"

其余几个帮派的人也道："对对对，加好友。"

他们都这么说了，方景行也只好把好友功能打开，通过了他们的申请。

姜辰经过他们一番插科打诨，这口气顺了，也加上了他们。

众人道："那我们就不打扰了，回聊。"

他们说完急忙跑了，免得慢一步会看到什么不该看的东西。

剩下的二人相互对视，方景行笑道："还P吗？"

姜辰："算了。"

他从商城里挑了挑，选了一套最简单的时装。

上身依旧是白衬衣，下面搭配的是条军裤，军靴一穿，金框眼镜一架，原先的斯文里立刻透出了些野性。

方景行打量了他一眼，觉得这调调甚合心意，赞道："很漂亮。"

姜辰："走吧。"

二人回到魔域，直奔小城的商铺，买了点杂七杂八的东西和几件本职的装备，再次出城。

中途发现有人跟踪，他们便往远处走了走，直到彻底甩开后面的尾巴，才挑了一个僻静的地方。这里有一个微微向里凹的弧度，河岸的植被刚好挡住了他们。

跟踪的人找了半天，一无所获。

"什么情况，进树林就没人影了？"

"会不会是游到对岸去了？"

"或者是又进剧情里了？"

"嗯，有可能！"

他们把消息传回帮会，曾见过某个画面的人们愣了一下，震惊地回过了味。难道刚刚那两个人不是干坏事，而是在做隐藏任务？

这事第一时间被发到了论坛上。

各服大佬都在等最新进展，闻言便展开了激烈的讨论。

9L：说得通，他们昨天可能想玩点啥，误打误撞把隐藏剧情打出来了！

13L：对，因为太突然，就失败了，被送回到了大殿的刷新点。

17L：这任务失败应该会掉级，所以他们昨天才去打本，他们不是不想打隐藏剧情，是他们级别不够了啊！

20L：有道理！

21L：大佬666！

于是十个服里超过35级的玩家纷纷直奔琉光河，快速扒光身上的衣服，开始找隐藏剧情。

两个罪魁祸首这时把能试的都试了一遍，得出几个结论——

玩家只能扔自己本职的装备，女孩才会出来。

扔鞋和扔上衣，她都会扔回来，区别只在会不会说那句"污染河水"。

扔裤子或方景行扔他那件法袍，如果身上还有衣服，女孩会把东西扔回来；如果没有，她就会害羞地扎进河里，连裤子和法袍都来不及扔回给他们。

除了这几样，其他扔什么都没动静。

二人坐在一起钓鱼，想试试能不能把他们扔的东西钓回来，顺便讨论了一下。

一般过剧情都是和NPC聊天，然后领取任务。

隐藏剧情也是剧情，同样遵守这一规则，但他们始终无法和女孩建立有效的对话。

方景行说道："咱们肯定缺条件。"

姜辰"嗯"了声，鱼竿一抬，率先钓上来一个宝箱。

姜辰："……"

方景行："……"

方景行立刻看过去，想知道他这次能开出什么。

姜辰面无表情。总不能每次都是破鞋吧？他这么想着，伸手打开宝箱，发现里面是一条打补丁的破裤子，颜色还是黑的，和封印师平时穿的差不多。

姜辰："……"你讽刺谁呢？

他见某人又笑抽了，把裤子扔到对方脸上，起身就走，不想再钓鱼了，反正他们缺条件，再待下去也没用。

方景行笑着追上他，陪他往主路的方向走。

二人从那边绕出来之后一抬头，只见河岸一片白花花的肉体，有几个甚至还在用系统自带的动作跳舞，场面极其辣眼睛。

姜辰："……"

方景行："……"

下一刻，一条消息顶上了频道。

[喇叭] 丢失：那两个缺德玩意儿终于现身了啊啊啊！

018.

上午还是很风平浪静的。

大部分玩家都在领域里练级，偶尔聊聊天，喊人组个队，或新人讨教一下问题，十分和谐，直到这条喇叭出现。

其他玩家看得好奇，想知道是怎么回事。

紧接着，他们就见昨晚搅和得十个服都不得安宁的大佬第一次在本服冒了泡。

[喇叭] 十方俱灭：晒日光浴呢 [截图][截图][截图]

方景行和姜辰都不笨，见到那场面就推敲出了前因后果。

自己没节操想歪了，还怨他们缺德，这就有点不要脸了。

姜辰正是不爽的时候，立刻开始嘲讽。

方景行落后了半拍，见状一笑，没用喇叭把他顶下来，而是换了频道，成为第一个给他捧场的人。

[世界] 暗冥：[鼓掌] 好兴致 [截图][截图][截图]

玩家纷纷点开，疯了。

[世界]门捷列夫：我去！

[世界]树影：救命，我瞎了！

[世界]强者无敌：大白天的搞多人运动？

[世界]魔族小乖：原来魔域外的阳光那么好，新人求问这是哪儿？

[世界]洁洁胖：琉光河，具体是哪儿看不出来。

[世界]Mammon：话说……大佬们应该是在找隐藏剧情吧？

[世界]晚风拂：道理我都懂……

[世界]找神索命魂：但为啥脱得只剩大裤衩了啊！

[世界]逸心人：哈哈哈哈我得去看看，@暗冥哪儿呢？

[世界]暗冥：魔域出口这边。

琉光河岸，封印师的话一出，就拉了满地图的仇恨，太嘲讽了吧。

嘲讽也就罢了，还把他们拖出来展览，他们不要面子的啊！

他们快速穿好衣服，"呼啦"就把人给围了。

但围是一回事，他们都知道怪不到人家头上。

最前面的人问道："大佬，能给句实话不？"

姜辰："想听什么？"

那人："隐藏剧情和裸奔有关吗？"

姜辰："没关。"

众人："那你们刚才怎么全脱了！"

姜辰："裸P。"

众人："……这理由你也想得出来？"

姜辰"哦"了声，淡定改口："我们是在打隐藏剧情。"

众人："……你才说没关的！"

姜辰给他们鼓劲："相信自己，加油。"

众人噎住，一时间竟分不清他是不是又在嘲讽。

倒是也有聪明的听懂了他的意思——说实话你们不信，非要听自己爱听的，我成全你们。

想想先前折腾的一圈，他们一脸一言难尽的样子，决定忘记这个黑历史，扭头就走。

剩下的人左看右看，半信半疑地跟着走了，河岸渐渐散了个干净。

然而论坛这时已经炸锅了。

因为上午有很多练到35级的魔族玩家，他们一出领域，远远地便看见一片肉体，都很震惊，截图发到了论坛上。

有人汇总了一下，发现十个服的大佬竟都在"裸奔"。

很快有知情人士帮忙捋了捋这件事，简单讲就是有两人打出了隐藏剧情，今早在河边脱光了不知道干啥，大佬们觉得可能和剧情有关，也跟着脱了，结果人家说其实是在裸P。

玩家们顿时笑抽，帖子迅速火了。

最近游梦全息的话题正热，"大佬集体裸奔"绝对能成为今天的热搜。

仅仅两个人，带歪了整整十个服的画风，这怕是会被选入游梦年度十大新闻。

而那些还没来得及进游戏的人，便都跑去了辰星映缘。

其他服的玩家也在辰星映缘开了小号，想慕名去看看两位大佬，合个影什么的。

只有新人比较困惑，不懂大佬们为了打隐藏剧情，怎么能这么豁得出去。

老玩家给他们做了科普。

根据官网的资料看，隐藏剧情和副本的难度比普通的大，不容易被发现。

基于此，它的奖励也十分丰厚，且必出稀有材料。而首次通关的奖励是翻倍的，辰星映缘打出一个隐藏剧情，其他服的大佬既然知道，就不可能坐以待毙等着别人发现，肯定都打算抢本服的首杀。

新人们恍然大悟，懂了。

老玩家说道："据说他们内测的时候也打出来一个，但地点在野区，周围都是满级怪[1]，导致目前没人敢去，听说直到内测结束也没打完。这个新发现的剧情现在一点儿消息都没露，也不知后期有没有等级要求。等着看吧，那两个人虽然是第一个发现的，但不一定是第一个通关的。"

新人们点点头，思考一下，忍不住也去了辰星映缘。

而作为焦点的两个人，这时正和一个玩家大眼瞪小眼。

这位玩家是一个妖族战神，ID名叫王飞鸟，脑袋上的虎耳毛茸茸圆滚滚的，看着有些憨。

姜辰问："你还有事？"

王飞鸟："没事，我们副帮主要过来，让我在这里等着。"

方景行了然："如意的人？"

王飞鸟："对。"

他说着意识到什么，调了调胸口的ID。

---

1 满级怪：游戏某一区域或副本内最高级别的小怪。

刚刚裸奔，他嫌丢人，便把帮会给隐藏了。

姜辰看着上面新出现的"儒逸"两个字，知道是自己要进的帮会，看了他两眼，说道："你过来。"

王飞鸟不解地上前："怎么？"

姜辰捏捏他的耳朵，淡定地收回手："没事了。"

王飞鸟这几天被摸惯了，自己也跟着摸了摸，显摆道："是不是看起来毛茸茸的？"

姜辰点头，又摸了一把。

方景行："……"原来你喜欢这个？

正说着话，只见一辆马车在附近的驿站停好，从里面下来一个人。

他一身白蓝相间的法袍，英俊潇洒，阳光极了，练的是人族的专有职业，驱魔师。

随着双方的距离缩短，姜辰看清了他的 ID：逸心人。

"啧，这么快就散干净了……"逸心人的语气有点遗憾，慢悠悠地走过来，"你也不说帮我拖一拖。"

方景行笑道："你可以发个喇叭说我又裸了，然后在这里藏着，等着再看一遍。"

逸心人："那我得弄个小号发。"

方景行知道他是说着玩，为他和封印师做了介绍，顺便加了帮会。

瞬间只见代表帮会的频道亮了起来。

如意的人在线的不多，但都冒了泡，纷纷欢迎两位大佬。

逸心人来这儿一趟，看戏是一方面，另一方面就是为了亲自拉他们进帮会。

他如今加完人，便道："行了，你们继续玩吧，有空可以回帮会看看，就在主城。"

说完他看了看一旁的封印师，知道这位不是好惹的主，加之还有个方景行守着，更不可能吃亏了，但身为副帮主，他还是嘱咐了一句："以后有人欺负你就在帮会说，咱们帮会的人不受气。"

姜辰点头。

于是逸心人挥挥手，带着王飞鸟上了马车。

剩下姜辰和方景行二人，他们商量了下，开始沿着河岸往邻城走。

游梦的每块地图都至少有一个传送阵，只有三处地方例外。

那就是三个领域通往附近小城的路，或许是想让玩家深切感受从新人到合格者的这一过程，也或许是想弄个仪式，总之这段路不能通过传送缩短时间，只能亲自走一遍，要么用腿，要么去驿站坐马车。

二人知道隐藏剧情缺条件，便放弃马车，选择顺着河边散步。

可惜一路走来，半点线索都没发现，眼看河道拐了弯，他们不得不上去，回到了主路上。此后又走了大概五分钟，这才终于抵达邻城。

城门口站着一位老者，见他们是第一次来，便自动触发程序，告诉他们这之后是英雄们的角逐场，要选择体系才行。

二人玩的都是攻击体系，快速做了选择。

只见封印师金色的镜链染上了黑花，衬衣上原本的暗纹彻底消失，变成一片洁白，看似无害，实则暗藏杀机。

暗冥师走的是冷傲风格，不会隐藏实力，因此法袍和额角的纹路都变得更加清晰，还往外扩散了一块。

老者满意了："进去吧，这片大陆以后是你们年轻人的天下。"

二人都没动，而是看着对方的改变，几乎同时开口："你说会不会……"

他们又同时闭嘴，知道是想到一起去了。

方景行笑道："回去看看？"

姜辰道："这次再不行就去练级。"

方景行自然没意见。

两个人便又到了河边，姜辰掏出那双倒霉催的鞋，扔了下去。

女孩立刻出现，怒道："是谁竟敢污染我的河！"

她随即冲了过来，在看清他们的时候一怔，问道："你们……是游梦大陆的英雄吗？"

姜辰："……"

方景行："……"

果然是缺这个条件！

都是扔鞋，没选体系是浑蛋，选完体系就是英雄，真双标！

019.

女孩当然不清楚玩家的腹诽。她一脸的愤怒瞬间收得干干净净，笑着做自我介绍："我叫灵槐，是琉光河的守护神。"

姜辰和方景行心头一跳。

"神"的概念，游梦里是有的。

人、魔、妖三族都有各自信奉的神灵，雕像就摆在领域的主殿里，无声而沉默地守护着族人。但一直以来这些都是简单的游戏背景，类似于传说一般的存在，至今都没出现过真正的神，这还是第一次。

琉光河是整片游梦大陆的母河，地位不言而喻。

这个隐藏任务由她开始，以她命名，显然不简单。

女孩的头一歪，调皮地眨眨眼，大喘气道："这是不可能的。"

姜辰："……"

方景行："……"

女孩吐吐舌头："我好久没和人说话了，开个玩笑。"她言归正传，"我因为某些原因被禁锢在了河里，不能出来太久，我保证我没有恶意，你们能不能帮我一个忙？"

姜辰看着"帮"或"不帮"的选项，觉得多此一举，还真能有玩家选"不帮"吗？还不如就像普通剧情一样，让系统代替玩家回答，省得……他总好奇另一条路。

他抬起手，又看了看眼前的选项，终究没忍住："选'不帮'会怎么样？"

方景行笑道："不知道，你试试。"

姜辰问："要是失败后不能再接呢？"

方景行："那我退队你再试？你真不能接了，就由我来接，咱们组队一起打，任务会共享。"

姜辰点头，看着他脱离队伍，选了"不帮"。

女孩的眼眶立刻红了，哽咽道："我在河里待了好久，好不容易能遇见你，这是缘分，你就帮帮我嘛。"

透明的屏幕再次弹出来，只剩了一个选项——好，我帮。

姜辰："……"他就多余点那一下。

他把方景行加回队伍，选了"帮忙"。

女孩破涕为笑："太好了，我有一个大哥，名字叫加里，你们帮我去找他，带他来见我，这是我的信物，你们拿给他看，他应该会明白的。"

姜辰接过了信物。

女孩说道："我最后一次见他是在碎星城里。"说完停顿了下，又掏出一件东西，"我不能进城，其他河段勉强可以。我知道你们其实不想帮忙，这事太麻烦你们了，所以这个送给你们，必要的时候可以用它来召唤我。"

姜辰："……"

方景行："……"

女孩见他接了，把鞋子放在地上，劝道："琉光河是这片大陆的母河，以后不要再往这里扔东西啦。"

她说完转过身，回到了河里。

剩下的二人对视一眼。

姜辰问道:"我如果一开始选'帮忙',她给的东西是不是不一样?"

方景行:"有可能。"

姜辰沉默。

所以他就烦这种选择题式的任务。

方景行笑道:"要不咱们放弃任务,重来一遍看看?"

姜辰:"放弃了还能再接?"

方景行:"不确定。"

普通剧情放弃了是能重来的,但这是隐藏剧情,他也不清楚放弃后还能不能有第二次机会。

姜辰:"算了,就这样吧。"

于是两个人原路返回,下了河,向对岸游去。

他们现在被不少人盯着,来时又有人跟踪,这次附近没有太好的地方躲,便只能先游到对岸。

这处郊外的河道宽近三百米,对岸多树木,又恰好是拐弯处,倒是很容易藏身。

玩家们目前都还在那边的河岸找人。

裸奔大军虽然刚刚已经散了,但都派了人暗中盯着他们的动静,一路跟着他们到达邻城,见他们在城门口徘徊了一会儿,竟又要往河边走,觉得这次应该是打隐藏剧情,都很激动。

不过他们怕打草惊蛇,也不敢靠得太近,都缩在路边的树林里谨慎前进,结果一个不小心,再次跟丢了。

"怎么样,找到了吗?"

"没有。"

"奇怪,怎么一晃眼就又没了!"

"这两个人有点东西啊。"

"哎,那儿呢!"

周围的人一齐抬头,见那二人不紧不慢地游过来,上了岸。

众人:"……"敢情是跑到对岸去了!

"不可能,刚才咱们分了好几个人专门盯着河面,没看见有人游泳!"

"所以我说有点东西啊!"

"呸,这得多好的技术才能让人一丝都看不出来?"

"就是……"

说着他们想起上次被轻易甩开的事，都沉默下来。

万一……万一这两个人不是普通玩家，真是大高手呢？

方景行看见他们，笑着打招呼："忙着呢？"

众人噎住。

其中一个问道："你们刚才是在对岸？"

方景行道："没有，我们在比赛游泳。"

众人："……"你骗鬼呢！

方景行和气道："你们忙吧，回见。"

众人顿时恶向胆边生，干脆明着跟踪他们，于是一直跟着进了城，见他们迈进传送阵，消失得无影无踪。

作为领域出来后第一座连通外界的小城，这里的传送阵可以去往相邻的三座城和四片野区，而这七处地方又各有传送阵，谁知道他们会去哪儿！

众人无可奈何，只好回去复命。

姜辰和方景行连续转了三座城，这才抵达主城，碎星城。

碎星城处在整片大陆的中央，主殿坐落在正北方，足有九层高，远远望去，气势磅礴。

整座城市占地辽阔，足有领域小城的十倍有余，数不清的 NPC 生活在这里，要找一个人，无异于大海捞针。

方景行说道："隐藏剧情有一定难度，按照内测的那个剧情看，咱们要找的人大概率不在这里，但这里应该能找到相关线索，基本所有 NPC 都有提供线索的可能。"

姜辰应声，随意挑选了一个方向，开始和 NPC 对话。

琉光河贯穿大陆，却绕城而走，唯一流经的城就是碎星城。

城内从东到西架着十二座形态各异的桥，是著名的打卡圣地。二人从南走到北，又从北走到南，费尽力气才跨过了四座桥，姜辰的耐心已经耗到极限了。

他觉得依他这个运气，就不该打什么隐藏剧情。有这时间精力，不如去打本升级。

方景行也逛得有些无聊，正想说点什么，突然看见旁边的小广场上有两个熟悉的人影，一个人族驱魔师，一个妖族战神，此外周围还跟了七八个人，由于离得远，看不清他们的 ID。

他说道："走，过去看看。"

二人来到小广场，见那位驱魔师果然是逸心人。

逸心人正拿着一大把饲料，坐在地上喂鸽子。

游戏里的鸽子只吃不拉，地面十分干净，他坐得毫无压力，笑道："来帮会看看？"

方景行："不，路过。"

逸心人便没多问，对封印师招手："这里的鸽子能喂，喂一把？"

姜辰接过他的饲料，盘腿往地上一坐，一语不发地喂鸽子。

方景行一看就知道他心情不爽，笑着问："哪来的鸽食？"

逸心人："那边的NPC能买。"

方景行便去买了点，回来和他们一起喂。

片刻后，有玩家路过，重点看了看封印师和暗冥师，立刻联系帮会骨干："找到他们了！"

帮会骨干精神一振。

一进传送阵就太四通八达了，他们只有一部分人能出领域，人手有限，便只在那座小城周围派了点人，其余的都练级去了，没想到竟真能找到。

他们急忙问："在哪儿？"

"在主城，"成员道，"逸心人发现小广场的鸽子能喂，正领着如意的一帮咸鱼喂鸽子，封印师他们也在。"

帮会骨干顿时痛心疾首。

近朱者赤，近墨者黑，进如意者变咸鱼。

才进去不到半天，连隐藏剧情都不打了！

"变咸鱼"的两个人喂完鸽子，心情稍微缓过来一点。

逸心人也刚好喂完，起身说道："来都来了，跟我去帮会看一眼，认认门。"

二人一想也好，便跟着去了。

游梦的玩家是能在城里买地买房的。

不过碎星城寸土寸金，只有大帮会和土豪买得起。如意的正副帮主就是土豪，买了城内最大的一座宅院，花园湖泊应有尽有，里面的湖还能钓鱼，而且比外面的野湖收益高。

他带着新成员走到大门口，指着两边的NPC，介绍道："不是咱们帮会的人必须得经过同意才能进，要是硬闯就会被他们收拾。这是我在护城军里挑的，选的最厉害的两个。"

姜辰知道肯定是最贵的，对此不置可否，跟着他们往里走。

擦肩而过时，他停顿了一下，暗道反正也是NPC，便选择对话想聊聊看。

结果下一刻，那护卫震惊地开了口："这……这是灵槐的东西！怎么会在你这里？"

姜辰："……"

方景行："……"

如意的成员一脸蒙，齐刷刷看着他俩和自家帮会的看门大爷。

逸心人也很意外:"这是你们的任务?"

方景行回过神,笑着拍拍好友的肩,由衷地赞道:"你这笔钱花得值。"

020.

护城军会沿着特定的路线在城里巡逻,随时走动,位置并不固定。他们人数众多,平时想要撞见特定的某一个,确实比较困难。

……然而架不住有钱能使鬼推磨。

逸心人给帮会挑门卫,愣是砸钱买了最贵的两个,其中一个恰好就是他们要找的任务NPC。

姜辰"非"了这么久,第一次体验氪金[1]改命,一时间觉得有点玄幻。

护卫也有点不敢相信。

他激动地拽下姜辰腰带上的金属吊坠,拿到眼前细看,颤声道:"没错,是灵槐的,你从哪儿弄的,是不是见过她?"

姜辰这次不需要做选择,系统直接给了现成的答案。

他说道:"她让我帮她找加里,你认识吗?"

护卫喃喃道:"加里?"他不知是哭是笑,一张脸扭曲了片刻,哑声道,"有酒吗?"

什么毛病,说事前还得喝个酒。

姜辰看着新出现的"找酒"任务,便和方景行穿过大半个城市去弄酒,等回来时,却见护卫已经不在帮会门口了。

他问道:"隐藏剧情都这么找打?"

方景行笑道:"会有点难,内测那个他们打了二十多天都没打通关。"

姜辰顿时就不爽了。

方景行道:"阿逸应该会替咱们盯着。"

话音一落,只见门口探出一个脑袋,上面有一对毛茸茸的虎耳。

王飞鸟奉副帮主之命等着他们,见到人,便指着里面:"NPC进去了。"

方景行笑了:"看吧。"

姜辰勉强满意,拎着酒进了帮会。

穿过花园,到了据说是给帮众休息用的一排住房前,见那名护卫不知何时竟顺着梯

---

[1] 氪金:为游戏充值以达到更好的游戏体验。

子爬上了屋顶，正坐在上面眺望远方，一副心事重重的样子。

王飞鸟不清楚剧情内容，对此很好奇："他什么情况？"

姜辰冷淡评价："45度角仰望天空，眼泪就不会掉下来。"

方景行忍不住笑了一声。

院子里的帮会成员沉默了，集体看了他一眼。

王飞鸟很耿直："啊？真的？"

姜辰："你试试。"

他扔下这一句，就和方景行上了屋顶，一左一右坐在护卫的身边，把酒递给对方。

护卫接过来，仰头灌了三口酒，突然眼眶一红，哭得一把鼻涕一把泪，似乎在追忆往事，半天都没开口。

姜辰忍了两分钟，给了他一脚，把他的腿踹得微微晃动。

二人同时一怔。

一般来说，NPC是踹不动的，领域里的那些NPC，哪怕被人海淹没了，还是会岿然不动地给玩家发任务。

那这位怎么能动？

方景行也试着踹了一脚，见他另一边的腿同样晃了晃。

但也仅此而已，护卫只有这一点动作设计，仍在锲而不舍地继续哭。

临近中午，如意的成员陆续回来挂机，见到这一幕，惊讶道："咱看门大爷怎么了？"

逸心人不乐意听了："什么看门大爷？这是门卫保镖。"

那可是他亲自挑的人，不允许他们侮辱他的审美："不就是有点胡茬吗？明明是性感大叔。"

帮众道："嘁，都一样。"

他们又问："他这是怎么了？"

逸心人观望着屋顶："不知道，他哭了快十分钟了。"

姜辰面无表情地坐在上面，察觉AI喊他下线，耐心彻底告罄，起身绕到护卫身后，对着他的背就是一脚。

只见护卫"嗷"的一嗓子，身体前倾，顺着屋顶骨碌碌栽了下去，呈大字形"砰"地拍在了地上。

逸心人："……"

帮众："……"

大爷！

好在钱不是白花的，最强护卫挨这一下死不了，慢吞吞地又爬了起来。

死一般的寂静中，姜辰走回去坐下："我下了，挂机，你看着他哭吧。"

众人一片震惊。

事了拂衣去，深藏身与名。

这何止是狼灭，这是个狼燚啊！

换成别人，谁敢这么踹一脚，真把他们的看门大爷踹死了咋整？

"狼燚"摘下眼镜一扔，带着小护士出门散步。

小护士亦步亦趋地跟着他，见他比平时走得快，伸手拉了拉他，让他慢点走。姜辰便放慢脚步，点了首《佛经》。

两个小护士极其听话，一边跟着他，一边给他唱"南无阿弥陀佛"。

姜辰默默地被熏陶了一路，觉得心如止水，可以不去杀生了。

他双手插着口袋，慢悠悠地往回走，刚迈进大厅，便听见走廊有些嘈杂，侧头看了看。

冰冻小组研究了好几个月，一个细节一个细节地抠，这天终于试着解封了第五个人。

他们从上午八点半忙到将近十二点，每一步都很谨慎，最后能试的都试了，可惜还是没能把人救活。几人疲惫地迈出手术室，一抬头就看见了那边的姜辰，一时间眼睛都绿了。

姜辰不着痕迹地后退了半步。

冰冻小组的人走过来，对魔性的音乐充耳不闻，只一个劲儿地看着这唯一的活人，恨不得把他装进保险箱里。

组长下意识地想摸摸他的头，又怕自己的手没洗干净，便收了回去，哑声道："吃饭了吗？"

姜辰："正要吃。"

组长点头："去吧，多……多吃点。"

姜辰觉得他们这个状态似曾相识，猜测可能又死了一个人。

他突然就觉得游戏里的"非"根本不是个事了，哪怕这辈子的运气都在冰冻上用没了也是他赚了，至少他还活着。想通这一点，他的情绪立刻稳定了，中午也多吃了半碗饭。

游戏里，封印师说完挂机，当真坐着不动了。

看门大爷的酒壶碎了，抹了把泪，重新爬上屋顶坐回刚刚的位置，终于给了反应，哽咽道："不好意思，我失态了。"

方景行没人陪着玩，兴趣减了一大半。

他十分温柔体贴："没事，你接着哭也没关系。"

但护卫被那一脚踹冷静了，开始絮絮叨叨说起陈年旧事。

如意的成员仍在骚动。他们深深觉得刚刚踹人时的鬼畜[1]味和他们帮会的气场很合，问道："牛×了阿逸，这大佬怎么拉进来的？"

逸心人很谦虚："都是缘分。"

成员对着屋顶上的暗冥师抬抬下巴："这位什么脾气？"

逸心人："看着是个好人。"

成员："看着？"

逸心人："大部分情况下，他的脾气都挺好的，只要不故意惹他就没事。"他看着手下这一群奇葩和咸鱼，语重心长地教育道，"所以好好活着别犯贱，真惹毛他，你们就等死吧。"

成员还是信他的，齐齐点头。

逸心人再次看向屋顶，见护卫说完往事便一脸沉痛地走了，说道："这钱花得亏。"

成员："啊？"

逸心人说道："你们想想，以后这个隐藏剧情的攻略传开，每个打本的人都得来咱们门口找他，他天天得哭好几顿，哪有时间看门？"

"……"成员道，"也是啊！"

逸心人思考着是等他们帮会的人打完这个剧情就解雇他，还是将来收点过路费。见好友没下来，便也上了屋顶，顺便看了一眼那边的封印师，问道："他真挂机呢？"

方景行笑道："真的，到他每天下线的点了。"

说来也奇怪，这小子明明不是个循规蹈矩的主，怎么每天的作息这么规律？

而且据说晚上九点半就下线，十点准时上床睡觉，现在的年轻人有几个会这么早睡的？

逸心人："你这小朋友挺有意思。"

方景行笑着"嗯"了声，问道："我让你打听的事怎么样了？"

逸心人："问了一圈，收到邀请的人基本都是内测第一天就进了，没符合条件的。"他舒展双腿，手撑在身后，"咱们能打听到的人都没有，那就只有一种可能，他不是正式名单上的，是通过关系要的内测号。"

方景行点头，突然想起一件事，摸了摸下巴："我记得承颜也弄了一个内测号。"

逸心人："嗯，他不是有事没玩吗？"

方景行："他说送人了。"

---

1 鬼畜：不正常。

当时他只听了一句，没有细问。

现在既然得知封印师的内测号大概率是通过关系得来的，他也不妨多问两句，便给谢承颜发了消息。

方景行："你那个内测号送给谁了？"

谢承颜正在吃饭，回得很及时："不知道，我妈说她朋友想玩，就拿走了。"

方景行："什么时候送的？"

谢承颜："在国外和你分开没多久就送了。"

方景行顿时心头一跳。

那恰好是他要回国的时间点。

那时他回国进了内测，而封印师也才刚玩。

巧合？

不，那小子明明不追星，却会听谢承颜的劝，轻易原谅了他。

而他当时确认谢承颜身份的切入点正好是姜诗兰，内测号也是姜诗兰拿走的。

方景行突然发现找了这么一大圈，搞不好人就在身边。

他快速回复："设备拿回来后，你看过里面的账号吗？"

谢承颜："没有。"

方景行："现在看，让你妈帮你看。"

谢承颜："拿回来后我就绑定了虹膜，她打不开。"

方景行："……"

谢承颜："怎么？"

方景行："我怀疑那封印师的内测号就是你送的。"

谢承颜："？！？！？！"

021.

谢承颜太惊讶了，一个电话直接打了过去。

方景行和逸心人打了声招呼，挂机下线。

刚按下接通，就听谢承颜在那边迫不及待地道："你确定？"

方景行："不确定。"他把自己的推测叙述了一遍之后，说，"所以按照时间算，他有这个可能。"

但凡拿到设备的，几乎都在第一时间进了内测。

一千多个人里，拖了很久才进的，应该不会超过十个。而这十个人里，能恰好和他回国的时间点对上的，就更少了。

他思考了一下，补充道："不过他说那段时间做了手术，或许之前是身体的原因没办法玩，才拖到一个月后进的内测。"

谢承颜想了想："那有没有可能他其实早就进了，只是玩的别的种族，后来觉得不好玩，就换成封印师重新玩，刚好遇见你？"

"有，但可能性小，"方景行道，"他说过喜欢你小舅舅，你小舅舅玩的就是封印师。"

谢承颜再次惊讶："他是我小舅舅的粉丝？"

方景行笑道："可能性是不是更大了？"

谢承颜点头。

第一，他妈妈难得找他借什么东西；第二，那小子是他小舅舅的粉丝；第三，时间能和景行回国对上；第四，那小子确认他的身份时问过他妈的名字和生日……如果这一切全是巧合，那也太玄乎了。

因此他更倾向于这里面有某种联系。

比如那小子是通过他妈妈知道他小舅舅这个人的，从此喜欢上了玩封印师；再比如那小子本身就喜欢他小舅舅，被他妈妈知道了，于是帮着借了设备。

他深深觉得"缘分"一词太奇妙了："这么说，是我让你得到了一员猛将？"

"想要什么尽管开口。"方景行十分痛快，又问道，"你什么时候回来？"

"周五晚上，还有三天。"谢承颜说完有点坐不住了，"搞得我现在就想回去看看到底是不是他。"

方景行巴不得他立刻回来，体贴道："我亲自开车去机场接你，再亲自把你送回去。"

谢承颜犹豫两秒，果断放弃。

太折腾了，有这个时间，他还想多睡一会儿呢，反正才三天而已。

方景行也不勉强，两人又简单聊了几句，切断了通话。

他愉悦地吃完午饭，下午两点准时上线，等到了队友。

姜辰看着中间的空位："他终于哭完了？"

方景行想起他那一脚就忍不住想笑："嗯，被你踹完就不哭了。"

姜辰心想：这NPC能被玩家踹动的设定应该就是这么用的，再次觉得这隐藏剧情有点贱。要是换个实心眼的来，怕是会一直等他哭完，那得等多久？

两个人从屋顶下来，姜辰看了一眼"找占卜师"的新任务，问道："又找人？"

方景行为他解惑："因为他也不清楚加里在哪儿，让咱们找个占卜师算一算。"

姜辰目前情绪稳定，不打算杀生，平静地问道："那咱们跑这一趟的意义在哪里？"

方景行指指他的腰带："为了拿到加里的东西，给占卜师当媒介。"

姜辰低头一看，发现护卫归还了灵槐的信物，此外旁边还多了一条金属吊坠，应该就是加里的。

方景行知道他不耐烦跑任务，怕他又要不爽，扫见一旁的帮会小湖，说道："这里的湖比外面的收益高，你要不要试试？"

姜辰对"非不非"的事已经看开了，但想起上午的氪金改命，便抵挡不住这个诱惑，点头同意了。

帮会的人挂机都来这里，小湖周围站了五个人。

二人找到一块空地，拿出鱼竿甩下去，等了片刻，姜辰察觉鱼竿颤动，抬了起来。

方景行不动声色地看着，竟破天荒地有一点点紧张。

他知道出破烂的概率很低，但也担心连帮会的湖都拯救不了某人的手黑，万一又是一只破鞋，这小子的心情恐怕会更糟糕。

姜辰拎到近前一看，是一枚金币。

至今最多只一口气钓过五枚铜币的姜辰拿着这枚金币反应了一下，认真道："我喜欢这个帮会。"

方景行顿时笑出声，觉得这小子太有意思了，心机地给自己拉好感："所以跟着我进来不亏吧？"

姜辰："不亏。"

方景行心想，你以后跟我进战队也绝对不亏。他温柔道："还钓吗？我陪你。"

姜辰："不钓了，你问问他们打隐藏剧情吗。"

方景行："想加人？"

姜辰"嗯"了一声。

方景行对此并不意外。

这封印师性格偏冷，看着有些难以接近和相处，但要是能踩到让他开心的点上，他往往会主动释放善意，变得格外好说话。比如方景行装萌新时就踩到了"谢承颜"和"姜辰"两个点上，如今这个池子凭实力替帮会拉了一波好感，就让他动了想组队的念头。

当然，不排除他是不耐烦跑任务，想多招点人手。

方景行说道："好，稍等。"

逸心人就站在他们旁边，正挂着机。

方景行对帮会的人不太熟，便直接联系了他，聊完两句回来，说道："阿逸说让咱们等十分钟，他来喊人。"

姜辰便决定钓十分钟的鱼。

方景行趁机给他讲了讲剧情："护卫说他们以前是个四人组，灵槐、加里、他和他妹妹，他们一起在大陆闯荡，感情深厚，后来三族大战，到处都很乱，有一天灵槐和加里闹了矛盾，哭着跑了出去。"

姜辰懂了："之后就失踪了？"

方景行："嗯，他们找了很久都没找到，护卫的家族世代都要守城，他只能回来，他妹妹和加里还在外面找人，但至今灵槐都杳无音讯。"

姜辰："那先前听我提到加里，他怎么那个反应？"

"可能中间有咱们还不知道的内情，或者他以为加里也遭遇不测了？"方景行开了开脑洞，笑道，"或者加里和灵槐不是亲兄妹，护卫听见灵槐只提加里不提他，知道自己没戏了？"

姜辰想想护卫哭成泪人的模样，说道："有可能。"

两个人边聊边等人。

姜辰虽然又钓出几件破烂，但整体收益不错，他还是很满意的。

十分钟后，逸心人上线。

他问方景行姜辰想要的职业，得知姜辰无所谓，便直接在帮会频道里喊了人。

如意的成员有点意外和惊喜。

以往游戏里新出副本、活动或 boss 之类的东西，大佬们都会在一起商量对策和攻略，玩家们平时发现好玩的套路，也愿意在论坛上分享。

但隐藏剧情不同，首杀奖励是会翻倍的，所以他们即使看见阿逸把人拉了进来，也没问能不能跟着打。像王飞鸟这种对隐藏剧情好奇的积极分子，连裸奔的事都干得出来，都没问过他们是如何发现的，阿逸自然也不可能问。

那这一定是对方先提的。

哎呀，两位大佬是好人啊！

帮会里除了极少数对打剧情没兴趣的，大部分人都第一时间冒了泡。

不过根据资料看，每个隐藏剧情允许组的人是有上限的，他们肯定不能都去。

逸心人问道："你能组几个人？"

姜辰道："八个。"说着看向方景行，"他什么时候忙完？"

方景行一听便知指的是谢承颜，说道："这周五。"

姜辰看向逸心人："我这边要留一个名额，剩下的你定。"

于是逸心人告诉其他人，还剩下四个名额——他要厚颜无耻地占一个。

帮众都没意见，毕竟人是他拉进来的。

他们商量了下，给王飞鸟也让了一个位置，免得老王听风就是雨又跑去裸奔，被截图扔在频道上展览。

那就只剩下三个名额了。

[帮会] 本宫最美：来战啊，这次本宫可不会再让了！

[帮会] 排骨：恩怨是非当天了，此后还是一家人！

[帮会] 苟盛：少废话，今日不是你们死就是我活！

[帮会] 情深长寿：谁愿意让我一下，接下来的一个月我都是你的！

[帮会] 榨紫：算话吗？

[帮会] 情深长寿：算，让吗？

[帮会] 榨紫：见 ID [飞吻]

[帮会] 老梧桐发芽：我给新来的大佬翻译一下，榨紫，通渣滓。

[帮会] 口服液：别浪费时间，来战！

姜辰见他们越吵越热闹，问道："怎么选人？"

"抽签。"逸心人解释道，"咱们帮会的传统，只要遇见这种僧多粥少的事，一律抽签。"

姜辰静默两秒，建议道："其实可以换一个更科学的方式，比如看实力的高低。"

"你放心，他们实力都挺好的，"逸心人笑道，"再说 PK 多没意思，也伤感情，还是看命吧。"

姜辰："……"Ok, fine.

方景行努力忍着笑，保持沉默。

看来以后遇见抽签的情况，他得想办法给封印师弄一个名额。

抽签的速度很快，不到五分钟便选出了人。

七个人在主城的其中一处传送阵集合，之后到了一座偏僻的小城。

根据护卫的情报，占卜师是一个帅气的男巫，右手上有花纹，头上有黑色翎羽，原身是一只乌鸦妖，护卫还贴心地给了一张画像。

几人本以为这标志很明显，应该好找，结果到地方一看，小城里的 NPC 脑袋上都有毛，简直是个乌鸦城。

没办法，只能散开找人。

方景行"唔"了声："三族大战……按照游戏背景，这是十年前的事了。"

姜辰："所以？"

方景行："护卫是战乱那年回家守城的，此后一直没离开过，那他和占卜师应该十年没见过面了。"

姜辰看看画像："找和这上面最不像的？"

方景行："对。"

二人交代完线索，继续找人。

十几分钟后，他们在一个犄角旮旯成功找到了人。

只见这占卜师满脸皱纹，右手烧得惨不忍睹，一步一拐地领着他们进了旁边的小木屋，拿着画像追忆："啊，好久没见过我以前的样子了。"说着摸了摸脸，"当年我想要变得更帅点，可惜炼药失败，成了这副样子。"

他又摸了摸皮包骨的右手："这是另一次炼药弄的，唉。"

又怜惜地抚摸着腿："这是另外一次。"

小木屋里一片静默。

几秒后，王飞鸟咽咽口水，颤声道："他都能把自己弄到这种惨不忍睹的地步，咱们找他占卜靠……靠谱吗？"

022.

占卜师有年头没见过自己旧时的画像了，顾影自怜了半天，向客人充分讲述了一个搞事精如何通过一步步操作把自己作死的过程。

他大概也觉得这么说好像自己很不靠谱，用某次因嗑药弄坏的嗓子安慰他们："你们别看我这样，我占卜还是很厉害的。"

王飞鸟很耿直："我不信。"

榨紫："不信也没办法，看门大爷指定占卜师。"

苟盛："我怀疑他们之间有某种肮脏的交易。"

本宫最美："噫……难道是大爷的老相好？"

"是不是老相好我不知道，"方景行打量着占卜师这副尊容，说道，"按照这次剧情的风格，我猜给咱们占卜的条件可能是帮忙治好他。"

王飞鸟几人一齐看向他："……你说啥？"

方景行道："他介绍这一身伤，总该有他的用意。"

王飞鸟正想再挣扎地辩论一下，便见占卜师终于恋恋不舍地放下了画像。

几人顿时紧张地屏住呼吸，只听占卜师哑着嗓子道："让我帮你们占卜找人可以，但我有一个条件。"

王飞鸟几人不吭声。

姜辰抬了一下眼皮。

占卜师道:"我要恢复以前的容貌,如今我腿脚不方便,不宜出远门,你们去找齐我要的药材,我就帮你们占卜。"

王飞鸟几人"哦"了声,觉得还好。

做剧情任务,很多都是帮 NPC 找东西,隐藏剧情顶多是麻烦一点,这没什么。

姜辰这边的系统自动答复:"好,什么药材?"

占卜师开心地嘎嘎一笑,从抽屉里掏出一张纸,递给他们。

几人拿过来一看,发现上面密密麻麻写了一大串,少说有十几种药材,越往下越难找,怕是要跑大半个地图。

占卜师继续提醒道:"背面还有一个,是最重要的,别漏下。"

几人闻言翻面,对上六个狗爬的字:红纹狮王的牙。

这成了压倒骆驼的最后一根稻草。

王飞鸟的理智"啪"地断线,把自家老爸经常噎他的句子用在了这占卜师身上:"你咋不上天呢!"

姜辰也被这一长串的名单弄得有点恶心,但对最后一个有点不明所以。

过去三十年,游戏里加了无数东西,虽然他在正式开服前看过资料,但重点关注的是陌生的职业、竞技场、赏金墙及几个副本,不可能把新加的怪都看一遍。

他问道:"这个很难?"

王飞鸟几人意外地看向他:"大佬你以前没玩过游梦啊?"

姜辰没吭声。

他对着方景行时乐意给一句实话,在其他人面前却不愿多说别的。

方景行在内测的时候就试出姜辰以前可能没玩过,解答道:"红纹狮王是最厉害的野怪。"

王飞鸟补充道:"而且是满级怪!"

苟盛:"红纹狮其实不难打,但它们的狮王是真的超级难打。"

本宫最美:"平时都得组队去打它,一个人是打不过的。"

榨紫:"打还是能打过的,方队某次直播就单人弄死过它。"

王飞鸟几人异口同声:"你当咱们是方景行啊!"

逸心人扫了眼好友,笑着附和:"就是,你当咱们是方景行啊。"

苟盛说道:"咱们现在只有一个 40 级的,其余都是 30 多级,狮王是 99 级满级,咱们得人人都有方景行那个水平,才有弄死它的那么一丝丝希望。"他看着两位大佬,"这么说吧，它不是野图 boss[1]，但享受野图 boss 的排面，每次开服首杀，系统都会给个公告。"

想了想，他还觉得不够，问道："大佬，你知道游梦的赏金墙吗？"

姜辰点头。

赏金墙以前就有，虽然这些年也加了很多东西，但他并不陌生。

苟盛道："狮王的实力，是单人赏金墙五星级的难度。"

姜辰："哦。"

这么一说，他心里大概就有数了。

苟盛听着这不咸不淡的"哦"，哭笑不得。

刚才都白说了，大佬没玩过游梦，更没打过狮王，他们再怎么形容也没用，让他打一次就知道厉害了。

他只好说道："总之这个狮王咱们现阶段打不了，其他的有几个也够呛，因为也是满级怪身上的东西，咱们先把能找的都找了吧。"

姜辰再次看看单子，心里默念不杀生，收了起来。

占卜师见他收了，嘎嘎一笑，更加开心了，慢条斯理地伸出一根手指："这是我其中一处伤需要的药材。"

七人小队："……"

占卜师从抽屉里拿出第二张纸，上面又是一堆字，笑道："这是我另一处伤……"

姜辰不等听完，冷着脸走过去踹了他一脚。

可惜这次的 NPC 踹不动，占卜师丝毫不受影响，用那破锣似的声音继续说："需要的药材。"

他伸手一递，等着他们接。

王飞鸟几人的脸色一时间都不好了。

这货刚刚说有几处伤来着？每处一张单子，这是要找到地老天荒吗！

方景行思考了一下下："我觉得……"

他这话还没说完，姜辰直接开了仇杀。

封印符犀利地直扑过去，占卜师那满是褶子的脸瞬间喷血。

王飞鸟几人震惊："我去！"

在游戏里，有些 NPC 是不能打的，无论怎么攻击都毫发无损。

而有些是能打的，比如主城的守城军，玩家要是主动攻击他们，他们立刻就会反杀回去。NPC 的血槽厚、攻击高，打他们基本是吃力不讨好，更没个奖励能拿。

---

[1] 野图 boss：野外地图刷新的 boss。

眼前这个NPC既然能流血，就意味着他肯定要反击。

果然，占卜师顶着一脸血愣了两秒，紧接着拍案而起，尖叫道："老子和你拼了！"

姜辰的封印符精准地扔进他的嘴里。

占卜师刚往前迈出半步，就从嘴里喷了一口血，看着更惨了。

王飞鸟几人目瞪口呆。

方景行跟着开了仇杀，一个黑暗诅咒扔过去，占卜师全身开始冒黑烟。

王飞鸟几人再次惊叹一声，看着占卜师冲到近前，终于回神，便也纷纷开仇杀，做好了一起躺尸的准备。

谁知打了五分钟，占卜师"嗷"的一嗓子就扑街了。

然后他自己哭哭啼啼地爬起来，哆哆嗦嗦回到椅子上窝着，把第二张纸收回去："好嘛好嘛，就那一张单子好了。"

王飞鸟几人："？？？"

还能这样？

他们沉默一瞬，之后不等大佬发话，冲过去又把他按在地上摩擦了一顿。

不过这次没用了，占卜师鬼哭狼嚎就是不松口，崩溃道："没得商量，不愿意你们就滚，我不帮你们找人了！"

王飞鸟几人遗憾地放下武器，看向两位大佬："就这样了？"

方景行笑道："嗯，最初他不是说过想恢复容貌吗？这应该是他的底线，这张单子八成就是治他脸的。"

于是七人小队离开了木屋。

苟盛等人慢慢回过味，忍不住给大佬吹彩虹屁。

隐藏剧情是一层难过一层的。

上个NPC能踢动，便给了玩家一定的暗示，过剧情不能用一般的法子来。这次的NPC虽然踢不动，但可以开仇杀试试的，他们怎么就没想到呢！

不愧是能发现隐藏剧情的大佬！

榨紫："我终于知道内测那个为什么打了二十多天都没通关了。"

本宫最美："太循规蹈矩。"

苟盛："不懂变通。"

王飞鸟仍没想明白其中的关窍，只觉得这两个人是真牛×，附和道："对对对！"

逸心人笑了一声，没跟着插话，打开任务栏查看单子。

姜辰听他们夸起来没完没了，淡定道："没有，我就是想打他。"

他确实有一点模糊的猜测，方景行一开口他便知道他们想到一起去了。

但这只是一小部分原因，主要还是因为他想杀生，占卜师自己作成这样却让他们买单，神态又太贱，他得打一顿才舒坦。

他一边往传送阵走，一边也看了看单子，觉得能找人收。

他这个账号绑的是老爸的银行卡，卡里是他的钱。

打比赛挣的钱比较少，直播的多，有几百万，这三十年里钱生钱，就更多了。老爸听说他玩游戏要绑银行卡，就给他这张卡里打了五十万，现在就收点材料而已，也不贵，完全花得起。

这念头刚起，就见一条喇叭上了频道。

逸心人把现阶段能收的都挑了出来，在全服高价收购。

发完他笑道："走吧，想办法去弄剩下那几个材料。"

帮众都习惯了逸心人这种风格，乖乖跟着走了。

姜辰见状便没矫情，进了传送阵。

剩下几个材料都比较难弄，他们打了一下午只弄到一个。

姜辰准点下线，晚上七点才又上来，见他们这段时间在方景行的带领下利用地图坑死一个满级怪，得到了一个新材料，顿时满意。

跑任务枯燥又无趣，他们便抽空打打本，调节一下心情。

三天后，他们就只剩一个红纹狮王的牙还没弄到手了。

王飞鸟说道："这个是真没办法，咱们只能练级了。"

方景行研究着地图，看向封印师："那个召唤符拿出来看看。"

姜辰："没写次数限制。"

方景行听他这么说就知道他也动了同样的心思，笑着对王飞鸟他们道："其实可以打打试试。"

王飞鸟几人一点信心都没有："这能怎么打？"

方景行："等我回来再说，我有事下了，晚上聊。"

他挂机下线，直奔机场，接到了干活归来的谢影帝。

二人没有在外面吃晚饭，而是直接回了谢家。谢承颜带他进了卧室，拿起床头柜上的眼镜，问道："是什么样的字符号？"

方景行说道："有数字、字母、繁体日文和标点。"

谢承颜一听就头大，扫描虹膜解锁设备，递给方景行，让他自己看。

方景行接过来戴好，进去后首先看见的是谢承颜默认登录的刺客账号。他退回到主界面，在里面翻找记录，很快找到内测的标识，急忙打开，对上了一条信息：

ID：{xu-5cc 毅の!

职业：封印师

等级：53

他把眼镜一摘，看向正在一边等待结果的谢承颜，眼神明亮："是他。"

023.

谢承颜虽然想过有这个可能，但当真的确认时，还是有些意外。

人的思维有时候是会骗人的，总是努力搜集各种蛛丝马迹来拼凑自己想要的结果，所以他都做好了"他们想太多"的心理准备，谁知竟真的是那个人。

他啧啧道："你们这缘分不浅啊。"

方景行心情大好，笑着"嗯"了声。

谢承颜出主意："咱们可以约他出来吃个饭。"

"他不一定还在这边，可能之前只是来做个手术。"方景行愉悦地勾起嘴角，"但阿姨认识他，这是肯定的，她什么时候回来？"

谢承颜看了眼时间："已经下班了，我问问。"

他说完便给姜诗兰打了一个电话。

那边没有接，倒是楼下传来车声。谢承颜走到阳台一看，发现正是姜诗兰的车，两人便一起下楼，帮着姜诗兰提包拎菜。

姜诗兰在院子里见到方景行的车，对他的出现并不意外，笑着问："你们没吃饭吧？"

谢承颜道："没有。"

姜诗兰就知道没有，不然儿子会提前告诉她晚饭不用等他。

她说道："那你们坐一会儿，我去给你们做饭。"

谢承颜回来没看见家里的阿姨，又见是他妈亲自买的菜，便懂了："阿姨请假了？"

姜诗兰："嗯，她家里有事。"

谢承颜："我爸呢？"

姜诗兰："他今天加班，在研究院吃。"

谢承颜应声，等他妈换完衣服下楼，便跟进厨房帮忙。

方景行自然不会干坐着，也跟了进去。姜诗兰劝了几次都没用，只好随他们去。

谢承颜的父亲排行老三，没有继承家业的压力，一心只想搞研究，但谢家的家底毕竟不是摆设，谢承颜是含着金汤勺出生的，除了当演员拍戏辛苦一点，就没吃过别的苦。

方景行更不用说，除了当职业选手的时候累点，也没怎么吃过苦。

两位少爷往厨房里一站，只会择菜和洗菜，或是偶尔帮着递个东西。

可即使这样，两个人也干劲十足，几乎有点掌控全场的意思。

姜诗兰看着他们殷勤的模样，一瞬间甚至怀疑他们做了什么坏事。

联盟男神方景行哪怕洗个菜，姿态也十分赏心悦目。

他察觉到一旁的视线，微微侧头，问道："怎么了阿姨，需要什么？"

姜诗兰摇头，继续忙着手里的活。

等到一顿饭做完，她看着这两个孩子端菜盛饭，还绅士地为她拉开椅子，便好笑地坐下："说吧，什么事？"

谢承颜道："妈，你还记得大概三月还是四月的时候，你找我要过游梦的设备吗？"

姜诗兰没想到是问这事，顿时一怔。

她观察着他们的神色，说道："记得。"

谢承颜道："你送给谁了？"

姜诗兰："一个朋友。"她不动声色地问道，"怎么了？"

谢承颜道："他打游戏特别厉害。"

方景行跟着接话，把事情简单叙述了一遍，表示自己很想签他，所以想了解一下他的基本情况。

姜诗兰沉默了一下。

景行的俱乐部，她当然是信得过的，也希望姜辰将来能够继续打比赛。

可姜辰参与冰冻项目这事，只有作为直系亲属的父亲、大哥和她知道，此外没告诉任何人。现在项目陷入僵局，有保密协议在，她不能往外说。即使她不是亲属，身为研究员的职业操守也让她不能开这个口。

但她不能直接告诉他们"我不能说"。

因为景行这孩子太聪明了。

她是看着他长大的，这孩子温柔体贴，懂事听话，招人喜欢，却并不简单，很多事只要露一点端倪，他就能推敲出一个大概的轮廓。这么多年，她就没见他吃过亏。

所以她只能尽量往实话的方向上说，免得最后弄成"一个谎言用无数谎言去填"的局面，让景行抓到漏洞。

姜诗兰说道："他的情况有点特殊，我需要先经过他本人的同意再告诉你们。"

方景行和谢承颜齐齐感到意外。

他们本以为"你把我的东西借给谁"这种小事，谢承颜简单一问就行。

即便他们知道那封印师不打职业可能有些内情，但他俩一个是亲儿子，一个是相当于干儿子一般的存在，更别提刚刚还大献殷勤了一番，依姜诗兰的性格，肯定会说的，谁知竟然不行。

方景行不禁开始思考，是什么样的特殊情况让姜诗兰都不好开口，嘴上却说道："那算了，不用去问他，我和他相处一段时间，自己问吧。"

他能猜出封印师或许有某种顾虑，来问姜诗兰也是因为不清楚具体情况，怕贸然去问弄巧成拙，便想从她这里打听一下，看看自己能不能帮忙解决。

如今既然问不出，那就最好不要让封印师知道这事，免得一个不高兴又拉黑他。

于是他换了问题："他现在还在文城吗？"

姜诗兰："在。"

方景行："他身体是不是不好？我听说他做过手术。"

姜诗兰："已经康复了。"

方景行点点头，没有再问别的。

起码他知道了那小子就在这座城市里，哪怕再次消失，他也能通过姜诗兰找到。

谢承颜倒是对封印师有些好奇，毕竟隔着网络，谁知道对面的究竟是什么人。

他问道："他多大？真是男的？"

姜诗兰无奈道："是男的，十八。"停顿了一下，又改口道，"不对，十九了。"

方景行听得好笑。

那小子上次果然是看自己不顺眼，非要让自己喊他"叔"。

谢承颜感慨："那么年轻，刚好是适合打比赛的年纪……哎，他喜欢什么？我下次出去拍戏或录节目，给他带点礼物，跟他说我认他当弟弟。"

姜诗兰看了他一眼，努力控制住表情："再说吧。"

她不想再继续，于是岔开话题，问道："这次能在家里待多久？"

谢承颜道："明天拍个杂志封面就没活了，能待大概一个月，休假。"

姜诗兰笑了："嗯，你是该适当休息了。"

一顿饭吃得和和气气。

饭后方景行留了近一个小时，这才起身告辞。

谢承颜把人送出门，回屋看着亲妈："他到底什么情况？我保证不告诉景行。"

姜诗兰："别问了。"

谢承颜搂着她的肩膀卖萌："说说嘛。"

姜诗兰："人家的隐私。"

谢承颜这才闭嘴了。

姜诗兰犹豫了一下，嘱咐道："他看着可能有点不爱理人，但人很好，你们在游戏里好好相处。"

谢承颜："我知道。"

他回屋洗完澡，一边擦着头发一边给好友发消息："完了，我妈连我都不说。"

方景行正在开车，手机把文字转成了语音。

他听完便又想起了先前的问题——到底是什么事让姜诗兰不好开口？

普通的家庭原因，应该不至于。

那是身体有残疾或缺陷，不想抛头露面？

一般这种人都会有些自卑，可那封印师却不像自卑的人。不仅不像，那个脾气怕是能把别人搞自卑了。

方景行脑中闪过那位角色斯文，实则操作一点都不斯文的封印师，下意识勾起一个微笑，回复道："别问了，慢慢来吧。"

反正人已经在眼皮子底下了。

他开车回家，上楼冲了澡，戴好眼镜进入游戏，发现谢承颜早已进来了。

不过影帝目前只有可怜的27级，出不了领域，帮派里的人去带他升级了。

姜辰自然在列。

他们这三天打了几次本，都已升到40多级，打领域的小副本根本不费事，他便懒得尽全力打，和谢承颜一起划水[1]聊天，听见外甥大逆不道要认他当弟弟，立刻拒绝。

谢承颜很意外。

这小子是他的路人粉，又喜欢他小舅舅，还认识他妈，更是被景行看中想招进俱乐部的人……缘分如此之深，他便想认个弟弟，本以为十拿九稳，结果人家不同意。

他问道："为什么？"

姜辰："我不喜欢别人喊我弟弟。"

谢承颜退而求其次："那你喊我哥。"

姜辰看着他："有什么区别？"

谢承颜道："有啊，我不喊你弟，只是你单方面喊我哥。"

姜辰："不干。"

谢承颜道："你总不能让我喊你哥吧？"

姜辰："你喊我这个ID就行。"

谢承颜道："这多生分。"

姜辰很赞同，便也退而求其次了一把："我在家里的辈分大，不然你喊我叔，我不

1　划水：团体活动中偷懒的行为。

喊你侄子？"

谢承颜心想：你这就有点过分了，中二期没过完啊？

他认真道："十方俱灭挺好听的。"

话题到此结束。

二人另起了一个新的话题。

姜辰给大外甥讲起了隐藏剧情。

谢承颜听得津津有味，尤其是踹看门大爷和群殴占卜师的环节。他啧啧两声，深深地觉得这小子挺有意思，问道："真不认我当哥哥？我带你见明星。"

姜辰："不认。"

谢承颜感兴趣地问："那怎么你才认？"

姜辰淡定道："你PK打得过我，我就认。"

谢承颜见小队的人都在专心打boss，便凑近一点，压低声音道："我打不过你，我小舅舅肯定打得过你，我听景行说你喜欢姜辰，你知道他是我小舅舅吗？"

姜辰看了他一眼："哦，是吗？"

谢承颜听他语气平淡，心想：果然是知道的。

他还没有提起内测号和他妈的事，见这小子装傻，便暂时跟着装傻："是，不信哪天我去我外公家，咱们视频，我给你看看我小舅舅的奖杯。那可是游梦联赛第一赛季和第二赛季的奖杯，还有第二赛季的MVP……"

他想借着小舅舅的威风把这个弟弟认下，但说到这里便觉得自己既幼稚又对小舅舅不尊重，更生出了一点惋惜的情绪，便说道："我看过他比赛的视频，是真的厉害，可惜没能和他说过话。"

姜辰沉默了下，摸了摸他的头。

谢承颜挑眉，中二少年竟然还会安慰人。

他想起自家亲妈对这小子的评价，暗道人貌似是不错。

姜辰收回手："你觉得你小舅舅和方景行谁厉害？"

谢影帝还是有点偶像包袱和节操的。

他没有无脑吹，实话道："这个说不好，但如果他们PK，我肯定站我小舅舅。"

姜辰点头，对这个外甥很满意。

他看看外甥这一身时装，估计不缺别的，便送了点花。

游梦有送花系统，鲜花可以用来表白，也可以表达喜爱和崇拜之情。

各排行榜里的人气榜，就是按照收花的数量来排的。国服的送花语录入乡随俗，选取的是古诗词，有些还做了少许改动，玩家只要送够一定的数量，就能在里面任意挑选喜欢的发出来。

　　姜辰把那些山无棱天地合之类的全部过掉，勉强选了一个不那么像表白的诗词，按了发送键。

　　[系统]玩家十方俱灭向玩家青盐赠送99朵玫瑰，此夜芭蕉雨，缘是眼前人。

　　谢承颜的周身浮现出鲜花特效，愣了愣，笑道："突然送我花干什么？"

　　姜辰："你值得。"

　　谢承颜一时摸不准他的意思，正想再问一句，只见一条消息顶了上来。

　　[喇叭]男神想嫁：[截图]这是本人？？？

　　玩家们好奇地点开，震惊了。

　　十方俱灭看着又冷又不好说话，开服至今就只冒过一次泡，还是噎人的，这么一位主竟然会给人送花，这是什么情况？难道本服的第一盆狗血要有后续了？

　　副本小队恰好打完boss，几个人看看这两位当事人，摸完尸退出去，在门口遇见了过来找他们的暗冥师。

　　他们虽然也吃过瓜，但经过这几天的相处，都能看出封印师和暗冥师不是那么回事，就是不知道其中有什么纠葛，以及这位被封印师钦点加进队伍的青盐和他又是什么关系。

　　此刻见这三人凑上，榨紫几人默默挪开一点，给暗冥师让路。

　　方景行点他们进队，说道："走吧，打十人本。"

　　榨紫几人："……"

　　不是，99朵花啊，不发表个看法？

　　曾经为爱被烟花突突的事，你忘了？

　　他们又看看这三个人，听见逸心人干咳了一声，只好忍住探究的欲望，朝十人本的地点走去。

　　后面三个人慢悠悠地跟着，方景行看了一眼某个浑小子，不得不承认心里是有一点点酸的，他这些天陪打本陪练级陪钓鱼还陪过剧情，自认为从来没对其他人这么好过，却连一朵花都没有。

　　他开玩笑地道："只送他，不送我？"

　　姜辰："路人粉。"

　　方景行好心提醒："我记得内测的时候，某人也说过是我的粉丝？"

　　姜辰很淡定："那是刚粉上。"他看向方景行，"粉上的当天过得太热闹，就决定不粉了。"

　　方景行："咱说点良心话，那天也不是我一个人有错。"

　　姜辰沉默。

当时确实是他站着给人喊 6 在先，才弄到一发不可收拾的。

方景行见状笑道："现在有没有重粉的意愿？"

姜辰："没有。"

谢承颜在旁边听着，顿时幸灾乐祸地笑出声，见八卦群众都在呼唤他，问他被大佬送花有什么想法。

游戏世界，大家都不知道他的身份，他比较放飞，便冒了泡。

[喇叭] 青盐：因为我值得 [得意]

八卦群众一看他冒泡，再次激动，纷纷询问暗冥师有什么想说的。

暗冥师本人没什么想说的，就是有一丝微妙的不平衡，想着以后一定要让这封印师心甘情愿给他送花。他在送花系统里翻了翻，看见一首诗，觉得很合心意，就用了。

[系统] 玩家暗冥向玩家十方俱灭赠送 99 朵玫瑰，衣带渐宽终不悔，为伊消得人憔悴。

姜辰不为所动，简单道了声谢，继续往前走。

谢承颜看了一眼好友，觉得太惨了，给他一个安慰奖，诗词直接系统随机。

[系统] 玩家青盐向玩家暗冥赠送 99 朵玫瑰，问世间，情为何物？直教人生死相许。

榨紫几人忍着回头的冲动，终于到了副本门口。

一行人便进去打本，等到出来，他们看着这三个人，想知道会不会发生点什么，就见封印师平静地说道："我下了，明天见。"

榨紫几人："……这就下了？"

姜辰道："嗯，睡觉。"

谢承颜是八点多上线的，陪着他玩了一会儿，也就到九点半了。

榨紫几人和他玩了三天，知道他每天固定时间下线，今天这个情况依然雷打不动，再次觉得这人是个狼㜺，望着他原地消失了。

谢承颜有些意外："他这么早睡觉？"

方景行："他作息规律。"

谢承颜佩服，跟着他们换了另一个十人本。

榨紫和其他几人暗中观察，发现刺客和暗冥师的关系不错，但没什么火花的样子，估摸他们送花可能是送着玩的。他们觉得这答案特别不惊喜，榨紫嘴角抽搐一下，老实下来，成功把刺客带到了 35 级。

谢承颜终于迈出领域，去选了体系，加入如意帮会，又和他们玩了一阵便下线了。

转天早晨，众人八点半集合，坐在帮会的会议室里，听暗冥师讲解打狮王的思路。

简单讲，他们有一张灵槐给的召唤符，说是必要的时候能喊她帮忙。

方景行说道："我看了地图，琉光河刚好从狮王的领地经过，咱们把它引到河岸，让灵槐打。"

如意的人竟不知还有个外援，问道："她打得过吗？"

方景行："不知道，试试吧。"

有道理，总比他们练级强。

八人小队便去买了点药，通过传送阵抵达草原。

游梦的满级怪大都是主动怪，只要玩家进入一定的范围，它们就会主动对玩家发起攻击。

内测时发现那个隐藏剧情的地点就在满级怪的野区，正因如此，至今没人敢摸过去开任务。他们这次要找的药材里也有几个满级怪身上的，好在都是小怪，而不是难缠的小怪首领。他们打的时候便蹭到野区边缘，战战兢兢地引来一只，拉到一旁慢慢磨，这才没搭上命。

相比而言，红纹狮就要好很多。

大概游戏策划是觉得狮王已经够难杀了，不想让玩家在打狮王的同时被小怪骚扰，所以红纹狮难得地被弄成了被动怪，只要不打它，它就不会搭理你。

不过几人看着在身边来回溜达的齐腰高狮子，还是觉得有点瘆得慌。方景行说道："一会儿打狮王的时候注意点攻击范围，别打到这些小怪。"

王飞鸟："这谁控制得住啊！"

方景行："那你们别动手，我来拉怪。"

王飞鸟几人一齐看着这个脆皮："你拉得住吗？"

方景行："应该可以。"

两分钟后，他们看见了狮王。

它比小怪大了一圈，身高足到成人胸口，身上的纹路呈暗红色，狰狞恐怖，全息里看着尤为可怕。

王飞鸟等人看看狮王，又看看二百多米开外的河岸，觉得要凉。

他们等级低，速度也慢，根本跑不过狮王。它两口下去就能弄死一个人，假设运气好能跑出十米，最起码也得留下二十多具尸体才能跑完这条路。

王飞鸟咽咽口水："你……你真行？"

方景行："嗯，你们下河，封印师留下。"

王飞鸟几人：啥？

苟盛："你都不用我们帮着扛一扛？"

本宫最美："奶妈也不要？"

榨紫："就你们两个？"

王飞鸟："还都是脆皮！"

逸心人懒洋洋地说道："别废话，听指挥。"

副帮主发话，几人立刻闭嘴。

他们默默下河，远远地望着那两个人，想着一会儿去收个尸。

剩下的二人相互对视。

方景行笑着问："你懂吧？"

姜辰："懂，开。"

方景行很放心，走到狮王面前，一个普攻扔过去，转身就跑。

狮王咆哮一声，冲上前就是一口，暗冥师瞬间只剩10%的血。

王飞鸟几人："……"就说吧，两口一具尸体！

方景行头也没回，在它咬第二口之前吃了药，把血加满。

下一秒，血条又只剩了10%，于是他又换了另一种红药，很快再次剩下10%。

王飞鸟等人看得心惊肉跳。

但凡嗑药慢一步，他就得躺尸，这简直和走钢丝没什么区别。

出发前，他们把现阶段能买的红药都买了，一共有四种。

但游戏里的药都是有冷却时间的，不到一定的时间，不能继续嗑。

"第三种了，"苟盛说道，"他嗑完第四种，第一个能冷却好吗？"

"不能，"逸心人说道，"时间不够，太短。"

王飞鸟哀号："那完了。"

说话间，方景行嗑完了全部的药。

狮王一口咬过来，他再次剩了10%的血，刚想开口，姜辰那边就出了手，一个普攻外加一个单体攻击，立刻把狮王的仇恨值抢了过去。

于是他代替方景行，拉着狮王继续跑。

方景行在旁边跟着他，问道："它的攻击频率摸出来了吗？"

姜辰这两天看了狮王的资料，说道："不用担心。"

方景行便不问了，看着姜辰恰到好处地补血，没出半点差错。

他满意地笑了笑，等到封印师也吃完一遍药，他这边的药就冷却好了，便快速叠加伤害，把狮王的仇恨值再次抢过来。

王飞鸟几人直接震惊了。

"我去！"

"牛×！"

"大高手啊！"

"是我等凡人有眼无珠！"

逸心人听说过封印师的实力。但知道是一回事，亲眼所见又是另一回事。

诚然拉怪就是个基本功的事，职业选手基本都能做到，但有一点得考虑进去：这是封印师第一次打狮王。

只看一遍方景行那短短十几秒的拉怪操作，就能完美地做下来，难怪方景行那么精的一个人，肯下功夫陪这人玩游戏，果然值得。

两个人相互交替拉怪，动作流畅得像官方宣传片，眨眼间就把狮王成功拉到了河岸。

姜辰当机立断，掏出召唤符就用了。

只见河水翻腾，熟悉的女孩跃了出来，方景行和姜辰动作一致地躲到她身后。灵槐正要询问找她什么事，抬头就见一只狮子张开血盆大口冲向她，"呀"的一声拍了过去。

狮王的血"唰"地下去将近三分之一。

王飞鸟几人："……"

这仇可结大了，狮王立即扔下玩家，专门盯着灵槐咬。

灵槐"呀"地又是一招，狮王的血再次下去三分之一左右。

众人看得爽快不已，纷纷给小姐姐打call。

然而小姐姐出来的时间有限，打完第三下，便对姜辰他们一挥手，走了。

几人："……"这是人干的事啊！

外援默认和玩家一队，狮王失去了第一目标，便把目光转到其余人的身上。

它只剩不到10%的血，怒意满值，一个群攻砸过去，级别最低的谢承颜直接扑街，剩余七人则全部残血。

它紧跟着加了一个单体攻击，目前仇恨值最高的方景行刚及时补完一口血，又只剩下一丝血皮。

姜辰见状急忙把仇恨值往自己这边拉，奈何狮王再一轮群攻，队里又扑街了三个，其中包括没来得及跳出攻击范围的方景行。

大腿[1]没了一个，剩下的一个独木难支。

几秒后，河面上浮起一片尸体。狮王雄赳赳地吼了一声，威风凛凛地走了。

八人小队原地复活，没有气馁，因为他们都看到了胜利的希望。

如果放在平时，狮王哪怕只剩10%的血，也不是他们这个级别能对付的，但灵槐小姐姐的攻击能破防和减防，他们打起来会容易很多。

---

[1] 大腿：游戏中可以带领团队走向胜利的玩家。

方景行说道:"再来一遍,这次你们不用下河,等灵槐和它对上,我和十方俱灭就上岸找你们,咱们在岸上和它开团。"

其余几人一齐点头。

水里动作受限,太难受了。

方景行又交代了一点儿细节,便带着封印师重新去找狮王。

两人有了第一次的经验,第二次游刃有余,把灵槐召唤出来就走了。等狮王找上他们,他们已经摆好了阵型。

两个大腿加顶尖的指挥,虽然中间有过乱子,但都被成功稳住了。

几个人热血沸腾,攻击一股脑儿地砸过去,狮王仰天怒号,"砰"地栽倒。

瞬间只见一个金色的公告飘了上来:恭喜玩家十方俱灭、暗冥、王飞鸟、苟盛、榨紫、逸心人、本宫最美、青盐成功击杀红纹狮王,达成首杀成就!

全服炸锅。

[世界] 负一米:???

[世界] 情字当头:???

[世界] 镜中人:是我疯了还是系统疯了?

[世界] 佐佑:挨个查了一遍,一个51级,六个40多级,还有一个才35级!

[世界] 一粒橙:这能打得死狮王?

[世界] 漠北讨鱼干:狮王把他们全吃了怕是都不够塞牙缝的。

[世界] 板蓝根:人呢,吱一声!

[喇叭] 王飞鸟:哈哈哈哈哈,爽!

[喇叭] 苟盛:尽管羡慕,牛×的人生你们也只能羡慕了。

[喇叭] 榨紫:来,好好看看,它的第一次被我们得到了 [飞吻][截图][截图][截图]

众人急忙点开,发现是狮王的尸体截图,又惊叹一轮。

[世界] 负一米:我去!

[世界] 此门皆吾友:我去!

[世界] 放开那只鱼:我去!

[世界] 镜中人:我书读得少,这到底怎么打的!

[世界] 论文好难写:我书读得倒是挺多的,但臣妾也想不明白啊!

[世界] 风衣太长:来来来,跟我们说说,咋打的?

然而八人小队没有再冒泡。

他们拿到狮王的牙,便集齐了全部的药材,回去交给了占卜师。

占卜师高兴极了,迫不及待地熬了一大碗黑乎乎的东西,对着镜子糊在脸上,把剩余的小半碗倒进瓶子里，嘎嘎地笑道："这可是好药，听说都能起死回生呢，肯定能治好我的脸。"

王飞鸟道："那你直接喝了，不是能治好全身吗？"

占卜师充耳不闻，没再浪费时间，哼着小曲拿出水晶球，说道："信物给我，我帮你们占卜。"

谢承颜很好奇："他顶着这么一堆药占卜，不会对神灵不敬吗？"

姜辰："谁知道，看着吧。"

说完取下加里的信物，递了过去。

占卜师握在手里念念有词，只见水晶球发出亮光，短暂照亮了昏暗的木屋，那张惨不忍睹的脸也带上了一层神秘色彩，让八人小队大为意外，觉得这占卜师不是吹的，似乎真的挺厉害。

片刻后，占卜师放下吊坠，"哇"地吐出一口血。

八人小队："……"难道又要出幺蛾子？

占卜师道："咳……咳咳，我……我查到了……"

八人小队："……"哦，幸好查到了，你倒也不必如此多戏。

占卜师掏出药丸吃了一颗，慢慢缓了过来。

他写下一个坐标，说道："我只能找到这里，再靠近就不行了，他应该就在那边。"

姜辰接过，见任务成功刷新，便转身往外走。

其余人跟着他，刚要推门，就听见占卜师兴奋地要洗脸，又不约而同地转了回来，想把这点儿剧情过完，看着他恢复容貌。

占卜师不在乎他们围观，快速洗掉药，拿起镜子一看，只见满是皱纹的脸上又多了一片血呼啦的痘。

八人小队："……"救命，他们的眼睛。

占卜师和王飞鸟顿时一齐大叫，都特别有真情实感："啊啊啊啊啊！"

本宫最美立刻踢了王飞鸟一脚："你鬼叫什么，吓我一跳！"

王飞鸟痛心疾首："没有治好，咱们辛辛苦苦弄的药材就被他这么糟蹋了，我恨啊！"

其余几人一时竟无言以对。

方景行笑着提议："你可以再打他一顿。"

王飞鸟看看在那边哭得上气不接下气的小作精，抬起武器又放下了，说道："算了，他已经够惨了，咱们走吧。"

一行人很快抵达坐标位置。

眼前是一片幽暗的森林，散着薄薄的雾气，哪怕是在白天，也没什么光线能透进去。

姜辰看了一眼地名：绝望森林。

他问道："有多绝望？"

方景行笑道："这里不显示坐标，路痴容易迷路，里面有毒的东西多，不小心踩到就会中毒。"

姜辰点点头，觉得还好。

八人小队进了森林，开始找人。

他们在这边专心做任务，论坛那边则已经炸开了。

今天是周六，上午上线的人比工作日多，辰星映缘打死红纹狮王的事刚被发到论坛，那个帖子就火了。玩家们讨论了半天，完全想不明白他们是怎么打的。

35L：难道是因为隐藏任务，这是做任务，给降了难度？

42L：降难度，系统不会给公告。

47L：那这是咋打的，辰星映缘的问出来了吗？

56L：我们问了，他们不说啊。

红纹狮王作为游梦里的最强野怪，是很有排面的。

只一个上午，继"大佬集体裸奔"后，游梦的另一个话题"辰星映缘红纹狮王首杀"也上了热搜。

各俱乐部的网瘾少年从被窝里先后爬起来时，这条消息已经进了热搜前十。

几位队长都打过狮王，对此也很意外，看完名单，目光在暗冥师的身上停留了两秒，几乎同时问了一个问题："方景行在哪个服？"

新人们是关注过八卦的，说道："以前在辰星映缘，现在不知道。"

几位队长道："以前？"

新人们便把知道的说了一遍。

几位队长抽空翻了翻论坛，把某人的爱恨情仇扫了一遍，看着那什么"为伊消得人憔悴"的见鬼截图，除了知情的TQ战队队长，其余几人全部恍然大悟："原来他找的是个封印师。"

新人们不解："啊？"

几位队长的思路基本一致。

他们指着那几张截图，说道："方景行还在辰星映缘，他在，谢承颜肯定也在，谢承颜一直玩的是刺客。"

他们在青盐那句"我值得"上面画了一个圈，"这是谢承颜。"

至于这个封印师……方景行肯为他挨烟花突突，又在游戏里送花，不是真爱就是另有所图，看方景行这么豁得出去，八成所图不小。

几位队长道："你们现在全转服去辰星映缘。"

新人们又是一呆："啊？"

几人看着截图里那位外形斯文的封印师，说道："去试试这个封印师。"

热搜加持，辰星映缘的玩家仍在讨论这件事。

新成立的"老当益壮"帮会里，一群早就退役的"老年人"坐在一起研究了半天，齐齐摇头。

"不行，想不明白，现在的年轻人太可怕了。"

"是职业的干的？"

"这个等级，那也够呛啊，老杜你说呢？"

被点名的人淡淡道："现在还在打比赛，职业选手没这么多闲工夫，方景行倒是退役了，可能里面有他。"

"只一个大神管什么用？"

"嚯，这小队里的封印师走的是攻击体系，是个输出，他们能打死狮王，这封印师至少不水。"

"那又怎样，他还能到辰辉兰乐那个级别吗？"

"你说得也是，所以到底怎么打的啊！"

几人又讨论了片刻，没得出个所以然。

眼见快到中午，他们有的要做饭，有的要接孩子下补习班，便各自散了。

而造成这一切的八人小队在绝望森林里徘徊了一上午，没找到人，只好暂时作罢。

谢承颜下午要去拍杂志封面，不能来，遗憾地和封印师说了一声，听见对方说等他晚上一起打，忍不住又问了一遍要不要认他当哥哥，被拒绝后说道："那咱们加个联系方式吧，不上游戏也能联系。"

姜辰今年的生日礼物就是手机，里面只有家里三位成员的名字。

他犹豫了下，和外甥互加了好友，只是提醒了一句："我不方便接视频，能接语音。"

谢承颜道："好。"

方景行见状也凑了过来，同样加了封印师，顿时心满意足，目送他下线了。

姜辰照例散步吃饭，然后午休。

迷迷糊糊睡到两点十分，只听手腕上的手机一响，他点了接通，一条语音瞬时响起，温润的声音中带着淡淡的笑意，是苏倒无数粉丝的联盟男神。

"睡醒了就上线，我们找到人了。"

姜辰忍不住侧了一下头。

他反应了几秒，看了一眼手机，对某人有了新的认知。

虽然有点糟心，也有点讨厌。

但……声音还挺好听。

024.

姜辰上线的时候，方景行就站在一旁等着他。

暗冥师额角的纹路印在苍白的脸上，整个人冷傲又邪气，和这片绝望森林十分相称。

然而下一刻，对方便带着笑向他打了招呼，顿时冲淡了角色给人的感觉。

"来了？"

姜辰顶着封印师斯文的脸，淡淡地"嗯"了声。

他听着方景行叙述找人的经过，问道："你怎么不用你自己的声音？"

游梦有很多音色能选，但玩家也可以不用，直接用本音也行。

这货的声音，不用可惜了。

方景行："粉丝太多，怕被认出来。"

他一向精得很，只这一句便能猜出个大概，依这封印师的脾气，能特意问他，八成是觉得他自己的音色更好。

他笑道："你觉得好听？"

姜辰实在不愿意夸他，拒不承认："也就那样。"

方景行自然不信，下意识地想调回本音证明一下。

但胳膊刚抬起一点便回过味儿来，觉得不合适，有撩人的嫌疑，于是放弃了。

姜辰更不会在意这点小事，问完也就翻篇了，跟着他往森林深处走，得知逸心人他们要去和NPC对话，说道："我答应谢承颜要等他一起打。"

方景行笑道："你到地方看看就知道了。"

二人很快到了一棵大树下，逸心人他们都在这里。

姜辰见他们正仰着脖子，便也抬起了头，见树叶的缝隙间隐约露出一个长条状的白茧，沉默了下，不知第几次觉得，这隐藏剧情是真的贱。

方景行说道："派一个人上去和他对话就行，青盐就是在这儿，也得在下面干看着。"

姜辰点头。

这种情况，他们完全能把任务先领了。

王飞鸟已经在爬树了。

树干上有很多藤蔓，刚好能作为落脚点，就是爬着麻烦一些。半天他才爬上去，停留两分钟又下来了。

队伍里的人都看见了新任务，是要采集毒液。

王飞鸟说道："他说他早晨被这里的大蜘蛛缠住了，用蜘蛛的毒液才能化开蛛丝。"

苟盛："蜘蛛呢？"

王飞鸟："说是去山洞里睡觉了，要晚上再爬出来，一边赏月一边吃他。"

还挺会享受，过中秋啊？

几人无语，一起往林外走。

过了半分钟，方景行突然停住了脚。

其余几人回头看他，逸心人道："怎么？"

方景行："我在想……游戏时间和现实是同步的。"

王飞鸟不明白他为什么提这个，说道："是啊。"

其余脑子转得比较快的人，都懂了。

依这隐藏剧情一贯的套路，那句"晚上"不太可能是随便说说。

如果他们是晚上接的这个任务，或许一扭头就能撞见蜘蛛。然而在白天接，由于不清楚蜘蛛晚上到底几点吃，万一他们来得晚，搞不好到时候它已经在赏月消食了。

几人立刻原路返回去取毒液，之后把人放了下来。

姜辰和方景行打量了那人一眼，觉得应该和灵槐是亲兄妹，至少头发和眼睛的颜色都一样。

加里穿着简陋，样子比较狼狈。

他看着灵槐的吊坠，眼眶通红，带着他们到了一间草棚里，哑声道："我受到了诅咒，出不了这片林子。"

七个人一齐看着他。

加里："你们能不能帮我解开诅咒？"

成，妥了。

领到了新任务，终于能暂时离开森林，几人商量了下，决定去打本。

打本要容易很多，几个人打得轻轻松松，气氛特别融洽。

上午打死狮王的亢奋劲儿还在，王飞鸟他们现在只要看见这两位大佬打怪，就会想起那行云流水的动作。

王飞鸟说："你们这么厉害，怎么不打职业呢？"

方景行眼皮一跳，心想：踩雷了。

他率先开口："别提了，我打过训练营，只待了两个月就走了。"

这是一句实话。

他那两个月进步神速，被弄到替补去了。

但王飞鸟几人不知道，只当他是没合格，都同情了他一把。

苟盛安慰道："可能和模式有关，我感觉你在全息里很厉害，可以再去试试。"

方景行暗中踹了逸心人一脚，轻轻呵出一口气："厉害什么，那只是基本功而已。别说了，换个话题。"

王飞鸟几人听他语气低落，惊觉可能是戳到了人家的痛点，于是快速聊起别的。

逸心人默默看看自己被踹的腿，扫见那边一直没吭声的封印师，顿悟。他知道某人有护短的毛病，便给帮会成员挨个发消息，告诉他们别哪壶不开提哪壶。

姜辰当然能看出方景行是在帮他解围，看了他一眼，随手打死几只小怪，顺着地图又往前走了一段路，实在没有忍住。

[私聊] 十方俱灭：你脑补了什么？

方景行见他竟愿意提，有些意外。

他回得很谨慎：没脑补什么。

[私聊] 十方俱灭：我听听。

方景行思考几秒，试探地输入一行字：你应该接触过职业，受过正规的训练，对吗？

姜辰点头。

方景行既不笨又不瞎，这事根本瞒不住。

方景行见状便知道这话题暂时没踩雷，继续往下说。

[私聊] 暗冥：我以前猜过你可能是不得志，受过误解或不公平对待，导致对这个行业心灰意冷。

[私聊] 十方俱灭：现在？

[私聊] 暗冥：现在觉得不可能，你要是真受过气，有我这么一条橄榄枝，你肯定会加入我的俱乐部，等着以后在赛场上虐死老东家。

[私聊] 十方俱灭：嗯。

方景行笑了笑。

这封印师的脾气，真的很合他的胃口。

[私聊] 暗冥：所以我猜你要么是因为打职业造成过比较大的遗憾，要么是身体的原因让你没办法打。

姜辰又给了一个"嗯"。

[私聊] 暗冥：我能帮上忙吗？

[私聊] 十方俱灭：不能。

[私聊] 暗冥：现在游梦出了全息，比赛模式由键盘转全息是必然趋势，全息大大降低手速的门槛，更能延长选手的职业寿命，不会只是吃青春饭了。你的实力完全打得了全息，如果你有任何顾虑都可以和我说，我会尽量帮你争取。

姜辰懂了。

这货大概是觉得他可能有点身体缺陷。

方景行见他沉默，犹豫几秒，下了剂猛药。

[私聊] 暗冥：我有件事想和你坦白。

[私聊] 十方俱灭：说。

[私聊] 暗冥：你生气归生气，但能不能别拉黑我或者玩消失？

[私聊] 十方俱灭：行。

[私聊] 暗冥：我查过内测的人，昨天在承颜的设备里看见了你的账号，找姜阿姨问过你的事，她没告诉我。

方景行想告诉这个封印师，他知道他就在这座城市里，知道他们之间就隔着一个姜诗兰，只要他愿意，他们就能见面聊天，所以其实可以不用有太多顾忌。

姜辰沉默地看着这家伙。

难怪大外甥好好的非要认他当弟弟，原来如此。

方景行见他要抬起胳膊，急忙提醒："你说过不拉黑我。"

姜辰遗憾地放下了手。

想一想觉得这是在告诉对方他猜对了，又不爽地抬起来，说道："我是回消息。"

方景行忍着要到嘴边的笑："嗯，你回。"

姜辰看着他前面发的这一大串，措辞一番，给了句实话。

[私聊] 十方俱灭：我因为身体的关系，短期内打不了比赛，并不是我不想打。

[私聊] 暗冥：严重吗？我去看你？

[私聊] 十方俱灭：不用，等我出院，我会第一时间考虑你的俱乐部。

[私聊] 十方俱灭：这个话题到此为止。

[私聊] 暗冥：好。

方景行看着消息记录，觉得迈出了一大步。

本以为要很久才能试探地提起这事，没想到误打误撞，竟然说开了。

于是他便联系了逸心人。

[私聊] 暗冥：你把那几个拉一个群。

[私聊] 逸心人：我挨个嘱咐过了，放心。

[私聊] 暗冥：我给你转账，你找机会给他们发点红包。

逸心人："……"你脸变得这么快的？

他倒也不笨，猜到方景行怕是趁机和封印师谈了点事。

想了想觉得自己挺冤，便把方景行那一脚还了回去。

几人打了一下午的本，重新回到绝望森林，挂机下线。

晚上七点半，他们全员到齐，开始帮加里解除诅咒。他已经困在森林近十年了，解除诅咒的关键在附近的小部落里，那个部族有一块圣石，偷过来就行。

圣石自然是有人看守的，巡逻的人按照一定的规律来回走动，路上还有很多障碍，只要出一点差错，他们就会被追杀。

这事看似麻烦，但对方景行和姜辰来说再简单不过，方景行轻轻松松就溜了进去，拿到圣石后，几个人一起往森林跑，成功带着加里走了出来。

榨紫："哎，咱看门大爷不是说他妹妹和加里是一起的吗，他妹妹呢？"

苟盛："谁知道，他之前提了吗？"

王飞鸟："没有，他就说自己被蜘蛛抓了。"

加里依然没提起护卫的妹妹，跟着他们来到离森林最近的琉光河，看着灵槐从水里出来，震惊道："你……你怎么……"

灵槐"哇"地就哭了，冲过来抱住他："哥！"

加里红着眼接住她，嘴唇颤抖片刻，给了一声"嗯"。

兄妹俩抱头痛哭，加里得知她被关在了河里，心疼不已，摸摸头："你在这里等我，我想办法救你。"

灵槐哭着道："我不想再和你分开了。"

旁边围观的几个人懂了。

兄妹俩闲话家常，所以就他们去跑腿呗。

然而事实证明他们想多了，加里坚持要亲自跑这一趟，说道："你听话，我和这几位英雄一定能救出你的，你再等等。"

灵槐抽噎着说："……好吧。"

于是加里放开她，回到玩家的身边："我们走吧。"

一行人看看任务栏，发现没刷新，估摸暂时是要跟着他，便听话地走了。

结果刚迈出两步，身后突然响起幽幽的低喃，是灵槐的音色，却有些冷。

"你真的信吗？"

几人一个激灵，瞬间转身。

只见灵槐低着头，看不清表情，说道："我当然信，他是我哥。"

"可他十年都没有来找过你。"黑色的雾气自她身上渐渐凝结成形，变成了另一个灵槐，"不仅是他，你那些好朋友也没来，他们……根本不在乎你。"

王飞鸟震惊道："心魔吗？"

加里倒吸一口气："这是诅咒的颜色，她身上也有诅咒，正在迷惑她的心智！"

原版灵槐挣扎道："不，他们只是没想到我在河里！"

诅咒道："可这十年你在琉光河来来回回了无数遍，依然没能看见他们的身影，不是吗？"

"或许是……是我们刚好错过了，"灵槐道，"我相信这些人，他们会救我的！"

诅咒一指玩家，猛地扬声："他们？"冷笑道，"他们一开始就没想过帮你，你忘了！"

灵槐顿时消音，缓缓抬起了头。

王飞鸟当场叫冤："我们这不是一直在帮你吗，你怎么能冤枉人呢，你清醒点啊小姐姐！"

姜辰："……"

方景行："……"

原来当初选择"不帮"的坑在这里！

025.

灵槐面无表情，深海似的眸子变成了暗黑色。

她一眨不眨地看着玩家，低声喃喃："你说得对。"

王飞鸟："喂喂喂！"

谢承颜："这么不讲究？"

苟盛："你们这就有点强行了啊。"

榨紫："窦娥都没我们冤，我宁愿你说我渣过你。"

本宫最美："为了提高剧情难度，逻辑都不要了吗？"

逸心人："我投诉你们信不信？"

姜辰沉默了下，觉得不能让小丫头给他顶锅，说道："她没错，我当初选的是'不帮'。"

河岸边诡异的死寂了一瞬，紧接着几个人齐刷刷看向他："啥？"

不是，这可是隐藏剧情啊，还能有玩家选"不帮"？

图什么啊？再叛逆也不能这样吧！而且都"不帮"了，为什么他们还能打到现在？难道他们一开始路就走窄了，只能活到这一关？

谢承颜问得很诚恳："弟，咋想的？"

琉光河里，灵槐那句话说完，诅咒就满意地笑了，重新散成黑色的雾，慢慢笼罩在她身上。

这么一个紧要关头，姜辰也没忘记舅舅的身份，吩咐道："把那个'弟'字咽回去。"

考虑到在外甥心目中的形象问题，他为自己说了句公道话："我觉得这不是我一个人的锅。"

但凡他身边的某人能劝两句，而不是助纣为虐，他们都不至于走到这条不归路上。

方景行笑道："嗯，我也有错。"

逸心人无语道："你们到底怎么想的？"

方景行："就是想试试。"

王飞鸟几人："……"

这到底有什么好试的？你们真是不怕任务失败啊！

然而现在纠结这些也没用了。

诅咒和灵槐融合完毕，他们眼前出现了一个倒计时。

与此同时，新的任务刷新：灵槐受诅咒影响黑化，他们要扛住灵槐的怨气攻击，整整一分钟。

一分钟后，灵槐就会恢复原样。

如果没能扛住，剧情将冻结三天，作为当初年少无知冷漠无情的惩罚。三天后，玩家才能继续往下打。

倒计时三、二、一！

灵槐瞬间冲到姜辰面前，抬手就是一掌。

"咯啦"一声，姜辰整个人被冻上了。

姜辰："……"

方景行："……"

其余几人："……"

倒计时的时候，方景行和姜辰就带人退到了他们当初试出来的安全区域，但现在还会被打，这意味着黑化后，灵槐的攻击范围扩大了。

方景行二话不说转身就跑，可作为"不帮"的见证者，他在灵槐这里的仇恨值仅次于姜辰，灵槐冻完姜辰，就冲向了他。

方景行自然没她的速度快，也被冻上了。

王飞鸟几人："……"

完了，开局就没了两条大腿。

看这架势，简直是一掌一个小朋友，把他们全冻上怕是用不了十秒钟，坚持一分钟根本就是天方夜谭。

几个人"呼啦"散开，垂死挣扎。

短短三秒，就又被灵槐冻住了两个人。王飞鸟眼看她对着自己冲过来，认命地闭上眼，等着被冻。

姜辰和方景行这时终于从变故中回神，几乎同时想到了一件事，说道："脱衣服！"

王飞鸟这几天听他们指挥听惯了，下意识地扒了身上的装备。

灵槐扬起手要拍下去，猛地对上他的大裤衩和白花花的上半身，"呀"的一声捂住脸，扭头就扎进了河里。

王飞鸟："……"

其余几人："……"

这……也可以？！

姜辰和方景行放心了。

他们突然想起灵槐有这么一个设定，只是不清楚对已经选择体系的玩家管不管用，便想着死马当活马医，没想到这个设定竟然还在。

两秒后，灵槐缓过神，又怒气冲冲地出来了。

还能动的几个人不需要大佬开口，麻利地扒了装备。

"呀！"灵槐再次捂住脸，钻进了河里。

河岸水声潺潺，清风徐来，裹着背景音乐和四个冰块身上的凉意，一起打在几条大花裤衩上。

偶像包袱比较重的谢承颜站在岸边，表情十分微妙："想不到我有一天竟能对一个小丫头耍流氓。"

苟盛："我也……"

王飞鸟："我……我曾经还在河边裸奔过……"

榨紫："我倒是无所谓……嗨，妹子，又见面了！"

刚现身的灵槐扭头又跑了。

如此来回几趟，几十秒后，倒计时结束，他们成功度过危机，被冻上的人也纷纷解冻了。

王飞鸟几人一时不知该说什么好。

不愧是大佬，搞到这一步竟然还能过关。

虽然但是……他们还是不明白，怎么就非要选"不帮"呢！

几个人看看两位大佬，心想算了，大佬高兴就好。

谢承颜："我告诉你们，把今天的事给我忘了，不许往外说。"

苟盛："对，以后哪怕要出攻略，这个细节也不能告诉别人。"

太掉节操了。

另一边，灵槐身上的黑雾消失，恢复了可爱善良的模样，连耍流氓的事都不记得了。

加里更没在意。

他大概只看得见灵槐战胜了诅咒，欣慰地摸摸她的头，带着英雄们回到绝望森林附近的小部落，终于提起看门大爷的妹妹，安晏。

原来他们当年找到这里时，安晏被部落的人抓了，紧接着失了忆，成为部落的圣女。他听说森林里有解药便过去寻找，谁知前脚刚进去，后脚就被下了诅咒，再也没能出来。

他得知灵槐的消息，本想先见到灵槐，和灵槐一起过来救人，没想到灵槐是那个情况，他只能先来救安晏，再带着安晏解救灵槐。

他说道："至于救安晏的办法……"

八人小队顿时认真起来，生怕错过重要信息。

加里："我暂时还没想到。"

八人小队："……"

没想到可还行？

加里说道："总之，咱们先把她绑出来再说吧，劳烦各位英雄了。"

任务刷新：绑安晏。

可以，刚当完流氓，这就要当绑匪了。

一行人来到部落附近，由于圣石丢失，部落里气氛紧张，人比刚才多了一倍。

任务上说绑架安晏必须全员动手。

几个人便在方景行的指挥下偷偷往里摸，可惜人多容易乱，他们试了三次，全部失败。

方景行："这样不行，我去引开他们，你带队。"

姜辰点头。

方景行带走了身为奶妈的本宫最美，想着必要的时候让奶妈补口血。

姜辰几人在原地等候，见那边乱起来了，便带着人直奔圣女的帐子，藏在屏风后蹲守。

半分钟后，安晏回来了。

她戴着圣女的头冠，穿着一身如火的鱼尾裙，整个人艳丽无双。

姜辰几人本想动手，却见帘子一掀，进来几个哭哭啼啼的妇人，对着圣女跪下，双手合十，虔诚道："圣女保佑我族，希望勇士们能尽快找回圣石。"

安晏坐在首位上，温声安抚："放心，会的。"

几个妇人哭了半天，忧心忡忡地走了。

姜辰刚想起身，只见又来了两位妇人，同样哭着祷告。

安晏挂着舒心的笑，劝好了她们，慈祥地望着她们离开，紧接着又进来几个人，跪地就哭，像天塌了似的。

姜辰几人："……"

苟盛低声道："有完没完？"

谢承颜："我怀疑没完。"

王飞鸟："我也是……"

说话间，第三波人也走了。

这时安晏脸色一变，起身就踹了一脚椅子，在帐子里来回踱步："不就是块破石头吗，丢就丢了呗，一个个哭哭哭，哭什么哭！"

姜辰几人："……"

没等他们回神，只见帘子掀开，走进来一个小孩。

安晏秒变脸，温和道："怎么啦？"

小孩拿着一个本子："夫子出的题不会做。"

安晏笑道："我看看，四加六啊，你数数手指头。"

小孩听话地数了数，说道："是十。"

安晏表扬道："真聪明，那下面这个二加四你应该会了吧？"

小孩一脸蒙："不会。"

"……"安晏微笑，"没关系，我教你。"

队伍频道里响起熟悉的声音。

方景行笑着问："还没好？"

姜辰看着这边一大一小数手指头，说道："等会儿。"

这一等就等了三波小孩。

安晏再次给了椅子一脚，怒道："二加六等于七！三加八等于十！你们可真是小天才！手指不够用，那不是还有脚指头吗！放着自己的爹娘不问非要来问我，问完还不会，是嫌我太闲了吗！"

屏风后的几个人默默看着，一言难尽。

苟盛："我跟你们说，她刚被抓走就失忆，还升职成了圣女，我一开始还阴谋论过，以为这些事都是她干的。"

逸心人几人没接话，但心里也是这么想的。

结果没想到,圣女是族里的保姆加锦鲤,什么事都找她,太惨了。

姜辰道:"注意。"

几个人顿时打起精神。

姜辰看着安晏。

她上次曾靠近过屏风,不知这次会不会一样。

他等了等,见她果然又走了过来,便快速冲出去,嘴一捂,麻袋一套,扛着回到了屏风后。

下一刻,帘子一掀,又有人来找圣女。

来人环视一圈,疑惑地出去了,外面还能听到他的声音:"圣女不在,都走吧。"

帐内的几个人走到门口向外望,发现清净了,便扛着人原路返回,见这一路都没有巡逻的,不禁有些好奇。

谢承颜在队伍频道里问:"你干了什么?"

方景行笑道:"圣石是我偷的,还在我身上。"

本宫最美躲在远处观望,详细解释道:"他在祭台这边发现了一个落脚点,爬上去拿着圣石显摆,现在一群人都围着他呢。"

苟盛:"牛×。"

榨紫:"大佬还是这么6。"

王飞鸟:"那你一会儿怎么走啊?"

方景行:"我把圣石扔出去,那个空当够我跑了,不用担心。"

姜辰:"我们出来了,撤。"

方景行笑着"嗯"了一声。

两分钟后,一行人在部落外集合,把安晏带到了加里面前。

他们本以为接下来的任务就是帮着安晏恢复记忆,谁知那两个NPC还没开口,腰间的吊坠便先亮了起来。

同时亮起的,还有姜辰身上属于灵槐和加里的两条吊坠。

四条吊坠飞到半空围成圈轻轻旋转,散出漂亮的淡蓝色光晕。

八人小队一齐看着,注意力却不在见证奇迹上面。

榨紫:"我发现了一个问题,加里的吊坠是咱们看门大爷给的,那加里身上的吊坠应该是看门大爷的,对吧?"

本宫最美:"嘶,交换信物!"

王飞鸟:"难道和看门大爷有猫腻的不是占卜师,而是加里?"

苟盛："所以大爷听见加里的名字能哭成那样，是以为情人和妹妹私奔了？"

方景行心头微跳："不，可能是身份对调了。"

几人猛地看向他："……啊？"

姜辰也看了他一眼。

"猜的。"方景行说道，"我记得刚刚兄妹相认，灵槐喊完那声'哥'，加里的表情不太对，过了一会儿才答应。"

说话间，那片蓝光越来越亮，照在了加里和安晏的身上。

二人都是一怔，紧接着安晏伸手捂住嘴，哭了出来。加里亦是双眼发红，抱住面前的人，哽咽道："我……我换回来了……"

换回来了！

我的妈，这水有点深。

搞了半天，加里和看门大爷的灵魂竟然对调了。

那这段时间和他们朝夕相处的看门大爷，其实是加里？

光晕散尽，两个人抱完，对他们解释了经过。

安晏道："当年灵槐失踪，我哥和加里互换了灵魂，而且没办法对外人提起这件事，我也是看见他们交换吊坠，又伸手比画了半天，这才猜出来的。"

几人心想：原来如此。

安晏道："我们查到是因为中了诅咒，本来想一起去找解决办法，谁知我哥的身体没办法离开主城，而且按照规矩，他是要留下守城的。加里只能代替我哥留下，由我和我哥一起找灵槐和解咒的办法，这才一路找到了这个部落。"

她又说道："我们已经查到给加里和我哥下咒的是部落的上代族长，九石。"

可这没什么用，九石并不在部落里。

而紧接着她就被抓了，后面的事他们都知道了。

王飞鸟一向喜欢打剧情，感情投入得比较深，说道："太惨了！"

安晏却没心思管他的想法，而是握住已经不亮的吊坠，说道："这些只是普通材料做的，却能解开我们的诅咒，会不会就是九石下咒的媒介？"

八人小队反应了一下，精神一振。

灵槐的吊坠也亮了。

所以这些也能解救灵槐？

那他们是不是快通关了？

一群人急忙回去找灵槐。

这次不用他们喊，灵槐早已站在了河面上。

三个人又是一通大哭，灵槐稳定了下情绪，吐吐舌头："对不起，我已经死啦。"

众人都是一愣。

但仔细想想也有些道理，琉光河那么长，她在哪个河段都能被召唤出来，显然是灵魂体。

灵槐道："我终于想起来了，我被一个叫九石的人抓到，他说我的生日和他一样，我越痛苦，就越能给他提供能量。他把我的灵魂扯出身体，说要用你们的痛苦来封印我，下完咒还把吊坠还给了我，可能是想让我每次看见它都难受吧，这是我身上唯一的实物了。"

她说着看向姜辰："哦对了，给你的召唤符也是实物，那是我后来想办法做的。"

姜辰沉默。

安晏说道："我哥和加里的灵魂也不在他们的身体里，虽然你们情况不同，但……但说不定等我们找到你的身体，你也能回去呢？"

灵槐很乐观："我也是这么想的！"说完又苦恼起来，"可是我不知道我的身体在哪儿啊。"

姜辰和方景行异口同声："在主城。"

王飞鸟："啊？"

方景行："她说过所有的河段都能去，只有主城进不去。"

王飞鸟几人都感觉不好了。

这个善良又容易害羞的小姐姐，十年来一直在琉光河游荡。

她至亲的三个人，一个被迫失忆，变成暴躁的圣女；一个困于森林，不得离开；还有一个驻守主城，体内的灵魂正是她最亲的大哥。

他巡了十年的城，每天都从桥上走过，却不知他亲妹妹的身体就在他脚下的河里。

他们的痛苦，全是困住她的能量源。

他们因她而受难，她因他们而被封。

王飞鸟："这么恶毒！"

本宫最美："那么好看的小姐姐，那家伙竟也能下狠手！"

榨紫："这不好，渣也得讲究底线。"

苟盛："弄死他！"

谢承颜："这编剧有点狠。"

等这三个人聊完，他们接到了新任务：**寻找灵槐的身体**。

众人二话不说直奔碎星城，顺着琉光河往前走。

在走到第六座桥的时候，只见四条吊坠再次飞到半空旋转，紧接着一副淡蓝色的冰棺露出水面，一点点升了起来。

如今正是全服练级的特殊时期，绝望森林那边太偏僻，基本没什么人乐意去，因此一行人过得十分清净。

可主城不同。

主城作为游梦大陆的中心，每一天、每一个时段都有人。

他们一进城，玩家们就发现他们队里有两个 NPC，知道可能是隐藏剧情，便都在后面偷偷跟着，想看看是怎么一回事，此刻见到这个场景，顿时激动。

[喇叭] 取名废：快来主城这边看棺材！是隐藏剧情啊啊啊 [截图][截图][截图]

全服轰动。

主城的玩家们一时间都往这边赶，其他地方的也闻讯而来。

三个领域里的人出不来，只能在世界频道上隔空喊话。

[世界] 恰拉得卡：马上退副本，等我！

[世界] 爱别离：我也是，等我！

[世界] 消炎药：为什么是现在，我刚 34 级啊啊啊！

[世界] 醒与醉：我也没到 35 级，求直播啊啊啊！

[世界] 最强傀儡师：直播 +1

[世界] 镜中人：能不能让大佬暂停一下，我离得有点远。

可大佬是不会搭理他们的。

冰棺一出，灵魂归位的正版看门大爷便从帮会里赶过来，和加里几人会合了。

只见冰棺在吊坠的牵引下升到半空，慢慢落在桥上，上面的锁链齐齐断裂。

封印终于打破。

下一刻，熟悉的人影跃出水面，飘到了冰棺上。

周围的玩家立刻"哦哦哦"地叫起来。

"水里又出来一个人！"

"看着好像和棺材里的人长得一样啊。"

"哎呀，这小姐姐有点好看！"

八人小队不理会他们，合力掀开了棺盖。

加里三人冲到棺边，见灵槐紧紧闭着眼，毫无声息，而她的灵魂浮在上方，也没有要进去的意思，便全都低下了头，肩膀颤动。

灵槐吐舌头："唉，就知道是这样。"

她看向姜辰他们，流着泪对他们微笑："谢谢你们，救了我们。"

王飞鸟看着她的身影逐渐变淡，受不了了："不要啊！"

苟盛："做任务已经够累了，还要让我们吃刀子[1]！"

本宫最美："就是，我们打了半天，就给我们一个BE[2]！"

榨紫："美人，我短时间内是忘不了你了。"

姜辰垂眼看着冰棺里的人和三位悲痛的亲友，不太高兴。

这让他想起自己和那几个没救活的人，他开始怀疑是不是他选择的这条路线不对，又认真地在脑海里把剧情过了一遍，突然想起一句话。

——这可是好药，听说都能起死回生呢。

他挥开人群，扭头就走。

方景行讶然，急忙跟着他，见他要往传送阵的方向跑，心念电转，迅速想到关键点。

而就在这时，他们发现前方二十米远的地方有一个熟悉的人影，姜辰立刻一把抓住了他，发现能抓动。

小作精占卜师"嗷"的一嗓子："你干什么呀？我是来治病的，今天不占卜！"

姜辰不理他，拉着他就往回跑，冲进人群，把他按在了冰棺旁。

剧情自动触发，占卜师先是一怔，接着快速掏出药瓶，把剩余的药给灵槐灌了下去。

王飞鸟几人不号了，紧张地屏住呼吸。

周围的人好奇地看着，顺便偷偷记下这一幕。

几秒后，灵槐的身影彻底消散，冰棺里的人睫毛轻轻一动，睁开了双眼。

加里几人顿时一齐向她伸手，哽咽道："灵槐，欢迎回来。"

灵槐"哇"的一声大哭，抱住了他们。

五个人抱在一起哭哭笑笑，连小作精都显得十分可爱。

与此同时，金色的公告瞬间传遍全服：恭喜玩家十方俱灭、暗冥、王飞鸟、苟盛、榨紫、逸心人、本宫最美、青盐率先通关 [灵槐] 剧情！达成完美通关成就！

桥上众人鼓掌："大佬牛×！"

世界频道也热闹不已。

[世界] 生死白头：太牛了，这才几天，隐藏剧情竟然就打通关了。

[世界] 开一扇窗：这有一个星期没有？

[世界] 看见云：注意公告，而且还是完美通关！

---

1 吃刀子：对应吃糖，指让人产生悲伤的情感。

2 BE：不好的结局。

[世界]我的悲伤：牛×的人生果然只能羡慕啊！

[世界]彩虹豆：这也太厉害了！

[世界]等待飞翔：我听说内测那个二十多天都没通关啊。

[世界]我的大小姐：跪了[崇拜]

灵槐几人笑着闹了一阵，相携离去。

冰棺消失，地上出现了一个宝箱。

桥上的玩家看得双眼直冒光。

隐藏剧情的奖励！首杀！而且还是完美通关！这得多少东西！

姜辰抱着箱子起身，说道："回帮派开。"

众人说道："……别这样大佬，让我们看看嘛。"

姜辰："嫌吵。"

众人："我们保证不说话！"

方景行："咦，这还送了一个神器。"

众人："！！！"

方景行笑道："你们的保证好像没什么用。"

众人："……"太奸诈了吧，还带钓鱼的！

八人小队不理会他们的挽留，转身就往帮会走。

刚走到门口，他们就对上了眼熟的看门大爷。王飞鸟的情绪还没缓和，抱着他就哭了："兄弟我知道你心里苦，我都懂，都懂！"

逸心人："咱们打完剧情了，再和他对话应该和别人不一样。"

王飞鸟一怔，便试着和看门大爷对话。

护卫果然是灵魂归位后的状态，笑着说灵槐他们去帮占卜师寻找治病的法子了，很快就会回来。

八个人一齐沉默。

王飞鸟抱着他又哭了："完了啊，那个小作精不把自己作死是不会收手的，你妹妹他们又回不来了啊！"

其余几人哭笑不得，拉着他进了帮会。

众人在花园里席地而坐，看着中间的宝箱。

姜辰："你来开。"

方景行明知故问，那点疑惑装得恰到好处："嗯？为什么？"

姜辰看了他一眼："你说呢？"

方景行笑了笑，伸手打开了宝箱。

CHAPTER THREE

黑色封印师
THE BLACK ROLEBLOCKER.

026.

隐藏剧情通关，全服沸腾，这么热闹，如意的咸鱼们自然不会不知道。

就连对剧情任务一向不感兴趣的几位也都回来看了看，见逸心人他们没有背着人，而是就在花园里坐地分赃，便往前凑了一点。

首杀，完美通关。

这两个条件放一起，基础奖励绝不会差到哪里去，手再黑也能开出稀有材料和套装，只是能不能开到本职的东西这就难说了，所以很有自知之明的姜辰没有自己动手。

方景行掀开盖子，只见光芒一闪，宝箱消失，取而代之的是一堆奖品。

每个人面前都弹出一条长长的清单，首先入目的是两件神器，全是法系职业[1]的，一件是封印师和傀儡师通用的手环，一件是暗冥师和奶妈等职业通用的法杖。

他们队伍里没有傀儡师，这对手环直接归了姜辰。

瞬间一条消息刷了上来。

[系统]恭喜玩家十方俱灭获得神器影钧。

玩家们都在等他们的动静，立刻沸腾了。

神器！

开服第一件神器！

在游梦里，神器极难获得，打副本或世界 boss 是开不出来的。

以前只有两条途径，一是赏金墙或竞技场打到最高段位，用积分换神器；二是花钱找高级锻造师做，但要练到高级锻造师也很难，而且不是百分百出货，因此比较看命。

没想到全息加的隐藏剧情，竟把神器也放在了奖励里。

---

1 法系职业：技能施放魔法攻击敌方的职业。

这意味着那些没实力也没钱的普通玩家，有了一个获得神器的新途径，那就是去打剧情。

[世界] 彩虹豆：我愿用我肚子上的肉，换隐藏剧情的基础奖励不变。

[世界] 晚来天欲雪：想太多，肯定只有首杀才有神器。

[世界] 喜欢夏天：我不听我不听我不听 [哭泣]

[世界] 半熟：那咱们如果找大佬问出攻略，马上转服，是不是也能拿首杀？

[世界] 杯莫停：有道理！

风暴中心的几个人都没理会频道上的消息，而是看了看手环的属性。

手环整体呈黑色，上面刻着复杂的花纹，手镯似的扣在封印师的腕上，看起来无害得就和它的主人一样。可一旦进入攻击状态，它便会迅速弹出锁链缠上主人的手指，那些犀利的封印符都是通过它发出来的。

这件神器恰好是攻击系玩家用的，除了基础属性，还加了暴击和施法距离。

尤其是施法距离，加了三米远，几乎有点逆天。不过这是件满级装备，玩家得升到满级才能用。

方景行笑着问："怎么样，满意吗？"

姜辰点头，有些羡慕这货的手气。

接下来是分另一件神器。

物理系的职业比如战神、剑客等都不参与，便由剩余的几个分。

本宫最美身为奶妈，当然能用，只是有点不好意思。

往常组队打东西，奶妈一向是团队里不可缺少的存在。可这次她基本是跟着两位大佬躺过的，没出什么力，所以拿得有些亏心，暗自戳了戳副帮主。

逸心人很懂自家成员。

他是驱魔师，同样可以用这件法杖，便由他开口主动对好友道："你出力大，也直接拿了吧。"

方景行："不用，按照规矩来。"

逸心人很痛快，一句多余的都不劝。

谁缺神器方景行都不会缺，这次没分到，他以后完全能靠实力去打赏金墙或竞技场，他们没必要操心。

他说："那 roll 点吧。"

所谓 roll 点，就是参与竞争的人轮流掷骰子，谁的点数大归谁。

全息模式下，roll 点投的不是骰子，而是一个半人高类似老虎机的东西，握着拉杆往下一滑，上面就会滚动数字。

方景行第一个来，轻松一拉，只听"叮"的一声：98点。

姜辰："……"

其余几人："……"

行了，大概率没悬念了。

最高100点，某人上来就是一个98，逸心人他们只有roll到99或100才能赢过他。

他们都没有这个命，等一轮roll完，系统自动判定，法杖便到了方景行的手里。

[系统]恭喜玩家暗冥获得神器流涂。

正讨论得热火朝天的世界频道瞬间凝固了两秒钟，紧接着又沸腾了。

只一件神器就够让人眼红的了，没想到还有一件，这奖励也太让人流口水了！

能让人流口水的不止两件神器，还有两件神级套装。

方景行这次手气不错，开出的东西特别偏向法系职业，两件套装里一个物理系的，一个法系的。

姜辰和方景行刚拿完神器，便放弃了套装竞争。

毕竟实力摆在那里，他们想要什么以后都能用积分换，没必要再跟队友抢套装。

于是小队成员也没和他们客气，两轮roll点，分完了套装。

之后是稀有材料，足足有四个，看得王飞鸟咋舌不已："这……这大方得我都有点慌。"

方景行推测道："可能通关时间也是评判标准。"

他们可是避开了不少坑。

一是逸心人氪金改命，把任务NPC聘成了看门大爷；二是某位封印师不耐烦听大爷哭，惊天一脚把人踹下了屋顶；三是群殴占卜师，免去了剩余几张单子的麻烦；四是有张召唤符，现阶段就把狮王打死了。

单是这四点，换别的玩家来，就得费不少工夫。

更别提后面的找加里和绑圣女，尤其是绑圣女，那些玩家如果不能成功把巡逻引开，估计要失败好几次。

王飞鸟几人纷纷点头。

他们这次真的是躺过的，如果没有两位大佬，他们恐怕现在还在给小作精找药材。

不对，他们压根开不了隐藏剧情。

苟盛说道："来，大佬先roll点。"

方景行看向身边的人："你先还是我先？"

姜辰起身上前，握着拉杆一滑。

"叮——"2点。

他面无表情地坐回去，劝着自己要看开。

方景行轻轻笑了一声，紧随其后，roll 了 78 点。

小队成员暂时还不清楚姜辰的属性，只当是随机事件，也跟着 roll 了一下，最后材料被榨紫收入了囊中。

第二个稀有材料开始分配。

这次姜辰没有第一个来，等他们差不多 roll 完，才凑过去。

"叮——" 5 点。

姜辰："……"谢谢啊。

王飞鸟哈哈笑道："大佬今天的运气不好啊。"

逸心人和苟盛几人脑子比他灵活，联想到大佬刚刚让暗冥师开箱，后知后觉地意识到一件事。不过他们没有太早下定论，等这一轮的材料到了谢承颜手里，他们便开了第三轮。

只见封印师斯文地抬手一拉，"叮"的一声，8 点。

方景行："……"

小队成员："……"

围观咸鱼："……"

姜辰忍着炸老虎机的冲动，见周围一片死寂，淡漠地问："都看着我干什么？"

方景行正忍笑忍得十分痛苦，没有开口。

其他几人一齐摇头："没什么。"

感谢大佬手下留情，刚才没有自己开箱。

第三个材料也分配完毕，只剩最后一个了。

方景行拍拍封印师的肩，示意他先来。姜辰早就想赶紧结束了，便过去拉了一把。

"叮——" 13 点。

挺好，终于过两位数了。

姜辰冷着一张脸，扭头往回走。

此时队伍频道快速刷出一排消息。

[系统] 暗冥放弃 roll 点。

[系统] 逸心人放弃 roll 点。

[系统] 青盐放弃 roll 点。

[系统] 苟盛放弃 roll 点。

[系统] 榨紫放弃 roll 点。

[系统] 本宫最美放弃 roll 点。

[系统] 王飞鸟放弃 roll 点。

[系统]十方俱灭获得稀有材料星丝。

姜辰看了他们一眼。

逸心人几人怕他不高兴,正想着劝两句,只听他淡定道:"哦,谢了。"

敞亮!

小队成员顿时更喜欢他了。

方景行对他了解比较深,知道他不会不好意思,笑道:"过来看看后面还有什么。"

姜辰应声,坐回到他身边。

四个稀有材料全部分完,其中两个是世界 boss[1] 能开到的,另外两个则是游戏专门为隐藏剧情新加的,而且应该十分难开出来,所以也给了一个全服的系统消息。

世界频道又沸腾了一轮。

玩家们数了数:两件神器,两件神级套装,两个稀有材料……这还只是全服公告的,没公告的东西怕是更多。

[世界]许你一生:我酸了。

[世界]负一米:这谁能不酸?

[世界]生死与共:我书读得少,游梦啥时候这么大方了?

[世界]鹊不是雀:这绝对跟时间有关,隐藏剧情是官方盖章认定过的难度,你们看他们才打了几天?

[世界]镜中人:帮主,靠你了。

[世界]幸天成:嗯。

[世界]靖安:啥?你们也发现了吗?

[世界]远山:傻,他们这是想花钱买攻略。

[世界]单身快落:啊?这攻略不能共享吗?

[世界]板蓝根:想啥好事呢?要是你有这个攻略,你共享吗?

[世界]仓鼠球:以前有点啥,大佬们的攻略不都共享吗,到他们这里就藏着掖着了?

[世界]沈烦烦:能一样吗?其他服可还没打出来呢,两神器两套装两材料,你免费共享?

然而这世上爱贪小便宜的太多了。

很快玩家们便纷纷在喇叭上喊话,求大佬说说到底怎么开隐藏剧情,反正这个服的首杀已经没了。

有心买攻略的都懒得搭理他们,直接来到如意的帮会门口,希望能和两位大佬面谈。

---

[1] 世界 boss:非副本内 boss,会在野外地图刷新。

看门大爷便尽职地到了花园。

王飞鸟现在看见他就难受，起身又抱了他一把。看门大爷像没看见身上挂着个人似的，对逸心人道："外面有客人来访。"

逸心人扫了一眼频道信息，对封印师道："肯定是找你的，见吗？"

方景行帮着答了："不见。"说完看向身边的人，"听我的，等两天。"

姜辰知道他的意思，轻轻点了一下头。

逸心人便对护卫下了令，告诉那些人不见。

看门大爷应了声，转身离开。

王飞鸟被拖着走了两步，急忙松开手，回来分完剩下的钱，好奇道："对了，那个九石为什么没出现？"

苟盛："咱们是完美通关，所以在这个剧情里，他应该只是个背景人物。"

榨紫："按照游梦的套路，我感觉以后可能会弄成世界 boss。"

本宫最美："那我一定要打，敢欺负我们小姐姐！"

王飞鸟："我也打，敢欺负咱们看门大爷！"

逸心人伸着懒腰起身："行了，都分完了，该干什么干什么去。"

方景行看着姜辰："想去哪儿？"

姜辰看向另一边的大外甥："想去哪儿？"

谢承颜觉得有一点被宠到，答非所问："想让你喊我'哥'。"

姜辰："换一个。"

谢承颜贿赂他："商城里有喜欢的东西吗？我送你。"

姜辰："没有。"

谢承颜："那你喜欢什么？"

姜辰："喜欢你能死了这条心。"

谢承颜认真反省了一下。

从他的视角来看，这小孩和他妈认识，又比他小，他便想认个弟弟。可从对方的角度看，堂堂一个大佬，凭什么认一个菜鸡当哥哥呢？

他说道："我懂了。"

是他们的感情还不够深。

等他们发展到三次元见面，或许就行了。

方景行被无视，心里有点不平衡，再次问："去哪儿？"

谢承颜："听你们的。"

姜辰便道："我随意。"

方景行看看时间，发现快九点了，说道："还可以打一个本，走吧。"

王飞鸟几人都还没走，闻言要跟着一起打。

周围的几条咸鱼也想和新来的两位大佬玩，急忙把他们挤开，说要换人来。这时花园里又进来五个人，正是那几位人气主播。

几位主播每天要开播，因此当时没跟着参与打隐藏剧情。

不过今天的动静闹得太大了，粉丝都知道他们是如意帮会的，便嚷嚷着让他们回去看开箱。可他们经过上次突突自家兄弟的事后，都不敢去触某位大佬的霉头，生生扛到了现在，这才找借口提前下播，回来看了看。

姜辰扫了他们一眼。

五位主播默默后退半步，干笑。

"刚才听见你们嚷嚷着要打本？"

"我们已经下播了，也想打，一起呗？"

"我们技术很好的，大佬随便划水。"

"暗冥你说呢？"

方景行笑道："我做不了主。"

五位主播："……"

还是不是兄弟！

碰见封印师就这么没底线！

你说实话你和他到底什么关系？

"你们一边去，"帮会的情深长寿说道，"懂不懂先来后到？"

榨紫很赞同："对，你说得对，你也后面排着去吧。"

情深长寿一把握住他的手："渣，今晚我给你点儿福利，不需要你回报。"

榨紫瞬间看向封印师，一本正经："大佬，他实力很强，我觉得咱们可以带上他。"

老梧桐发芽受不了他们了，拍案而起："老规矩！"

逸心人笑道："这用抽什么签，20人的本你们这个礼拜都没打吧？打这个。"

他一发话，咸鱼们都闭嘴了。

逸心人说完看向姜辰和方景行，问他们有没有意见，得知没有，便带着众人出了帮会。

门口早已蹲守了不少玩家。

七大帮会的骨干都加了封印师和暗冥师的好友，奈何二人不回消息，他们只能亲自来。

此刻见如意帮会这么多人出门，想想他们不着调的风格，第一反应是：不是吧，看见他们堵门口，这是要开团？

但紧接着他们就发现了逸心人，提起的这颗心又放下了。

有逸心人在场，咸鱼们应该不会干这种事，于是便"呼啦"围了过去，看向貌似好说话的暗冥师："大佬，聊聊？"

方景行："今天没空，改天。"

众人："别呀，用不了多少时间。"

方景行和气地说道："改天聊还能聊，如果非要今天堵着，那就没得聊了。"

众人一静，齐刷刷给他们让了一条路。

有一部分人怀疑两位大佬是要带着帮会成员去开隐藏剧情，于是偷偷跟在后面，结果在传送阵里失去了他们的踪迹，五分钟后才得知人家是去打本了。

不死心的玩家便守在副本门口。

他们就不信这些人不打隐藏剧情，只要他们有耐心，总会等到的。

可惜想得虽好，片刻后两位大佬带队出来，就原地下线了。

姜辰是到时间了，方景行则是收到了直播平台的消息，想起自己鸽了一个礼拜，便去谈事了。

逸心人看了一眼周围的人，发了条喇叭。

[喇叭]逸心人：怎么开剧情只有两位大佬知道，他们都下线睡觉了，今天散了吧。

众玩家："……"

呸，我们才不信，你们肯定是想支开我们！

逸心人自然不会管他们的死活，好心发完这一句，便带着其他人去打别的副本去了。

玩家们继续跟着他们，私下开了不少小群，实时播报他们的位置，争取不放过任何线索。

辰星映缘这边正疯狂着，论坛那边同样不平静。

尤其是打过内测那个隐藏剧情的大佬，哀号了好几个帖子。

他们最近怎么都开不了剧情，原本就动了想买消息的心思。今晚听说有人打通关了，又得知了首杀的奖励，当场就不淡定了。

游梦最不缺土豪。

自己服的土豪如果找过去买了攻略，把本服的首杀拿了，他们可就傻眼了，那可是两件神器啊！

于是他们开始找关系要辰星映缘的号，没关系的则熬夜练小号，准备去找大佬谈生意。

社交平台上也在讨论这事。

"狮王首杀"的热搜还没降，"灵槐通关"的热搜就上来了。

游梦全息这些上过热搜的话题里，除了最开始的美景和妖族耳朵，最近几个全和辰星映缘有关，连不怎么玩游戏的路人都看得出来，辰星映缘这是出了妖孽。

姜辰转天一早刚吃完饭，研究小组的人就过来了。

几人问道："那个十方俱灭是你吗？"

姜辰："怎么？"

工作人员一看这个反应便知道是他，说道："没事，就是问问。"

姜辰见他们有一点欲言又止，淡定道："不该说的我不会说，没人能猜到是我。"

几人一想也是。

谁能想到当年那个赫赫有名的辰辉兰乐还活着呢？

他们简单嘱咐了两句，便都走了。

姜诗兰这时正在走廊，见他们是从弟弟的房间里出来的，问道："怎么了？"

几人道："没什么，小事。"

姜诗兰没有多问，进了姜辰的房间，说道："我刚刚和院长谈过了，过几天母亲的忌日，我能带你出去。"

姜辰一怔，说道："好。"

于是他带着"终于能出去看看"的好心情上了游戏，然后很快被人堵了，说要买攻略。

他又拖了一天，等到第二天，其他九个服的人全到齐了。

神器、套装和材料，这些值多少钱，他的攻略就能卖多少钱。

由于竞价的多，最后直接翻了一倍，九个服的钱到账，他短时间内不仅不用充钱，甚至能把游戏币转成现金，提一笔可观的钱出来。

他给方景行分了成，又给小队成员发了红包，耐心等待一天后，直接公布了开剧情的条件。

这是他和找他买攻略的人提前说好的事。

因为有他的攻略在，普通玩家肯定没法超过他们，为了以防万一，他还让他们先打了一天，这才在本服公开了。

[喇叭] 十方俱灭：除了主城，随便找个琉光河的河段，扔双鞋下去。

全服震惊。

七大帮会这几天一直想买攻略，听说其他服的都买了，还想着该轮到他们了，谁知开剧情的条件他竟然免费公开了。

[世界] 沈烦烦：大佬牛×！

[世界] 喜欢夏天：不愧是大佬！

[世界] 小兔叽：我宣布你以后就是我的男神了[亲吻][亲吻][亲吻]

[世界] 挚爱景行：谢谢大佬，这就去打！

[世界] 镜中人：我不明白，你为啥公开了？

[世界] 藏书：大佬敞亮呗……

[世界] 生死与共：我也想不明白，听说你都没卖给几个帮会，为啥啊？

他们本以为按照大佬的风格，肯定不会搭理他们。

结果没想到，他竟然回答了。

[喇叭] 十方俱灭：我想知道你们正常打，需要多久。

[世界] 板蓝根：正常地打？

[世界] 许你一生：还有不正常的？

[世界] 镜中人：我有预感会很坑，帮主救救我们！

[世界] 幸天成：他不卖。

[世界] 晚来天欲雪：你快求求他！

[世界] 幸天成：……

方景行看得想笑。

他知道这只是一小部分原因，主要还是某人想知道选"帮忙"那条线后面会是什么，他问道："我最近要直播，你看吗？"

姜辰道："在这个服？"

"不在，我让人在别的服练了一个号。"他停顿一下，补充道，"我去开'帮忙'的剧情。"

姜辰道："哪天播？"

方景行笑道："后天下午开始。"

姜辰："行。"

说完这一句，他又看了看频道消息，多给了两个字。

[喇叭] 十方俱灭：加油。

全服玩家："……"

不祥的预感更重了！

027.

隐藏剧情的开启条件一公布，众人连级都不练了，纷纷跑到了琉光河岸。

姜辰他们这边的任务线已经完成。

在他们的剧情世界里，灵槐陪着小作精治病去了，因此他们再往河里扔什么都不管用，但其他玩家还没打这个剧情，依然能召唤出 NPC。

在灵槐那里领到的第一个任务就是去主城找人，因此碎星城一时人满为患。

不过姜辰他们在打最后一个剧情的时候，桥上有不少玩家围观，很多人都录了像，能看出其中一个 NPC 是守城军的装扮，便专门去找守城军对话。只有一个小队的人眼尖，发现他长得像如意门口的看门大爷，就跑了过来。

游戏的逻辑很严谨。

从其他九个服的反馈来看，看门大爷没有被聘请时，爬的是守城军宿舍的屋顶。

被聘请后，由于姜辰他们是自家帮会的人，看门大爷爬的就是帮会成员宿舍的屋顶。如今换成了外来人，他爬的便是会客厅的屋顶。

这天王飞鸟上线后一抬头，就见自家看门大爷坐在房顶哭，旁边围着四个玩家，正默默看着他。

他同情又心疼地看了一眼大爷，去和朋友打了一个本，回来见大爷还在哭。

他便又去主城的商店买了点东西，回来见大爷仍在哭，有点不忍心，跑到外面转悠了一圈，听见逸心人说要开会，这才回来，进门就见那四个玩家在和大爷一起哀号。

"你有完没完啊！"

"这都哭了快一上午了，你想孟姜女哭倒长城来个三天三夜吗？"

"男儿有泪不轻弹，不轻弹，差不多得了。"

"你再喝点酒，快把这点酒喝完，咱们好说事啊！"

王飞鸟："……"

四位玩家看见院子里的他，顿时哭得更惨了。

"这什么情况，我们是不是打错了？"

"救人一命胜造七级浮屠，能不能给点提示，我们是买到假酒了吗？"

王飞鸟比较老实："我们副帮主喊人开会呢，可能就是要说大爷的事，你们等等吧。"

他怕自己心软，说完就进了会议室，留下玩家们继续坐在屋顶号。

姜辰和方景行回来时，见到的就是这幅画面。

他们的心比王飞鸟硬多了，完全不理会屋顶上的求助，直接穿过花园，头也不回地走了。

逸心人早已到了，示意他们随便坐。

等在线的帮会成员差不多都到齐，他便开始了今天的主题，问道："你们都在门口看见了大爷，对吧？"

帮会成员一齐点头。

苟盛说："好像也是分影的机制，那上次他怎么不在门口待着？"

所谓分影机制，就是 NPC 从身上分出一个影子，和玩家建立剧情。在游梦里，有些剧情任务是需要 NPC 协助完成的。如果这个 NPC 跟着某个玩家走了，那其他的玩家过来接任务，岂不是会扑空？所以为了防止这种事发生，便有了分影机制，陪玩家做任务的 NPC 会建立一个临时 ID，为 ×× 小队的某某。

例如无数玩家往河里扔鞋，能扔出无数个"×× 小队的灵槐"一样。

看门大爷也不可能只为一队人服务，让后面的小队排队等他哭完，因此同样遵循这个机制。外面的四人小队领取任务，买酒回来后，在门口是见不到他们小队的大爷的，因为和他们建立剧情的分影已经爬上了屋顶，但别的小队过来，仍能看见门口有一个 NPC。

可上次两位大佬打的时候，看门大爷却没有分影，帮会其他成员在门口也都看不见他。

逸心人："我觉得是聘请的原因。"

他花钱雇守城军是为帮会服务的。

如果成员有事找看门大爷，把对方带到了花园，其他成员自然在门口见不到人。所以上一次方景行他们过任务，被归到了帮会服务的范畴。

换言之，外面的人接这个任务，随时能在门口见到 NPC。而换成他们帮会内部的几个小队做，这几个小队只能排队等着大爷哭完。

王飞鸟："这就有点缺德了吧。"

榨紫："有利必有弊，哪能好事全让咱们赶上呢。"

方景行摸摸下巴："那等后面接任务的人多了，屋顶上会全是分影？"

众人反应了一下，瞬间觉得惊悚。

这个"×× 小队的 NPC"，别人虽然没办法与之对话，但看还是能看见的。

那么等看门大爷的事传开，无数小队过来和大爷对话，屋顶上便会有无数的分影，这些分影如果一起哭……五百只鸭子一起叫唤怕是也不过如此。

谢承颜想一想就觉得吵，问道："你想怎么办？"

"我有两套方案。第一，我解雇他，他以后爱去哪儿哭就去哪儿哭，还咱们清净；第二……"逸心人笑了笑，看着他们，"我把他调到仓库，让他给咱们看仓库，然后把这件事公布出去。"

众人："……"太狠了！

要知道外面的人不经过他们的同意是进不来的。

进不来，也就没办法和 NPC 对话。无法对话，任务就得卡死在这一环。

方景行笑道："你是想收门票？"

逸心人："我也不多收，就 5 个金币，收的钱用作咱们的帮派资金。"

他环视一周："投票，选哪个？"

众人异口同声："2！"

游戏刚开服是最热闹的时候，辰星映缘因为两位大佬的存在，目前是玩家最多的一个服。

这么多人做任务，哪怕是组了队，每队 5 枚金币，累计起来也是一笔超级巨款啊！

"就让他哭吧！"

"用我爸的话说，男人哭吧哭吧不是罪。"

"我大不了先不回来，不听噪音。"

"我也是。"

他们说着说着意识到一个严重的问题，又沉默了。

"等等，都不愿意回来，谁收钱？"

"而且咱们以后万一遇见什么事需要集体行动，恰好有玩家来做任务，发现没人收钱会骂人吧？咱们总不能每次都在帮会留一个人看着。"

"对，要是有夜猫子半夜三点接任务，这怎么办？"

逸心人："那是以后的事，我先趁着这一波热度收笔钱，等咱们的人都做完这个任务，钱也收得差不多了，我就解雇他。"

众人觉得靠谱，立刻给他们伟大的副帮主鼓掌。

逸心人笑道："那来排个班，也不多，每人守一个小时。"

众人都没意见。

听五百只鸭子哭而已，为了这笔钱，没什么不能忍的。

实在不行屏蔽游戏音效就完事了，再说他们是守门口的，可能听不清里面的动静。

众人商量完，愉快地散了会。

逸心人出门后给看门大爷调岗，随即发了条消息。

[喇叭] 逸心人：灵槐任务第一环寻找主城守城军，NPC 的名字叫柯克，对话后买酒，回来把他踢下屋顶，就能顺利进行下一环任务 [截图][截图][截图]

主城的玩家们都在找这个 NPC，找到差点崩溃，见状急忙点开图片，发现有一个四人小队已经接到了任务，正坐在屋顶上陪着 NPC，顿时热泪盈眶。

[世界] 烽火：我去！

[世界] 缺衍：好人啊！

[世界] 九九：谢谢大佬 [哭泣]

[世界] 喜欢夏天：如意的人真的太好了！

[世界]镜中人：我咋这么不信呢？

[世界]沈烦烦：眼瞎？截图看不见吗？

[世界]藏书：我以前听说如意都是一群奇葩和咸鱼，现在一看根本不是那么回事，这世道好人难做，肯定是你们这些大帮派在抹黑他们！

[世界]镜中人：……有没有大帮派的出来抱头哭一场？

[世界]情字当头：[流泪]

[世界]仓鼠球：大佬别理他们这些小人，看看我，求问这个NPC在哪儿啊[星星眼]

[喇叭]逸心人：这话问得好，这个NPC早已被我雇佣，是我们帮会的门卫，不过现在被我调去看仓库了，想进门需要经过我们的同意。门票，5枚金币。

全服玩家："……"

！！！

[世界]镜中人：[沧桑点烟]

[世界]藏书：我错了，传闻果然是真的[大哭]

[世界]晴朗：你们这是绑架全服玩家！

[世界]地老天荒：无耻啊，我举报你们！

[世界]苟盛：我们真金白银雇的看门大爷，既然能雇，他就得听我们的安排。

[世界]老梧桐发芽：就是，犯哪门子规矩了？

[世界]负一米：你们这么干，儒初知道吗？

[喇叭]逸心人：他知道，他说收15枚金币，但我觉得不太好，你们这么想他，要不我喊他上来，让他定价吧。

[世界]九九：别！

[世界]榨紫：你怎么没说呢，早说啊。

[世界]情深长寿：折个中吧，10金。

[世界]喜欢夏天：不要脸[大哭]

[世界]镜中人：不愧是你们[大拇指]

姜辰看着他们在频道上讨价还价，扫了一眼成员信息。

儒逸帮派由两个人创建，帮主儒初，副帮主逸心人。

但他进来这些天，就没见帮主上过线。

儒初的等级一直是35级，好像就只是练到有资格离开领域，建立一个帮会，便完成任务撒手不管了似的。

他问道："帮主什么情况，你知道吗？"

"他最近有事，等再过几天，你应该就能看见他了。"方景行详细说明了一下，"他的实力比阿逸强，但不太管事，哪怕在线，大多数情况下也是阿逸主事。"

姜辰"哦"了声，跟着他进了副本。

这时门票的价格已经定下来了，依然是 5 枚金币。

逸心人没有踩着玩家的底线定价，5 枚金币谁都掏得起，因此很容易被接受。

七大帮会看得捶胸顿足。

这么一大笔钱，怎么就让如意的赶上了！

他们明明建立帮会的时间比如意早，要是也能狠心买守城军，而不是买普通的护卫，这笔钱搞不好就是他们的了！

"这是踩了什么狗屎运啊？"

"而且两位大佬也被他们招去了。"

"已经知道第一环怎么过了，帮主，咱们还不开剧情？"

"再等等。"

以十方俱灭那个嘲讽的个性，能连着冒好几次泡，说明这隐藏剧情肯定有坑。

他们当然得先观望一下，让别的玩家替他们蹚个雷。反正本服的首杀已经没了，晚点接也没关系，他们得尽量缩短通关时间，多拿些奖励才合算。

有这个想法的人不在少数。

此刻"老当益壮"帮会里，几位成员也在讨论这件事。

"啧啧啧，现在的年轻人啊，了不得。"

"这赚钱的脑子，厉害。"

"有钱人只能更有钱，我刚刚看了，雇守城军可不便宜。"

"那个四人小队应该要开下一环了，坑到底在哪儿？"

"这谁知道……对了老杜，你不是说暗冥师有可能是方景行吗？你问问他。"

"我不确定。方景行这小孩鬼主意多，他不一定会说实话。"

"你堂堂游梦联盟的主席，他能不卖你面子？"

"就是啊，你问问他，万一是他呢？"

"咱们拖家带口的，哪有那么多时间耗在隐藏剧情上！"

"是啊，去问问。"

联盟主席杜飞舟点点头，给方景行发了一条消息："你在辰星映缘？"

方景行这时刚打完副本的 1 号 boss，见到消息一怔。

他没有隐瞒："嗯，主席看了热搜？"

那边回得很快："我也在这个服。"

方景行的心思转了转，问道："是吗，主席加帮会了吗，要不要来如意？"

杜飞舟不是一个喜欢说废话的人，直接道："和以前的老朋友建了个帮会，我们想打隐藏剧情，来问问你坑在哪儿。"

方景行就知道八成是这个事，暂时没回。

他关掉聊天框，示意队友们刷小怪，拉着封印师在后面划水，低声道："我有朋友也在这个服，想打隐藏剧情，来问攻略。"

姜辰："随你。"

方景行笑道："他人品不错，我可以确定他不会往外说。"

姜辰点头。

方景行便把攻略发给杜飞舟，同时不忘给封印师拉好感："我问了我朋友，他说没问题，只是暂时先别告诉别人就行。"

杜飞舟道了谢，把攻略发到队伍频道。

几位退役老选手凑在一起看完，齐齐咋舌。

"一开始要选不帮，这谁想得到？"

"还有群殴 NPC，我的天……"

"原来狮王是这么打的啊，有召唤符。"

"对付黑化的 NPC 要脱衣服？这个条件他们是怎么试出来的？"

"有想法，真是个人才！"

杜飞舟身在游梦联盟，这些年一直没怎么脱过坑，自然也打过狮王。

他回忆了一下地图，便知道按照方景行他们那时的等级，至少得两个人才能把狮王拉到河边，便又联系了方景行："谁和你一起拉的怪？"

方景行回复："封印师。"

杜飞舟："就他一个？"

方景行："嗯，是个高手。"

杜飞舟："职业的？"

方景行："以前接触过。"

杜飞舟便懂了。

接触过，大概率是受过训练。拉狮子就是个基本功的事，这两个人确实够了。不过想到那是攻击系的封印师，他便忍不住多问了一句："有多厉害？"

方景行："保密 [微笑]"

杜飞舟了然。

看来那封印师应该很有天赋，让方景行想签进俱乐部。

他没有再问别的，和几位朋友去打剧情去了。

观望的人一直等到将近中午，终于看见了一个坑。

[喇叭] 酒肉穿肠：我去这该怎么打啊啊啊 [截图][截图][截图] [截图] [截图] [截图] [截图] [截图] [截图] [截图]

整整十张图，玩家们都震惊了。

他们一一打开，发现很有规律，长名单加短名单，长的密密麻麻，短的……都是游梦里能排得上号的野怪。

[喇叭] 酒肉穿肠：一共五张单子，正反面我都截了，要全部找齐，你们瞅瞅 [大哭]

全服玩家："……"

这也是人能玩的游戏？

这还不得找一两个月啊！

[喇叭] 枇杷蜜柑：那什么……我觉得十方俱灭他们应该只打了一个狮王，也就是一张单子。

[喇叭] 酒肉穿肠：我知道啊，但我们不知道哪一步错了啊 [崩溃][大哭]

七大帮会的骨干一齐擦汗。

"我说什么来着，果然有坑！"

"太可怕了，光是看着这些东西我都要疯了。"

"是啊，但咱们该怎么避开呢？"

全员沉默。

几位帮主又看看单子，实在遭不住，便凑在一起开会，讨论是去别的服找大佬买二手攻略，还是和十方俱灭谈。

姜辰这时已经下线午休去了，完全不知道别的玩家有多惨。

哪怕知道，他也不为所动，照例打本练级。一天的时间很快过完，转天下午他准时打开直播软件，差点被满屏的礼物晃瞎眼。

方景行是做过预告的，粉丝们早已等待多时，见男神终于出现，顿时疯狂尖叫。

姜辰这是第一次直面方景行的人气，暗道联盟男神果然不是吹的。

方景行按照上次匆匆下线时的约定露了脸，笑道："好不容易练到五十多级了，都别扒我，哪怕扒了也自己知道就行，别往外说。"

粉丝们时隔大半年，总算又看见了男神的神仙脸庞，更加激动。

"啊啊啊男神我爱你！"

"男神咱们可以不打游戏，就聊天嘛！"

"你非要打游戏也行，请用原声。"

"对！"

"对对对！"

方景行见他们刷起了屏，轻轻一笑："不行。"

姜辰感觉这声轻笑好像直接撩在了耳膜上。

他不自在地摸了摸耳垂，见方某人把眼镜一戴，说道："好了，露完脸了，开始打游戏。"

说完他不管哭号的粉丝，登录了账号，直到彻底进入游戏，这才把直播切进来。

这个号是他让助理帮忙练的，和俱乐部的新人在一个服，好友列表里都是俱乐部的人。

他暂时没喊他们组队，而是走到琉光河岸，掏出一双鞋："听说剧情是这么开的，今天打打看。"

他笑道："不用的装备，玩家一般都去商店卖了，当初发现这个剧情的人真是个天才。你们觉得到底是什么原因，让他往河里扔鞋？"

姜辰："……"

正想着刷点礼物的姜辰沉默地收回手，不想送了。

弹幕说什么的都有。

方景行粗略地扫了一眼，笑了笑，不置可否。

他把灵槐弄出来，听见她请他帮忙，看着选项："这个……不能有玩家那么有个性，选'不帮'吧？"

姜辰冷眼旁观，见他选了"帮忙"。

只见灵槐特别高兴，把信物递给他，然后挥挥手，扎进了水里。

没有召唤符。

姜辰思考了一下。

这样看，选择帮忙，打狮子会困难些，但后期黑化的剧情可能不会像他们遇见的那样，一掌冻一个人。

而选择不帮，有召唤符在，打狮子会容易，但后期黑化想不到脱衣服的办法就会被冻结三天——选这条线在不满级的时候才有优势，因为满级后，八个人组队，打狮子再困难也不会困难到哪里去，召唤符就显得鸡肋了。

好奇心得到了满足，姜辰也懒得再听这货啰唆，方景行还在主城里找守城军，他便自己回到了游戏里。

谢承颜刚好上线，便跟着姜辰去打本，一直陪他玩到吃晚饭，然后晚上继续玩到了九点半，觉得和他相处得很融洽，便决定再接再厉，端着哥哥的架子温和地说道："晚安好梦，明天见。"

姜辰看了他一眼："我明天上午有事。"

谢承颜道："没关系，我等你上线。"

姜辰应声，感觉大外甥今天还挺听话，便摸了把他的头，这才下线。

姜辰休息了一晚，第二天早早睡醒，等着姜诗兰来接他，坐车离开了研究院。

三十年过去，城市的变化很大。

他安静地看着窗外，一路到了西区的墓园，戴着口罩下来，跟着家里的三位成员走到了母亲的墓前。

他微微侧头，在母亲的墓碑旁看见了自己的墓。

当年他的人气太高了，收到他去世的消息，联盟的朋友、队友和粉丝肯定都会过来祭拜他，因此姜康乐他们就为他弄了一个墓。

不过时间是治愈一切的良药。

三十年过去，大概不会有什么人来看他了吧。

大哥姜辉瞥见他的视线，说道："那个杜飞舟还记得吗？他每年都会来看你。"

姜辰先是感到意外，继而了然。

杜飞舟也是文城的人，当年和他的关系不错，大概给家人扫墓的时候会顺道来看看他。

他关注过以前的人，大部分都不知去向，倒是杜飞舟很出息，现在是游梦联盟的主席。

姜辉："等你出院，记得请他吃个饭。"

姜辰点头。

给母亲扫完墓，他暂时没回研究院，而是去了以前的家，打算一家人吃个午饭再走。

姜辉："承颜是不是回来了？不会突然过来吧？"

姜诗兰："不会，他说中午去找景行吃饭。"

姜辉放心了，亲自下厨给弟弟做了一桌子菜，刚往桌上一端，只听房门突然被打开，一个熟悉的身影进来了。

谢承颜的指纹早已录进他外公家的锁，根本不需要敲门，直接就能进，进门后说道："你们刚吃啊，我来拿点……"

他猛地看见坐在沙发上的人，说话声戛然而止。

姜辰："……"

姜家三位成员："……"

谢承颜的脑子一片空白。

屋里四个人一时间也没开口。

两秒后，谢承颜神色僵硬地扭过头，看向了三位长辈。

三位长辈一齐看着他。

只见谢承颜抖着手往姜辰坐的方向一指，舌头都打卷了："你们看……看……看得见吗？我我我小舅舅的鬼魂，跟着你们从墓园回……回……回来了。"

姜辰："……"

姜家三位成员："……"

028.

谢承颜会来外公家，纯粹是意外。

他知道今天是外婆的忌日，也知道他妈和外公他们要去祭拜。

他从小就没见过外婆，隔着代，谈不上有什么感情，但每次恰好赶上，他还是会问问需不需要跟着。

姜诗兰："不用，我去就行。"

她看了一眼坐在餐桌前还没怎么醒盹的儿子，说道："我中午不回来，阿姨今天回来，让她给你做饭。"

谢承颜："我去找景行吃。"

姜诗兰点点头，开门走了。

谢承颜梦游似的吃完早饭，回屋睡了一个回笼觉，等到睡醒，阿姨恰好进门。

家里的阿姨基本是看着他长大的，彼此的感情十分亲厚，他关心地问了两句，得知阿姨的母亲最近生病，还有腿疼的毛病，想起大舅给外公配过药膏，非常好用，便说给阿姨拿点来。

他摸不准他妈会不会在外公家吃饭，但能确定外公祭拜完外婆，中午肯定回家吃。

如果他没和方景行约好，也就直接联系他妈，让他妈帮着拿了。可他今天正好要出门，反正顺路，所以干脆亲自过去取了一趟。

半路上，他还考虑了一下，要不要拍张小舅舅的奖杯照片发给他"弟弟"看，谁知竟能撞见这一幕。

虽然他自小没见过小舅舅，但一来方景行打职业，他知道自家也曾出过一位电竞大神，便好奇地看过资料；二来俗话说外甥像舅，他这张脸长得像大舅姜辉，不像小舅姜辰，导致他每次在外公家见到姜辰的照片，都会有一点点耿耿于怀，想着如果有姜辰的颜值就好了。

尤其姜辰的眼角还有一颗泪痣，实在太好辨认。因此只一眼，谢承颜就能认出这是他小舅舅。

客厅里一片死寂。

姜辉即使当了院长也和以前一样，有点不着调。他茫然环视一周，问道："啊？在哪儿？"

姜辰也凉凉地回了一句："哦，你能看见我？"

谢承颜的脸色瞬间刷白。

他见姜辰一直盯着他，颤声道："小舅，你……你是有什么诉求吗？我告诉他们。"

姜辰："我想听你再喊我一声舅舅。"

谢承颜立刻听话，喊得特别真情实感："舅舅！"

姜辰很满意："乖。"

谢承颜迟疑，总觉得这个鬼魂太真实。

最初的那阵惊吓过去，理智便重新回来了，他再次看向三位长辈，眼底带着浓浓的探究。

姜诗兰实在没忍住，侧头笑了一声。

谢承颜便知道他们是在逗他。

他大步上前摸了把沙发上的人，摸到一手温热，惊道："你谁？"

姜辰："你舅。"

谢承颜看向姜诗兰："妈？"

姜诗兰："给景行打电话，把午饭取消。"

儿子现在这个状态，绝不能让他去见方景行。

景行是多聪明的一个人，万一儿子没消化完这件事，在景行面前露了只字片语，怕是就会被他猜出来。

谢承颜不是傻子，知道这肯定是件大事。

他急忙走到一旁拨通了景行的号，说临时有事，不去那边了。

挂断电话，他转身折回来，看着他们。

姜辉："洗手，边吃边聊。"

谢承颜便跑去洗了个手，回来挨着他妈坐好，目光一下下地往某人身上瞥，觉得和姜辰太像了，简直一模一样。

姜辰抬眼看他，问道："还想让我喊你'哥'吗？"

谢承颜手里的筷子"吧嗒"一声掉了。

姜辉好奇："怎么回事？"

姜辰："在游戏里遇见他，非要认我当弟弟。"

姜辉顿时乐不可支，觉得大外甥可太逗了，笑道："你可真会挑人。"

谢承颜有点崩溃："这到底是什么情况！"

姜诗兰捡起滚在地上的一根筷子，给他拿了一双新的，然后简单把当年的冰冻项目和保密协议说了一遍。

谢承颜的大脑再次空白，觉得自己需要缓缓。

姜家几位成员吃了两口菜，都看了他一眼，见他木着脸也开始夹菜，估摸差不多要回神了。

姜辉笑着问："你说你怎么想的，以为大白天的活见鬼？"

"……"谢承颜道，"这事不能怪我。"

他要是不知道他们去过墓园，猛地见到一个和姜辰很像的人，兴许不会往那方面想。

但他偏偏知道他们刚从墓园回来，突然看见死去的小舅舅就坐在外公家，他能不想歪吗？

再说，正常人谁会猜到真有人能死而复生？说克隆都比这个靠谱。

而且也不可能是私生子，他小舅舅死了三十年，就算真有私生子，也得三十岁了。

他看向一旁的游梦初代传奇，问道："小舅你说呢？"

姜辰很宠他："嗯，不怪你。"

谢承颜舒坦了，自动忽略了姜辰刚刚也吓过他的事实。

一顿饭吃得很和气。

饭后姜辰陪家人们聊了一会儿，之后起身去自己的房间看了看。

房间的布局变化不大，就是整洁了不少，隐约透出一股清冷的味道。

家具旧了，墙倒是很新，大概老头在他醒后的这几个月里找人重新刷过。他的目光转到奖杯和当年夺冠的合影上，拿起来摸了摸，有些褪色了。

这三十年于他而言只是睡了一觉，但时光却留下了太多深刻的痕迹。

家人变老，奖杯褪色，照片里携手奋战过的队友如今各奔天涯，不知所终。他曾经效命过的俱乐部也被卖了，这些年换了四任老板，早已没有了当年的影子。

谢承颜一直跟着他，神思依然有些飘忽。

他曾一度对家里这位初代大神十分好奇，看过很多他的资料。

比如比赛视频、赛后采访，以及当年的退役画面和去世后的新闻等，但那毕竟隔着一个屏幕，于他仍是陌生的，没想到这辈子竟有机会这样亲眼看见、亲身接触。

说实话，虽然他早就知道小舅舅长得好，可见到活生生的人，还是有点震撼。

姜辰和方景行不同。

方景行温文尔雅，一张脸笑起来很有欺骗性，容易让人晕眩得找不到东南西北。而姜辰的五官则带着锐气，棱角分明，直视时有惊心动魄之感，让人难以忘怀。

外甥像舅。

外甥像舅啊！

为什么他的脸偏偏要拐到缺德大舅的身上，难道是因为大舅和他妈是龙凤胎的关系？

谢影帝不知第几次对这事耿耿于怀，看着比自己还年轻的小舅舅，往那边凑近了一点儿，没话找话："以前过年的时候，我还在你这屋里睡过。"

姜辰看了他一眼："不怕我夜里来找你？"

谢承颜道："……这事过不去了？"

姜辰轻轻笑了一下，把照片放回原位。

谢承颜一怔，感觉他笑起来的冲击力更大，暗道他要是真回来打比赛，再拿个冠军，方景行稳坐了好几年的联盟男神位置，怕是要保不住了。

他问道："你以后要打比赛吗？"

姜辰："要。"

谢承颜："景行一直想招你。"

姜辰："我知道，跟他谈完了。"

谢承颜想象了一下将来姜辰重回赛场的画面，很激动："他要知道是你，肯定会吓一跳。"

不对，到时候整个电竞圈都会地震。

姜辰："记得在游戏里别喊我'舅舅'。"

谢承颜："我知道。"

他回想起最近认弟弟的行为，脸有点隐隐发烫，终于发现自己有多么作死，也终于明白大佬为什么总是对他格外宽容了。

原来是他小舅舅。

原来是他未曾谋面的亲人。

他忍不住问："你什么时候能出院？"

姜辰："不知道，看情况。"

他不能多待，在卧室里转悠了一圈，又和家人说了会儿话，便重新坐上了他姐姐的车。

谢承颜有些恋恋不舍，听见姜辰说游戏里见，这才笑着挥了挥手，目送他们离开了。

姜诗兰把弟弟送回研究院后，去找院长说明情况。

承颜突然过来，他们当时猝不及防，连个躲的机会都没有。既然撞见了，他们便不想再瞒他，所以得跟院长交代一下，看看是不是让承颜也签个保密协议。

姜辰他们刚刚在家里就讨论过这件事，知道他姐姐会处理好，便回到了房间里。

他已经养成了午休的习惯，虽然过了平时的点，但还是睡了一觉，三点多才睁眼，见手机里有两条未读消息，都是方景行发的。

他简单看完，回复说刚睡醒，便戴着眼镜上了线。

方景行此刻正在游戏里，看见封印师上线的提示消息，便找了过来，问道："今天睡晚了？"

姜辰："嗯，有点事。"

方景行笑道："这么巧，承颜也有点事。"

姜辰的语气半点不变："那他今天还上线吗？"

方景行："说是晚上来。"

谢承颜本想下午来的，但姜诗兰和姜辉一致认为他最好再缓缓。何况他对景行说了有事，便让他晚上再玩。

这事姜辰自然清楚，但不能露出破绽，便装作才知道的样子点点头，换了话题："你今天不直播了？"

方景行："明天播。"

可能最近习惯了和这小子一起打游戏，他昨天从下午直播到晚上，觉得没意思极了，今天就不想再播。于是和直播平台商量，敲定了以后隔日直播，尽快把今年的时长播完，合同到期后，他就不想续了。

他问："你还来看吗？"

姜辰："不看。"

方景行笑得无奈。

堂堂联盟男神，事业如日中天，电竞圈里的地位无人撼动，偏偏对上这个少年，一身的魅力像是被他用封印符封住了似的，不仅不管用，还总被嫌弃。

方景行呼出一口气："行吧，打本？"

姜辰点头，和他组好队，又在帮会里喊了几个人一起走。

玩家们仍在打隐藏剧情，世界频道里都是交流心得的，时不时有人冒泡号一声，特别惨烈。至于帮会的生意……大概是被老玩家科普过如意的行事风格，他们怕儒初上线后真的涨价，便趁着便宜都接了任务，因此十分红火，仅昨天一天就破万了。

七大帮会都派人在如意的门口观望过，发现玩家源源不断，又是一轮捶胸顿足，甚至动了全员转服的心思。

但紧接着他们就知道没用了。

因为另外九个服的大佬听说了如意的骚操作，觉得太有才，抢着要雇NPC，结果发现他已经不在应聘的队伍里了。

官方给的解释是，这个NPC一旦发放过任务，就不能再被聘用，免得玩家钻漏洞赚钱或故意卡别人的任务条，而如意那个NPC……人家是真的不知情，提前花钱聘的，这没办法，只能说他们运气好。

很快有小道消息传出来，说是策划设计到这里时，还想过会不会有人傻钱多的土豪恰好雇了他，等隐藏剧情开出来，来一个意外的惊喜，但想想又觉得概率太低，便一笑置之了，谁知竟真的有人雇。

辰星映缘的玩家想骂街。

这位土豪钱确实是多，但人绝对不傻好吗！

看看他们比别的服多花的5金就知道了！

论坛上的其他玩家对此并不认同。

35L：要不咱们换换？我宁愿花这5金，也不想满主城找人。

41L：就是，身在福中不知福，你们去别的服试试找这个NPC有多难。

46L：你们也不看看主城有多大，我找了一整天都没找到人。

53L：花5金就能省这么多的事，你们是赚了好吗！

59L：我听说为了这事，昨天官网特意发了两条状态，以后再开新的服，八成会改掉这一设定，不让任何人雇了。

64L：所以说辰星映缘有点邪乎啊，这事又上热搜了，第几个了？

71L：而且从开服起就腥风血雨，我记得方景行一开始不也在那里吗？"

76L：还真是，现在那边这么热闹，他搞不好会偷偷回去。

辰星映缘的玩家看完一圈，竟得到了一丝安慰，觉得如意的人也不是那么可恶。

他们不再吭声，默默打剧情去了。

七大帮会的人努力了很久，这天下午终于在别服大佬那里买到了二手攻略。

他们认真看完，深深地觉得这两位大佬不是一般人，都起了结交的心思，更有人怀疑那个暗冥师就是方景行，毕竟能把狮王拉到河边，技术肯定得过关。而王飞鸟几个人他们都熟，没这技术。

"真是方队吗？我是他的粉！"

"你一边儿去。"

"咳……我也是他的粉丝。"

"要真是方景行……好处是他的脾气好,不惹他就没事,坏处是可能不容易结交。"

"唉,那个十方俱灭也不是好接近的性格。"

"要不咱们弄一个帮会大联谊吧?如意的人肯来吗?"

"试试呗,要知道自古拉近关系最好的办法就是联姻,实在不行,帮主你就出卖色相。"

"滚蛋!"

被惦记的人这时刚打完一个五人小本。

现在练级最要紧,他们便马不停蹄地换了另一个本,走到半路发现有人跟踪,扫了一眼。

在没公布隐藏剧情的开启条件前,有人跟着他们可以理解。但现在已经公布完,大部分人都去打剧情了,还跟着他们是什么意思?想来问攻略?

他们没有理会,继续往前走。

跟在后面的五人小队正在进行激烈的讨论。

"不行,咱们比他们低了5级!"

"队长的意思是试试这个封印师,又没让咱们一定打赢。"

"5级的等级差,你现在能试出什么来?"

"怎么试不出来?就算他有点天赋被方队看上了,但你别忘了咱们是经过正规训练的,和野路子不是一个级别。"

"就是,5级算什么?靠走位虐他。"

"你们跑过去说PK,他能理你们吗?"

"万一呢?"

其中两个人不想再废话,说完就跑向了前面的那队人。

他们是一家俱乐部的新人,狮王首杀那天被队长派了过来,仗着精力充沛,不分白天黑夜地狂练级,终于把和封印师的等级差缩小到了5级,勉强能打了。

之所以这么着急,是因为新的转会窗马上要开启,他们想在方队面前多刷刷脸。

方队的俱乐部可是豪门中的豪门,他们做梦都想去,何况他们现在在这个俱乐部不一定有打比赛的机会,如果能被方队看中,那就好了。

比如他们差了5级,还能不落下风,甚至能打赢封印师,这种高光时刻,想想就有点激动。

二人加快脚步,拦住了封印师。

剩余三个人不能干看着,便紧随其后地跑了过来。

王飞鸟问道:"你们有事吗?"

最前面的两位新人职业一个是战神一个是刺客。

前者说道:"十方俱灭,PK 一把?"

姜辰看着他这个等级,兴致缺缺:"来送菜?"

战神暗中翻了个白眼,问道:"打吗?"

姜辰:"不打。"

战神:"你不敢?"

姜辰虽然是个不服就干的性格,但也不耐烦应付智障。何况他今天和家人吃了顿饭,还认了大外甥,心情比较愉悦,便懒得和他们计较,往方景行的身上一指:"去,跟他打,你能打掉他半血,我就跟你打。"

战神和刺客呆住了。

怎能如此不要脸,竟让他们打方队!

他们要是有打掉方队半血的本事,还用在这里站着吗?

战神忍无可忍,直接开了仇杀,紧接着放出现阶段的大招,对着封印师就过去了。

姜辰连动都不动,拉着方景行的胳膊把人拽过来,往前一递,用他挡枪。

方景行哭笑不得,知道他是真不乐意动手,便也开了仇杀,想着赶紧把这战神打死走人,这时却见对方踉跄了一下。

战神完全没想到这封印师这么损,吓了一跳,急忙半路收招,生怕不小心对上方景行,结果一时手忙脚乱,再加上收招时的惯性,"扑通"一声就摔在了他们的面前。

战神:"……"

刺客:"……"

其余三位新人:"……"

姜辰低头看了一眼:"真菜。"

战神气得鼻子都歪了,心想:我今天跟你拼了!

他快速爬起来,见方景行还在面前挡着,对封印师道:"你有本事出来跟我打,看看我到底菜不菜!"

姜辰道:"不用打,单看刚才那一下,我就知道你菜。"

战神抓狂:"我是不想伤及无辜!"

他怒道:"再说哪怕我菜也比你强,至少我敢打,你连敢都不敢,还是不是爷们儿!"

姜辰淡定道:"把'打'字换了,你那是敢'摔'。"

战神:"……"

旁观的众人:"……"

方景行顿时笑出了声。

这小子是真损,太招他稀罕了。

战神怒了,再次开启仇杀,要绕过方景行去虐他。

姜辰这次没用方景行挡枪,而是迎着对方的技能往前走,躲开攻击的同时抬手两个封印符,一个封技能一个封行动,战神立刻动不了了。

几位新人只见他们擦肩而过,接着队友就被废了,压根没看清他是什么时候出的手,齐齐震惊。

姜辰头也不回地继续走,说道:"菜就好好练。"

他扫了一眼剩下几个人。

新人们整齐地后退一大步,让开一条路。

无论是因为这人的性格,还是目前这个局面,他们都不想惹他。

方景行放慢了步子,和队友们微微拉开距离,看着杵在一旁的刺客,低声道:"俱乐部的?"

刺客瞬间一惊:"不……不是。"

方景行:"不是,那来 PK,怎么不敢和我打?"

刺客无言以对。

战神刚刚那个收招,也太此地无银三百两了。

方景行:"好好训练,别再过来惹他。"

刺客和旁边三位新人瞬间安静,一句话都不敢说。

方景行没有多言,快步追上队友,暗暗思考:肯定不可能只是一家俱乐部的人转服了,应该还有。

不过运气不错,他们玩了一下午,都没有再遇见其他俱乐部的人。

方景行陪着封印师回帮会的小湖挂机,刚琢磨着要不要去群里问问,就见院子里突然出现了一个熟悉的身影——谢承颜上线了。

他笑道:"不是晚上才来吗?"

谢承颜:"先来挂个机,然后去吃饭。"

他看向一旁的封印师:"他呢?"

方景行:"刚下线。"

谢承颜"哦"了声,走到好友身边,没忍住拍了拍他的肩:"景行啊。"

方景行挑眉:"嗯?"

谢承颜:"没什么,感觉一天没见,怪想你的。"

方景行笑了:"是吗?"

谢承颜点头,再次拍拍他的肩,心中感慨万千。

你说你的命怎么就这么好呢？

那哪是什么有天赋的新人，那是我小舅舅本人啊！

游梦第一代大神，比你拿冠军都早！你退役的那句话都是从他那里传下来的，他玩游梦的时候你还没出生呢！

029.

姜辰晚上回到游戏，刚收起鱼竿，旁边的大外甥就蹭了过来。

谢承颜高兴道："你来了？"

姜辰："嗯。"

谢承颜已经心痒了一下午了。

他曾经十分好奇和惋惜过的小舅舅死而复生了，只中午那点相处时间完全不能满足他，可家人不让他上游戏，他只能忍着，现在总算又见到人了。

他一时激动，抱了对方一把。

姜辰很惯着他，摸了摸他的头。

方景行站在旁边看着，笑着问："我不在的时候发生了什么？"

姜辰一脸平静："打本练级，处得比较愉快。"

谢承颜附和："对。"

方景行"哦"了一声，没信。

谢承颜虽说起过认封印师当弟弟的念头，但平时因为偶像包袱，还是会端着的，不会这么热情。他思考几秒，给谢承颜发了条消息。

[私聊] 暗冥：你们见过面了？

谢承颜一惊，觉得发小不是个人。

好在他们从小一起长大，他知道该如何应付对方，便谨慎地给了回复。

[私聊] 青盐：没有，怎么？

[私聊] 暗冥：你突然有事，他今天下午也有事来晚了，阿姨又认识他，我合理怀疑你们见过了。

[私聊] 青盐：巧合而已。

[私聊] 暗冥：是吗？

[私聊] 青盐：但我偶然在我妈那里看见了他的照片。

谢承颜也意识到不该情不自禁地抱那一下，更知道得给方景行个说得过去的理由，否则容易遭到怀疑。幸亏是在游戏里，发小看不见他的神色，他想起发小对姜辰的几种猜测，便顺着对方的思路加了一句。

[私聊]青盐：我就是太心疼他了，想对他好。

方景行皱眉，注意力成功被转移。

[私聊]暗冥：他怎么了？

[私聊]青盐：生病，正住着院呢。

[私聊]青盐：别问了，人家的隐私，我也不好多说，总之我想对他好。

[私聊]暗冥：嗯。

方景行果然没有再问，走到封印师身边看了他一眼，把现有几种比较难治的疾病在脑子里过了一遍，一时间也有点心疼，摸了一下他的头。

谢承颜："……"

那是你能摸的吗？

姜辰也看着他："爪子不想要，我帮你剁了。"

方景行收回手，开玩笑似的道："他抱你就行，我连摸一下都不行？"

姜辰："粉丝，双标。"

方景行就猜到他会这么说，换了话题："咱们去哪儿？"

这个阶段，除了打本和刷怪练级，也没别的可干的。

他们在帮会频道里问了问，见刚好有人要打，便出了帮会大门，过去和对方会合。

方景行一边顺着主路往传送阵的方向走，一边措辞一番，之后把俱乐部的事告诉了封印师。

怪他以前做的孽太多，哪怕退役了，几个老对手也在惦记他，加之内测找人和狮王首杀的动静闹得太大，这便被盯上了。

他询问封印师的意思："这事你怎么想的？要是不乐意他们烦你，我就去群里和他们说说，把人轰回去。"

姜辰道："无所谓，来就来吧。"

刚好他和很多新加的游戏职业都没交过手，能趁着这个机会打打看。

方景行："那就随他们去了？"

姜辰点头。

谢承颜吸取了刚刚的教训，没敢明着嘚瑟和助威，不过在心里想着，那些训练营的新人哪是他小舅舅的对手，来一车都没用啊，纯粹送菜。

不过也不知是下午的事在圈子里传开了，还是其他俱乐部的新人比较踏实，这一整晚都风平浪静的。

姜辰到点睡觉，转天继续练级，到傍晚挂机的时候，成功突破了70级。

方景行和直播平台商量的结果是晚上播，因为晚上的人相对较多。

所以他陪着姜辰他们玩了一个白天，晚上就不能再来了，但他新买了一套设备，这个账号是能挂机的，于是方景行便把角色停在湖边，临走前不死心地又问了一句："真不来看我直播？"

姜辰："不看，没意思。"

方景行："我尽量弄点直播效果。"

姜辰语气凉凉地说道："哦，又装萌新？"

方景行："……不装，我换别的。"

姜辰："没兴趣。"

那如果我开原声呢？

这个问题在他嘴里转悠了一圈，仍觉得不合适，太没下限了，只好咽回去，颇为无可奈何地叹了一口气："好吧。"

姜辰吃软不吃硬，听着他语气沮丧便看了看他："那么多粉丝，你缺我这一个观众？"

方景行："缺。"

他这时是嘴快过脑子的，等到说完才回过味儿。

扪心自问，直播间里那么多人，封印师哪怕来了，他也分不清谁，怎么就非想让对方来看看？

姜辰也问："为什么？"

方景行认真思考了下，说道："可能正常地过那个隐藏剧情太枯燥了，你在旁边看着，我比较有动力。"

也就是说你无聊，想让我陪你一起无聊呗？

姜辰立刻收回了那点心软，说道："你缺着吧。"

方景行："……"

姜辰："下了。"

他说走就走，角色开始自动钓鱼。

谢承颜在旁边笑到不行。

见惯了方景行的无往不利，难得见他在一个人身上连续吃瘪，尤其那个人是他小舅舅，谢承颜不仅幸灾乐祸，还有一种特别酸爽的感觉，问道："男神您用我来看吗？"

"就不劳烦您了。"方景行话锋一转，"我去找你吃饭？"

谢承颜掂量了一下自己的处境，决定暂时回避几天，说道："改天吧，我爸今天终于不加班了，要回来吃。"

于是二人相互道别，挂机下线。

晚上七点半，方景行准时开播。姜辰和谢承颜也准时上线，无情地扔下旁边挂着机的暗冥师，找了一处野区。

游梦的 5 人和 10 人本每天能打一次，今天的他们都打完了，所以只能刷怪。

好在周围没什么人，他们聊天时不用有太多顾虑，不过为了防止养成习惯，谢承颜听从姜辰的话，依然没有喊他小舅舅。

二人不知不觉刷了近一个小时，野区的人渐渐变多。

他们决定换个清净的野区。

谢承颜趁着这个空当点了"跟随"，去了趟洗手间。姜辰便带着自家外甥往前走，刚踏上一旁的小路，就见迎面过来一个人，很快停在他的面前，是一位剑客，ID 梦中取魂。

游梦里，战神、剑客和奶妈的数量比较大。

后者是团队刚需，前两个既是拉怪的刚需，还容易上手，尤其是近战，打起来会很热血，因此很受玩家的喜爱。

这是位魔族的剑客，腰间别着把散着暗光的长剑，看着就不简单。

姜辰见他的装备属性是对玩家开放的，便看了一眼资料，发现是件橙装——在游梦里的稀有程度仅次于神器。

梦中取魂捏得这张脸很帅气，声音充满阳光："大佬好。"

他一开始略有些紧张，说完停顿了一秒，这才接着往下说："我观察你很久了，很喜欢你，能不能和你一起玩？"

姜辰："不能。"

梦中取魂挠头："哎，你可能以为我是来问攻略的，我真的不是。"

他解释说："我是觉得你很厉害，又很有个性，所以特别崇拜你……对了，大佬你是单身吗？论坛上总有一些关于你的猜测。"

姜辰："单身。"

梦中取魂"哦"了声，把话题转回去："大佬让我和你们一起玩呗，我技术很好的，你以后想打什么我都能带你。"

姜辰："不需要。"

梦中取魂："别这么快拒绝，你先观察看看？"他声音低落，可怜巴巴地道，"我在游戏里没什么朋友，一个人实在太寂寞了。"

姜辰："没朋友，你怎么打到橙装的？"

梦中取魂:"我加了帮会,是跟着他们打的,但其实我和他们不熟,脾气也不相投,你……你就考虑一下我吧?"

姜辰总觉得这场景似曾相识,打开人气榜看了看。

梦中取魂,人气榜第5位。

这是什么概念呢?

他从开服到现在弄出了那么大的动静,也才排在第14位,前面都被主播和土豪占了。尤其是前几位,全是粉丝基数大的人气主播。

原来是个主播,来钓鱼的。

姜辰关上榜单,说道:"不考虑。"

梦中取魂的声音更加低落:"唉,我知道了。"

他转身离开,迈出两步忍不住又回来了,问道:"那……那我能不能在旁边看着你?我保证不打扰你,你要是还嫌烦,我就把自己藏起来不让你看见,反正我也没别的地方能去。"

说完他怕笑场,急忙关掉游戏里的麦,啧啧道:"说得我自己都要感动了。"

他随即又扫了一眼疯狂刷屏的弹幕,笑道:"怎么样,几句话就问出了他和那两个人的关系,本服的第一盆狗血终于有答案了。"

接着他开启下一轮竞猜,说道:"押注,看我多久能攻略他,或者多久能翻车……不,我现在还翻不了,从他问我怎么打的橙装就知道,他暂时不清楚我的身份,这位大佬是真的不太关注别人啊。"

游戏里,姜辰听得不耐烦,刚想点破他的身份,身后的大外甥就走了过来。

谢承颜自然知道搭讪的人是谁,快速把语音切到队伍频道,同时给小舅舅发私聊,让他也切,之后做了介绍。

梦中取魂这位主播粉丝很多,但人品不怎么样,很会炒作。他肯定是看他们最近火,想蹭一波热度,为了直播效果来的。他以前看景行直播带自己玩,还专门跑竞技场里蹭过他们的热度。

谢承颜说道:"他会来辰星映缘,也是在内测里听说景行要来,就跟过来了,我一直很烦他,他说什么了没有?"

姜辰:"说想和我一起玩。"

谢承颜冷哼:"他也配!"

梦中取魂见他们不吭声,知道是换了频道,问道:"你们是在商量怎么判我刑吗?"

谢承颜切回外放频道:"没有,我在问他这是什么情况。"

说完又快速切回去："不行，我想整整他。"

姜辰："你想怎么整？"

没等谢承颜回答，他们旁边又过来了五个人。

为首的看着封印师，礼貌地询问："十方俱灭，能不能和你PK一把？"

姜辰简单看了下他们的职业配置，估摸八成是俱乐部的新人。

这次的新人倒没有下午那两个这么不知道天高地厚，至少也练到了70级。

姜辰冷淡道："怎么又PK，你们是不是一伙的？"

为首的不明所以地一愣，急忙摇头："不是，我们不是一起的。"

姜辰："你们是都想和我PK？"

新人点头："可以吗？"

姜辰："我不想打。"

几位新人沉默两秒，没死心："怎么你才肯打？"

梦中取魂在旁边插嘴："大佬不想打，你们别强人所难，要打和我打。"说完看向封印师，"大佬，要不我帮你处理吧？刚好你也看看我的技术，再给我一次机会。"

姜辰说了这么半天废话，就为等他这一句，于是问道："你行吗？"

问男人行不行，答案毫无悬念。

梦中取魂："行，你就瞧好吧！"

姜辰："好，我信你。"

他转向几位新人，吩咐道："你们和他打，打赢他，我再考虑和你们打。"

几位新人都很听话，纷纷点头，也出了一位魔族剑客。

梦中取魂信心十足。

他比对方高两级，又拿着橙装，打起来还不是小菜一碟，便抽出剑，说道："来吧。"

姜辰带着大外甥往旁边的草地一坐，看着俱乐部新人一上来就用一套犀利的连击打掉了对方30%的血，然后乘胜追击，把人按在地上摩擦了一顿，快速分出胜负。

梦中取魂面无表情，躺在地上不明白发生了什么。

姜辰走过来，给他搭台阶："是不是我在旁边看着，你紧张？"

梦中取魂站起身："可能是，我光想着怎么给你表现了。"

"PK的时候不要多想，换一个。"姜辰伸手一指，"那个。"

梦中取魂顺着他指的方向一看，发现是个脆皮，说道："好。"

姜辰为他鼓劲："别多想，加油。"

说完他坐了回去，看着脆皮给梦中取魂放风筝，放了七八分钟，把人遛死了，又指挥道："再换一个。"

下一位新人一语不发地出列，发送PK邀请。

梦中取魂当着这么多粉丝的面，当然不能认怂，硬着头皮按了"同意"。

新人对着他冲过来，又把他按着摩擦了一顿。

谢承颜在队伍频道里都快笑疯了，深深觉得他小舅舅太有才了，说道："活该，让他非要来消遣你，终于遭报应了！"

姜辰还没开口，只听频道里响起一声熟悉的轻笑："你们在说什么？"

二人同时一怔。

谢承颜瞬间出了一身冷汗。

他们刷怪时一直没用队伍频道，就是因为里面有一个挂机的方景行，现在是碰见讨厌的人这才用的。幸亏他刚刚没有得意忘形地喊人，不然就完了。

姜辰："你怎么来了？"

方景行："直播没意思，过来看看。"

他那边的隐藏剧情已经打到了给小作精占卜师找药材。

粉丝们都在刷"有坑"，他笑道："我有内部渠道知道该怎么避开，但为了看看正常情况下到底能用多久通关，我就顺着玩了。"

其实也是他不知道直播能干点什么，刚好借着找药材耗时间。

他组的是俱乐部的人，在他们去找药材的路上点了"跟随"，之后摘下眼镜挂机，换了另外一套设备，上了这个号。结果刚切到队伍频道，就听见了谢承颜的大笑。

他问道："你们在哪儿？"

谢承颜："在暮色草原，你快来，有好戏看！"

说话的工夫，梦中取魂再次扑街。

他暂时躺在地上没动，说道："我觉得不对啊兄弟们，这一个个强得过分了。"

他也是有点技术的，算是一个高玩，谁想能被虐到这种程度。

梦中取魂一厢情愿地分析道："大佬说最近总有人找他PK，那些人是不是有什么阴谋？比如想把人虐到删号之类的？你们快来掩护我们！"

他说着站起身，选了一个脆皮，开始拖延时间。

磨了五分钟，只见二三十个玩家呼啦啦冲过来，把姜辰他们给围了。

姜辰："……"

谢承颜："……"

打不过就叫人？

几位新人满脸蒙，不明白这是捅了什么马蜂窝。

梦中取魂是唯一不蒙的。

他快速结束PK，趁乱跑到大佬面前，拉着人就走。谢承颜愣了一下，起身要追，却被集结来的玩家拦住了路，半天才挤出去。

姜辰本想看他要干什么，见他带着自己到了传送点，便挣开了："等等青盐。"

梦中取魂严肃道："你最近是不是总被骚扰？"

姜辰："算是，刚刚那些是你喊来的？"

梦中取魂："嗯，我求帮会的人过来帮个忙，我觉得有人想算计你。"他伸手要握住对方的肩，"你放心，我帮你查……"

姜辰的眼皮微微一跳，下意识地想拍开他。

这时身后突然伸出一只手，握住了梦中取魂的手腕。

方景行刚出传送阵，抬头就对上了他们。

看清某人的ID后，他嘴角的笑顿时加深，及时挡住了这只找死的爪子，温和道："好好说话，别动手动脚的。"

他看着对方，装得恰到好处："咦，你不是那个主播吗，听说去年把粉丝弄流产了。"

梦中取魂立刻否认："谁说的，别造谣！"

方景行："我听我一个主播朋友说的，还说你用钱把这事压下去了。"

梦中取魂："他造我谣！"

方景行："他还说这事不可能瞒死，想查的话，还是能查到的。"

梦中取魂头皮发麻，嘴上冷笑："弄点不知所谓的证据就想泼脏水？想太多！"

眼见着自己要翻车，便对封印师道："对不起大佬，骗了你，我是个主播，但我确实觉得今天的事有问题，你等我查清楚就来告诉你。"

他一秒钟都不想多待，说完急忙走了，免得被爆更多的料。

方景行很满意，望向封印师："他这个人没下限，为了直播效果，什么都敢玩，没对你怎么样吧？"

姜辰："没有。"

二人走到一旁的湖边，等着谢承颜过来。

方景行大概听完之前发生的事，觉得自己多虑了，依这小子的性格，吃不了亏。

他问道："那几个新人呢？"

谢承颜："被粉丝群殴扑街了。"

方景行笑了笑，见他们没事，便在湖边挂机，又去直播了。

梦中取魂离开这片野区，找借口下播，查了查暗冥，听说有可能是方景行，吓了一跳："什么？"

"不可能，"另一个朋友道，"方队正直播呢。"

梦中取魂去看了看，发现果然在直播，于是又切回到游戏里，见暗冥还在线，便知道不是方景行。不是就好啊，否则方景行一定饶不了他。

被记恨的方队和队友采了半天的药，终于采够一定的数量，换了下一片区域。他心里惦记着封印师，忍不住再次挂机，又回去了。

刚回来，耳边便炸响了"砰砰"几声。

只见瑰丽的暮色草原上，谢承颜和封印师并肩站在不远处的湖边，身边围了一圈烟花，一束束冲上高空，绚丽地绽开。

谢承颜是突然看见别人放，想起自家小舅舅回归游梦，怎么能一点儿排面都没有，便补上了欢迎仪式。放完他还嫌不够，又买了几包萤火虫，在湖边放了。

星空，烟花，萤火虫。

整个画面唯美极了。

030.

方景行还没走近，频道上先给了反应。

梦中取魂喊过一嗓子人，喊完没多久就下播了。

先头部队自认为救了大佬，正意犹未尽，便留在草原没有走。另外一些人则是没直播可看，想来凑凑热闹，所以他们都知道十方俱灭在这边，根本不需要走近核对ID。

[喇叭]青蓝色：报——！新料，懂的都懂[截图]

玩家们点开，发现是封印师和刺客放烟花看萤火虫的图，场景十分浪漫。

[世界]一只大螃蟹：啥意思？

[世界]恰瓜：！！！

[世界]轶千万：是我想的那两位吗？

[世界]眼泪不值钱：是，我也在现场。

[世界]渣男退散：单看时装也看出来了吧。

[世界]梦中给你魂：其实刚刚大佬说过他们不是情侣，可能青盐不甘心，下了猛料。

[世界]蛋挞：看来本服第一盆狗血终于要落下帷幕了。

[喇叭]守护爱情：这种时候对比食用，效果更佳。有些感情啊，勉强不来[截图][截图]

人们看了看，一张是二人并肩放烟花，一张是单人靠在树上被突突。

他们一时唏嘘，感觉能在这两张图上找到曾经为爱卑微的自己或身边熟悉的影子，便有些同情暗冥师，想知道暗冥师现在是个啥心情。

方景行不用看都知道是什么图。

他看着眼前的两个人，带着一点微妙的情绪走过去，笑道："这么有兴致？"

烟花映照下的两人一齐看向他，几乎同时开口。

谢承颜："虐完败类，心情舒畅。"

姜辰："你怎么又来了？"

频道也跟着实时更新，又是一条消息。

[喇叭]水果发夹：报——！暗冥师他过去了[截图]

吃瓜群众都精神了，等着实况转播。

七大帮会的人也诧异了。

"不对啊，方队正直播呢，我刚刚看他们在采药，就关上了，不是说暗冥是方队吗？"

"啊？你再去看看。"

说话的人便又去看了一眼，回来报告："他还在直播，正和队友去另一处采药点。"

"噫，那这不是方景行？"

"我觉得不是，真是方队，怎么可能让别人用烟花突突他？"

"你说的也有道理……"

被烟花突突过的方景行站在封印师面前，品了品他的语气，咂摸出一丝嫌弃的味道，轻轻呵出一口气："我怕他再惹事，不放心，来看看你们。"

姜辰淡定道："我只会让他有事。"

方景行"嗯"了声，下意识地想说你能处理是一回事，我关不关心是另一回事。但想想又忍住了，总觉得在这种情况下说出来有邀宠的嫌疑，显得他很委屈似的。

他不委屈，这又没什么。

封印师大概率是因为姜阿姨的那层关系，对承颜另眼相待，而承颜则是由于封印师的病，今天又见过了照片，因此想对封印师好。

他再次想，这没什么。

只是对比太明显，让他有点不平衡罢了。

自我分析完的方景行陪他们看完这一轮烟花，估摸直播那边快要走到地方了。

采完药，他们就得去打附近的野怪。如今快要九点，等他操作完那边再过来，这小子估计已经下线了，便说道："我回去了，这边直接下了。"

姜辰和谢承颜异口同声："去吧。"

方景行盯着封印师看了两眼，下线走人。

远处的吃瓜群众"噫"了声,一边同情一边发布最新进展。

[喇叭]青蓝色:报——!暗冥师他下线了[截图]

画面里的暗冥师身影变得透明,是即将下线消失的样子。

哎呀,追过来做最后一搏,可惜已经不能挽回什么了,只能黯然离场。开服第一盆狗血,终于迎来了它的最终话。

从刷新点赶回来的五位新人见那二人坐在一起看萤火虫,面面相觑。

这……人家在放烟花,他们也不好过去PK。

不过他们很快就没空想这些了,因为梦中取魂的粉丝路过,瞥见他们的ID,见他们竟然还不死心,便招呼亲友把他们围了。

五位新人吓了一跳,急忙逃命。

他们深深地觉得今天不宜PK,便没有再来。

姜辰盘腿坐在草地上,看着大外甥折腾完,瞥见频道里已经在刷"百年好合"了,终于冒了泡。

[喇叭]十方俱灭:你们脖子上顶着的是脑袋吗?

频道凝固了一下,紧接着又刷了屏。

[世界]青蓝色:是啊。

[世界]板蓝根:是啊。

[世界]恰瓜:是啊。

[世界]恶作剧:不然呢?

[世界]守护爱情:大佬有何指教?

[喇叭]十方俱灭:眼睛不要了捐给别人,脑袋不管用就冲下水道,捐了也是祸害人。

众玩家:"……"

完了,大佬又开始嘲讽了。

[喇叭]十方俱灭:只说这一次,好看放着玩,都是朋友关系。

频道静了静,纷纷灵魂发问,刷起了"那暗冥师怎么下线了"。

然而刷了半天,大佬都没再冒泡,估摸依他的性格,怕是不会回答了。

截图,都截图。

众人想,要是将来他们真有点什么,就把截图甩大佬脸上。

姜辰自然不会搭理他们,和大外甥说了一会儿话,耗到九点半,下线睡觉。

转天一早,三个人上线集合,开始了新一天的打本升级。

方景行今晚不需要直播,能跟着他们玩游戏,心情比较愉悦。他们正刷着怪,突然看见逸心人的消息，让他们切频道，便进入了帮会频道。

逸心人道："周围的人相互通知一下，让他们尽快切。"

王飞鸟道："怎么了？"

逸心人道："没什么，说件小事。"

他等了五分钟，觉得差不多了，估计还没切的正打着本，不好换频，便说道："刚才几大帮会的找过来，说要组织一场联谊会，问咱们去不去。"

榨紫："去啊，我最喜欢联谊了！"

苟盛："渣，你能不能有点别的追求？"

榨紫："食色，性也，人之常情，不信你问问情深。"

情深长寿："嗯，我也喜欢联谊！"

老梧桐发芽："你们两个早点凑一对得了。"

方景行笑道："他们没说干什么？"

逸心人："没说，只说想交流一下感情，你觉得呢？"

方景行："我觉得，内测那个隐藏剧情还没开，不太科学。"

众人一怔。

确实，现在第一梯队都过 80 级了。

虽然那个隐藏剧情的开启点在满级怪的野区里，但 80 多级的组一个队过去，完全能有命回来。

苟盛："所以他们是想拉着咱们组队？"

方景行："不排除这个可能。"

王飞鸟："那咱们还去吗？"

榨紫："去啊，联谊嘛，谈谈情说说爱，完事就走呗。"

情深长寿："就是。"

众人商量片刻，在两位"人渣"上蹿下跳的努力下，决定赴约。

其实大部分原因是他们如意一直和几大帮会的画风不太搭，这是第一次被邀请参加集体活动，有点新鲜，便想去看看。

方景行道："什么时候？"

逸心人道："应该就在这两天。"

方景行道："最好后天晚上。"

逸心人知道他明天又要直播，应了声，示意散会。

过了一会儿，他发布帮会通知，告诉全体成员已经和几大帮会定好联谊地点——后天晚上八点，灵翼森林。

榨紫和情深长寿顿时激动起来，一起跑去挑时装，打算换套好看的。

谢承颜看看自家小舅舅身上的白衬衣，问道："你要换一套吗？我送你。"

姜辰说道："我又不相亲。"

谢承颜说："平时穿也好看啊。"

姜辰说："不用，这样就行。"

说话的工夫，他扫见昨晚的新人正慢吞吞往这边蹭，便对他们招了招手。

几位新人双眼一亮，颠颠地跑了过来。

姜辰他们今天又换了一片野区，周围都是枯树和沼泽，不远处还有座废弃的神殿。

他不想靠着地图虐新人，便带着他们去了神殿，控制着血量，挨个按着摩擦了一顿。

几位新人很佩服，心想：不愧是方队看上的人，果然比他们厉害。

他们完成队长交代的任务，只觉心满意足，礼貌地道了别，告辞了。

方景行看向封印师，笑道："怎么样？"

姜辰平淡道："就那样。"

听他这么说，方景行便知道这是不太行的意思。

大概是昨天新人帮忙虐过梦中取魂的原因，这小子没有直接给一句"菜"。

他笑了笑："是不是要睡了？"

姜辰看了眼时间，点点头，道了声晚安。

剩下的两个人暂时不困，便继续在野区刷怪。

远处的森林里也有一队人在刷怪，一边刷一边盯着这边。

他们是梦中取魂的朋友，受他的请求过来盯人，等梦中取魂下播来和他们集合，他们忍不住道："真要动他？"

梦中取魂道："我总要知道他朋友是谁吧？"

几位朋友生怕他惹出事，劝了劝。

"如意帮会里有五个主播，他八成是从他们那里听来的。"

"那五个人一向抱团，粉丝也多，劝你三思。"

"而且你想想那暗冥师是如意的人，你动了他，逸心人他们能放过你吗？"

"还有一点你得注意，我今天把方队的直播视频看了一遍，他昨晚点过几次'跟随'，有一次的时间刚好能和暗冥师爆料对上。"

梦中取魂心头一惊："你是说？"

"嗯，现在没办法证明他不是方景行。"

梦中取魂咬牙。

他复盘过昨晚的直播。

和十方俱灭聊天时效果最好,弹幕也最热情,所以他决定继续蹭大佬的热度。但如果有方景行在,如果方景行披着马甲再爆料别的,那就麻烦了。今天直播的时候,有些粉丝真去查了他,发了不少弹幕,幸亏他及时带了波节奏,这才平安度过危机。

他沉默一会儿,说道:"我必须得确认他的身份。"

几位朋友道:"你想怎么确认?"

梦中取魂思考了下:"找几个野号,故意找碴杀杀看。"

几位朋友语气震惊:"你疯了?"

"我没疯。"梦中取魂冷静地分析,"他不是方景行,我想办法刷点好感,以后和他们一起玩,直播效果会好。如果他是方景行,我就再重新想一套方案。咱们只派三四个人过去,依他的性格,把找碴的人杀干净,应该就不会再较真了。"

几位朋友道:"三四个人能看出来吗?"

梦中取魂道:"我用小号亲自在附近盯着,亲眼确定是不是他。"

几人在脑子里过了一遍这事,觉得应该没什么纰漏,都同意了。

于是他们开始去弄野号。

游梦运营这么多年,养活了一大批工作室,哪怕换成全息模式,也是能买卖账号的,只是如今都还没有满级。

他们没有只从一个工作室买,而是挑了四个工作室,各买了一个号。

之后他们改 ID 换脸,又把等级练高了一点,免得没打几下就被虐死……这一准备就准备了一天。

姜辰今天也没闲着,又接待了几波新人,从下午打到晚上,这才消停。

他简单数了数,一共五家俱乐部。

这是方景行之前推测过的数量极限。

因为目前正打着联赛,战队的人没有那么闲。而且新人都是教练在管,队长基本不插手,也只有和方景行打交道比较多的五位老牌战队队长对这事在意,会派人过来看看。

谢承颜一向信任发小的智商,说道:"五家了,应该没了吧?"

姜辰"嗯"了声,一直玩到下线,都没有再看见俱乐部的人。

方景行今晚要直播,只剩谢承颜一个人玩,他觉得寂寞,便也离开了游戏。

俱乐部的新人这时也早已下线。

来辰星映缘的确实只有五家俱乐部,他们等着队长晚上打完训练赛,把录好的视频交了上去。

几位队长认真看完，说道："他没尽全力啊。"

新人们惊讶："啊？"

几位队长道："打得游刃有余的。"

而且……不像野路子出来的。

难道是别的项目转过来的大神？难怪能让方景行如此下本。

他们看看这些新人，觉得再打一轮也看不出有用的东西，忽然灵机一动，不约而同地想到了一个办法："你们一起上试试。"

新人们道："……啊？"

几位队长拍板道："听我的，一起上！"

他们互相熟知彼此的德行，说道："肯定不止我一个人这么想。你们一定要抢第一个动手，方景行那家伙最护短，你们去围攻封印师，他不会善罢甘休的。"

新人们一齐盯着他。

那你还让我们去送死！

几位队长假装没看见新人们的控诉，嘱咐道："所以你们一定得先下手，不然后面的就没机会了，惹毛他，他能让你在辰星映缘混不下去。"

说完还鼓励道："行了，去吧。"

几位新人顿时觉得肩上的担子重于千斤，一脸沉痛地走了。

转天姜辰他们三个人集合，照例组队打本，过得十分平静。

无论是梦中取魂的人还是俱乐部的新人，都属于夜猫子。

他们下午才上线，仔细搜寻一番，等到在副本门口找到封印师，却发现人家直接回城，挂机吃饭去了。主城的人太多，他们都不想在主城动手，免得半路被搅和。不过他们知道这三个人晚上会刷怪，便也纷纷下线，决定晚上再说。

晚上七点半，姜辰三人准时上线。

他们通过传送阵来到灵翼森林，开始在附近的野区刷怪。

几路人马在七八十级的野区里找了一圈，花了半小时，这才找到野怪最少的灵翼森林，觉得大佬挺有想法，打怪的同时还能看个风景。

梦中取魂往林子里一躲，示意野号动手。

四个野号便走过去和封印师搭话，听见暗冥师在旁边插嘴，故意生气道："有你什么事，找死！"

放完狠话，他们直接开仇杀。

但还没等他们动手，旁边就冲过来一支五人小队。

几位新人见他们冲着封印师过去，误以为是其他俱乐部的人，想起队长交代要抢个第一，便急忙往这边跑，半路开了仇杀，直奔封印师。

姜辰昨天才打过他们，说道："俱乐部的。"

方景行后退两步和他靠在一起，瞬间猜出他们的打算，问道："一起？"

姜辰道："嗯，先把这四个莫名其妙的人处理了。"

方景行笑着应声，示意谢承颜躲远点，也开了仇杀。

这时一抬头，只见不远处的森林里又冲出来一队人马，同样是个五人小队。看配置，显然也是俱乐部的新人。

方队对其他战队的几位老对手是比较了解的，知道他们是想到一起去了。

大概是发现昨天新人没试出封印师的真正实力，于是今天想要一起上。他看看周围的环境："咱们得换张障碍多的地图打……"

话音未落，另一侧的森林紧跟着出来了三拨人，都是五人小队。

五家俱乐部的人，全齐了。

姜辰："……"

方景行："……"

两位大佬静默一秒，扭头就跑。

双拳难敌四手，这要是普通玩家，他们还能硬扛一下，可换成俱乐部的新人，就需要周旋了。

四个野号一起惊呆："这什么情况？"

梦中取魂也愣了愣，接着迅速回神，暗道自己果然猜得没错，大佬太出风头，有一波人最近在算计大佬，想要把大佬杀到删号换服！

他顿时激动："你们在后面跟着，给我报位置，我这就换大号喊人！"

真是方景行就好了，他今晚及时把两位大佬一救，岂不是可以狂刷一波好感？

他越想越觉得运气不错，于是利落地换了号，对粉丝招呼一声，带着人就来了。

这个时候，灵翼森林靠近小湖的地方已经坐满了人。

这片森林常年飘着类似羽毛的植物，还闪着微光，十分好看，而且天空挂着银河，哪怕夜晚也不显得暗，所以几大帮派便把联谊会的地点选在了这里。

他们按照帮派坐好，围成一个圈。

旁边的草地上摆着从商店买来的花型蜡烛，组成一行龙飞凤舞的大字：辰星映缘第一次帮派交流会。

焚天的帮主问道："两位大佬还没来？"

逸心人："应该快了。"

问缘帮会的镜中人站起来："那这样，我先给你们唱首歌，热热场。"

众人鼓掌："好！"

镜中人清了清嗓子："我唱的这首歌名叫……我去！"

众人："……还有这歌？"

镜中人不答，伸手一指。

众人看过去，只见两位熟悉的大佬从林子里冲出来，后面跟着一群人，少说有二十几个。

几大帮会："……"

如意的人霍然起身。

敢欺负他们帮会的人，找死吗！

镜中人："帮主！"

幸天成"嗯"了声，和其他几位帮主站了起来，主动上前，想要平事。

姜辰和方景行直接越过他们，继续往前跑。

后面是来自五家俱乐部的新人队伍，再后面是帮着梦中取魂盯梢的四个野号，不过他们没敢靠得太近，一直在等着梦中取魂过来。

几位帮主迎上了第一梯队的人，开口道："各位有什么恩怨能不能先放……"

话没说完，最前面的战神横枪一抢，直接撂倒了三个，打开了缺口。

新人们紧随其后，生怕再失去封印师的踪迹，快速往前追，还在几位帮主的脸上踩了一脚。

几位帮主："……"

其余众人："……"

帮众的怒火瞬间被点燃。

"兄弟们，抄家伙！"

"敢欺负我们帮主，活腻味了！"

"也不看看这里坐着的都是些什么人，向天借的胆子啊！"

"×，干！"

众人"呼啦啦"涌了过去，立刻把新人队伍给淹没了。

他们人太多，有些动作慢的都没打着人，顺着这队人来的方向瞥见森林里似乎还有几个人正往这边跑，便掉头往回压，打算把后续队伍的人全弄死。

梦中取魂一路呼朋引伴，集结了一群帮手来救大佬，刚跑进森林和四个野号会合，迎面就对上了这乌泱泱的帮派大军，顿时惊了："我去！"

几大帮会的人一看见他们，更怒了。

"兄弟们，这还有一队人！"

"别说了，杀！"

"今天就让你们知道谁是爸爸！"

好好的联谊会变成了群殴会。

新人们得以喘息，知道机会只有一次，便硬着头皮爬起来去找两位大佬，不知不觉追到了附近的石林里。

姜辰和方景行探头观望一眼，又缩了回来。

方景行笑着问："打吗？"

姜辰冷淡道："打。"

两个人商量几句后，同时冲了出去。

031.

几大帮会的主力全部到齐，对上梦中取魂的粉丝军，直接碾压。

众人看着一地尸体，舒爽地长出了一口气，觉得彼此为友谊的升华迈出了关键性的一大步。

他们以前都是各服有头有脸的帮会，本以为在辰星映缘里狭路相逢，会战一个昏天暗地，谁曾想开服第一场团战，竟是携手退敌。

这世间果然福祸相依。

联谊会泡汤了没关系，他们取得了比联谊会更好的效果。

"不愧是焚天的，厉害。"

"你们问缘的也很强，佩服佩服。"

"早就听说金竞联盟的帮主孤问很牛，今日一见果然名不虚传。"

"过奖过奖，贵帮帮主飞星重木也很牛，刚刚那一招拉怪……拉敌军，真是精彩。"

"哎呀，不敢当不敢当，还是你们帮主厉害。"

梦中取魂"噌"地原地复活，暴躁地说道："你们有病啊！"

商业互吹被打断，众人顿时齐刷刷看向他："你们这么多人追杀两位大佬，还有理了？"

"谁告诉你我们追杀他们了！"梦中取魂怒道，"我是看见有人追杀他们，喊人过来救场的！"

几大帮会的人:"……"

他们后知后觉地发现,这好像是个主播。

堂堂人气主播,应该不会干出围殴玩家的事……吧?

众人沉默。

侠义之师瞬间变成乌龙大军,一想到他们居然还挺沾沾自喜,就很脸疼。

梦中取魂道:"我喊了半天误会,你们聋了?"

众人继续沉默。

就在这时,一个声音如天籁似的,拯救了他们岌岌可危的脸面。

"你们别信他,"谢承颜赶过来,指着其中复活的四个玩家,"就是他们先挑的事,莫名其妙围着十方俱灭搭讪,故意惹我们跟他们说话,然后就开仇杀要杀我们!"

梦中取魂辩解:"……我不认识他们。"

镜中人:"放屁!我亲眼看见他们和你们会合了,你真是来救人的,怎么不杀他们?"

谢承颜继续道:"他前天直播蹭过十方俱灭的热度,那时也是突然有一群人杀过来,你们不信可以去看看视频。"

"自导自演!"

"还人气主播,这么恶毒!"

"我听说过你,为了直播效果什么都敢干。"

"亏我刚才还有点心虚,不要脸!"

粉丝大军顿时不干了。

"少泼脏水,我们明明是来救人的!"

"是你们不分青红皂白就动手!"

"你们贼喊抓贼,那伙人是你们派的吧?"

"看见有替死鬼送上门,是不是特高兴?"

话不投机,撸袖子就干。

刚平息下来的森林再次喊杀声震天。

辰星映缘的几位主播,要么加的是大帮会,要么加的是朋友的帮会。

梦中取魂是后者,但除此外,他还撺掇几位铁粉组建了一个粉丝帮会,时不时虐虐粉、洗洗脑,所以粉丝忠诚度非常高。

为了不显得夸张,他刚刚没喊太多的人。

可现在就不同了,粉丝的情绪一旦起来,他压都压不住,何况他也不能承认野号是他的人,于是他在队伍频道里说了一句很有骨气的话。

"宁战死,不屈服。"

这效果十分显著，粉丝们疯狂喊人，立刻往这边赶。

[喇叭] 无敌虾壳：我的妈，谁能告诉我出了什么事，本服第一场大战[截图][截图][截图]

[世界] 晚来秋：哇这么多人！

[世界] 树影：啥情况！

[世界] 叶子青：我还以为大佬们要满级后才开团，没想到这就开了。

[世界] 孤影伴惊鸿：我比较好奇原因，到底发生了什么能让他们现在就开团。

[世界] 恰瓜：抢人家对象了？

[世界] 爱别离：我仔细看了一眼，七大帮会和如意的都在，哪怕帮会开团也很少这么齐吧，这是出了啥大事[惊悚]

[世界] 西红柿鸡蛋：还有一个梦魂，这啥？凑数的？

为了分清敌友，混战的人把ID和帮会放到了头顶上。

众人看了看，发现真的很齐，几大帮会都参与了，就是那个梦魂不知道为什么也在。

刚讨论到这里，便有人冒泡了。

[喇叭] 梦中给你魂：你才凑数的，你们全家都凑数的！

[喇叭] 梦里魂：大帮会不要脸，公然诬陷人气主播！

[喇叭] 镜中人：呸，我们是替天行道，这种搅屎棍就该滚出辰星映缘！

[喇叭] 生死与共：都给爷滚蛋！

两拨人一边打一边对骂。

众玩家围观片刻，得出一个结论，几大帮会说梦魂的人自导自演追杀两位大佬，梦魂的人说几大帮会贼喊抓贼冤枉人，就这么打起来了。

[世界] 洗衣机不转：哦。

[世界] 恰瓜：懂了

[世界] 懒懒的岚：明白。

[世界] 咩嘿嘿：原来如此。

[世界] 暗影蘑菇：和两位大佬沾上，没小事。

[世界] 仓鼠球：我不明白，为啥两位大佬被追杀，几大帮会的会帮忙？

[世界] 负一米：路见不平拔刀相助。

[世界] 此门皆吾友：都是兄弟。

[世界] 和平爱好者：两位大佬呢？把那帮杀手揪出来对峙，不就知道是谁的人了吗？

说得有道理！

战场上，队伍最后几排的人一齐回头，发现大佬不见了，第一波杀手团也不见了。

刚才应该派人守尸的！

不过杀手团的主子都被揪出来了，他们也不能再去追杀两位大佬吧？

逸心人说："我已经派人过去了，不用担心。"

这么一说众人便放心了，继续开团。

谢承颜做完证，就在队伍频道里问出了姜辰他们的位置，带着人去帮忙了。

两位大佬和神秘杀手团此刻都在石林里。

石林的面积很大，里面的石头矮的齐腰，高的两三米，粗细各不相同，有些一个人都遮不住，有些却能同时挡住三个人的身影。

新人们虽然不是同一家俱乐部的，但有一个大群在，平时打过竞技场，偶尔也会交流几句。此刻同是天涯沦落人，他们便暂时忘了竞争关系，一边走一边悲催地聊天。

"我觉得咱们完了，惹了方队哪还能活？"

"我们队长提前跟我们说过要完。"

"我们队长也说了……"

"兄弟们，这是咱们最后一天待在辰星映缘了。"

"其实也挺好的，岁月静好。"

"嗯……你们确定他们在这边吗？"

话音一落，只见前方突然闪过一个白色的身影。

他们眼前一亮，急忙追过去，结果跑到地方就不见了，便一左一右散开找。几秒后，左边的一波人重新发现人影，可惜又跟丢了，只好再次散开。

姜辰不紧不慢地遛着一小撮人往深处走，刚想提醒队友，地面便蔓延上一层黑雾。

几位新人倒吸一口凉气，转身要跑。

但已经晚了，只见黑雾瞬间将他们淹没。

暗冥师 70 级的大招——黑暗侵袭——攻击范围内所有敌人全部定身，谁都别想动。

这一队有个驱魔师，一直走在队伍的最后，侥幸逃出了攻击。

他见状急忙要给队友解控，结果刚抬起法杖，一个封印符就飞了过来，直接被封。

姜辰一招废掉驱魔师，知道这七个人至少来自两家俱乐部，肯定会在队伍频道喊人，便说道："我去引开他们，这里交给你……"

他说着听见几声惨叫，回头一看，方景行已经在他开口的同时动了手。

这位联盟男神平时温文尔雅，对敌时却一点温柔的影子都找不到，杀气凛然的，和游戏角色的冷傲相得益彰。

他们日常打本和刷怪都很轻松，不需要用全力。

姜辰只有第一次 PK 和打狮王时才见过他这副模样，但由于当时的级别低，能发挥的余地有限，不像现在这样，让人看着就心痒。

他暗道满级后一定要和方景行 PK，便扔下他们走了。

新人是冲着封印师来的，支援的队伍半路撞见封印师，又听说在那边的是方景行，也不敢过去，追着封印师就跑了。

姜辰故技重施，遛着他们分了队。

这时只见频道里刷出两条击杀信息。

[战斗] 小心心被暗冥残忍地杀害了。

[战斗] 寂寥被暗冥残忍地杀害了。

他说道："挺快啊。"

方景行在队伍频道里笑了一声。

下一刻，一条击杀信息又跳了出来。

[战斗] S~K 被暗冥残忍地杀害了。

七人的临时小队，这么一会儿工夫被砍瓜切菜似的弄死了三个。

他们原本对上方景行就心里发毛，压根不想和他打，此刻更没有了战意，扭头就跑。

就在此时，如意的人成功赶到，帮着拦了拦。

方景行追过去，利落地解决掉他们，踢了踢尸体。

几位新人一动不动。

方景行勾勾手指，示意他们起来。

几人沉默了下，听话地原地复活。

方景行说道："看看世界频道，因为你们闹成了什么样。"

几人低着头，不敢瞅他。

方景行叹气："你们想找他 PK 就和他好好说，他又不是不同意。"

他拍拍后辈的肩，温柔道："我知道你们是不得已，在这里等着，一会儿换个地方让你们打。"

几人惊讶地看向他，没想到方队这么好。

方景行见状笑道："派你们来的人是不是说过我的坏话？"

几位新人尴尬地垂下头，脸颊发烫，没吭声。

他们把这事告诉了队友，很快又有八个人过来了。这八个人刚好是在一起的，而其他离得远的人，又不在一个队伍频道，因此没办法通知。

王飞鸟问道："你们是什么人？"

新人们缩在一起，沉默。

方景行:"别问了,我一会儿回来处理,你们看着他们,我去找十方俱灭。"

王飞鸟:"嗯,你不用担心,我们是分了队的,青盐他们应该已经找到他了。"

方景行点头,在频道里问了一句,见谢承颜发了坐标,便去和他们会合。

这里是十五个人,石林里还有十个人。

方景行一边往前走,一边问道:"你那边怎么样了?"

姜辰:"不用管。"

方景行看着半天没动静的战斗信息,笑道:"你这个速度有点慢啊。"

姜辰的声音听着竟有一些愉悦:"天真。"

石林旁有一个小山坡,地势较高,能将下面的情况尽收眼底。

此刻上面坐着两位妖族的玩家,一只"兔子"一只"老虎"。二人正看着下边的战局,见封印师遛着十个玩家在石林里来回转,时不时攻击一下对方,看着十分轻松随意。

兔子:"爸,他怎么一下一下地打啊?他厉害吗?"

"走位挺厉害的。"老虎猜测,"难道是在叠封印符?"

兔子:"什么封印符?"

老虎:"攻击系封印师的70级大招……"他一时卡壳,去搜了搜,这才接道,"炸裂风暴。"

兔子很好奇:"那是什么技能?"

老虎便为他解释了一下。

封印师的外形和服饰走的是斯文路线,这个技能名却画风大变,一听便能感受到满满的攻击性。

爆裂风暴是在一个或几个敌人身上放置封印符,封印符能保持二十五秒。这二十五秒内,封印师想什么时候爆破就能什么时候爆破。

除此之外,他还能往上叠加封印符,叠得越多,爆破时的伤害越高,而且每爆破一次,技能的冷却时间也会相应缩短。

兔子:"那很强啊。"

老虎摇头:"想太多,天下哪有这么便宜的事。这个技能不能放空,比如你叠了三个,叠第四个的时候不小心放空了,那就只能算三个,而且如果放的时候被打断,或者被解控的技能一解,前面的就都白费了。"

他指着下面:"那伙人如果了解过攻击系的封印师,很快就会反应过来。"

新人们确实反应过来了。

这大佬只偶尔用单体小攻击或小范围的群攻打他们一下,其余时间都在遛着他们玩。

"我看过攻击体系封印师的技能，他是不是在叠封印符？"

"咦，有可能啊！"

"那也还好啊，他怎么还不爆破？"

"不管，先来个解控。"

队伍里的奶妈闻言便抬起了法杖。

上面的老虎道："看见了吧，要解控了。"他啧了声，"这要是辰辉兰乐，绝不会给人这个机会，他能封到你怀疑人生。"

兔子："哎，这个……封印师好像也封上了！"

老虎仔细一看，发现封印师果然不知何时出手，一招封住了奶妈的技能。

他说道："没用啊，那边还有一个驱魔师呢……"

话未说完，只见一队人赶到，驱魔师的身上突然冒出一道白光，也被封了。

谢承颜和榨紫几人按照姜辰的指令封住驱魔师，听见他说不用帮忙，便老实地待在旁边看着了。

老虎："嚯，来得够及时。"

兔子："爸，你刚刚说的那什么乐，是你以前的队友？"

"辰辉兰乐，"老虎道，"不是队友，是别队的队长。"

兔子："他厉害吗？"

"厉害啊。"老虎怀念道，"厉害得都有点变态，他玩这个技能最可怕。"

二十五秒内，无限叠加封印符。

辰辉兰乐稳定手速五六百，在队友的辅助下，他只要有发挥的空间，就能把封印符叠到一个可怕的数值。没有这个手速和意识，别人达不到他那种程度。

联盟这些年有稳定手速五六百的吗？

有，单是最近这几届里就有，比如方景行，他的手速就过了五百。

但一来封印师的技能限制条件太多，二来必须得会抓机会，所以早已成为冷门职业。那些手速达标的大神玩的恰好都不是封印师，哪怕后来游梦优化了封印师的技能，也没人玩。

杜飞舟当年说过一句话：辰辉兰乐之后，游梦再无封印师。

这句话直到现在还作数。

老虎："让他炸十下，冷却时间缩一半，所以他在爆破别人的同时还能再叠一轮上去，脆皮职业基本一波带走。"

下方石林，第一声爆炸响起，紧接着响成一片。

被特殊照顾的驱魔师率先扑街，成了尸体。

老虎："炸二十下，技能就是瞬发，他能在爆破的时候不停地叠封印符，你能想象吗？那时候满级是70级，一个70级大招的瞬发谁挡得住？除非能打断他或者他犯错放空，可怕的是，他不会犯错……"

方景行走到半路，终于看见了第一条击杀信息。

[战斗]夜间幽灵被十方俱灭残忍地杀害了。

他笑道："这么久才杀了一个人？"

姜辰："看好了。"

还没等方景行回话，频道瞬间又上来三条信息。

[战斗]小号被十方俱灭残忍地杀害了。

[战斗]中午不吃饭被十方俱灭残忍地杀害了。

[战斗]手速怪物被十方俱灭残忍地杀害了。

方景行微微挑眉，加快脚步，听见了"砰砰"的轰鸣。

抬头一看，只见几位新人的身体一起爆炸，封印师游走其中，依旧是那副斯文的样子，四周飞溅的血像是沾不上他似的。

游梦里，玩家杀人也是有特效的。

比如暗冥师，每杀一个人，额角的咒纹便向下蔓延一分，顺着脸颊一路扩散到脖子。而封印师没选择体系前，白衬衣上是有暗纹的，选完攻击体系就会全部消失，变成白色，因此他每杀一个人，衬衣的暗纹就会多浮现一块。

[战斗]歌神被十方俱灭残忍地杀害了。

[战斗]肝呀被十方俱灭残忍地杀害了。

[战斗]芒果冰激凌被十方俱灭残忍地杀害了。

封印师身上的暗纹渐渐连成一片。

爆炸和鲜血四溢的画面里，多了一个黑色的身影。

[战斗]不想学习被十方俱灭残忍地杀害了。

[战斗]夜半钟声被十方俱灭残忍地杀害了。

封印师的白衬衣彻底染黑。

方景行呼吸一紧，一眨不眨地看着。

黑色封印师，他只见过一次，是谢承颜以前拿着姜辰的视频来向他显摆时看的。今天是第二次，并且是在如此近的距离下亲眼见证的。

谢承颜双眼放光又热泪盈眶，狠狠抓着榨紫的胳膊，这才没有失态。

榨紫几人全都傻了，惊愕地看着大佬。

山坡上，给儿子科普的老虎目光发直，长篇大论仍没说完，嘴里喃喃道："你得亲眼见过才知道有多震撼，那才是联盟第一封印师……"

——谁挡谁死。

石林里，最后一个新人扑街。

战斗结束，姜辰跨过一地尸体，走向方景行，身上的暗纹逐渐褪去，变回了无害的白色。

方景行站着没动，望着他一步步走了过来。

姜辰打爽了，问道："你那边都解决了？"

方景行轻轻应声，下意识对他抬起了手。

抬到一半猛地回过神，一时也分不清自己到底想干什么，便顺势拍拍他的肩，笑道："大佬666。"

榨紫几人也回过神来，惊叹一声，深觉震撼。

封印师什么时候这么厉害了？他们怎么不知道！

"大佬霸气！"

"跪了，大佬请收下我的膝盖！"

"我想玩封印师了，大佬教我吧！"

"舅……就是！"谢承颜激动道，"太厉害了！"

方景行见他们围上来，再次看了一眼封印师，越过他们来到新人的面前，让他们原地复活。

新人们全都吓傻了，至今还没找回自己的心跳。

方景行安抚了几句，把刚才的一套说辞搬出来，带着他们去和另外十五位新人会合。

新人们晕乎乎地在后面跟着，路过封印师时看看他，见他要望过来，齐齐打了个寒战，急忙收回了目光。

山坡上的两个人目送他们走远，过了五六秒，兔子才开口，亢奋道："爸，你说的辰辉兰乐比他还厉害吗！"

老虎惊叹一声看向儿子，抓着他的肩膀："你录像了吗？"

兔子道："没有啊。"

老虎放开他，点开了帮会频道："有人吗，你们在哪儿？"

帮会成员道："看热闹呢，你瞅瞅世界频道，现在的年轻人啊，火力真旺。"

老虎道："在哪儿啊？"

帮会成员道："在打本呢，老杜他们还在打隐藏剧情，怎么了？"

"封印师啊我的天"老虎一时被震得语无伦次，"我刚刚看见一个特别厉害的封印师！"

帮会成员兴致缺缺："有多厉害？辰辉兰乐那样的？"

老虎："是啊！"

帮会频道静了一瞬，紧接着众人异口同声："啥？"

老虎："真的，不骗你们！"

帮会成员道："你录像了吗？"

老虎："太意外，我给忘了。"

帮会成员问道："那你看清是谁了吗？"

"没有，我离得远。"不等他们发怒，老虎继续道，"但我觉得大概率是那个十方俱灭！"

032.

为方便交流，王飞鸟几人全加了队伍频道。

同处石林，他们都看见了击杀信息，更听见了频道里榨紫等人的号叫，因此看见两位大佬回来，他们便跟着打了 call："大佬霸气！"

姜辰淡定地"嗯"了一声。

榨紫伸出手，情真意切地往王飞鸟肩上一拍："你们不懂。"

他知道，老王几人肯定是觉得大佬能拿十杀，是在他们的辅助下完成的。

虽然他们确实帮了忙，但这不是重点，重点是大佬自身的实力。

连环爆破，鲜血四溅，暗纹蔓延，人一个接一个倒下，用生命灌注而成的黑色封印师……那场面，只有亲眼见过的人才知道是什么感觉。

他的心率直到现在还没有恢复正常。

王飞鸟疑惑："什么不懂？"

榨紫："我跟你形容，你可能也没办法真正体会。"

他现在就是后悔没有录像。

要不是阿逸曾嘱咐过他们别在两位大佬面前提起打职业的事，他都想问问封印师，为什么不去俱乐部试训一下。

他看了好几年比赛，从没见过这么厉害的封印师。

他甚至能想象出如果大佬去打比赛，在赛场上使出这一手,到时会有多少人为之疯狂。

当然，今天的对手弱或许也占一部分因素。

可能到了正式赛场上，面对那些变态的职业选手，大佬就会被压制，但他还是特别希望大佬能试试，好让所有人都看看真正的攻击系封印师有多牛×。

他捂着胸口："总之，是心动的感觉。"

王飞鸟："拉倒吧，你一天能心动好几次。"

榨紫严肃认真道："这次能持续一整晚。"

方景行看了榨紫一眼，说道："我需要和他们聊聊。"

榨紫几人闻弦音而知雅意，便离开石林，去外面等着。

姜辰作为当事人，留了下来。

谢承颜知道新人的底细，也跟着留下了，守在小舅舅的身边，没忍住又抱了一把，反正理由充分——他可以说这封印师让他想起了小舅舅，心情激动。

方景行提醒道："注意点形象，这些新人八成知道你是谁。"

谢承颜收手站好，紧挨着小舅舅。

方景行这才看向新人们，温柔地和他们说话，一点前辈的架子都没有，先简单评价了一下几位新人的表现，指出不足的地方，紧接着便转到正题："你们是哪家俱乐部的？"

新人们有些迟疑。

方景行笑道："这种事我简单一查就查得出来，没什么好瞒的。"

新人们一想也是，纷纷报了家门。

方景行："你们队长是让你们组个联盟，还是你们今天恰好撞到一起了？"

新人们："撞一起了。"

方景行微笑："那还挺巧的，他们都下令让你们围攻封印师？"

新人们："嗯。"

方景行嘴角的笑意加深："今晚就到这里，你们都回去吧，我得去收拾你们弄出来的烂摊子。"

新人们愧疚地点点头，原地下线。

其中的十个人临走前又看了看封印师，带着心悸和崇拜，离开了游戏。

方景行也看向封印师，想起刚才的画面，目光深邃。

虽然早就知道这小子厉害，却还是没想到他的操作能如此……惊艳。

隔着网络，姜辰看不见方景行眼底的情绪，见他一直盯着自己，问道："怎么？"

方景行回神："你还想让他们留下吗？"

姜辰："不想。"

他都打过一遍了，没兴趣继续和他们耗。

方景行："嗯，我来处理。"

三人和王飞鸟他们会合，一起到了混乱的战场上。

几大帮会对上只会乱叫的粉丝大军，根本没悬念。

只是粉丝压根不怕死，几大帮会只能守尸，有爬起来的就按下去，想让他们躺在地上冷静一下。

然而这只管用了五分钟。

五分钟后，粉丝大军集体选择传送点复活，身影全部消失。几大帮会觉得这事就算完了，谁料他们又杀了回来，只能再屠一遍。

被屠杀的粉丝没办法开口，便刷喇叭骂街。

几大帮会的人也不是吃素的，立刻骂回去。双方一边干架一边对骂，场面火爆极了。

姜辰一行人赶过来时，见到的就是这个场景。

一条喇叭冲上频道，顶替了原本的骂战语录。

[喇叭]暗冥：别打了，聊聊？

下一秒，这条消息也被顶了。

[喇叭]梦中给你魂：大帮派的就了不起吗！真是晦气！

[喇叭]我来铺垫：张嘴，专治脑残[药][药][药]

[喇叭]小爱心：你们大帮派不要脸，以少胜多，恃强凌弱，不要脸不要脸！

[喇叭]负一米：翻来覆去就这几句话，能不能换换？没文化就多读点书。

方景行无奈，这次连刷了十条喇叭，两拨人总算看见了。

无论是几大帮派还是梦中取魂，现在都想找个台阶下，见受害人露面，便先后表态休战，迅速站成两个阵营。

方景行来到中间的空地上，看着梦中取魂："我有个问题想问。"

梦中取魂早已让四个野号下线，想着咬死不承认彼此有关系。

他知道和他说话的可能是方景行，十分客气："大佬请问。"

方景行："我刚才听我们副帮主说，你是看见我们被追杀，想过来帮忙？"

梦中取魂："对。"

方景行笑道："我查了你的上线时间和地点，那个时间点我们已经在被追杀了，我的问题就是，你怎么看见我们在被人追杀？"说完他看向一旁的粉丝，"而且看这个支援速度，他是一上线就喊你们了，是吧？"

梦中取魂："……"

几位粉丝："……"

几大帮派的人默默思考了下，集体精神了。

立刻就有人把最新进展发到了频道上，觉得沉冤昭雪，爽快极了。

[喇叭]镜中人：我寻思着你们主子会千里眼顺风耳啊，厉害[大拇指]

[喇叭]梦中取魂：我确实是那个时间上的线，确实是一上线就喊了人，那是因为我刚上线就听朋友说了这事，有意结交两位大佬，就带着人来了。

[喇叭]负一米：你先前说的可是"看见"他们被追杀。

[喇叭]梦中取魂：我说再多，你们该不信还是不信，就从源头查吧。

梦中取魂不再理会他们，发完这一句便看向面前的暗冥师。

他腥风血雨这几年，很会洗白自己，反正这事他们找不到证据，尤其杀手团真不是他的人，因此十分理直气壮："这事得从那伙人身上查，看他们到底是谁派的。"

方景行很赞同："你说得对。"

他环视一周，说道："这样，我先去查那伙人，等查清真相，谁错了谁给对方道个歉，怎么样？"

两拨人自然没有意见。

梦中取魂带着他的粉丝大军，离开了战场。

本服轰轰烈烈的第一场混战，终于结束。

被这一通搅和，加之两位大佬刚被追杀，估计没什么聚会的心思，几大帮会便另约了一个时间，各自散了。

逸心人看着方景行："需要帮忙吗？"

方景行："不需要。"

逸心人："那你们是回帮会，还是？"

方景行看向封印师。

姜辰："刷怪。"

榨紫等几个被姜辰操作震撼过的人立刻狗腿地蹭过来，要留下帮着大佬刷怪。

逸心人带着剩下的人回去了，谢承颜则走到好友身边，低声道："这事你想怎么处理，总不能真告诉他们实话吧？"

方景行："当然不能。"

谢承颜就知道是这样，但还是忍不住多问了一句："那败类要是不肯罢休，追着要真相呢？"

方景行笑了："我能给他找我要说法的机会？"

谢承颜往他肩上一拍，觉得靠谱，放心地去找自家小舅舅了。

一群人陪着大佬刷到九点半，姜辰下线睡觉，队伍也原地解散。

方景行去论坛看了一眼，见开服第一场混战的话题已经被炒热了。梦中取魂果然没有让他失望，粉丝节奏带得飞起，绝口不提上线的时间问题，专盯着杀手团的来历咬。

梦中取魂惯会搞事，何况这次杀手团真的和他没关系，因此他特别坦然，亲自发了状态，站在道德制高点上义正词严地表示这种围杀玩家的事不可取。

方景行很满意，和谢承颜打了声招呼，走到帮会的小湖边挂机了。

他打开先前录的视频修修剪剪一番，弄好后点击"保存"，接着打开另一个视频，静静地看起来。

画面里的封印师锐不可当，有一种惊心动魄的魅力。

他调慢播放速度，一帧帧地看，不放过任何一个细节，越看越觉得……近乎完美。

他把视频停在白衣彻底染黑的一幕，忍不住伸出手指隔空描绘了一下轮廓，心里涌上一股强烈的不满足，不满足这个人为什么还不是他的。

不过他也知道封印师正在住院，暂时打不了职业，这事急不得，只好强行按住了去找人的冲动。

他一直看到十点半，又切去网上转了转。

辰星映缘正是人气如日中天的时候，加之某人在论坛上卖力跳脚，今晚的事成功上了热搜。

于是方景行打开聊天群，把五家俱乐部的队长拉了一个小群，笑道："我都退役了还来搅和我，你们这就有点不地道了吧？"

五位队长装死。

方景行一点都不介意，把热搜和论坛的截图发到群里："看看，全是拜你们的人所赐。"

五位队长："……"

围攻封印师而已，怎么能搞出这么大的动静！

装死，必须装死！

方景行和气地说道："你们放心，我一个前辈，当然不能和新人计较。"

钓鱼？五队队长岿然不动，就是不冒泡。

方景行继续道："所以我只能和你们计较。"

话一说完，他就把刚刚剪好的视频发到了群里。

五位队长点开，只见视频画面被打了厚厚的码，只有对话清晰地传了出来。

"你们是哪家俱乐部的？"

"TQ。"

"KX。"

"NAM。"

"LYL。"

"YZWD……"

"你们队长让你们围攻封印师？"

"嗯。"

五位队长："……"

这是人干的事啊！

方景行愉悦道："现在全网都在找这批神秘人，他们不仅围攻普通玩家，还造成了大规模混战，我想想什么标题比较轰动……战队队长对某玩家因爱生恨，竟命令手下新人对其赶尽杀绝？"

五位队长："我去！"他们道，"撤撤撤，我们马上就撤！"

卡在热搜的点把这事捅出来，到时候俱乐部绝对要发道歉声明，他们也会被扣一笔奖金。

方景行问道："光撤就完事了？"

五位队长都知道他护短，认命道："你想怎么着，我们赔他一笔精神损失费？"

方景行："让你们的新人换ID，买时装，重新捏脸，来替我们值班。"

五位队长："值什么班？"

方景行："我们帮会把隐藏剧情的任务NPC聘了，每天要收门票，需要人在门口守着，每人一小时，让他们来两轮就行，守完了再换服。"

五位队长："……"刚才是谁说不和新人计较的？

然而现在人为刀俎我为鱼肉，几人只能捏着鼻子忍了。

这事商量完，三位队长直接退群，剩下两位没有走——先前在石林，死在封印师手里的十个人，就分别是他们两家的。

新人奉命试探封印师，当然是开着录像的。

两位队长各自看完自家新人传来的视频，目瞪口呆。

他们急忙又看了第二遍，疯了。

这强得有点过分了吧？

方景行这是什么逆天的运气！

他们看了半天，越看越咋舌。

此刻二人见对方都没走，估摸着也是看过视频的，便直接问了："那封印师是什么来头？"

方景行笑了笑，答非所问："你们知道我家封印师有多好吗？"

二人沉默一下，忍了，配合道："多好？"

方景行在脑海中闪过某个锐气的身影，轻声道："他好到……让我想重新回来打比赛。"

那小子足够强，不用爆裂风暴也能虐死人。

可要想让爆裂风暴发挥出最高的威力，是需要队友辅助的。

方景行可以带人为他创造和提供一个绝佳的输出环境，亲眼看着他一步步登上王座，让全世界的人为他疯狂。

两位队长瞬间爆粗口："我×！"

他们了解方景行，如果他真要为封印师回来，显然是想让封印师打核心。

有方景行在旁边助攻，封印师火力全开，谁拦得住？

你还是个人？

"别怕，我就是随口一说。"方景行万分体贴，"早点睡吧，少熬夜，晚安。"

扔下这一句，他毫无压力地退了群。

剩下的两个人无法成群，便切到私聊进行讨论，然后足足骂了方景行四屏，这才把噎着的那口气喘匀了。

方景行虐完老对手并没有睡觉，而是联系了几位朋友。

自从梦中取魂第一次找上封印师，他就在让人收集对方的料，现在是时候把这败类送出场了。

爆料帖凌晨发布，持续发酵了两天，后续出来的锤一个比一个硬。

梦中取魂一时人人喊打，再也没有精力关注杀手团的事。他托关系查了查，得到一句"惹了不该惹的人"，自己琢磨了下，随即夹着尾巴换了服。

辰星映缘的玩家只觉得吃瓜吃得极其爽，自动认为杀手团就是梦中取魂派的了。

[世界] 负一米：正义终将战胜邪恶 [礼花]

[世界] 生死与共：天地有正气，杂然赋流形。时穷节乃见，一一垂丹青。

[世界] 榨紫：好诗好诗 [鼓掌][鼓掌][鼓掌]

[世界] 喜欢夏天：感动，咱们服的大佬真给力！

[世界] 此门皆吾友：过奖，应该做的 [抱拳]

[世界] 镜中人：铲除败类，人人有责。

[世界] 幸天成：别在湖里扑腾，滚回来摆蜡烛。

[世界] 镜中人：哦。

[世界] 树影：？

[世界] 小竹峰：摆蜡烛是什么操作？

[世界]一只大螃蟹：哇，难道有人要求婚，求围观！

[世界]恰瓜：我掏钱，求大佬多说点。

可惜大佬们没再冒泡。

灵翼森林里，几大帮会的人把花型蜡烛摆了摆，组成两行大字——

辰星映缘第一次帮派交流会
暨铲除梦中取魂毒瘤庆祝会

众人看得很满意，觉得可以传为一段佳话。

他们看向如意的人："两位大佬呢？"

逸心人笑道："在路上。"

众人点点头，耐心等候。

姜辰今晚照例和大外甥他们组队刷怪。

三个人刷到将近八点，便赶去参加重新举行的联谊会。

谢承颜看着频道消息，问道："那败类不会换个小号再过来恶心人吧？"

方景行："不会，他一向识时务。"

谢承颜："那就好。"

方景行看了一眼身边的封印师，心想是挺好的。

俱乐部的人被他成功解决，不会再来烦人；梦中取魂也换了服，不会再污染空气；接下来的时间，他可以专心陪着封印师玩游戏，等着对方出院。

这念头刚落，只见一条消息发了过来。

他打开查看，发现是杜飞舟，问他前天在石林的人是不是十方俱灭。

他诧异："主席是怎么知道的？"

杜飞舟："我朋友当时就在附近的山坡上。"

方景行了然，给了肯定的答复，问道："是不是特别厉害？"

杜飞舟："听说很强，他正和你在一起？"

方景行："嗯。"

杜飞舟："你们现在在哪儿？"

方景行："找我还是找他？"

杜飞舟："他。"

方景行挑眉，掂量了一下封印师的脾气，回道："您饶了我吧，他这几天因为我的关系被各路人弄烦了，再来一拨，他得嫌弃死我。"

杜飞舟："你还能招人嫌弃？"

方景行："能啊，尤其招他的嫌弃。"

杜飞舟看得竟有些想笑，回道："你先问问。"

方景行："行吧。"

他看向封印师，措辞一番，说道："你还记得我之前说有个朋友也在这里，想要攻略吗？"

姜辰点头。

方景行："他是游梦联盟的主席，杜飞舟。"

姜辰："……"

谢承颜："……"

姜辰顿时一怔："谁？"

谢承颜几乎调动起全部的职业素养，才保持住了镇定："他也在这里？"

方景行："嗯，说是和老朋友建了一个帮会，我猜大概率是以前的职业选手或主播，毕竟这次游梦出全息，有不少老玩家回归。"

他把那天有人恰好撞见封印师杀人的事叙述了一遍，之后试探地问道："可能是又看见了黑色封印师，主席想来见见你，见吗？"

姜辰沉默几秒，说道："见。"

方景行有些意外，转念一想这封印师是姜辰的粉丝，而杜飞舟恰好是姜辰那个时代的人，便心里了然，给杜飞舟回了一个坐标。

杜飞舟回得很快："我们刚好在附近，稍等。"

方景行一行人便原地等待。

片刻后，只见十几个人朝着这边走了过来。

杜飞舟那天晚上就听说了封印师的事。

不过他们白天都忙，昨晚方景行又在直播，便只能等到今晚才来。

黑色封印师在游梦足足消失了三十年，如今终于再次出现，他们这些曾经有幸见过的人实在太稀罕了，便都过来了。

众人一齐看着对面的封印师，恨不得在他身上盯出个花来。

姜辰也望着他们。

他只打了一年半的比赛，时间太短了。

这些人里可能有他认识的，更可能除了杜飞舟，其他一个都不认识。

他不由得看向他们的ID，首先对上了帮会名：老当益壮。

兔崽、虎爸、叔叔来了、老婆最大、贝贝最可爱……

他问道："贝贝是谁？"

被点名的人愣了愣，接着快速反应过来，说道："我女儿。"

姜辰"哦"了声，看完这一圈乱七八糟的 ID，把目光转向最前面的人。

这人穿着短袖长裤，后面背着把巨大的长弓，职业是妖族游箭，ID 追风，身份是帮主。

杜飞舟玩的就是游箭。

他们那个时代没有妖族，但这些人里只有一个游箭，又是帮主，应该就是杜飞舟了。

妖族比人族的移动速度快，想来是杜飞舟的状态不如以前，就换了种族玩。

方景行开了公共频道，为他和杜飞舟相互介绍了一下。

姜辰心想果然是杜飞舟，说道："主席好。"

杜飞舟看着这位封印师："你好，PK 一把？"

姜辰："你等级比我低，打不过我。"

杜飞舟："我是说我们这些人一起和你打。"

姜辰："……"

方景行："……"

谢承颜："……"

姜辰冷淡道："谢邀，不干，我还有事。"

033.

方景行说道："主席，我们是真有事。"

他也没想到杜飞舟这么稳重的人，上来就要玩群殴。

依封印师的脾气，没有当场喷回去已经很不错了。为避免闹僵，他必须得阻止一下。

杜飞舟做事一向喜欢直奔重点。

他知道自己那句话容易惹人误会，说道："我们以前都是职业选手，有些很久没碰过游梦，最近才回来玩，平时也没那么多时间练级，等级比你低很多，所以才想一起和你 PK。"

后面的人纷纷帮腔。

"你看我们最低的才 40 多级，你已经快 80 级了。"

"而且我们的反应也没有你们年轻人快，PK 一把用不了几分钟的。"

"主要是我们对你太好奇了。"

"实在不行，我们出十个人，你那边让人帮你辅助，怎么样？"

姜辰："那就等你们满级再打，说得这么菜，我杀起来也没意思。"

方景行："……"

得，开嘲了。

老当益壮的帮众跟着沉默。

你这小孩，怎么这么不尊老爱幼呢！

杜飞舟依旧很平静："只有我一个人和你打呢？"

姜辰："图什么？"

杜飞舟："很久没和厉害的封印师 PK 了，想试试。"

姜辰顿时一怔。

键盘模式下，攻击系的封印师，对手速的要求实在太高了。

这些年手速达标的电竞天才，玩的刚好都是别的职业，导致三十年里再没有出现过能够封神的封印师。

这些年杜飞舟去他的墓前看他，是否提起过这件事，是否也曾觉得遗憾？因此听说了他的事，才想过来和他打一场？

杜飞舟见他不吭声，也没有强人所难："如果今天实在不方便，那就改天再约，或者等我们满级……"

姜辰打断道："来吧。"

他看向对面那些人，"你们以前打比赛的时候用的什么 ID？"

老当益壮的帮众道："啊？"

姜辰："好奇。"

众人估摸他可能是想查查他们的比赛视频，一齐摆手。

"过去的辉煌，不提也罢。"

"技术早就退步了，让咱们专注现在。"

"对，要想生活过得去，就得学会往前看。"

"不要崇拜叔，叔只是个传说。"

姜辰淡定道："说就打，不说就再见。"

老当益壮的帮众："……"

你能不能稍微尊重一下前辈？

姜辰道："我赶时间，二选一，给你们三秒钟。"

老当益壮的帮众："……"

不是，厉害点的封印师怎么都这个狗脾气？

没记错的话，辰辉兰乐貌似也是这德行？

让这小子去看看视频也好。

看完就知道叔叔们有多厉害了！

于是他们快速把自己的比赛 ID 交代了一遍，说完才意识到他不一定能记住，敢情真是好奇一问。

姜辰再次怔住。

这些人里竟有五六个是他认识的，其中一个更是他当年并肩战斗过的队友。

电竞选手的职业生涯太短，总共就那么几年。

这碗青春饭吃完，要么转型还留在圈子里，要么就彻底离开，淹没在人潮中。

他醒后曾查过队友，三十年过去，现在的他们已全部不知所终，应该都成家立业，过上普通的日子了。本以为再次见面是在他的身份公布或曝光之后，没想到这就遇见了一个。

他的心情复杂了一瞬，见这几人的等级刚好在他们当中比较靠前，说道："你们挑几个一起来吧。"

众人很高兴，感觉这小孩也蛮可爱的。

他们本想上十个人，但听见有人提出这里的地形不像石林那样有利于封印师，便克制了一点点，选了八个人。

众人进了旁边的林子，摆开阵型。

方景行在频道里问："需要给你辅助吗？"

姜辰："不用。"

他们等级低这么多，伤害大打折扣，他完全能扛住。

方景行笑道："那大佬加油，给你叩 6。"

谢承颜分不清自己是感慨还是激动，压着这点酸爽的心情，说道："大佬加油！"

姜辰轻轻点头，开了仇杀，见他们准备好了，对着他们就过去了。

剑客起手就定身，紧接着再跟一招突刺……还和以前一样。

两招全部放空，紧接着战神就要横枪抢人，想制住他。这人放得比一般人开，得多走半个身位……哦，退步明显。

姜辰侧身躲开，心想这种时候，杜飞舟应该要动手了。

他下意识一闪。

一根裹着寒气的箭几乎擦着他飞过，"砰"地扎进他身后的树干。

"我靠，这反应速度！"

"年轻真好啊。"

"我还以为我们这两下能给老杜创造个机会。"

"老林和老夏躲远点，咱们这些人里就你们有解控，他肯定先封你们。"

"知道，你们注意距离，别跟着跑太远，出了我们的技能范围，你们就自求多福。"

"这事不用说我也知……我去，他这就要开始了？"

林子里，姜辰一招封住剑客的行动，快速在他和周围这几个近战的身上叠了一轮封印符，并在其中一个辅助扬起法杖闪现微光的一瞬间，直接引爆。

"啊！"老林呕出一口血，"这小子太奸诈了！"

偏偏选在他放技能的时候引爆。

不仅没能救队友，技能还废了一个，进入了冷却。

"我去，这么短的时间他就炸了五下！"

"绝了，他这一轮技能能冷却多少时间？"

"他咋这么着急？"

"不是着急，他没人帮忙，知道不可能叠那么多层，"杜飞舟道，"老张小心，他很可能会先秒[1]你。"

说话的工夫，姜辰就往剑客的身上扔了一串封印符。

连续的单体攻击，全轰在一个点上，暴击翻倍。等级最低、刚刚又受过两下爆破的剑客顿时只剩一丝血皮。

姜辰不给他活命的机会，躲开另外几人攻击的同时用了一个小范围的群攻，刚好能覆盖住他，立刻把人送走。

"我去！"

"太狠了！"

姜辰干掉一个，开始挑下一个动手。

他并不一味地追求叠层数，因为这些人对攻击系的封印师很了解，哪怕三十年没接触过，来之前应该也复习过一遍，所以他很有耐心和他们耗，决定先宰几个人再说。

剑客死亡，接下来是退步明显的战神。

他如今也就是个普通高玩的水平，姜辰不和他客气，快速带走了他。

八个人转瞬间变成六个。

两个血厚的扑街，剩下大部分都是脆皮，而他的爆裂风暴，已经冷却好了。

姜辰便直奔两位辅助，一个定身一个封技能，全都精准无比。

老当益壮的帮会频道又叫上了。

"不是让你们注意吗？"

---

[1] 秒：秒杀，以高额伤害瞬间杀死攻击对象。

"你躲一个我看看！"

"毫无预兆，出手太快，莫名其妙就封上了。"

"太可怕了，他这怎么放的？都快赶上辰辉兰乐了！"

"完了，你们全被封，他要开大！"

"老杜！"

杜飞舟不需要他们提醒，开了群攻，想要打断这个封印师。

姜辰就知道他会这么干，开了封印师的状态技能。

这是游梦优化后新加的东西，五秒内护体，不会被任何技能打断，贴心得让他甚为满意。

杜飞舟无奈。

他玩的是侧重单体攻击的游箭体系，群攻技能有限，这一招被防住，他也没办法阻止了。

开了护体的姜辰仗着自己还有 80% 的血，豪放地顶着他们的攻击开始叠封印符，重点关照两位辅助，等他们的封印效果结束，身上顿时爆出火光。

爆炸的轰鸣声在林子里传开，而后频率越来越快。

两位辅助齐齐扑街，封印师的暗纹浮动，渐渐要连在一起。

第五个、第六个、第七个……鲜血四溅的林子里出现了一位黑色封印师。

围观的老人们集体屏住呼吸，心脏狂跳。

方景行定定地看着封印师，眼底闪着连他自己都没有察觉的光。

姜辰转过身，对上了最远处的游箭。

林子重归平静，硝烟似乎都散了。

封印师戴着金框眼镜，斯文地站在满是尸体的地上。一片黑色沉沉地披在身上，像是透不进半点亮光。

杜飞舟架着箭瞄准他，手指微微颤抖。

游戏里，角色的手是不会发颤的，但不知为何，他就是觉得手在抖。

这个封印师，让他想起了辰辉兰乐。

一样的气势如虹，一样的摄人心魄。

三十年了，记忆被时间盖了一层又一层的土，故人的模样渐渐在他心里变成了一个剪影，他一时也说不清他们像到了什么程度。

姜辰问道："还打吗？"

杜飞舟收起箭，压着胸腔的情绪，淡淡道："不用了。"他停顿了下，说道，"谢谢。"

姜辰"嗯"了声，关掉仇杀，染黑的衬衣恢复成了白色。

老当益壮的帮众立刻"呼啦"围过来，挨个拍肩摸头。

"厉害啊小子！"

"我们那个时代有一个特别牛×的封印师，ID是辰辉兰乐。"

"你记一下，有空去看看他的比赛视频，可能会对你有启发。"

"你是不知道他有多厉害，这样，你去你们魔域看看，那里还有他的雕像呢！"

"游梦真的是三十年没出现过厉害的封印师了……我刚刚差点看哭。"

"我也是，看得热泪盈眶的。"

姜辰拍开他们的手，说道："我是辰辉兰乐的粉丝。"

众人沉默一瞬，异口同声："啥？"

姜辰为避免麻烦，便睁眼说瞎话："我的打法就是和他学的。"

众人动容。

现在的年轻人竟也有知道并喜欢辰辉兰乐的，真不容易！

姜辰："再碰我，我把你们的手剁了。"

众人默默收起想要摸头的爪子。

没关系，脾气再不好，嘲得再狠，他以后也是他们帮会的团宠。

他们说道："加个好友呗？以后满级了再打。"

姜辰加完一轮好友，给他们弄了一个分组，取名：物是人非。

众人太稀罕他了，没话找话："哎，你觉得叔叔们的实力怎么样？"

姜辰沉默两秒："还行吧。"

众人都做好了他说"菜"的准备，谁知竟能得到句好话，一时有些感动。

这小孩……确实是挺可爱的嘛！

其中一个比较豪爽，哈哈一笑，往他的肩膀一搭："我们都老了，状态下滑，哪还行啊，不是你们年轻人的对手了。我以前是辰辉兰乐的队友，玩封印师也有点心得，你要是有不太懂的地方可以来问我，我或许能帮你。"

姜辰没有挣开，侧头看着他，嘴角勾起一点，平淡地"嗯"了声。

一群人出了林子，相互道别。

老当益壮的人暂时站着没动，齐刷刷目送封印师。

ID为虎爸的人说道："我说的没错吧，不是我太久没见过封印师大惊小怪。"

"没错，真的牛，我们一帮人围攻他，才打了他半血。"

"走位真是溜，感觉不比辰辉兰乐差，老杜你说呢？"

杜飞舟望着远处的身影："嗯，很厉害。"

姜辰一行人顺着小路进了前方的森林，往深处走去。

谢承颜知道小舅舅猛地见到故人，心里可能会有些触动，便亦步亦趋地跟着他，没有随便开口。

方景行则心痒得不行，说道："要不咱们也别等满级了，找地方先打一场？"

姜辰道："上赶着找虐，成全你。"

方景行很配合："大佬请手下留情。"

姜辰道："不留。"

他们边说边走，终于到了湖边。

这里已经热上场了，镜中人站在中间，给他们唱起了上次没来得及唱的歌。嫌弃系统的声音不好，他还换了原声，嘶吼着一首摇滚曲，听得围观众人纷纷鼓掌尖叫。

姜辰听了两句，觉得还行，突然想起某人那把好嗓子，问道："你唱歌好听吗？"

谢承颜："我？"

姜辰："不是。"

谢承颜懂了，不等方景行回答，率先说道："他唱歌好听，高中时有一次参加歌手比赛，震得全校的人都疯了，还有几个跑去厕所堵他，要强吻他。"

姜辰："然后呢？"

谢承颜："逼得他没办法跳楼了。"

姜辰："……嗯？"

"二楼，"方景行在旁边解释，"下面有个台子能接住我，不高。"

姜辰沉默一下，实在没忍住："你当时尿完了吗？"

方景行笑道："完了。"

姜辰："裤子也提上了？"

方景行哭笑不得："嗯，早就提上了。"

姜辰心想那还好，他紧跟着他们找到如意的位置，坐在了草地上。

镜中人一首歌恰好唱完，笑着打招呼："两位大佬来了？"

周围的人道："你们可来晚了，唱首歌！"

"对对对，大佬唱歌！"

"必须唱！"

姜辰看向方景行："去吧。"

方景行："好像是你PK耽误的时间？"

姜辰："他们先找上的你。"

方景行讲道理："人是你亲口同意见的。"

姜辰:"要不是你,我不至于被新人围攻,他们也不会找我。"

方景行无话可说,起身到了中间的空地。

众人原本只是起哄,见他竟真愿意出来,暗道一声爽快,鼓起了掌。方景行挑了挑伴奏,随便给他们唱了首歌,可惜没换原声,姜辰听得不是那么满意。

大佬亲自下场,后面的人就都放开了。

足足唱了十首歌,主持人才不得不叫停,进行迟来的开场。

焚天、问缘、金竞联盟……算上如意,一共八个帮会。除了仍停留在35级不知道什么时候能上线的儒初,其余正副帮主全部到齐。

众人听着就觉得激动。

这也就他们辰星映缘了,其他服这个时候恐怕都还在练级。

"大家能在辰星映缘相遇,就是缘分!"

"映缘映缘,你们听听,这就是天意。"

"没错,以后喊一声兄弟,天涯海角都跟你!"

榨紫情真意切:"兄弟,来跟我,咱们去酒店聊聊。"

众人静默一瞬,顿时开骂。

有一些听说过他的名号,心想不愧是他,直接笑倒。

气氛彻底热起来了。

想要唱歌的跃跃欲试,听众拿着烟花棒打call,喜欢PK的跑旁边画圆切磋去了……甚至还有比赛游泳的。

几大帮会的帮主来到两位大佬的身边,谈起了正事。

焚天的帮主木枷锁问道:"大佬知道内测时有人打出过一个隐藏剧情吗?"

方景行:"你们想组个联盟打?"

木枷锁心想,和聪明人说话就是省事,说道:"对,那是十人小队的隐藏剧情,咱们每个帮会都能至少出一个人,两位大佬可以一起来。"

方景行:"但我要是能找人问出怎么开剧情,完全可以拉着我们帮会的人去打,不是吗?"

木枷锁:"确实,所以这事我们不勉强,只是问问你们的意思。"

"主要是大家以后抬头不见低头见的,能借着这个契机增进一下感情。"

"万一将来真有矛盾,也不至于动刀动枪,伤了和气。"

方景行笑道:"这话你们自己信吗?"

几人同时说道:"信啊!"

不信,他们现在也得信。

"怎么样大佬，考虑一下？"

"看在我们曾经用血肉之躯替你们挡住刀剑的分儿上。"

"对了，这个隐藏剧情是挂靠在主剧情线上的，大佬要记得打一下[血狼]那条线。"

方景行点头："好，让我们考虑两天。"

几位帮主自然没意见，又聊了一会儿，便回到了自家队伍里。

热闹的联谊会持续了一整晚，姜辰半路就下线睡觉了，转天一上线，便跟着方景行开始清主线剧情。

魔域的剧情线他们已经打完了，但相邻小城的还没打过。

剧情任务最麻烦，他们清了一天，来回过了四座小城，到傍晚上线的时候姜辰便有点不耐烦了，这时一抬头，看见了熟悉的游箭。

杜飞舟看到他也是一怔，见他身边没有人，问道："怎么就你自己？"

姜辰："一个临时有事，另外一个要直播，你呢？"

杜飞舟："我们帮会在这边。"

他们拖家带口的，都不想在游戏里当冤大头，所以没有在主城买房，而是挑了这座风景不错的小城。

他问道："去我们帮会看看？"

姜辰便跟着走了。

帮会这时的人不多，数一数还不到十个。

据说大部分都是九点以后才会来。

几人见到团宠，顿时围上前。

姜辰在他们造反前说道："注意你们的爪子。"

几人收回手："……别那么冷酷无情嘛。"

姜辰不理会他们，在院子里转了转。

几人问道："吃饭了吗？"

姜辰："吃了。"

"那就好，吃完了记得散散步，消个食。"

"对，别往床上一躺，对胃不好。"

"你可别嫌弃叔叔们啰唆，这都是过来人的经验，还有别总熬夜，容易秃头，你张叔叔就秃了一大块。"

"滚！"

"唉我就纳闷了，医学都这么发达了，为什么还是不能治疗秃头？"

"这谁知道啊。"

姜辰："……"

方景行上线时，姜队已经听老朋友从高血压一路讲到了自家孩子有多熊。

他看见某人发来的消息，切到队伍频道："你不是直播吗？"

方景行："我往后挪了挪时间，你在哪儿？"

姜辰："你不用动，我过去找你。"

他说完便告辞走人，回到了他和方景行一起下线的位置。

方景行："走吧，把这点任务做完。"

姜辰面无表情地跟着他，半天才开口："方景行。"

方景行回头看他："嗯？"

姜辰由衷道："年轻真好。"

方景行顿时失笑："怎么忽然说起这个？"

姜辰道："没什么。"

就……有感而发罢了。

他看了看好友分组，把"物是人非"删了，换成了七个字——岁月是把杀猪刀。

CHAPTER
FOUR

你试试看
JUST TRY!

034.

"血狼"的剧情很简单。

玩家成功走出领域，选择完体系，有资格闯荡大陆后，在小城接到的第三个任务就是血狼——据说有居民遭到了野兽袭击，让英雄们查查是怎么一回事。

玩家顺着 NPC 提供的线索一路往下查，最终会查到一头陷入疯狂的血狼身上，把它关进山洞里，这条线就算是过了。

30多级的时候，玩家要扛着它的攻击把它引入山洞并打开机关，还是稍微有些麻烦的。

但如今姜辰和方景行都快 80 级了，血狼这点伤害打在身上简直不痛不痒，他们连躲都懒得躲，轻轻松松就做完了。

二人找 NPC 交了任务，方景行便到了要直播的点。

他看向封印师，虽然知道会被嫌弃，还是忍不住说道："要是觉得无聊，可以去看我直播。"

姜辰："那更无聊。"

方景行无奈，想着再播几次就鸽一段时间，便和他道了别，下线离开。

今晚谢承颜有个慈善晚会，估计要到十二点才能回家，所以只剩姜辰一个人玩。

帮会的人早已打完这条线，姜辰白天得清剧情，以为要跑一整天，就让他们先去打本，不用等自己。

现在任务做完，时间还很富余，可以去把几个小本打了，他便在帮会频道里问了一句。

王飞鸟："我都打完了。"

榨紫："我也是。"

苟盛："我还有一个五人小本没打，正和他们打着别的本，要不你等等我？"

老梧桐发芽："我有两个小本没打。"

情深长寿："我有三个,其实我不爱打本,但为了陪你,我愿意。"

姜辰淡定道："其实我不爱杀人,但杀你,我也愿意。"

频道里顿时笑成一片。

他们对了对各自没打的本,发现没有一个重合的,又问了问其他人。

姜辰听着他们聊天,想要直接回城去帮会,这时余光一扫,瞥见远处有一个玩家正被小怪追着狂蹿。

那是个妖族的玩家,头顶有一对兔耳,时装选得很有喜感……姜辰记得自己某个老朋友的儿子好像就是这副打扮。而且老当益壮帮会恰好就在这附近的小城里,或许真是那小孩。

他不由得走过去,没等靠近,便见兔子顶着一丝血皮,嗷嗷乱叫蹿到了官道上。那里正有一队人路过,其中一个见状,便帮着他把后面的小怪打死了。

兔子松了一口气,感激道："谢谢哥哥,哥哥真是好人!"

"小嘴还挺甜,"那玩家笑道,"不用谢,路见不平……嚯,大佬,这么巧?"

姜辰在这个空当走近,看了一眼他们,发现是七大帮会的人。

出手帮忙的是问缘的镜中人,而兔子果然是老朋友的儿子,ID 兔崽。

兔崽看见他,兴奋地跑过去："偶像!"

姜辰："你爸呢?"

兔崽："洗碗呢。"

姜辰："不是有洗碗机吗?"

兔崽答得天真无邪："他昨天喝多了耍酒疯,我妈生气,罚他连洗三天的碗,手洗。"

"……"姜辰摸摸他的头,顺便捏了一下毛茸茸的耳朵,"你今年多大?"

兔崽："十岁。"

姜辰"嗯"了声。

他那个时代,晚婚晚育的人就很多了。三十年后,人的寿命加长,人生有了更多可能性,所以晚婚的就更多了。老当益壮那些人有的结婚早,孩子都上大学了,有的晚,自家崽子这才十岁。

兔崽自从看过他在石林以一敌十后就粉上了他,问道："我爸马上就洗完了,你要等等他吗?或者我带你回我们帮会玩?我在院子里种了胡萝卜。"

姜辰："我刚从那里过来。"

他下意识地往小城看了看。

其实他想问问以前的队友过得怎么样,为什么只有一个回游戏了,但由于不清楚这些年发生过什么,不知是否合时宜,也就没开这个口。

兔崽："那你想去哪儿玩……咦？"

他回过头："我爸来了！"

他跑回野区，半路又引了一堆怪，再次乱蹿。

刚上线的虎爸见状，赶紧抄家伙去救儿子。

姜辰远远地看着他们，后知后觉地发现这片野区还挺眼熟。

游梦里每座小城的野区都不同，风景也各有特色。

这里种着大片的蒲公英，碰到玩家的攻击就会被打散，纷纷扬扬地飞起来。

姜辰记得和几位朋友的初遇就在这里。

那时他带着一拨人和杜飞舟他们干架，从这头打到那头，蒲公英飞了一整片野区。后来得知对方都是俱乐部的新人，相处了一段时间便慢慢成了朋友。

一觉睡醒，当年鲜衣怒马的少年成了开始在意养生的大叔。

时光真是个混账东西。

七大帮会的人站在他面前，没有走。

几人虽然表面安静，其实热情都贡献给了队伍频道。

"镜子你可以的，救了大佬的熟人。"

"这说明日行一善是很有必要的，好人有好报。"

"我查了，暗冥和青盐都不在线，趁着刷的这波好感，拉他打本。"

"镜子你来说，你救的人。"

镜中人上前两步，干咳一声吸引姜辰的注意，问道："大佬有空吗，我们正要去打80级的10人本，我看大佬快80级了，这个本应该还没打，一起呗？"

姜辰见七大帮会的帮主全齐，顿悟。

他问道："你们组在一起是想为隐藏剧情预热？"

镜中人："是啊，俗话说三个臭皮匠……不是，说错了，我们就是想增进一下感情。"

其实他没说错。

他们不确定是否能打动两位大佬，让他们同意组成联合战队，便做好了两位大佬会带着如意的人去打剧情的准备。因此他们就想试着搏一把——他们这么多帮主组在一起，万一能打得比对方快呢？万一上次两位大佬打那么快是瞎猫碰上死耗子呢？

于是为了"增加对彼此的了解"，他们就组队打本了。

他问道："我们刚好缺一个人，你来吗？"

姜辰："你们还能缺人？"

几人："能啊。"

木枷锁:"原本定的人临时有事,我们还没来得及叫别人,就遇见你了。"

"临时有事"的人蹲在他们身后默默离队,原地下线,深藏功与名。

几人看得很舒心:"不信你数数,我们是不是九个人?"

姜辰当然能看出其中的弯弯绕绕。

不过他原本就计划打本,无所谓和谁组队,便打开帮会频道扫了两眼,见话题不知何时已经歪了,说道:"我遇见几个熟人,和他们去打个本,打完了回帮会。"

帮会的人纷纷道:"去吧。"

姜辰关闭频道,退出原本和方景行他们组的队伍,进了这些人的小队,扫见虎爸带着兔崽过来了,又简单和这对父子聊了两句,就跟着这些人走了。

80级的10人本在附近的草原上,中等偏上的难度。

姜辰以前没打过,为避免麻烦,便提醒了一句。

队里的九个人有些意外。

根据情报,这位大佬还是不排斥打本的,如果以前没打过,那就只有一种可能……

他们问道:"大佬之前没玩过游梦?"

姜辰:"只是没打过这个本。"

木枷锁:"哦,没关系,这个本不难,大佬随便划水。"

姜辰:"不用,把需要注意的地方告诉我就行,我跟着你们尽快打完,一会儿还有事。"

木枷锁点头:"那好。"

副本里需要注意的就是三位 boss。

木枷锁和镜中人负责讲解,姜辰一边听一边跟着他们打。

几人都是有实力的帮主,除了金竞联盟的帮主孤问和千里银光的帮主白龙骨不爱打本,其余人都打过很多遍了,几乎是一路推到了最终 boss 的老巢。

他们暗中观察,见十方俱灭从头到尾都没出过半点错,伤害量也蛮高,心想:不愧是能低级拿下狮王的人,果然不是菜鸟。

十人小队势不可挡,成功弄死了三号 boss。

镜中人摸了把尸,出来一个材料和两件装备,其中一件还是橙装。

众人顿时激动。

稀有度仅次于神器的橙装也是比较难开的,看来今天的运气不错。

这件橙装是法系职业通用的腰带。

但物理系的也没放弃 roll 点,毕竟身后都有一家子帮众要养。他们用不了,帮会里总有人能用上。

镜中人："谁先来？"

木枷锁："大佬先来？"

其余人也说道："大佬先来吧。"

roll 点这个机制，要是 roll 到相同的数，是先 roll 的拿。

虽然 roll 相同数的概率不高，但不管怎么说，先 roll 的还是会有一点点优势。

姜辰看着老虎机，有些想念方景行。

他并不推辞，上前拉了一把拉杆。

"叮——" 1 点。

众人："……"

姜辰面无表情地走回去，觉得以后能告别 roll 点了。

镜中人笑道："1 点很难 roll 的，大佬可以考虑买彩票了。"

姜辰："哦，谢谢。"

几人不再开口，迅速 roll 完一轮，又把剩余的东西分完，便要传送出去。

这时却见一个陌生的身影突然跑了出来，见三号 boss 已经死亡，阴森地冲他们笑道："我是来杀人的，没能杀他，只能杀你们，都怪你们今天太倒霉，遇见了我。"

瞬间只见一条金色公告传遍全服：恭喜玩家木枷锁、辛天成、镜中人、孤问、飞星重木、白龙骨、朝辞、生死与共、柳和泽、十方俱灭发现隐藏副本 [达隆洞] ！

十个小队："……"

全服玩家："？？？"

频道立刻沸腾了。

[世界] 消炎药：我去！隐藏副本！

[世界] 不吃午饭：我的天，七大帮会的帮主和骨干外加十方俱灭大佬，这是什么豪华配置！

[世界] 恰瓜：怕不是能直接通关？

[世界] 论文好难写：吓人，这些大佬是怎么组到一起的 [惊悚]

[世界] 最强傀儡师：啊啊啊好想围观啊！

[世界] 水果发夹：热搜预定！

[世界] 板蓝根：论坛热帖预定！

[世界] 惊蛰：开服第一个隐藏副本也是咱们服的了哈哈哈！

[世界] 拉格朗日：不愧是辰星映缘，我当初怎么就选了这里，真机智哈哈哈！

这个时候，十人小队已经掉坑了。

隐藏副本不像剧情有那么复杂的故事线，看着很简单粗暴。

在陌生人说要杀他们的同时，有一个濒死的小怪冲过来，开启了通往地下的机关，他们和陌生人一起掉坑。小怪看着他们，双眼通红，表情扭曲："敢杀我们老大，你们都去死！这里是迷宫，还有很多机关，你们出不去了，死吧！"

说罢，小怪就咽气了。

十个人沉默一下，鞭了一轮尸。

不过能打出隐藏副本，他们是很高兴的。

几人看着眼前的隧道，猜测那个陌生人就是副本的最终boss，他们得穿过迷宫找到他，打赢就算通关了。

幸天成身为队里最厉害的战神，走在了最前面。

镜中人紧跟着自家帮主，迈出去五步就受不了了："这也太暗了，眼睛都要瞎了！"

木枷锁问："联谊买的蜡烛还有剩下的吗？"

镜中人："有！"

他说着从包裹里掏出几个花型蜡烛，一一分给他们，点燃了握在手里，慢慢往前走。隧道宽两米，全由石砖组成，上面长满了苔藓，不知哪里还有滴滴答答的水声，听着蛮瘆人的。

"有一种玩恐怖游戏的感觉。"

"你们说这里有小怪吗？"

"应该有吧，副本能没小怪吗？"

"镜子，你们看见了吗？"

"暂时没有……要拐弯了。"

幸天成："你们后退点，别靠得那么近。"

木枷锁："小心，不是说有机关吗？"

幸天成："有机关估计就是箭雨什么的，我血厚，掉点没关系……"

话没说完，他一脚踩空，身影顿时消失。

下一刻，频道刷出一条消息。

[战斗] 幸天成死亡。

其余九人："……"

镜中人猛地扑过去，悲痛道："帮主！"

他在帮主踩空后留下的洞口停住，小心翼翼地拿着蜡烛照明。

身后几人凑过来一看，见下面是黑黝黝的水，还咕噜咕噜冒着泡，显然是个毒池，而幸天成已经连尸体都看不见了。

讲个笑话：我血厚。

剩余的九人默哀一秒钟，换了一个人带队，跨过黑水，成功拐弯，发现眼前是个岔口，有两条路能选。

"太恶心了吧，逼死选择困难症啊！"

"迷宫嘛，不都这样。"

"分队还是怎么着？"

"分吧，咱们这算是开荒[1]，大概率团灭，都看开点。"

"对，能走多远是多远吧，"木枷锁说着看向十方俱灭，"大佬想选哪条路？"

姜辰看着这个岔口，今晚第二次想起了方景行。

要是方景行在这里就好了，他就能问问那货的意思了。

方景行这时已经开播了。

他目前仍处在给小作精卜师找药材的阶段。

但这个工作太枯燥了，他想缓一缓，便喊人打本去了，队友有一部分是俱乐部的，另外两位是内测时认识的朋友。

他们刚推完一号 boss，弹幕就疯狂刷起来了。

与此同时，其中一个队友开了口："我去，辰星映缘又搞出事了！"

方景行看着弹幕，嘴上道："什么事？"

"他们打出了一个隐藏副本。"

"牛×！"另一队友道，"怎么打的？"

"不知道，他们还在副本里，暂时没消息传出来，就听说都是大佬，搞不好能直接通关。"

"我觉得够呛。"

"我也觉得，原本开荒就难，这还是开隐藏副本的荒，难度更大了。"

"但有十方俱灭在啊。"

"那也够呛，那是副本，又不是剧情任务，方队你说呢？"

方景行在他们说话的空当，通过弹幕了解了大概的经过，笑道："谁知道呢。"

他脑中闪过某人的身影，很是心痒，后悔先前浪得太过，直播鸽了大半年。

早知道他前面就多直播几次了，省得现在只能孤零零地直播，不能和封印师一起玩游戏。

几位队友继续往前推副本，察觉他的话变少了，似乎有点心不在焉，便试着找话题

---

[1] 开荒：去挑战未挑战过的任务。

和他聊了聊，结果没用。

粉丝们也能看出来，纷纷发了弹幕。

"男神怎么了？咋突然深沉了？"

"你们说男神是不是后悔离开辰星映缘了？"

"哎，我记得他第一次直播就遇见了一个封印师吧？"

"你这么一说还真的是！"

"难道就是十方俱灭？"

"那……十方俱灭身边的暗冥师……"

"噫！"

方景行看了一眼弹幕："瞎想什么，不是。"他调整状态，终于肯多说几句，"咱们要不要打个赌，看他们今晚能不能通关？"

他思考一下，道："我赌不能，要是赌赢了，我就歇三天再直播。"

"？？？"

"不是，他们打本有你什么事？"

"还歇三天，你摸着你的良心再说一遍！"

"我怀疑你是故意想鸽。"

"我不管，我们不赌！"

方景行笑道："要是赌输了，我明天也播，并且露脸。"

弹幕死寂两秒，再次疯狂刷屏。

粉丝们开始在线作法，祈祷十方俱灭大佬能通关。

十方俱灭大佬如今身边只有一个队友了。

他们九个人是四五分的，他这边四个人，刚才不小心踩中机关死了两个，现在只剩了他和孤问。

孤问的话不多，二人便一路沉默，并肩往前走，很快又遇见一个岔口。左边是条直线，右边是个弯道，看不清前面有什么。

孤问道："分，你左我右。"

姜辰点头，进了左边的路。

刚迈出三步，突然听见旁边传来了一连串的脚步声。他扭头一看，见孤问又回来了，身后跟着一群小怪。

姜辰道："……你捅马蜂窝了？"

孤问道："跑，攻击很高。"

二人顿时拔足狂奔。

跑出去大概五十米，姜辰只觉脚下的砖陷下去一块，急忙跳开："我踩机关了。"

孤问道："不重要，先跑。"

话音一落，只听前方响起一阵沉重的骨碌声，紧接着一颗巨大的铁球出现在视野里，疯狂地对着他们滚了过来。

姜辰："……"

孤问："……"

前方铁球，后方小怪。

铁球不给他们思考的空间，迅速碾过他们，连同后面的小怪一起压成肉酱。

[战斗]孤问死亡。

[战斗]十方俱灭死亡。

另一条路上还活着的几个人一齐痛心疾首。

完了，大佬都挂了，他们怕是也要完。

事实证明他们没想错，另一队只坚持了十分钟，便也死出了副本。

好在系统没有不干人事，没给一个全服公告。不过玩家们和其他服的大佬一直等了两个小时都没等到通关消息，便知道他们没过。

姜辰并不觉得遗憾，和帮会的人打了两个小本之后，就下线睡觉了。

转天一早，他吃过早饭上线，发现方景行已经在等他了。

方景行笑道："听说昨天打出一个隐藏副本？"

姜辰："嗯，80级的10人本，迷宫类型。"

方景行："论坛上都扒出来了。"

10人本一天只能打一次。

昨天一过零点，几大帮会的人便直奔那里。玩家们都不是傻子，自然能猜出是从那个本里打出来的。

但很遗憾，他们从昨晚试到今早，都没再打出隐藏副本，包括其他九个服也是。

根据官方资料显示，隐藏副本都是有一定的开启条件的，不存在概率问题，只要条件符合，就能打出来。

方景行道："他们按照你们的职业凑一队打过，没用；种族也试过，没用；等级因素应该很低，但他们同样试过，依然没用。"

姜辰想了想："总的伤害量呢？"

方景行："他们正在试，咱们也组一队打打看？"

姜辰："等承颜。"

"……"方景行忍不住道,"对他这么好?"

姜辰:"粉丝。"

方景行不信,但不好再说什么,只能先陪他去打别的本。

谢承颜昨晚喝大了,睡到十点多才上线。

几大帮会的帮主也是这个点上的线。

他们当然不会浪费一天唯一的机会,因此前面的尝试都是派帮众打的,此刻听完帮众的反馈,便找到了姜辰,想讨论一下是什么条件。

方景行:"你们详细说说昨天的事,副本里应该会给点线索。"

镜中人:"没线索啊,就是打完三号 boss 突然冒出一个人,说算我们倒霉什么的,我们昨天还开出一件橙装呢,哪就倒霉了……"说着猛地一拍大腿,"有了!"

众人看向他。

镜中人:"大佬昨天 roll 出一个 1 点,算吗?"

姜辰:"……"

方景行:"……"

还没有清醒的谢承颜:"……"

035.

方景行顿时笑出声,觉得这是要公开处刑。

扫见封印师看了过来,他压了压笑意:"可能有关,但应该不是唯一因素。隐藏副本设计出来是给人打的,如果只有 roll 1 点才能打,就太苛刻了。"

众人一想也是:"那还能有什么?"

"或许有一定的数值区间,"方景行道,"伤害量那个,你们试出来了吗?"

飞星重木:"我这边有一个小队的最高伤害超过了我们昨天的,没用。"

镜中人:"难道是通关时间?"

方景行:"感觉可能性也不高。"

这几个帮主都是高玩,更别提还有一个封印师在。

昨晚那个队伍配置基本是玩家最高水准的那一档了,要是真和他们的通关时间有关,普通玩家根本没得打。

目前有这么多队伍尝试过,各种通关时长的都有,却依然没能开出来,显然这要么不是开启的条件，要么就是还差点东西。

方景行思考一番："或许不是看最高伤害？"

木枥锁翻出他们的伤害截图，说道："我们有八个人伤害过万。"

方景行点点头，和他们一起把已知信息汇总了一下，得到几种猜测。

一、单纯 roll 点，roll 到某个数值区间就能开启。

二、一定范围内的通关时间 +roll 点。

三、最高伤害量或队伍里有几个人伤害过万 +roll 点。

四、相应的职业或种族配置 +roll 点。

总之，因为某人昨晚那个 1 点和 boss 说的那句"倒霉"，他们一致认为开启条件里 roll 点占重要因素。

姜辰一脸冷漠："打不打？"

众人道："打。"

猜了这么多，还是得打了才能确定答案。

暗冥师要加进来，能帮着出个主意，至于另一位……他们不由得看了一眼青盐。

谢影帝还是很有自知之明的。

他不仅等级低，技术还不过关，便主动道："我就不拖后腿了，你们打吧。"

姜辰看向他。

谢承颜："我去把 [血狼] 的剧情线过完，你们先打，开完荒再带我。"

隐藏副本可不像隐藏剧情那样，打完就不能再开了。

官网都说了，隐藏副本的奖励高，每周能打一次，并且是通关了才算次数。所以小舅舅他们如果这周能通关，下周就可以带他打了。

姜辰："真不想打？"

谢承颜："嗯，我等你带我飞。"

姜辰摸了摸自家懂事的大外甥的头。

方景行在旁边扫了一眼："走吧，别耽误了，你十一点半不是要下线吗？"

姜辰"嗯"了声，加了队伍。

七大帮会的人商量了几句，把同样是暗冥师的生死与共踢掉了，把这位暗冥大佬加了进来。

这次除了两位大佬，只有镜中人和幸天成是一个帮会的，前者憋了半天，终于忍不住和帮主八卦。

[私聊] 镜中人：帮主，你说那三个真没什么吗？

[私聊] 幸天成：不知道。

[私聊]镜中人：你看封印师的摸头杀，多宠，我觉得他们肯定有点什么。而且你看他刚摸完，暗冥就在那边提醒走了，是不是吃醋了？

[私聊]幸天成：你问问。

[私聊]镜中人：我嫌死得不够快？

[私聊]幸天成：给你收尸。

[私聊]镜中人：[微笑再见]

十人小队很快进了副本，一路往前推。

昨晚他们主要为了增进感情和加深了解，而前面两个 boss 没出什么好东西，因此都是队长直接分配物品，直到最后的橙装才 roll 点。

现在就不同了。

虽然目前没有证据表明一、二号 boss 的 roll 点也作数，但为了能 roll 出 1 点，他们干脆就都 roll 了。

几个人挨个 roll 完，最低的也有 13 点，便看向最后一个人。

姜辰走过去，简单拉了一下拉杆。

"叮——"2 点。

众人顿时激动。

如果真有数值区间，1 点和 2 点其实都一样。

"大佬牛×！"

"不愧是大佬！"

"大佬一出手，就知道有没有！"

"厉害厉害。"

姜辰忍着开仇杀的冲动，一语不发地走了回去。

方景行努力忍着笑，说道："把后面的分一分。"

众人应声，开始 roll 后面的。

分一号 boss 掉的几件东西时，某位大佬分别 roll 的是 2 点、6 点、5 点、8 点……发挥非常稳定。

几人看看大佬一直沉默的样子，后知后觉地发现了他的某个属性，没敢再提这个话题，快速往前推，弄死了三号 boss。

通关时间，满足。

职业种族搭配，满足。

伤害量——无论是最高伤害还是几人过万的伤害——全满足。

如果前两个 boss 的 roll 点不算，那就看这个 boss 的 roll 点了！

第一件装备分配。

众人体贴地没让大佬先动手，决定自己上。

87、75、78、65、42、32、84、46、29。

他们尽力了，齐刷刷给大佬让开一条路。

姜辰上前 roll 了一下。

"叮——"12 点。

众人感觉这个 12 点够呛符合数值区间，说道："来来来，roll 第二件装备。"

98、88、75、76、68、60、58、48、64。

姜辰仍是最后出场，一拉拉杆，roll 出一个 16 点。

众人道："……没事，后面还有。"

一路 roll 到最后，大佬的发挥依然稳定，但就没下过两位数。

众人捶胸顿足，有点后悔前两个 boss 让老大 roll 点了。好钢要用在刀刃上，早知如此，他们就应该让大佬保留实力只 roll 三号 boss 啊！

为了多些机会，他们是把金银铜全部掰开 roll 的。如今只剩 24 枚铜币，成败在此一举。

镜中人玄学了一把："要不大佬你第一个 roll？"

其余几人一想，纷纷附和。

昨晚就是大佬第一个上的，现在再换到第一个，搞不好"运气"又回来了。

姜辰 roll 了好几次，已经劝着自己看开了。

他闻言冷淡地扫了他们一眼，无所谓地上前握住拉杆，轻轻往下一滑。

"叮——"100 点。

[系统] 十方俱灭获得 24 枚铜币。

七大帮会的帮主一字排开站在副本门口，有些茫然。

姜辰刷新了自己的最高 roll 点成绩，拿着打发要饭的似的的 24 枚铜币，有点沉默。

方景行差点笑疯。

他急忙摘下眼镜挂机，免得某人听见他的笑声开仇杀。

也是蛮神奇的，和这封印师一起玩游戏，单是 roll 个点都特别有意思，能让他的心情好一天。

他笑够了，回到游戏里。

几位帮主回过神来，正在安慰大佬。

"没事，roll 点嘛，不确定性太高。"

"对，这次不行，咱们明天再打就是了。"

"至少咱们试出来 roll 前两个 boss 不管用。"

"嗯，大佬要打别的本吗，一起呗？"

姜辰："不打。"

他说完退出队伍，转身走人。

方景行跟着退队，笑着和他们打了声招呼之后便追了过去。

谢承颜这时刚交完任务，在城外的小路上遇见他们，意外地问道："你们没打出来？"

方景行："差点条件。"

谢承颜："差什么？"

差大佬 roll 的点。

方景行体贴道："不确定差什么，还得再试，你剧情线做完了？"

谢承颜："刚做完。"

方景行便看着封印师："咱们去哪儿？"

姜辰查看时间，发现还够打一个小本的，说道："打本吧。"

方景行见他竟没被副本弄恶心，笑道："好。"

于是三个人便组队打了一个五人小本，之后回帮会的小湖边钓鱼聊天。

姜辰耗到十一点半，下线散步。

两名 AI 小护士照例跟着他，听他的吩咐给他唱了首《水手》，唱完这个又唱了首《海阔天空》，最后开始单曲循环《让我们荡起双桨》。

路过的工作人员默默看着这位网瘾少年，不知道这是咋了。

姜诗兰过来找他时，见到的也是这个场景，不由得失笑："你怎么了？"

姜辰示意两个 AI 闭嘴，淡定道："没事。"

姜诗兰还是很了解自家弟弟的，估摸这是在游戏里遇见了什么郁闷的事。她没有多问，陪着他去花园散步。

研究院虽然占地不大，但院子建得很精致。

此时已经入秋了，石子小路上落了一地树叶。姜辰路过时顺手揪下一片将掉不掉的叶子，拿在手里捏着玩。

他的手指白皙修长，很是漂亮。

半黄半绿的树叶被他拿着，像开了层美颜，凭空变得秀气了起来。

姜诗兰想起他当年拍过一个键盘广告，左手敲击键盘的动图上了热搜，引来不少和电竞不相关的广告商，其中一个开的价还挺高，但由于是婚戒品牌，要握着人家小姑娘的手拍，就被他拒绝了。

她忍不住笑了。

姜辰看向她："怎么？"

姜诗兰笑着摇头。

姜辰："到底笑什么？"

姜诗兰只好指着被他虐待的叶子："想起你以前拒绝过一个婚戒广告。"

姜辰不清楚这是怎么联想到一起去的，继续撕着叶子玩："笑点在哪儿？"

姜诗兰再次摇头，没有回答，而是另起了一个话题："中秋节快到了，爸说想接你回家住一天。"

姜辰："这行吗？"

姜诗兰："行，交给我们。"

她透了点底："陈组长已经在写报告了，想暂停这个项目。"

目前解冻的五个人里，只活了姜辰一个。

他们找不出具体原因，觉得偶然性太大，技术仍不成熟，便暂时不打算开展后面的了。那毕竟都是一条条人命，再开下去，冰冻小组的人怕是要得PTSD[1]。

姜辰一怔。

暂停项目，这意味着他大概率能从研究院离开了，毕竟再耗下去也没用。他问道："我的身份问题呢？"

"还在讨论。"姜诗兰看着弟弟，"我们会尽量争取，让你能打比赛。"

姜辰点点头，在外面转完一圈，愉悦地回去了。

午休过后，他回到游戏里，便有心情关注那倒霉催的隐藏副本了："还是没人打出来？"

方景行："没有。"

主要是七大帮会能够得上80级的人都打完了一遍，得等明天再试。

而几位帮主瞒着数据没往外透露，别的玩家和其余九个服的人只能瞎打瞎试，估计是运气不好，都没开出来。

上午封印师下线后，方景行倒是让如意的人也试了一把。

不过他们只对上了种族，没对上职业，三号boss那里roll的最低点数是9点，依然没能开出隐藏剧情，不清楚这里面哪条没对上。

他说道："零点一过，七大帮会的肯定会再试一轮，这次有针对性，应该能试出来。"

姜辰了然，等着大外甥上线，按照往常那样把几个本推了。

情绪稳定地过完一天，转天早晨他正吃着饭，就收到了方景行的消息，说是终于有

---

[1] PTSD：创伤后应激障碍。

人打出来了。

他不方便打字，回了语音："是什么条件？"

方景行一听挑眉。

这是封印师第一次给他发语音，平静的语气里透着点独有的冷淡，和这个人给他的感觉一样。他一时没忍住，拨了语音通话。

姜辰扫了一眼，接了。

下一刻，方景行温润带笑的声音便传了过来："早，在干什么？"

姜辰："吃饭，你呢？"

方景行："我刚吃完。"

姜辰喝着牛奶，没搭话。

方景行知道他这是在等答案，说道："目前有三队打出来了，综合看，条件是队伍里至少有四个人的伤害量过万，三号 boss 物品分配的 roll 点要小于 7。"

他补充说道："这三队人的职业和咱们不同，但种族搭配一样，人魔妖都有，可能这个本对种族也有要求，不过他们没有专门去试。"

姜辰静静听着他的声音，目光挪到手机上，把嘴里的牛奶咽进去，问道："小于 7？"

方景行解释："有一队人 roll 了 8 点，没开出来。"他又补充说明了一句，"镜中人他们猜测或许和隐藏副本每周只能打一次有关，你看一个礼拜刚好是 7 天。"

姜辰无法反驳这一强大的脑洞，评价道："有想法。"

方景行笑了一声。

姜辰不自在地侧了一下头，叉起盘子里的煎蛋，继续吃饭。

方景行："还有多久吃完？"

姜辰："快了。"

方景行："那你今天能早上线？"

姜辰："不能，吃完饭要去散步消食。"

方景行闻言看了眼窗外，推开门也出去了，深吸了一口清晨的空气。

这么聊着天，不再隔着游戏角色和系统声音，他感觉彼此的距离瞬间拉近了，从网友变成了三次元的朋友似的。

他心情愉悦，问道："医生规定的？"

姜辰："嗯，派了两个 AI 盯着我。"

方景行顿时又笑了一声。

他就知道这小子不是个循规蹈矩的人，果然如此。

他很好奇："你要是不听话会怎么样？"

姜辰："直接哭给我看。"

方景行想想那个画面就笑得不行，更加好奇："惹哭过几回？"

"没几次。"姜辰把牛奶彻底喝光，杯子一放，"挂吧，我去散步。"

方景行："开着吧，不耽误聊天。"

姜辰思考了一秒。

他要是半路遇见工作人员，万一有人喊他的名字就完了，便拒绝了。

方景行熟知他的脾气，没有坚持，说了句"游戏里见"，便等他切断了通话。

八点半，姜辰准时上线。

七大帮主早已摸出了大佬的上线时间，都在等着他，姜辰有些诧异："你们都不用上班？"

方景行那个人，他能理解。

已退役，不用日常训练，找家里要的俱乐部有专门的经理管着，不用他操心，当然能随便玩。

至于这些人，昨天这样他能理解。

毕竟打出了全服第一个隐藏副本，他们亢奋之余可能会请个假什么的，但要是连请两天，老板怕是会不乐意。

"我是大学生，时间充裕，我们帮主最近正休假，也有空。"镜中人说完，指着孤问和木枷锁，"听说这两位自己是老板，估计无所谓，其他的我就不知道了。"

其他人："我们都有空，都有空。"

真有假有不好判断，反正自己的苦只能自己咽。

姜辰也没那个闲心过多关注，便快速过掉这一话题，问道："条件都知道了，还组一起？"

几位帮主："组啊！"

他们当然明白大佬的言下之意。

隐藏副本的首杀奖励高，如果是本帮帮会的人组队打，那开出的东西都是自己人的，而和别人组，到时候就只能分东西，运气差点，搞不好一件都捞不着。

要知道，他们还有一个隐藏剧情没打呢。

隐藏剧情由于是一次性任务，奖励比隐藏副本要丰厚。因此从联合战队的角度出发，他们便想这次组组看，刚好也能趁此机会探探大佬的实力。如果只是一般，他们就不必非得追着两位大佬组队了。

"开荒嘛，得来点实力强的。"

"放眼一望，还能有谁比得过咱们呢？"

"我们帮会第一梯队的人都刷完了，我没人能组。"

"我也是。"

既然他们这么说，姜辰便不问了，点了"进组"，开始关注副本进度："他们打到哪儿了？"

木枷锁："就比咱们多推进了一点距离，没什么太大的发现。"

镜中人："咱们把那天碰到的机关说一说吧，提前准备点道具什么的，以防万一。"

幸天成："掉毒池里了。"

白龙骨："同上。"

柳和泽："同上。"

朝辞："我被箭雨打了两次，上面有毒，血掉光了，我们帮会的生死与共和我一样。"

飞星重木："同上。"

镜中人："我是被小怪咬死的。"

木枷锁："我也是。"

几个人等了等，一齐看向剩余的两个人。

姜辰不想说话。

孤问淡淡道："被铁球碾死的。"

众人："……"

036.

一行人听完孤问他们的遭遇，都沉默了。

前有铁球后有小怪，这是什么地狱模式？

碾成肉酱也太惨了，还不如掉毒池来得痛快，这事都能遇见……有一个念头一闪而过，他们不约而同地看向某位大佬，接着迅速收回目光，假装没有多想。

镜中人干咳一声："秒杀的陷阱，应该没什么道具能用。中毒掉血那个，咱们有奶妈和驱魔师，能加血和驱散。"

木枷锁："可以在商城里买点大剂量的药，万一奶妈被陷阱秒了，能自己吃药顶一会儿。"

几人一边商量一边买东西，准备妥当后直奔副本，开始往前推。

一路势如破竹地推完三号 boss，他们终于把 roll 点的老虎机请了出来——为保存某位大佬的实力，前两个 boss 掉落的物品都是由队长分配的，现在才是动真格的时候。

木枷锁调取第一份装备，回头道："大佬先 roll 吧。"

其余人一齐看过去，等着他创造奇迹。

姜辰早知会有这一出，淡定地走过去，拉了一下拉杆。

"叮——"6 点。

众人激动。

靠谱，不愧是大佬！

果然好钢用在刀刃上是对的！

"噫……第一下就出来了，能开了！"

"是，运气还……咳，咱们这挺巧的哈！"

"嗯嗯，是挺巧。"

他们没敢再说恭维的话，见这装备恰好是封印师能用的，便纷纷放弃 roll 点，用行动给大佬叩了 6。

姜辰不为所动，等他们把东西分完，再次见到了跑出来的陌生人。

一切都和上次一样，他们掉进迷宫，点燃蜡烛照明，摸索前进。

幸天成依旧走在队伍的最前方，快到拐弯时指着某块地砖，提醒道："看着点，别步我后尘。"

方景行："这就是那个陷阱？"

幸天成点头。

方景行来到它的边上，掏出一枚烟花，对准它放了起来。

"砰"的一声，石砖被烟花一冲，掉落下去，露出了下面的毒池。

其余几人一脸惊悚。

你这是要炸粪坑？

镜中人猛地后退一大步，免得毒池真被引爆，滋他们一身。

然而方景行却迅速越过幸天成，拐了弯。

一个烟花共有十发，他实验完毕，剩下的也没有浪费，站在岔口选中一条路，冲着石砖突突，每一发都精准地轰在石砖上，轰一次换块砖。

最后一发落下，只见被轰的石砖一沉，左边的墙壁瞬间弹出一片箭雨，"哗啦啦"打在右边的墙上——是他们那天没发现的一处陷阱。

其余几人："……"

我去，牛×！

镜中人差点跪了："这也行？"

"平时看他们拿烟花玩,能轰动游戏里的花花草草,"方景行把放完的烟花一扔,"听你们介绍,这副本的陷阱多,所以就想试试能不能扫个雷。"

……这也就是你能留意到了。

毕竟玩家拿着烟花突突人玩,是你"以身当靶"兴起来的。

几人控制着自己不去瞅另一位当事人,纷纷打开商城买烟花,然后分了一下队伍。

他们上次没走完,这次依然要分路。

原本几位帮主想把两位大佬拆开,可惜暗冥师不乐意,他们也不好勉强,只好稍微调整了一下人员配置,基本按照上次的队伍走,毕竟走过一次,有经验了。

队伍一分为二,各进了一条路。

姜辰这边是他、方景行、孤问、飞星重木、柳和泽五个人。

他们上次都录过像,为节省烟花,便复制了之前的路线。

方景行跟着封印师,很快来到另一个岔口。

这里左边是直线,右边是弯道,据孤问说,右边的路拐个弯,迎面就是一群小怪。

这隐藏副本是迷宫加陷阱的类型。

目前看,小怪的分布很少,但都是一堆堆凑在一起,也算是一种另类的陷阱,因为小怪人多势众,且攻击很高,被追上就会死。

飞星重木:"那右边的路没办法走啊。"

姜辰观察着身后的走廊:"不一定。"

孤问顺着他的目光一看,右边的墙壁有一些轻微的弧度,又看看路面,看不出有没有斜坡,问道:"你想去踩机关?"

姜辰点头:"你们在这里等着。"

方景行自然是不会留下的,笑道:"我陪你。"

两个人踏进左边的路,走出去约莫四十米,姜辰停住脚,示意方景行掏烟花。

因为他当时在逃命,也不清楚到底踩的哪块砖触发机关,与其看录像分析,还不如炸烟花来得快。

方景行拿出烟花一轮突突,成功轰出上次的陷阱。

只听见一阵沉闷的骨碌声传来,二人急忙扭头往回跑。

孤问几人正站在岔口等着他们,见状躲到右边的路上。

姜辰二人和他们会合,看着铁球滚出来在前方墙壁的弧度上一撞,弹到了右边,而右边果然有一定的倾斜,铁球骨碌碌地就滚了过去。

五个人动作利落地跑到左侧躲避,目送铁球滚上弯道,拐了过去。

他们等了半分钟，方景行谨慎地走到弯道上看了看，回头道："都被铁球碾死了。"

这条路上如果还有小怪，估计会被铁球碾一路。

飞星重木再次想给大佬叩个6，看着他们："你们还是不拆？"

方景行微笑："不拆。"

飞星重木："那这样，你们和柳和泽走左边，我和孤问走右边。"

方景行："你们那边三个人吧，我们两个。"

让你们两个走在一起，我们还观察啥啊？

飞星重木："不行，你们两个厉害，这是开荒，要尽全力确保你们的存活。"

柳和泽跟着帮腔："右边小怪被铁球清了一路，他和孤问两个人就行了。"

姜辰不想浪费时间，说道："行，走吧。"

五个人二三分，身为驱魔师的柳和泽跟上了两位大佬。

石砖凹陷后，不会再升起来。

姜辰他们停在召唤铁球的这块砖前，看向前方的路，这之后是他们未曾踏足的地方，都要用烟花来探了。

不过他们没必要每块石砖都轰，而是只清一条路出来就行。

三个人站成直线，由方景行带队，一边走一边轰烟花。

又走了五十米，一块石砖被轰得凹了下去。

没有毒池，也没有箭雨。

两秒后，一阵沉闷又熟悉的声音从远处渐渐响起，越来越清晰。

三个人沉默一秒，转身狂奔，重新回到岔路上，齐刷刷往右边扑。

下一刻，铁球几乎是擦着他们滚过去的，在墙上"砰"地一撞一弹，滚到了右边的路上。

三个人回到左边，目送它拐弯，潇洒地失去了踪影。

姜辰："……"

方景行："……"

柳和泽："……"

诡异的死寂后，方景行压着笑，在队伍频道里喊道："孤问。"

孤问："嗯？"

方景行："你们看见岔口了吗？"

孤问："暂时没有，怎么？"

方景行："铁球过去了。"

孤问："……嗯？"

方景行："铁球，又滚过去一颗。"

孤问："……"

飞星重木："……"

另一条路上的五个人："……"

孤问和飞星重木如何狂奔不得而知，只知道不到一分钟，频道里便刷出两条消息。

[战斗]孤问死亡。

[战斗]飞星重木死亡。

还活着的人纷纷为他们掬了一把同情泪。

柳和泽暗中擦汗，心想幸亏刚才坚持住了，不然他现在也是一摊肉酱。他跟随两位大佬继续往前走，说道："这条路上如果都是铁球，咱们岂不是要不停地往回跑？"

方景行："再看看，如果再遇到两颗，咱们就换路。"

柳和泽应声，知道换路也不一定有好处。

那边已经堵了两颗铁球，再堵两颗，鬼知道岔路尽头会是个什么光景。

好在副本还算有点良心，他们又遇见一颗铁球后，就没再碰见这么缺德的东西。

一路上轰开了一个毒池和两处箭雨，三人小队终于走到了尽头的拐角。

方景行示意他们稍等，上前查看一番，急忙折回来："都是小怪。"

柳和泽的心一凉，问道："换路？"

姜辰："几个？"

方景行："大概十几个，全凑在一块儿。"他笑道，"我引一个过来，咱们打打看？"

姜辰想了想："行。"

那毕竟是目前除玩家外唯一的活物。

被铁球碾死和被小怪打死或许是不一样的，他们打一打，说不定能有新发现。

柳和泽的心顿时更凉了："要是全引过来怎么办？"

方景行："应该不会。"

你这个"应该"的概率有多大？

柳和泽张了张口，劝道："咱们这队里没奶妈，悠着点。"

方景行："我知道。"

他在队伍频道里喊了曾被小怪弄死过的镜中人和木枷锁，问道："小怪是法系的还是物理系的？伤害多高？"

木枷锁几人都能听见他们的讨论，深深地觉得大佬有想法，回道："法系，一招能打掉我将近一半的血。"

方景行："攻击范围多大？"

木枷锁迟疑："感觉和普通的法系职业差不多。"

方景行道了声谢，后退几步，用烟花把脚下这片石砖全轰了一遍，免得打小怪的时候不小心踩雷。

做完这一切，他一个人摸回拐角处观望片刻，看准时机利落地放出攻击，转身就跑。

只见他身后，一只小怪嗷嗷大叫，追了过来。

柳和泽瞠目结舌。

他是看过镜中人他们的录像的，知道小怪站得有多密，撞见就是捅马蜂窝的效果，这大佬还真的就引了一只？怎么办到的？

他顾不上细问，打起精神应付战局。

小怪攻击高，引一只也很棘手。

他这念头一闪而过，只见封印师的手指飞出一串封印符，直奔小怪的额头。

方景行配合地放慢速度，等着小怪打他。

柳和泽"啊"了声，没等提醒，便见暗冥师吃了一招伤害，血量……约等于没掉。

"怎么回事？"话一出口，他自己就想明白了，快速翻看战斗信息，说道，"小怪能吃控制技能！"

这是法系小怪，会用技能。

但刚刚封印师直接出手封住了他的技能，小怪只能用普攻，这才会打在身上不痛不痒。暗冥师那么做，是因为不清楚普通伤害有多高，所以想试试。

这……两位大佬刚刚有讨论过这件事吗？

怎么好像是提前说好了似的？这都是什么脑子？

柳和泽一边想一边利落地给两位大佬加了增益状态。

封印师的单体封印技能只能持续五秒，五秒一过，就见小怪的身上开始砰砰砰爆炸，之后直接扑街。

[战斗]十方俱灭使用爆裂风暴。

[战斗]达隆爪牙死亡。

柳和泽震惊。

远在另一条路上的几个人也跟着震惊。

木枷锁他们都在关注两位大佬那边的动静。

暗冥师问完没多久，频道里果然就刷出了战斗信息，可几乎是眨眼的工夫，小怪就被打死了，这也太快了！

"我去，牛×！"

"爆出了什么？"

"有什么发现？"

方景行弯腰捡起地上掉落的物品，发现是一个立体三角形，既不是材料也不是装备，便截图发到频道，说道："通关道具，你们打打那边的小怪，看看爆的东西一样吗？"

木枷锁："……这怎么打？"

方景行："耐心一点，仔细观察，他们隔一段时间就会有一只小怪离队，挑那个时候动手，引到别处去打。引完记得控一下，别让他用技能。"

木枷锁："成。"

方景行补充："他离开的距离不远，你们注意点，别误伤周围的小怪。"

几位帮主都不是菜鸟，说道："放心吧，谢大佬。"

方景行："客气。"

他收好道具，再次来到拐角，发现这只小怪死后，其余的小怪都跑了，很快失去踪影。

三人小队按照之前的办法继续往前推，刚走出十多米，只听频道里响起一串叫喊声。

"天哪！"

"我的妈！"

"我去！"

柳和泽："怎么了？"

那边没有吭声，但战斗信息回答了他。

[战斗] 辛天成死亡。

[战斗] 镜中人死亡。

[战斗] 白龙骨死亡。

方景行笑道："出什么事了？"

木枷锁："不知道，我们也是分了队的。"

朝辞推测："刚刚看到战斗信息，他们在拉怪，不知是出了什么意外。"

话音一落，镜中人可能是太郁闷，也可能是不想被人怀疑是他们的技术有问题，不等复活，直接刷了条喇叭。

[喇叭] 镜中人：球，从天花板上掉下来了 [沧桑点烟]

副本里的几个人："……"

懂了。

只这一句就懂了。

他们可以想象到，那三个人拉怪时一脚踩中机关，铁球从天而降，仿佛一个"surprise"般砸向脑袋的画面，顿时觉得孤问和飞星重木没那么惨了。

玩家们却不明所以，跟着冒泡。

[世界] 小金鱼：？？？

[世界] 书打酱油：什么球？啥意思？

[世界] 飞星重木：[蜡烛]

[世界] 我是个杀：会说就多说点，我出喇叭钱。

[世界] 西红柿鸡蛋：大佬们是不是在打隐藏副本？

[世界] 藏书：！！！

[世界] 渣男退散：有可能啊！

[世界] 半熟：大佬加油开荒[爱心]

[世界] 仓鼠球：啊啊啊我也想打，带带我嘛[楚楚可怜]

[世界] 恰瓜：快说说是怎么回事？

[喇叭] 镜中人：别问，内伤[沧桑点烟]

发完这条消息，无论其他玩家怎么问，他都没有再回应。

副本里，硕果仅存的两支小队都很谨慎。

他们一路推进，遇见小怪就打，各收集了两个道具，最终在一面墙壁前成功会师。

墙上有五个形态各异的凹槽，要求一目了然。

他们收集了四个道具，还差一个。

姜辰回头扫了一眼，他们兵分四路，这里却只有三个出口，说明其中一条是死路。

他们从第三个路口小心翼翼地往回折。

几分钟后遇见一波小怪，方景行引来一只，其余四人一起动手，快速打死，得到了第五个道具，之后再回到墙壁前，把道具一一镶进了凹槽里。

只听一声轰鸣，墙壁从中间一分为二，露出一条笔直的通道。

通道约十米，尽头视野开阔，暂时看不清里面有什么。不过他们没有掉以轻心，同样用烟花开路，慢慢走过去，发现是一个长方形的毒池。

毒池上立着数根石柱，而对面也有一条通道。

很显然，这些石柱是给玩家下脚用的，只要跳过去就行。

木枷锁："就……这么简单？"

方景行掏出烟花挨个轰了一遍，说道："目前看是这样。"

木枷锁想了想。

前面那一关如果没有烟花，基本要用人命填才能完成开荒，那这一关的难度相对调小一点，也不是没可能。

反正不管是不是，他们都得跳。

为以防万一，他们是一个个来的。木枷锁打头阵，跳到第一根石柱上，开始往前蹦。

其余四个人一起看着。

只见他跳到半路，突然从毒池里跃出一个熟悉的身影，正是孤问。

木枷锁一时惊住，紧接着回过神要躲。

可惜已经晚了，"孤问"以迅雷不及掩耳之势扑过来往他的肩膀上一抓，按着他坠入毒池，发出"哗"的水声。

[战斗] 木枷锁死亡。

现场一片沉默。

两秒后，朝辞问道："刚才那是啥玩意，你们看清了吗？"

方景行猜测："先前死的人灵魂可能会进入毒池，成为袭击队友的小怪。"

柳和泽："……太狠了！"

方景行笑道："总之，注意吧。"

他跳上石柱，中途——躲开"队友们"的魔爪，顺利抵达对岸。

姜辰紧随其后，也轻轻松松过去了。

朝辞和柳和泽有了心理准备，不像木枷锁那么猝不及防，总体过程有惊无险。

四个人顺着这边的通道继续前进，到了一座宽敞的大殿里。

那位陌生人正在主位上坐着喝酒，见到他们便站起身，阴森地笑道："我还想着喝完这一杯就去杀你们，没想到你们这就送上门来了。"

哦，没有一二号 boss，就这一个大 boss。

四个人下意识地琢磨了一下这个副本，第一关虽然恶心，但等多玩几次，把陷阱记清楚，也就拉小怪的时候会有些难度。

第一关不死人的话，第二关的毒池也好过。

当然，技术不过关的菜鸟，怕是会头疼很久。

而第三关就是最终 boss 了。

隐藏副本比一般副本难。

这么看，八成是难在 boss 身上。

柳和泽看着 boss 慢悠悠地溜达到大殿中间就不动了，似乎在等着他们过去，说道："咱们没战神没奶妈，怎么打？"

朝辞："能打多少是多少吧。"

他身为剑客，说完便去开怪了。

剩余三个人跟过去，等着他拉稳这一波仇恨，便开始跟着打。

没有奶妈加血，他们只能嗑药。商店的药加的计量虽然比较大，但等进入冷却，他们就嗑不了了。只见 boss "呼啦"一招群攻，姜辰和方景行都只剩一丝血皮。

二人急忙后退，避开下一轮攻击，等着嗑药回血。

boss 的仇恨值仍在朝辞身上，没有理会他们，对着朝辞又是两下，后者顿时也只剩一丝血皮。

紧接着，boss 的第二轮群攻盖了下来。

朝辞和恰好踩在攻击范围里的柳和泽直接扑街。

boss 哈哈一笑，霍然转身，看向剩余的两个人。

姜辰刚才炸了一轮封印符，伤害叠加后，仇恨值比方景行高。

他见 boss 对着自己过来，便再次后退，觉得要完。这时余光一扫，突然瞥见了座椅旁边的东西，"咦"了一声。

方景行就站在他身边，见状看了一眼，瞬间明白他的意思。

大殿建在地下，里面立着数根火柱。其中一根靠近座椅，最上面燃着火，柱体上则挂有几个铁做的装饰品，弯着好看的弧度。

他快速打开包袱，从里面拿出刚刚刷副本开出来的法杖，往椅子扶手和装饰品上一架，搭了一条路出来。

与此同时，姜辰的药冷却时间结束。

他立刻吃了一颗，硬扛住 boss 这一轮攻击，转身踏上椅子，紧接着踩上扶手，顺着方景行的法杖一路向上，跃到了火柱上。

他感受一番，发现不掉血，于是满意地坐在一堆火上。

游梦里，有些 boss 能对着天放技能，有些则不能。

策划大概没想到玩家能这么玩，这个 boss 的技能是不能对天放的，只能水平放，如今姜辰坐在柱子上，boss 无法仰头，便只好对着石柱放技能。

放了一个又一个，雷打不动。

而姜辰顶着一身火苗，低头瞅他，不紧不慢地给他扔封印符。

方景行顿时笑出声。

没有 boss 的仇恨，他现在比较自由。

不过由于距离的关系，封印师只能用那几个技能慢慢磨 boss，而他如果在下面帮着打，早晚会把仇恨值引过来，所以也只能上去。

唯一的问题就是，上面的地方有限，似乎只能坐一个人。

小队的八个人这时都在副本门口等着他们，听完朝辞和柳和泽的叙述，知道两位大佬也快死出来了，结果等了等，听见队伍频道传来了对话。

姜辰："你下去。"

方景行："不下。"

姜辰："那你想怎么样？"

方景行："你起来，坐我腿上？"

姜辰："滚。"

方景行："那我坐你腿上？"

姜辰："你试试看。"

方景行笑道："别闹。"

八个人："……嘶。"

这是什么虎狼之词？

频道里的对话停顿一秒，声音彻底消失。

镜中人小心翼翼地喊了两声，没得到回应，估计他们是切频道了。

八个人面面相觑，谁也没有开口。

几秒后，镜中人不可置信："他们……这是当着 boss 的面……？那 boss 能饶过他们吗？"

其余七个人："……"

这谁知道！

037.

亮着幽幽火光的大殿里断断续续响起技能的轰鸣。

boss 一脸不屑地看着眼前的柱子，伸手拍出一个攻击，大概是认为打到了玩家，笑着哼了声。

石柱上方，方景行一脚踏在柱子的边缘，另一只脚还停在法杖上，提醒道："快点，一会儿法杖就消失了。"

他这是相当于丢弃装备。

游梦里，玩家扔掉的东西停留一段时间没人捡，就会被系统回收。

他说道："要么你稍微挪一点，给我一个落脚的位置。"

姜辰往旁边挪了一下。

方景行终于能两只脚踩在上面了，但都只有半个脚掌踩实，剩下半边悬空，要是有第三个人在场，怕是会惊出一身冷汗。

姜辰："你上来不也没用。"

他倒是能站起来，和方景行一人踩一边。可技能是有释放距离的，他现在坐着才打得到 boss，要是站起来，游戏角色的身高再加一个石柱的距离，他们就够不着 boss 了。

"所以是我坐你腿上，还是你坐我腿上？"方景行笑着提议，"要不咱们抽签决定？"

姜辰刚想回话就听见这句"抽签"，顿时不想搭理他了。

方景行道："或者我站在这里给你打 call，看着你打？"

姜辰道："别，有本事把你粉丝对你那套搬出来我听听。"

方景行很痛快："行。"

如果面对的是别人，他可能会有些偶像包袱。

但对这个封印师……他们第一次见面时，他就本性外露了，现在就是装得再温和无害，人家也不信，便说道："男神厉害，男神加油，男神我爱你。"

姜辰当年征战赛场的时候也被粉丝这么喊过，他都听惯了，内心毫无波澜，继续淡定地打 boss。

方景行打了一会 call，见这小子是真稳，便停住了。

姜辰自然不想一个人磨 boss，见方景行终于消停了，便开始思考是谁坐谁腿上比较有利。

结果下一刻，一个熟悉的声音突然响起，是能把粉丝苏到晕倒的那把好嗓子。

方景行切换原声，弯腰贴着他的耳朵笑道："男神真帅，男神好强，这么绝的办法都想得到。"

姜辰："……"

方景行温柔道："男神看看我，求求你看我一眼。"

姜辰："……"

方景行道："男神加油，我等着你……"

姜辰面无表情："还打不打？"

方景行笑道："打。"

不干人事的方队长心情愉悦，总算收了收那一身快掉没了的节操，转到正事上："考虑到咱们各自的技能距离，你坐在我腿上会划算一点点。"

姜辰懒得动："只划算那一点，无所谓。"

方景行明白了他的意思，于是坐在他的腿上，陪着他打 boss。

暗冥师的法杖不像封印师的手环那么便利，而且挥动时有个技能动作。姜辰身上坐着方景行，打 boss 要侧着一点身，原本就不太爽，如今被法杖连戳三下，就更不爽了。

"换位置。"

方景行笑了笑，起身和他调换。

姜辰等着他坐好，嫌弃地往他腿上一坐，发现这次法杖戳不到自己了。

两个人终于达成统一意见，带着一身火苗，开始共同对敌。

　　虽然玩家如此，boss 此时却依旧盯着石柱，以为一掌下去能拍到两个人，阴森地勾着嘴角，自娱自乐。

　　副本外，小队的另外八个人依然在等待两位大佬。

　　他们认真推敲过一遍隐藏副本，得出的结论是 boss 应该很难打。那两位大佬都是脆皮，没有战神顶在前面扛伤害，也没有奶妈加血，单靠嗑药的话，能撑五分钟就是奇迹了。

　　然而十分钟过去，两位大佬还是没出来。

　　查看成员信息，两位大佬的头像一直是亮着的，证明还没死。而他们在副本外，也没办法查看战斗频道，压根不知道里面是个什么情况。

　　"难道在放风筝？"

　　"'你坐我腿上'，品品，怎么放风筝？"

　　"哎，会不会是他们把 boss 拉到毒池了？boss 掉坑，他们在石柱上打，就想坐一起。"

　　"那么多柱子，就非得挤在一根上？"

　　"感情好。"

　　"滚吧，我觉得 boss 不能这么弱智，策划也不可能不考虑外面的毒池，哪怕拉过去，boss 肯定也会在石柱上来回跳。或者 boss 根本拉不出去，只能在大殿里打。"

　　"所以他们是跑出去发现脱离战斗了？"

　　"你私聊问问。"

　　"这……搅和人家怪不好的，再等等。"

　　上线的玩家渐渐变多，副本门口热闹起来，很快有玩家发现了这里围成圈坐着的八个人。

　　本以为只是普通玩家在等队友，谁知路过细看，却见到了眼熟的 ID，忍不住截了图。

　　[喇叭] 青蓝色：这是快死完了？[截图]

　　玩家都知道大佬们这两天在开荒隐藏副本，看见这张图，虽然不见 ID，但把七大帮主的职业一对，发现全能对上，更别提里面还有几个人穿着显眼的时装。

　　[世界] 找神索命魂：看情况很惨烈啊，副本里最多就剩两个人了？

　　[世界] 恰瓜：打赌，应该有十方俱灭。

　　[世界] 梦境虚有：有也没用，他还能扛 boss 吗？

　　[世界] 我的大小姐：开荒，尽量活久一点，就是赢了。

　　[世界] 喜欢夏天：就是，我这种渣渣不做首杀的梦，就等着大佬开完荒，出攻略再打了。

[世界] 晓日：大佬们闲着也是闲着，能不能聊聊副本的事？
[世界] 盛夏：是呀，说说呗 [期待]
[世界] 论文好难写：只谈想法也行啊。
[世界] 镜中人：想法就是，boss 应该很撑。
[世界] 世界是乐园：？？？
[世界] 弹钢琴：很撑？确认没打错字？
[世界] 藏书：这啥意思。为什么很撑？
因为狗粮吃多了呗。
镜中人看着这些一无所知的玩家，一副历尽沧桑的样子，没有吭声。
倒是玩家们在最初的疑问后，后知后觉地捕捉到了一个关键点。
[世界] 苟盛：你们已经打到 boss 了？
[世界] 青盐：肯定是两位大佬的功劳～
[世界] 恰瓜：嚯，这意思是里面的是十方俱灭和暗冥？
[世界] 渣男退散：不愧是大佬，这才两天就摸到 boss 了！
[世界] 负一米：牛，抱住曾经掉进毒池的自己。
[世界] 生死与共：我也只能说一句牛 × 了，这两天简直在里面花式死。
[世界] 彩虹豆：说得我好心痒，隐藏副本到底长什么样啊啊啊！
[世界] 吟游诗人：看来两位大佬也要死出来了。
玩家们都是这么想的，毕竟两个人扛 boss 太难了。
然而两位大佬不仅扛得很轻松，甚至还有些无聊。
这是个十人本的 boss，血槽很厚，如今只有他们两个人打，想也知道会打很久。
枯燥的两个人只能聊天打发时间。
方景行看着封印师："你还有多久能出院？"
姜辰："说不好。"
方景行："真不用我去看看你？还能给你带点好玩的。"
姜辰："不用。"
方景行摸透了他的脾气，说话不用以前那样小心翼翼，生怕一句话说不好就踩雷。
他笑着问："搞得这么神秘，是不敢见我吗？"
姜辰道："我是为你好。"
方景行挑眉："嗯？"
姜辰："一个比你颜值高，比你有天赋，比你更年轻的人站在你面前，怕你自卑。"
方景行顿时失笑。

两人离得太近了，姜辰不自在地别了一下头："你还不把声音调回去？"

方景行看着他这点轻微的动作，问道："嫌弃不好听？"

姜辰："不好听。"

方景行："我记得某人以前还问过我为什么不用原声。"

姜辰："我当时聋了。"

方景行忍俊不禁，但没有再逗他，换了系统声音。

外面的人又等了二十分钟，遭不住了。

"看见没有，血条都不带掉的，早就把 boss 扔了吧。"

"他们在副本里睡着了？"

"毕竟是隐藏副本，多有纪念意义。"

"……可能是在探路？想把几条路都探完？"

"或者是暗冥终于惹怒了大佬，大佬正在用烟花突突他？"

"噫……"

他们讨论不出个所以然，但也不想再等了，便开始抽签。

不幸中奖的孤问沉默两秒，给暗冥师发消息，询问情况。

方景行回得很快，告诉这些人不用等他们了，他们还得半天才能出去。

八个人有些后悔没早问，纷纷起身，打算去打别的本。孤问走了两步，看见最新发来的消息，说道："他说队伍不用解散。"

正要退队的七个人一齐回头。

孤问看着聊天框，继续道："他说他们在打 boss。"

七个人："……啥？"

孤问默默消化了一下内容，说道："他们找到了一个 boss 打不着的地方，正在磨 boss。"

七个人："……我去！"

几个人立刻坐回去，不准备走了。

柳和泽和朝辞则开始努力回想大殿里哪儿能落脚，可惜他们当时的注意力都在 boss 身上，没看别的，只能等着两位大佬出来解惑了。

不知过了多久，只见一条巨大的金色公告飘了上来：恭喜玩家十方俱灭、暗冥、木枷锁、朝辞、柳和泽、白龙骨、幸天成、镜中人、孤问、飞星重木通关隐藏副本 [达隆洞]！达成首杀成就！

八个人："！！！"

全服玩家："？？？"

频道瞬间爆炸。

[世界]苟盛：！！！

[世界]负一米：！！！

[世界]生死与共：天哪！

[世界]情字当头：我去！

[世界]青盐：[礼花][礼花][礼花]

[世界]找神索命魂：我记忆出问题了还是怎么着？十人本每天不是只能打一次吗！

[世界]藏书：是啊，我咋觉得我忽然穿越了一天？

[世界]名字好难取：你没穿越，那八个人还在这里[截图]

[世界]青蓝色：自从知道两个脆皮扛boss，我就以为他们过不了几分钟就该散了。

[世界]恰瓜：我也……

[世界]为屿：别告诉我这段时间那两个大佬没出来，是一直在打boss？

[世界]平平仄仄：[震惊][震惊][震惊]

副本里，两位大佬磨死boss后便从石柱上跳了下去，各自摔掉一点血，来到了尸体的面前。

姜辰自然是不摸尸的，方景行自觉地上前摸了一把，得到一堆东西。

由于是首杀，奖励是翻倍的。

二人看了看，一件橙装，一个稀有材料，两件副本套装的部件，以及金钱等若干物品，对于副本来说，可谓是相当丰厚了。

姜辰感觉副本套装还挺好看，拿起其中一件道："我要这个。"

方景行看了一眼，发现是物理系职业的上衣，问道："给承颜？"

姜辰点头。

他看过谢承颜的时装风格，这个颜色大外甥应该会喜欢，他准备慢慢给大外甥凑一整套。隐藏副本出的套装，属性比普通本好多了。

方景行问得很诚恳："说实话，你喜欢他哪里？"

姜辰道："哪儿都喜欢。"他收好装备，"走吧。"

方景行看了看他，拿起这些东西，跟着他出了副本。

门口早已围满了人。

小队的八个人迎过来，激动道："大佬牛×！"

打过隐藏副本的几大帮会成员也紧随其后："太牛了！"

方景行笑道："找个地方分东西。"

几大帮主一齐摆手:"不了,你们打的,不用分。"

他们算看出来了,两位大佬是真的牛。

原本他们是想通过隐藏副本培养点共患难的情谊,比如齐心协力、情同手足、并肩作战什么的,最好想起来就能让人热血沸腾,之后也好顺利组队去打隐藏剧情。

可现实却给了他们一套组合拳。

烟花是大佬先炸的,小怪是大佬先打的,boss 是大佬弄死的,甚至他们还得向大佬问出 boss 的机制,省得以后被虐得死去活来。

这么一个惨烈的情况,他们哪有脸分东西?

方景行把物品清单截图发到队伍频道,给他们看。

八个人看了一下,有些羡慕,暗道不愧是首杀奖励。

不过众人毕竟是大帮派的帮主,他们目光没那么短浅,这些东西他们以后能带队打,没必要和大佬分。

方景行见他们坚持不分,便没再提这事。

一行人离开副本,一边走一边听大佬叙述经过,这才明白"坐腿上"的真相。

镜中人压着探究到底是谁上谁下的好奇心,问道:"这应该不算是卡 bug,游梦不至于把奖励收回去吧?"

方景行笃定道:"不会。"

游梦里的火把大都和花花草草一样,是装饰品,碰上不会掉血。

所以副本那个不是 bug,是策划团队自己没想到玩家能搭一条路出来。他们的锅,当然不能甩在玩家的头上。

顶多是游戏以后修补一下,不让玩家这么搞了。

但是没关系,这次他们已经摸出了 boss 的攻击频率和血红机制,知道该怎么打了。

他说罢把视频共享了,发到了频道里。

八个人看了两眼,觉得 boss 有些惨。

本该是虐得玩家死去活来,在论坛上开帖集中讨论的存在,落到两位大佬手里竟是这个下场,还对着柱子阴笑,他们都替它脸疼。

镜中人简直要跪了,深深地觉得两位大佬不是一般人。

他正努力思考该怎么争取一下,能让两位大佬同意和他们组队开隐藏剧情,就见迎面过来几个人,都是如意的。

姜辰看见大外甥,把副本套装递给了他:"回头给你打一套。"

谢承颜觉得自己上辈子一定拯救了银河系,接过来收好,抱了小舅舅一把。

方景行说:"退队吧,咱们去打本。"

姜辰点头，离开了原先的退伍，和如意的组在一起，冲几位帮主扬了扬手算是道别，之后头也不回地走了。

八个人一起目送他们远去。

镜中人："那俩肯定是双箭头，暗冥是单箭头！"

幸天成教育道："别玩家们猜什么，你也跟着起哄，他们还有人说咱俩有事呢，可能吗？"

木枷锁几人都笑了。

游戏里的风云人物一般都是人们YY的对象，加之很多是女玩男号或男玩女号，所以吃瓜群众什么都敢YY，在场的几位帮主几乎都遭过毒手。

镜中人就属于爱好八卦的一类，不死心道："要不咱们打赌！"

飞星重木："赌什么？"

镜中人想了想："就赌十方俱灭会先和谁绑定情侣，1是青盐2是暗冥，我押1。"

绑定情侣是一种能增加亲密度的方式，玩家可以两两绑定，找相关的NPC接任务，完成后就能增加彼此的亲密度，以后组队有一定的加成。由于绑定时不限制性别，所以很多不是情侣的玩家也会绑定。

木枷锁："你这也没个时限。"

镜中人："要时限干什么，咱们要结果。"他说道，"这多刺激，通过现在押未来的发展，买定离手，不许更改。输的人主城裸奔一圈，敢不敢？"

白龙骨："就裸奔？"

镜中人："你想怎样？"

白龙骨："再加一条，输的人蹲一起让赢的roll点分，差遣十天，我押2。"

幸天成跟着自家成员押："1。"

两位帮主都参与了，剩下的人也押了注，然后弄成文字，截图保存。

手握他们未来命运的三个人按照往常那样打了几个小本，之后一起回到帮会的小湖边挂机。

方景行看着封印师离开，转向发小："我真的怀疑你们早就见过面了。"

谢承颜："……为什么？"

方景行："不然你为什么总抱他？"

谢承颜很镇定："……我就是心疼他。"

方景行不置可否："中午一起吃饭？"

谢承颜："今天不行，我约了圈子里的朋友。"

方景行微笑："这么巧？"

谢承颜这次没骗人，说道："真的，朋友过生日，我得玩到晚上才回来。"

方景行便不问了，和他道了别。

隐藏副本首杀达成，论坛再次沸腾，另外九个服的大佬都疯了。

隐藏剧情打得顺，他们还能当作是两位大佬有想法。可这是隐藏副本啊，他们都还在摸索阶段，人家两天就摸到 boss 打完了，据说 boss 就那两个人打的，开国际玩笑呢？

其他玩家也觉得不可能。

两个脆皮扛 boss，又不是天神下凡，可能的事吗？

他们便纷纷在官网留言，想要个说法。

众人等了一下午，等到了官方通告。

策划团队查完辰星映缘的记录，顿时咽下一口血，觉得不能是玩家的锅，只好认了，便给了一个说明，各种官方用词往上堆，总而言之，这个首杀是他们一下下磨出来的，没有问题。

众玩家："……"服了！

这次心服口服！

九个服的大佬虽然想不明白他们是用什么办法打的，但彻底认清了辰星映缘有两个妖孽的事实，自认凡人比不过，便都歇了争强斗胜的心思。

身处旋涡的两位大佬早已见惯大风大浪，过得十分淡定，雷打不动地练着级。等谢承颜把等级练到 80 级，刚好是一个全新的星期，隐藏副本又能打了，他们便带着影帝和如意的人又推了一次副本。

推 boss 的那条捷径被和谐了，但有两位大佬指挥和控场，过程有惊无险。

推完后，谢影帝还参观了那根调整过的石柱，这才知道他们是怎么过的，膜拜道："厉害。"

姜辰"嗯"了声："过来分东西。"

他说着察觉胳膊被戳了戳，摘下眼镜扫了一眼，见房间里来了几个人，便回到游戏和队友打了声招呼，原地下线了。

进来的这队人里有陈组长和几位冰冻小组的人，剩余三个则是姜辰从没见过的，便静等他们说明来意。

陈组长帮他介绍："这是新来的秦组长，秦组长是来接手冰冻项目的，今后我和他一起主管冰冻实验。"

姜辰懂了。

已经有了他这一个成功案例，上级怕是不想这么轻易放弃，因此陈组长的终止申请没有通过。

秦组长上前几步，温和道："你好，我们需要重测一下你的身体数据。"

姜辰自然配合，起身出去了。

各项数据全部测完一遍，秦组长看着他的报告，微微皱眉："唔……有一点点问题。"

姜辰："什么问题？"

秦组长："小事，你不用担心，我和他们会讨论的。但以防万一，你这几天最好先住到无菌病房里。"

姜辰猜测是不是自己的癌症又复发了，说道："我能玩游戏吗？"

秦组长歉然道："暂时不行。"

姜辰点点头，听从他们的安排去了无菌病房。

他一走，秦组长示意心腹把门关上，脸色立刻沉下来："胡闹！"

心腹也很气愤："冰冻实验这么大的事，捂着还来不及，他们竟让他上网打游戏！万一说点什么出来，那得造成多大的影响！"

"组长你看见没有，他还有手机呢！老陈那些人的心真大啊！"

秦组长："给我把他手机收了，让他在里面住着。"

心腹应声，开门走了。

方景行一直等到晚上都没见到封印师上线，便发了消息，结果石沉大海。

他转天早早起床，仍没看见回复，忍不住拨了过去，半天后，那边自动挂断，没人接。

他顿时皱眉。

封印师……出什么事了？

CHAPTER
FIVE

他回来了
HE'S BACK!

038.

姜辰早晨准点起床，慢条斯理地吃完饭，在小护士的建议下开始在病房里遛弯。

秦组长来看了几眼，回到了办公室。

两位心腹经过一下午加一晚上的努力，写成了报告给他。

不查不知道，一查吓一跳。不愧是当年能拿冠军的电竞天才，在游戏圈里混得风生水起，赫赫有名，好几个热搜都和他有关。

秦组长捏着报告，额头突突直跳。

"还有这个手机。"其中一位心腹拿着姜辰的手环，说道，"早晨一直在响。"

话音一落，手机又响了起来。

秦组长："接。"

心腹懂他的意思，按了接通："您好。"

那边静了一下，传来一个温润的声音："您好，请问您是这个手机主人的亲属吗？我是他在游戏里认识的朋友。"

心腹："我不是，您有什么事？"

那边："我看他今天没上游戏，想问问原因。"

心腹："抱歉，具体情况我们不方便透露，让他以后联系您吧，没事我就先挂了。"

那边急忙问："他现在还好吗？"

心腹："他很好，不用担心。"

那边沉默两秒："好，谢谢。"

心腹："不客气。"

他切断通话，看向组长："老陈他们已经到齐了。"

秦组长点点头，拿着报告去了会议室，把东西往陈组长面前一拍："来，看看。"

陈组长看着第一页的内容，撩了一下眼皮："这事我早就知道。"

秦组长："知道你还让他这么折腾下去？"

陈组长："他又不会往外说。"

秦组长："这是他说不说的事吗？"他的火彻底压不住了，"还有这个全息设备，你们查过安不安全就让他玩？"

陈组长："早就查过了。"他看着面前的人，也没压住火，"倒是你姓秦的，你把他关在无菌病房里是什么意思？他是活生生的人，有社交需求。"

"社交需求？你们都是死的，不会和他聊天？"秦组长沉着一张脸，"你摸着良心问问自己，他如果不是你老师的儿子，只是一个陌生人，你会不会给他开这个后门！"

他冷冷地扫视一圈："还有你们，心也是真的大，他刚出危险期没多久就让他这么玩！"

冰冻小组的人屏住呼吸，大气不敢喘一下。

秦牌匾的脾气他们都清楚，早就知道会有这一出，都做好了心理准备。

"保密协议和职业守则都让你们吃了，他现在是十九岁，不是四十九！"秦组长冷静又威严的声音砸在整间会议室里，"一个十九岁的孩子，你们对他了解多少？就因为他是姜老的儿子、姜副院的弟弟，你们就对他这么放心？你们之前想过没有，万一他在网上说点什么，到时候整个项目组都得被架在火上烤，你们简直儿戏得让我大开眼界！"

陈组长说："他之前是职业战队队长，知道轻重，而且他签过保密协议。"

秦组长："保密协议他只是有义务遵守，他硬是无视，你能弄死他？"

"那你想怎么着！"陈组长拍案而起，"手机你查了，网上的事你也查了，他不是没说吗？他成功苏醒，没闹着回家，也没闹着打比赛，还不能让他玩个游戏？"

"他没说是他自觉，纵没纵容是你们的问题，别把这两件事混为一谈，"秦组长冷冷道，"消遣的办法有很多，就非得让他玩游戏？天天那么躺在床上，一躺躺好几个小时！"

"所以你就不打招呼直接给他断网，还是那么刚愎自用，不通人情，"陈组长怒道，"你断网试试，我看你能活几天！"

陈组长中气十足，整个天花板似乎都在震。

冰冻小组的人和秦组长的两名心腹默默降低自己的存在感，谁也不敢随便吭声。

秦组长果然一脸的风雨欲来："你自己工作失误开了这个口子，现在还理直气壮怪到我头上……"

"咯吱"一声，会议室的门被推开。

众人齐刷刷看过去，见姜诗兰走了进来。

秦组长收敛了身上的冷意:"姜副院有什么事?"

姜诗兰反手关门,说道:"全息设备是我拿给他的,手机也是我买的,都是我找陈组长说,陈组长才答应的。"

秦组长"嗯"了声,看了眼心腹。

心腹便把全息设备和手机一起递给姜诗兰,秦组长冷淡道:"作为副院,冰冻组和您挨不上边,我希望您不要随便插手。作为家属,希望您能稍微配合一下我们,没事就出去吧,我们还要开会。"

姜诗兰也知道依秦牌匾的脾气,自己待在这里也没什么用,瞥见陈组长一直给她使眼色,便无奈地走了。

她去了姜辰的病房,见弟弟正在看谢承颜的电影,就过去陪他一起看。

姜辰目不斜视:"我又复发了?"

姜诗兰:"没有。"

姜辰懂了:"新来的这个组长什么情况?"

"他没什么坏心思,就是铁面无私,不讲人情只讲规矩,谁都不敢惹他。"姜诗兰顿了顿,说道,"但他对事不对人,不是在针对你,是对陈组长他们有些意见。"

她知道弟弟的脾气也不算好,便详细介绍了一下秦组长。

秦组长和陈组长是同窗,能力没得说,之前上面选冰冻项目的负责人,就是在他和陈组长里挑的。只是考虑到他的性格因素,怕他处理不好和志愿者家属的关系,便选了陈组长。

如今项目停滞不前,上面就把秦组长也派了来,想再试试。

上面只让秦组长带两个人来,所以他需要和冰冻小组的人磨合。如果是陌生人,他可能还会稍微收敛一下,可陈组长和冰冻小组的人他都认识,于是就直接发作了。并且在发作前,把姜辰请进了无菌病房里。

姜辰问:"我要住多久?"

姜诗兰答道:"顶多一个礼拜,他不喜欢浪费时间,大概一个礼拜就能和陈组长吵出结果。"

姜辰点头。

姜诗兰陪着他看了一会儿,便去工作了。

姜辰安静地看完电影,找人要了副扑克牌,和两个 AI 玩抽牌。

秦组长进来时,姜辰的脑门上已经贴了三张条了。

秦组长一身的火气收得干干净净,完全看不出和人吵过架的痕迹。

姜辰见他连防护服都穿上了，心想做戏做全套，也是蛮可以的。

秦组长温和道："在干什么？"

姜辰："抽牌比大小，贴小条。"

秦组长在床边的椅子上坐下："听着挺有意思，我陪你玩两把？"

他说着伸出手，抽了一张牌。

姜辰看看自己手里的这张5，又看看他那张4，拒绝的话咽了回去。

秦组长时间有限，不能多待。

十分钟后，他顶着一脑门纸条和防护服捂出来的汗，出门和陈组长他们一起研究资料去了。

两位组长毕竟有将近二十年的塑料同事情，吵架的时候面红耳赤，不吵架的时候心平气和，认真商量着解冻方案，偶尔意见相左，几句话不对付又开始吵。冰冻组一时人人自危，连院长都绕道走。

外面火药味蔓延，无菌病房里则风平浪静。

姜辰吃完饭溜达了几圈，照例午休，醒后没游戏可玩，干脆刷起了比赛视频。

视频是早已下载到AI上的，他上次住进这里时看过一部分，但没看完，现在继续看。

原本他是按照顺序从三十年前一路往后刷的，不过最近总和方景行在一起玩，他有些好奇，便直接跳到方景行的部分，打算先把联盟男神的看了。

方景行这时和往常一样，上了游戏。

翻看好友信息，封印师依然没在线。

他上午问过谢承颜，谢承颜只知道封印师没事，其余的说不出个所以然。此刻还没见着人，他忍不住又问谢承颜道："他到底什么病？"

谢承颜道："我妈没告诉我。"

方景行沉默。

谢承颜道："……我妈既然说没事，那就是没事，再等等呗。"

这一等又等了三天。

其间方景行试着联系过封印师，都是姜诗兰的助理接的。因为姜诗兰把全息设备和手机都放在了办公室，她认识方景行，当然不能接，便只能助理来。

小助理礼貌客气，告诉他病人不方便，此外什么都不说。

方景行无可奈何，挂断电话，等到点就开了播。

他找到队友会合，跟着他们往副本走，心思却全然不在游戏上。

每次打过去都是医护人员接的，他今天还特意挑了吃完晚饭的时间，却依然如此，所以封印师的家属不在身边？还有，是什么状况，让封印师连回条消息都做不到？

是在无菌病房里？

都这样了，那些人还告诉他没事？

"……方队你说呢？"

"方队？"

方景行回神："嗯？什么？"

队友静了一下，说道："我们在商量要不要打隐藏副本。"

方景行脑中闪过副本首杀的画面，思绪顿时有些飘。

那个时候他觉得他们已经很近了。

或许再过几天，或许几个礼拜，他们就能见个面。

结果没想到现在却是咫尺天涯。

封印师就在这座城市里，就在他开车去兜一圈兴许就能"擦肩而过"的地方。可对方现在身体如何、心情如何、想法如何他全都不知道，连陪着聊个天都不行。

可能这一刻，可能下一刻，在毫无预兆的某个时间，他会彻底失去这个人。

"……方队？"

方景行再次回神，说道："你们定吧。"

队友们看出他心不在焉，急忙岔开了话题。

粉丝们自然也看出来了，弹幕刷得飞快。

"怎么了？"

"感觉不在状态的样子，有点担心。"

"男神你要是不舒服，就别播了。"

"别播+1，虽然想看方队打隐藏副本，但还是身体要紧，等你啊大神。"

"是啊，我们等你。"

"男神我爱你，照顾好你自己。"

方景行看着这些弹幕，又不可抑制地想到了上次的事。

他实在受不了，说道："有点事，今天不播了，改天吧。"

说完他就关游戏下播，拿着钥匙出门，开车直奔谢家。

姜诗兰见到方景行的时候一怔，笑道："进来坐，吃饭了吗？"

方景行："吃完了。"

姜诗兰："承颜下午就被经纪人接走了，还没回来。"

方景行："我知道，我是来找您的。"

姜诗兰心里一紧，打量着沙发上的人。

这孩子一向是一副温文尔雅的模样，此刻虽然也是如此，但和平时相比却多了几分严肃，整个人都变得锐气了。

方景行："我想见他。"

姜诗兰为难："我说过他的情况比较特殊。"

"我只是看他一眼，不让他发现我。"方景行放软语气，"阿姨，求您了。"

姜诗兰微微一惊，讶然看着他。

多少年了，除了小时候撒娇，这是景行懂事后第一次求她。

但她真的不能说，只能轻轻摇了摇头："他没事，不用担心。"

方景行："他在无菌病房里，而且家属都不在他身边，对吗？"

姜诗兰沉默。

方景行："昏迷还是什么？"

姜诗兰叹气："别问了景行。"

方景行盯着她看了两眼，问道："确定没事？"

姜诗兰："确定。"

方景行："那他还能上游戏吗？"

姜诗兰："说不好。"

方景行点点头，起身告辞。

姜诗兰一路把他送到门外，目送他开车离开，忍不住给自家儿子发了条消息，询问有没有对景行说过什么。

谢承颜自然是不会说什么的，表示嘴很严，没露出破绽，末了问道："小舅舅什么时候能上线啊？"

姜诗兰怕儿子闹脾气，没敢说实话，只说姜辰最近要做各种检查，不方便上线。

她回道："再过一段时间吧。"

方景行这时已经开上了马路。

他语音命令手机拨了一个号，静等片刻，听见那边应道："啥事？"

方景行道："文城第三医学研究院，查查里面有没有在搞什么项目。"

那边默默反应了下，迟疑道："那是国家级的研究院，你查这个……一个弄不好就惹祸上身了，你懂吧？"

方景行："不用具体去查，就打听些捕风捉影的八卦、小道消息，什么都行。"

那边："哦，这倒可以，你等我消息。"

方景行"嗯"了声，挂了电话。

姜诗兰的性格他知道，他做到这一步她都不肯松口，必然是有极特殊的原因。

谢承颜的大舅姜辉是三甲医院的院长。先前他以为是封印师家里托了姜诗兰的关系，通过姜辉联系上了靠谱的主治医生，但看现在这个情况，或许有另一种可能。

姜诗兰是第三研究院的副院长，如果研究院里有什么涉及医学研究的保密项目，她肯定不会告诉他。

但这世上没有不透风的墙，他就不信查不到。

转天姜诗兰去上班，两位组长在会议室里又开始了每日的争吵。

志愿者参加冰冻实验，他们是要保障对方人权的。

协议里是没写不能上网，但说了参与项目期间需要保密，秦组长出于安全考虑，不赞同志愿者在项目没结束前上网。于是两位组长至今没能达成统一意见。

秦组长冷冷道："我既然调过来接管这个项目，就要对项目负责，姜辰是自觉，但你想过没有，开了这个口子，要是再救活一个人，他看见姜辰上网也吵着要上，真出了事你怎么办！"

陈组长这次没拍桌子，也没再纠结这个事。

他脸色难看地说："你真救活了再说吧。"

秦组长道："我会的。"

说完转身离开，又去了无菌病房。

姜辰被隔离在火线外，过得岁月静好。只是刷了方景行的比赛视频后，他很手痒，想和方景行PK。如今玩不了游戏，他便有些不爽。

姜辰一不爽，就喜欢玩AI。

秦组长第一次过去，见姜辰坐在小沙发上吃水果，两个AI站在面前给他跳海藻舞，他沉默了下，没有进去。

第二次，见两个AI正匀速抢着一根绳子，姜辰则站在中间跳绳，他便没打扰对方运动。片刻后第三次过去，见姜辰瘫在床上，两个AI在给他捏腿，终于推门进去了。

不等询问情况，只见一个AI抬起头，声音被调成了粗犷的风格，豪爽道："来了老铁！"

秦组长："……"

另一个AI同时扭头，发出银铃般的笑声："客官来啦呵呵呵……"

"……"秦组长低头看着床上的人，"没事吧？"

姜辰双手交叠放在胸前，享受着AI的按摩，一脸安详："挺好的。"

秦组长陪他说了一会儿话，告诉他要适度运动后，就出门找到冰冻小组的人，把事情简单一说，问道："这什么情况？"

冰冻小组的人道："他心情不好的时候，一般就这样。"

秦组长沉默。

想想姜辰也住了四天了，他和老陈虽然还没吵出结果，但老陈的态度似乎有些松动，大不了以后换地方吵。他说道："把他转到普通病房。"

冰冻小组的人道了声"好"，麻利地去办了，顺便把画风大变的AI调回正常模式，劝着躺在床上的大佬出去散散步，放松心情。

姜辰便溜溜达达地出去了，刚走到公园，就撞见了秦组长。

秦组长看见他，掐灭了手里的烟。

姜辰："我路过，你继续抽。"

秦组长没抽，陪着他散步，突然说道："我以前看过你的比赛。"

姜辰扫了他一眼。

秦组长："学生时期的女朋友是你的粉丝，拉着我看你比赛，天天喊你男神。"

姜辰一时竟不知这话该怎么接。

秦组长："你退役当晚，我们也在观众席上。"

姜辰有些意外："是吗？"

秦组长点头："我记得她那晚哭得很惨。"

姜辰心想这是真情实感了！

他问道："那她现在还好吗？"

秦组长："不清楚，没多久就分手了。"

姜辰绷着一张脸，再次不知道该怎么接。

秦组长温和地说道："项目结束，你如果能去打比赛，打完比赛有什么打算？现在人的寿命长，干什么都不晚，有没有想过将来退役后上个大学？"

姜辰："想过。"

秦组长觉得挺好的，问道："你对什么专业感兴趣？我让他们给你找点资料，你看看？"

姜辰："没想好。"

秦组长思考了下："你喜欢小动物吗？能养宠物。"

姜辰随口道："哦，鸭崽也可以？"

秦组长："可以。"

姜辰："蟒蛇呢？"

"……我们需要讨论。"秦组长不想再听到别的玩意，看了眼时间，"或者你还想打牌吗？我能陪你打一个小时。"

姜辰："什么牌都行？"

秦组长："只要我会。"

片刻后，秦牌匦木着一张脸坐在桌前。

桌上"哗啦"作响，姜辰和两位冰冻小组的成员搅和了几下麻将，开始码牌。

秦组长："……我不太会玩。"

姜辰听着很满意："没事，我也不太会。"他利落地码牌，补充道，"咱们玩钱的。"

秦组长："……"

陈组长听着声音进来，凉凉道："上班时间打牌，出息了啊。"

秦组长木着一张脸看向他，一副想和他同归于尽的样子。

陈组长觉得舒坦了，看了几眼牌，回办公室干活去了。

一个小时后，秦牌匦输进去一千来块钱，急忙跑了。

出门看见心腹，他说道："去给他弄几只鸭崽。"

心腹道："……啥？"

秦组长说："小鸭子，他喜欢，让他养。"

心腹顿悟，开车出去了一趟，下午等姜辰睡醒，抱着盒子进入病房，笑道："看看这是什么？"

他打开盒子，只见五只黄色毛茸茸的小鸭崽挤在一起，伸着脖子"嘎嘎嘎"地冲姜辰叫。

姜辰："……"

心腹说道："组长说你想要，特意让我给你买的。"

姜辰面无表情地看着他。

心腹一脸期待地回望，几秒后，大概是回过味儿了，说道："这个……你不喜欢的话，我拿走？"

姜辰道："算了，放下吧。"

心腹便把盒子一放，急忙跑去复命。

两位组长刚因为方案的问题吵过一架，心腹来复命时陈组长都没细听，只听见几句"鸭子"，冷嘲道："挺会享受，晚上要吃烤鸭啊？"

秦组长冷着一张脸研究材料，没吭声。

陈组长看着他这张死人脸，暗道一声见鬼，打开窗户透气。

这时往下一望，只见姜辰双手插着口袋在花园里遛弯，后面五只小鸭崽一字排开，一摇一晃地跟着他，所过之处，万众瞩目。

陈组长："……"

039.

姜辰原本对这五只小鸭崽无感，但出去转悠一圈，见它们乖乖地跟了一路，就觉得还挺可爱的。

再说也不能扔着不管。

于是他和工作人员一起给它们搭了窝，还要了饲养指南之类的资料，研究了一下。

陈组长对此目瞪口呆。

网瘾少年一朝变成养鸭户，画风变得也太快了，他默默瞅了一眼秦牌匾。

秦组长也看着那边："这多好。"

陈组长一脸"我是不是在做梦"的表情，轻飘飘地走了。

不过他震惊早了，姜辰的耐心一向有限。新鲜了两天，他见小鸭崽已经能适应新环境，也就不时刻盯着了，再次回屋看比赛视频，只在早中晚的时候遛一遍鸭。

两位组长仍在研究方案，周六日也都加班。

他们的专业能力很强，越到关键步骤就吵得越厉害，有一次没控制住音量，连姜辰都听见了动静。

这天中午他们吃完饭在花园消食，又聊起方案，再次掐架。

掐到一半突然听见"嘎嘎嘎"的声音传来，扭头一看，见姜辰带着鸭崽过来了，那口气便齐齐憋了回去，看得姜辰都替他们难受。

姜辰："你们聊，不用管我。"

陈组长暗自缓了缓，胸口隐隐作痛，觉得再这样下去得吃速效救心丸。他无视旁边的死人脸，问道："给它们取名字了吗？"

姜辰："没有。"答完看了眼那二人难看的脸色，决定给他们找点事干，也好换个心情，说道，"要不你们帮着取取？"

大概因为盒子打开见到的第一个人就是姜辰，第一次出去也是跟着他的，姜辰一停，五只小鸭崽也没往前走，都围在了他身边，继续叫唤。

偃旗息鼓的两位组长低头瞅了瞅。

陈组长："毛毛。"

秦组长："黄黄。"

陈组长："蛋蛋。"

秦组长："……青青。"

陈组长："重重。"

好了，五个名字齐了。

陈组长很高兴："我让他们弄点儿小牌，一只挂一个。"

姜辰看着这两位取名废组长，淡定地又问了一句："这是乳名，大名呢？"

陈组长："……"

秦组长："……"

三个人在"嘎嘎嘎"的伴奏下相互对视。

几秒后，陈组长："姜……兴运！"

秦组长有点想问助理为什么要给姜辰买五只，沉默几秒，说道："姜兴文。"

陈组长紧跟着道："姜兴武。"

秦组长这次想得很快："姜兴双。"

陈组长："姜兴全。"

文武双全加一个幸运，够可以的。

自己的爱宠得了名字，姜辰便不打算管他们了，带着这五只被轻易决定命运的鸭崽继续往前走。

两位组长经过这一打岔，确实冷静了，开始心平气和地聊先前的话题。

三天后，小鸭崽的名牌做好了，只有拇指大小，很是精致，一一绑在了腿上。与此同时，两位组长的方案也"吵"出来了。

冰冻小组来回过了好几遍，这天终于解封了第六个人。

气氛从早晨就开始紧绷，冰冻小组的人比平时沉默寡言，走路也快上许多，等姜辰遛完一圈鸭，又给它们喂了食之后，周围已经看不见几个活人了。

他照例看了会儿视频，看几场，起身活动一下。

等第四次出门散步的时候，便在一楼大堂里遇见了冰冻小组的人。

众人齐刷刷地看着他。

姜辰也看着他们，视线从他们脸上简单扫过。

悲痛，麻木，疲惫，凝重……哦，又是没能救活。

气氛沉闷又肃穆。

好在有一个比较乐观的工作人员开了口："去哪儿？"

姜辰："遛弯儿。"

其余的人也跟着回神，有两个想陪着他去看鸭子，剩下大部分想要去缓缓。

姜辰带着这两位想用"吸鸭"来转移注意力的人往外走，问道："两位组长呢？"

工作人员疲惫地叹了口气："还在里面。"

实验室里，志愿者早已被运走，屋子也已经收拾妥当。

两位组长靠墙坐在地上，谁也没有说话，过了半天，陈组长才哑声道："你不该来。"

多年的交情，他们对彼此很了解。

他这样开朗的人都要得PTSD，老秦这种责任心爆棚的，得PTSD都是轻的，一个弄不好就能留下一辈子的心理阴影。

秦组长闭着眼，没吭声。

片刻后，他站起来，转身离开。

陈组长道："你干什么去？"

秦组长淡淡道："复盘，看资料，下午开会。"

你还是个人？

陈组长盯着他绷直的后背看了几眼，跟着爬了起来。

秦牌匾是不是人不知道，但表面看是真的强悍。

倒是姜辰中午吃完饭消食，在花园撞见他，路过时见他手里捏着一根烟；傍晚带着小鸭崽出来见世面，再次凑巧撞见他，见他还捏着烟，夹在手里要抽不抽的。

他观察了下那根烟上的皱纹，问道："和中午捏的是同一根吗？"

秦组长正在出神，闻言看向他："嗯，我一天只抽一根，今天的已经抽完了。"

姜辰暗道这是真的很克制了，不知道能说什么，点点头要走。

秦组长突然道："我听说你醒的时候梦见站在夺冠的舞台上，一群人在喊你，然后你就听见老陈他们的声音了？"

姜辰："你那晚也在，还记得呼声吗？"

秦组长是记得的，毕竟那是他这辈子第一次也是最后一次现场看电竞比赛。

他问道："为什么是这个？"

姜辰："做梦，哪有原因。"

不过话是这么说，他还是多说了一句："可能我当时知道要退役，也知道活不久，想把那一刻永远记下来。"

秦组长"嗯"了声，再次出神。

姜辰把小鸭崽领回窝，挨个摸了把头，回到了病房里。

晚上看了几场比赛之后，他躺在床上听 AI 念书，猛地听到一句十方俱灭，说道："再念一遍。"

小护士说道："什么？"

姜辰："前面那句话，再念一遍。"

小护士当然不会琢磨他为什么想听，便又给他念了念。

十方俱灭。

姜辰看着天花板，心想这个词肯定又上论坛了吧。

他想得没错。

游梦论坛上，关于十方俱灭为什么不上线的帖子早已盖了几百层楼。

十多天了，连很多普通玩家都满级了，这位大佬却还停留在 85 级。

他不上线，另外两个总和他在一起玩的也不怎么冒泡了。习惯了辰星映缘时不时搞出新闻，这下突然安静了，众人都表示有些不适应。

416L：大佬难道坑了？

420L：不要坑啊，我还挺想看他搞出更多的事的。

428L：他坑不坑我不知道，我就想知道那三个人出了什么事。

436L：青盐不是说了大佬是有事吗？

442L：他说你就信啊？

451L：辰星映缘的玩家发来报道，大佬不在，游戏里风平浪静，频道里有时骂个街，分个手，打个本，明明这才是正常模式，但我为啥就这么不满足啊啊啊！

455L：你们就没点内部消息？

辰星映缘的玩家便把知道的都说了。

大佬不上线的第五天，青盐发喇叭说他是有事，之后就没再冒过泡，暗冥则是自始至终都没出过声。有些人猜他们三个出了问题，有些则是真信大佬有事，还有些人猜大佬是大学开学，军训砸到了脑子，正在养伤。另有几个人的观点比较奇葩，因为他们发现如意的帮主儒初终于上线了，这个时间点太巧，因此他们觉得是儒初和大佬不对付，把大佬给挤对走了。

479L：那儒初咋说的？

483L：儒初说"已阅"，然后就没说话了，是他们帮会的人帮着翻译的，说这意思是"已阅，跪安，再啰唆弄死你"。

488L：我以前和如意的在一个服，儒初不可能容不下人，再说也不看看他们帮会有多少奇葩。

496L：我不关心大佬是为啥走的，我只关心他回不回来。

503L：不知道，不过大佬哪怕不在，影响力还是在的，没看这十个服都没开隐藏剧情吗？

511L：隐藏剧情不是早就开了吗？

517L：楼上说的是他们内测打出来的那个，至今都没人敢开。

524L：为啥？

526L：能是为啥，为了奖励呗。

隐藏剧情只能打一次，有[灵槐]珠玉在前，十个服的大佬没人有信心能比得上那两位。

正常程序打隐藏副本有多惨烈，看看现在那些无攻略打[灵槐]而哀号的玩家就知道了。

诚然首杀奖励丰厚，但首杀奖励之间也是有区别的。目前看来，最终奖励很可能和通关时间有关，谁不想多得点东西呢？

倒是有人想过不要时间因素多出来的奖励，现在就去开隐藏剧情，咬牙磨一两个月，只拿首杀奖励就得了，但转念想想便打消了念头。

磨了那么长时间拿个首杀奖励并不惨，惨的是打到一半大佬上线了，一个星期内砍瓜切菜过完剧情，然后别人把攻略一买，也砍瓜切菜一路推过，还反超了自己，那到时候可是哭都没地方哭去。

基于此，十个服的大佬虽然满级了，但都还在观望中。

533L：十方俱灭不在，找暗冥打不也行吗？

537L：是啊，这俩大佬干啥都是一起的，暗冥应该也有推剧情的能力吧？不是有不少人怀疑那是方队吗？

545L：据说他们找过了，暗冥没同意。

562L：而且他这几天也不上线了……

不上线的十方俱灭不能玩游戏，一时不开心，便叫停了小护士目前念的书，换了个恐怖故事。

结果小护士太声情并茂，他听完就睡不着了，熬到后半夜才勉强入睡，第二天便有点萎靡不振。

冰冻小组的人顿时心疼。

如果项目能终止，他搞不好都能回家了。可现在不仅没终止，昨天又死了一个人，剩下的也不知道什么时候才能解冻，他担心也正常。

几人急忙安抚："你别多想，别有压力。"

姜辰顶着黑眼圈："没多想，没压力。"

一点说服力都没有好吗？

几人"嗯嗯"应声，嘘寒问暖地围着他："走走走，咱们去看小鸭子。"

姜辰面无表情地看看他们，跟着走了。

日常遛完鸭，他回房往床上一躺，睡了过去。

两位组长听说了这事，都过来看了看，见他已经睡着，没敢打扰，轻手轻脚地出去了。

陈组长奇怪道："不能啊，他一直挺淡定的，是不是最近不能打游戏，难受？"

秦组长冷眼看他。

陈组长："你那是什么表情，你好歹想想他以前是干什么的。"

秦组长："要不是你开了口子，他现在至于这样？"

陈组长："我是开了口子，但也是你突然给他断了网啊。"

冰冻小组的人见他们又要掐，赶紧劝了劝，提醒他们这是病房门口。

两位组长便闭上嘴，离开了这里。陈组长一时忧心，让人通知了姜副院，让她中午来陪姜辰说说话。

姜诗兰听完忍不住失笑，不想他们自责，便告诉他们弟弟肯定不是为了这事和不能打游戏闹心，应该有一个更直接的原因。冰冻小组的人于是查了查 AI 记录，发现姜辰昨天晚上听了一个恐怖故事。

两位组长："……"

小组成员："……"

真行，服气。

乌龙一场，一行人哭笑不得，去了会议室。

经过这一插曲，他们的心情倒不那么沉重了，开始专心开会，听秦组长说要解封下一个人，不禁惊讶。

秦组长道："怎么，有意见？"

众人一齐摇头。

陈组长扛过这种压力，知道是什么滋味，张口想说些什么，但对上他的表情，终究咽了回去。

秦组长道："这次换 2 号方案。"

于是冰冻小组又进入了紧张的准备阶段。

五天后，他们解封了第七个人。

解冻手术从早晨一直持续到上午十点。

第一声"滴"响起的时候,他们差点以为出现了幻听。

近处的人猛地看向仪器,听到了第二声"滴",而后是断断续续的声音:"滴……滴……滴……"

他颤声道:"有心跳了!"

秦组长:"继续。"

其余人打起精神,更加专注地投入工作,终于看见志愿者微微睁了睁眼。

他比姜辰要惨,只睁了一下眼便陷入昏迷。冰冻小组急忙开始抢救,好歹稳住了情况,之后把人推进了无菌病房。

看着虽然插满管子,但有轻微呼吸的人,陈组长和冰冻小组的人想想这段时间的经历,全都哭了。

秦组长冷冷道:"哭什么哭,开会。"

陈组长:"……"

小组成员:"……"

去你的秦牌匾,让人感动一下都不行!

他们敢怒不敢言,纷纷进了会议室,对比六号和七号志愿者的解冻视频,发现方案是不同,但并不起决定因素。这套方案用在那天的六号身上,恐怕依然救不活。

秦组长说道:"查姜辰和他的共同点。"

众人很亢奋,心里也是这么想的。

不然为啥偏偏是这两个人活了,其他的都失败了呢?

秦组长把工作分下去后,宣布散会。

七号志愿者成功苏醒,冰冻小组一扫先前的颓势,干劲十足。

姜辰听到消息好奇地来看了一眼,见无菌室里的人仍在昏睡,一时也看不清长什么样,便又走了,去给小鸭崽喂了一点菜。

今天是中秋节。

先前院长和陈组长都有暂停项目的心思,觉得反正姜辰快回去了,便想让人回家住一天。

现在项目没停,还有一个秦牌匾在,院长也不敢轻易插手了。于是回家的事搁浅,姜辉和姜康乐便来到了研究院,和姜诗兰一起陪着姜辰吃了顿饭,这才回去。

姜辰目送他们离开后,照例遛了遛鸭子,之后盘腿坐在花园的长椅上盯着月亮,等到入夜才回屋,见冰冻小组的人迎面走过来,手里拿着一个眼熟的设备,便问道:"你偷出来的?"

冰冻小组的人："当然不是，我可没这个胆子。"

姜辰："那是陈组长让你干的？"

冰冻小组的人："也不是，组长和秦牌匾……秦组长聊完了，你放心吧。"

姜辰："秦牌匾？"

那人干笑。

秦组长那个脾气，就差打块"铁面无私"的牌匾挂脸上了，所以人送外号"秦牌匾"。

那人说道："没事，我喊错了。"

姜辰没有多问，而是诧异道："他不是不讲情面吗？"

那人："是啊。"

秦牌匾那性格，就是姜老亲自来说情都没用，但这不是可以拿你的状况说事吗？

谁都能看出你这几天不太痛快，折腾了两次 AI，给小鸭崽念做鸭汤的步骤，安详地在床上躺了一下午，盘腿盯着月亮……这些秦牌匾都知道。

他是铁面无私，但在乎患者。

姜辰以前是打电竞的，前段时间又一直在玩游戏，猛然间断网，是会不好受。

秦牌匾经过这段时间对姜辰的了解，加之姜辰以前记录良好，便和陈组长都让了步。

那人说："你只能玩到七号志愿者出来，他只要一出来，你就不能玩了，免得他看见也想玩。"

姜辰想想自己当初在无菌病房里躺了两个月才被放出来，觉得很满意。

不管怎么说，至少他能玩两个月的游戏了。

那人继续说："而且不能总躺着，偶尔起来去看看你的鸭子。"

姜辰痛快地点头，拿着设备进了房间。

他往床上一躺，戴上眼镜，回到了熟悉的游戏里。

上次他是在副本里直接下线的，现在重新回来，刷新点便是副本门口。

时值中秋节，玩家们基本都放假了，尤其现在是晚上，游戏里的人正多，很快有玩家看见了他，顿时激动。

[喇叭] 眼泪不值钱：啊啊啊十方俱灭大佬上线了 [截图][截图][截图]

全服轰动。

[世界] 镜中人：我去！

[世界] 幸天成：终于回来了。

[世界] 木枷锁：欢迎回来 [握手]

[世界] 朝辞：欢迎~

[世界]白龙骨：欢迎。

[世界]孤问：嗯。

[世界]飞星重木：孤问你也太能省字了！

[世界]柳和泽：[笑哭]

[世界]叔叔来了：孩儿你可算来了，我们担心了好久。

[世界]西红柿鸡蛋：不愧是本服大佬，这排面[星星眼]

[世界]WDT：我刚刚偷偷和大佬合了张影哈哈[截图]

[世界]恰瓜：大佬不在的这几天，感觉吃瓜都不香了。

[世界]六神花露水：我也是，总觉得少了点什么。

[世界]彩虹豆：比如全服公告什么的。

姜辰看着频道疯狂涌上来的消息，冒了泡。

[喇叭]十方俱灭：中秋快乐。

频道静了一瞬，紧接着刷起了"中秋快乐"，热闹得不行。

[世界]喜欢夏天：终于有了点过节的意思。

[世界]谁曾记得我：大佬看看我，爱你，求带飞[亲吻]

[世界]生死与共：大佬来主城，今晚我们帮会放烟花。

[世界]负一米：来我们这儿，我们也放。

[世界]苟盛：用得着你们？

[世界]镜中人：都是兄弟，一起放得了，主城广场集合。

[世界]十方俱灭：嗯。

[世界]半熟：我要去围观！

[世界]藏书：我也是，我这就赶过去！

方景行这时刚吃完饭回到自己的住处，不知道能干点什么。

内测时封印师失联，他依然天天和朋友们玩得很开心。

这次再来一轮，他连玩游戏的心思都没了。加之谢承颜假期结束，接了一个电影，跑外地拍戏去了，所以他最近也懒得上线，只让几位朋友帮忙盯着，有消息及时通知他。

他不紧不慢地上楼，正要去冲个澡，突然收到了逸心人的消息："你家小可爱上线了。"

他心头一跳，急忙拿过设备，进了游戏，按照逸心人的消息来到广场，只见这里已经是人山人海。他往中间走去，在漫天的烟火下看见了熟悉的封印师。

姜辰也看见了他，来到他的面前，声音里带着几分愉悦："中秋快乐。"

方景行一眨不眨地看着面前的人。

他发现比起痛失人才,"再也见不到"的恐惧要大无数倍。

哪怕这个人永远不能打职业,甚至永远不能打游戏,只要能平安无事,他就觉得很满足了。

他忍不住伸出手,把人抱进了怀里:"中秋快乐。"

040.

方景行熟知封印师的脾气,只轻轻抱了一下就放开了,快得让周围的玩家都来不及截图。

姜辰今天心情好,不计较某人的大逆不道,把手里的烟花棒递给他一根。

方景行接过来:"最近怎么没上线?"

姜辰:"有点事。"

方景行:"还是身体的原因?"

姜辰:"算是吧。"

方景行:"现在怎么样了?"

姜辰:"挺好的。"

方景行:"我给你发了消息,你都没回。"

姜辰很淡定:"手机坏了,还没买新的。"

方景行没有戳破,仍是一眨不眨地看着他。

如果是普通的住院,病人从昏迷中苏醒,医护人员肯定会提一句"有人打过电话",那么自己也会及时收到回复消息,可惜至今都没有。所以他很有可能猜得没错,他们是在研究院里。

依这封印师的性格,如果不是真的走投无路没办法了,不太可能会去当志愿者,所以遇见的应该是现有医学水平无法解决的难题。

这种医学实验都是摸索着来的,成功的概率有多少、过程是否危险,他全然不知。

这段时间封印师过得怎么样,他更不清楚,此刻隔着网络,也看不出对方的气色如何……他从没这么无能为力过,沉默一下,问道:"这次是只上个线,还是能玩了?"

姜辰:"至少能玩两个月。"

方景行提着的心稍微放下了一点,暗道这么看,确实如姜诗兰所说的是没事了。他的声音里终于带了点笑意:"恭喜。"

姜辰"嗯"了声。

方景行问完了站在"不知情"角度上该问的问题，暂时压下心里的不安，点燃烟花棒，跟着他去和逸心人他们会合。

　　游梦里的烟花有三种：一种是能拿在手里放的，一种是放在地上喷花的，还有一种就是能用来突突人的发射式烟花。

　　几大帮会都不差钱，喷射式的烟花摆了好几圈，此刻全部点燃，火树似的开着。空中也不时响起轰鸣，烟花一团团炸开，绚烂地连成一片，漫天流火。

　　广场上都是人，还有的趁机单膝跪地表白，惹得一群人围观，简直比过年还热闹。

　　截图连同大佬上线的消息很快被发到论坛上，其他服的玩家看着图片和几个视频，都羡慕了。

　　24L：我想去辰星映缘了。

　　27L：我也是，不仅能日常围观大佬，游戏里的气氛还这么好。

　　33L：嗯，肯定会很快乐，这次赶不上，咱们能赶上圣诞节和过年啊。

　　37L：不说了我这就去。

　　于是，一群人"呼啦啦"跑去了辰星映缘。

　　辰星映缘的烟花盛会开了一个多小时才渐渐散场。几大帮会的帮主一路跟着大佬来到如意的门口，想商量一下开隐藏剧情的事。

　　姜辰看向方景行。

　　方景行都不需要问，便知道他是什么意思，说道："他最近要工作，去了外地，没有几个月忙不完。"

　　言下之意，这次就不用等谢承颜了。

　　结果话音一落，一个熟悉的身影就从帮会里跑了出来。

　　谢承颜早就和逸心人打过招呼。

　　他这次拍戏把游梦设备也带上了，收到逸心人的消息时他还在外面，现在这会儿刚回酒店。但运气不错，一进来就看见了自家小舅舅，他急忙扑上前抱了一把。

　　方景行："……"

　　七大帮会帮主："……"

　　周围都是人，谢承颜克制地没有抱多久，笑道："你回来了！"

　　姜辰摸了把大外甥的头："你把设备带出去了？"

　　"嗯，万一你回来，我还能陪你玩。"谢承颜说道，"你不在的这段时间我……我们都特别想你。"

　　姜辰听得高兴，又摸了把他的头。

　　七大帮会的人一看见他们凑在一起，就想起了那个没下限的赌，镜中人几个押1的双眼放光，觉得要赢。

白龙骨几个押2的则瞅了瞅身上这点岌岌可危的装备，隐约有种透凉风的错觉。

方景行看着突然跑出来打他脸的发小，语气万分温柔："来得正好，我们刚说到这次隐藏剧情带不带你。"

谢承颜："不用，你们打吧，我偶尔上来陪你们聊聊天就挺好的。"

方景行很满意，转向封印师："你的意思呢？"

姜辰是无所谓和谁组队的。不过他先前天天和榨紫、苟盛他们打本，感情还是比较好的，便问了问他们的意思。

木枷锁几人一看不好，急忙补充："大佬，我们是给你打白工。"

首杀奖励是丰厚，但稀有的总共就那么几件。十个人 roll 点，能分到一件就很不错了。他们也不是非缺那一件东西，因此干脆就不要了，主要是想完完整整地跟一遍，看看大佬过剧情的思路，免得以后总要花心思找大佬组队。

再说攻略有了，后续帮会的人都能按照这个打，等于是牺牲一个人，造福了整个帮会。身为帮主，他们都认为这买卖不亏。

最重要的是，上次打隐藏副本太惨烈了，他们压根没培养出什么感情。于是几个人想来想去，觉得只有打白工才有可能让大佬动心。

姜辰思考两秒，又看了看如意的人。

逸心人笑道："这便宜不占白不占，看你吧。"

如果这次还能在短时间内通关，其余九个服又来买攻略，几位帮主肯定是得等十方俱灭卖完了才对内公开，收益上是能保证的，而且还能得到首杀的全部奖励，不亏。

苟盛几人也纷纷道："你们打吧，我们等大佬的攻略。"

见他们都这么说，姜辰便同意了，开始商量成员。

七大帮会的帮主加上他和方景行，这一共是九个人，还得再来一个。

镜中人："这还用问吗，当然是我啊。"

另外六家异口同声："滚蛋，凭什么你们一家出俩人？"

"有什么关系，都是打白工。"镜中人指着自己的职业，"再说了，我可是你们当中唯一的奶爸，你们总不能不带奶。"

另外六家不为所动："我们可以找个别的奶妈。"

木枷锁说着看向大佬："在如意里挑吧，反正我们也是给你们打工的。"

姜辰觉得挺好，示意逸心人安排。

逸心人召集了想打隐藏剧情的奶妈，让他们抽签，最终情深长寿胜出。

情深长寿和榨紫都是花蝴蝶的类型，无论男女，都喜欢瞎撩。他深情款款地走到大佬身边，一把握住他的手："亲爱的，这就是命运的安排，上天让我们……"

姜辰拍开他，看向逸心人："给我换一个。"

周围的人差点笑抽。

情深长寿迅速老实，指天发誓表示不浪了。

榨紫在旁边插嘴："别信他，他不可能不浪。"

苟盛："对，让他不浪，就和让榨紫不渣一样，都是不可能的事。"

老梧桐发芽："什么时候这俩内部消化了，估计大家就安全了。"

本宫最美："怕不是要双剑合璧。"

王飞鸟："……有道理！"

情深长寿很受伤："你们不能这么翻脸无情。"

姜辰看着他们闹，嘴角微微勾了一下。

几位帮主等了等，见大佬没有再提换人的事，知道这是定下来了。

他们看了一眼时间。

大佬每天固定九点半下线，今天是快八点上来的，在广场玩到现在已经过了九点，看来今晚是打不了了。

木枷锁说："咱们是今晚先去开了，还是明天再说？"

"明天吧。"姜辰和他们约了明天的上线时间，说完看着大外甥，"你现在下线吗？"

谢承颜道："不下，我在酒店呢，没有工作。"

姜辰决定带着大外甥找个风景不错的地方聊聊天。

大外甥一个人在外地，没家人陪着过中秋怪可怜的，只能他这个做舅舅的来。

二人并肩走了几步，同时回头看着身后的方景行。

姜辰："你，止步。"

方景行微笑："……我不能跟着？"

姜辰："不能。"

谢承颜绞尽脑汁一番，想不出合适的理由，眼见发小的脑袋转向他，便保持沉默，私下发了一条消息。

[私聊]青盐：他想和我说点悄悄话，就不带你了哈。

[私聊]暗冥：嗯，去吧。

谢承颜拍了一下发小的肩，颠颠地跟着小舅舅走了。

白龙骨、柳和泽、飞星重木见暗冥师站在原地目送两人远去，实在没有忍住，凑到他的身边："你就干看着啊？"

方景行："不然呢？"

三个押2的人不好明说，只默默看着他。

木枷锁几人看不下去了，急忙把他们拉走，同时压低声音警告不许耍赖。

热闹的门口很快变得清净了，方景行迈进帮会，走到小湖边钓鱼，钓到九点三十五分，把谢承颜等回来了。如意的人都在玩，目前小湖周围就他一个人，方景行问道："他下了？"

谢承颜："嗯，让我转达一声晚安。"

方景行笑道："这肯定是你自己加的。"

谢承颜："不是，真是他说的。"

方景行顿时觉得舒坦了点，扫见身边的人盘腿坐下，又道："他和你家是不是有什么关系？"

谢承颜："……你不是知道吗，他认识我妈。"

方景行："只是认识这么简单？"

谢承颜："是啊。"

方景行知道问不出什么，便换了话题："想打本吗，带你打？"

谢承颜："不了，今天拍戏太累，想早点睡。"

二人简单聊了几分钟，各自下线。

转天一早，十人小队上线集合，到了满级的野区。

姜辰还没满级，其余人便负责保护他，带着他在野区里路过了两拨不同的野怪，到了最深处的血狼区。

木枷锁："在这里打三十只狼，剧情就能开。"

姜辰好奇："这是怎么发现的？"

这是满级怪，做普通任务怕是不会接到一口气要打三十只狼的差事。

而能来这里的玩家大多都满级了，不需要再练级，也就没有刷怪的需求，除非是生活类的玩家做东西，特意来打材料。

方景行已经打听过了，解惑道："内测的时候有几个人在这里吵了起来，要画圈PK，就去最里面清了一轮小怪，想弄块空地出来。"

姜辰服气。

既然知道了办法，他们便开始动手清怪。

打到第三十只的时候，野怪的血条快要清空的那一刻，众人头顶突然浮现出了一个妖族男子的影子，颤声道："你们身上……为什么会有他的气息？"

金色的公告瞬间传遍全服：恭喜玩家十方俱灭、暗冥、白龙骨、飞星重木、孤问、柳和泽、木枷锁、情深长寿、幸天成、朝辞发现隐藏剧情[伊林]！

中秋假期，在线的人还是很多的，见状都激动了。

[世界] 佐佑：666

[世界] 不是不说：果然大佬回来了，熟悉的公告也回来了。

[世界] 恰瓜：来押注，看大佬这次几天能打完。

[世界] 悲伤不互通：我赌一个礼拜。

[世界] 萌萌哒：五天。

[世界] 仓鼠球：三天。

[世界] 枇杷蜜柑：一天。

[世界] 英语渣：一天就有点过分了吧 [满脸问号]

野区的十人小队仍在和妖族男子对话。

这次没有让姜辰纠结的选项，妖族男子得知他们曾经把一头血狼关在了山洞里，顿时悲痛："我哥没有疯，他肯定是被人害成这样的！"

姜辰不搭腔，等着他的任务。

妖族男子道："你们能不能帮我把他带到这里来？我试着唤醒他。"

姜辰这边的系统自动给出答案："我们当初打不过他才把他关起来的。"

妖族男子垂头丧气："也是，他毕竟厉害，你们不是他的对手。"他想了想，"我知道一个药师，她配的药能够迷晕我哥，我最后一次见她是在妖域里，你们去找她，拿到药把我哥弄晕了再带过来。"

姜辰这边说了声"好"。

任务刷新：找药师。

众所周知，这种连环任务的第一关找人，肯定不会让玩家直接找到，而是在指定的地点发现相应的线索。

木枷锁说："我听说内测的时候他们把妖域翻了一遍，是在一座小城里找到的NPC。"

姜辰："咱们去打狼。"

木枷锁几人沉默了下："啊？"

方景行笑道："刚刚不是说了，咱们是'当初'打不过他，我觉得现在可以再试试。"

木枷锁："但任务不是写着找药师吗？"

姜辰："打一打又不会怀孕。"

"……是不会怀孕，"木枷锁残忍地提醒，"但内测的时候，他们拿着做好的药去找狼，狼根本不在山洞里。"

姜辰问："你能确定他现在也不在吗？"

木枷锁不能确定，一行人便跟着大佬去了当初的山洞，发现血狼竟然还在。

他们打开机关，按着血狼一顿围殴，直到他瘫在地上不动了。只见"找药师"的任务条下立刻刷出一条新任务：带血狼去见伊林。

木枷锁几人："……"

这……真的很可以啊！

怕不是真能一天打通关？

姜辰这边自动出现一根绳子，几人便把血狼一捆，拖着往外走。

刚迈出山洞，便见迎面走来一群NPC，个个义愤填膺。方景行的记性比较好，认出是先前做血狼任务时被狼咬伤过的几位居民。

为首的指着血狼，怒道："我妈死了，我要你这头疯狼给我妈陪葬！"

十人小队："……"

妥了，至少他们知道了内测时大佬们找药期间，这头狼是怎么没的。

愤怒的NPC根本不和玩家废话，冲过来就要捅死疯狼。

但血狼这会儿工夫已经缓过来了，嗷呜一声挣开绳子，扭头就跑。NPC们不干了，大声嚷嚷着"追呀"，跟着狂奔而去。双方速度极快，眨眼间消失得无影无踪。

微风打着卷，悠哉地吹过。

十人小队站在洞口一字排开，望着煮熟了飞走的鸭子，齐齐沉默。

木枷锁看看依旧存在的新任务，望向大佬："咱……找狼？"

姜辰："找呗。"

现在也没别的办法，总不能浪费时间去找药师配药。

姜辰最不喜欢这种找东西的任务，跟着他们在附近找了一圈，便有些不耐烦。

方景行见他的话越来越少，笑道："歇会儿，或者打个本换个心情？"

姜辰："不用。"

方景行思考了一下："要不咱们去小城里看看？那NPC的妈死了，如果还没下葬，他总得回家。"

姜辰点头，和他边走边聊，进了小城。

这时信息一闪，大外甥提早拍完今天的戏，上线了。于是他等着大外甥过来之后，把某人一扔，跟大外甥聊天。

一行人摸不准哪个是NPC的家，只能都转了一遍。

姜辰记得工作人员的嘱咐，知道不能像以前那样一直玩到十一点半，便和他们打了声招呼，起身去外面溜达了一圈，看了看几只小鸭崽，这才溜达回来。

就这么断断续续地玩到中午，他们依然没有新发现，只好下午继续。

姜辰照例在饭前散了步，回屋准备吃午饭时，见姜诗兰过来了。

姜诗兰不忙的时候，偶尔会来陪弟弟吃午饭。

现在是中秋假期，她不像冰冻小组那样需要加班，不过上午刚好有个会，也就来了一趟。得知秦牌匾竟然给弟弟解封了，便和两位组长说了说，让弟弟把手机里的信息看一下。

除了家人，姜辰手机里新加的朋友基本都是游戏里认识的，现在已经回归游戏，这些信息回不回无所谓，但好歹看一看，看完以"手机坏了"为由关机就是了。

这点两位组长不反对，于是姜诗兰拿着手机来了。

姜辰只加了两个人，一个谢承颜，一个方景行。

这两人姜诗兰都认识，也就没什么避讳的。他把外甥的信息看完，打开方景行的聊天页面，发现只有几条语音，估计是问他怎么了，便直接点开。

只听第一条语音响了起来，是方景行在他下线的第一晚发的。

那时方景行不知道他会失联，以为第二天能见到他，便开了一个玩笑，声音里满是遮不住笑意："亲爱的晚安，明天见。"

姜辰："……"

姜诗兰："……"

041.

房间里一片死寂。

姜辰顶着自家姐姐的目光，一脸冷漠："不是你想的那样。"

姜诗兰忍着笑："是吗？"

她知道年轻人在长辈和朋友面前是不一样的，但怎么也想不到景行会说出这种话，意外极了。她想想上次景行求她的样子，再看这条消息，戏谑道："我懂的。"

姜辰的语气更加冷漠："……真不是。"

姜诗兰看了眼弟弟的表情："嗯，我先回办公室拿点东西，一会儿来陪你吃饭。"

她说完便出去了，体贴地让姜辰自己听后面的消息。

姜辰忍着弄死方景行的冲动，把剩下的几条也听了。

或许是那天他们打过隐藏副本，让方景行想起了通关的事，也或许那天方景行有直播，看了一堆乱七八糟的粉丝弹幕，反正不知发的哪门子疯，就逗了这一句，之后就恢复了正常。

然而好死不死，偏偏这句被姜诗兰听见了。

姜辰一时也说不好是方景行不是个东西，还是自己太倒霉。

姜诗兰回来的时候，姜辰已经淡定了，手机也已经关机。二人自动略过刚才的事，安静地吃了顿午饭。饭后姜诗兰收拾着餐桌，看向喝着水的弟弟，没忍住给某人说了点好话："景行那孩子是我看着长大的，性格好，人品也没得挑。"

姜辰沉默地看着她。

姜诗兰终于绷不住笑出了声："你们在游戏里好好相处，别吵架。"

姜辰："我要睡了。"

姜诗兰让他消消食再睡，拿着他的手机走了。

可能是这一段小插曲的关系，姜辰午休时竟梦到了方景行。

他们坐在隐藏副本的柱子上，方景行从身后抱着他，用的不是暗冥师的脸，而是自己的脸和声音，刚说完一句"你真厉害"，只见七大帮会和如意的人"呼啦"就进来了，还有冰冻小组和姜诗兰，甚至连看不清脸的七号都在。

众人站在下面围观，为他们鼓掌，恭喜他们，还就地放起了烟花和《好日子》。

姜辰醒后盯着天花板，回想梦里那惨烈的画面，面无表情，缓了半天才拿起旁边的眼镜戴上，进入游戏后一抬头，就看见了旁边的暗冥师。

方景行笑着打招呼："来了？"

话音一落，只见面前的封印师开了仇杀，他后退半步："干什么？"

姜辰："PK。"

方景行好心提醒："我已经满级了。"

封印师失联后，他不是立刻不上线了，最开始几天还是会上来的，所以早已满级。而封印师如今才 85 级，根本不是他的对手。

姜辰沉默了。

方景行这个德行，怕是不会平白无故地站着让他打，因此他不情愿地关了仇杀。

方景行自然不傻："怎么了？"

姜辰昨晚刚说过手机坏了，总不能今天就自己打脸提起语音消息。再说过了这么多天，恐怕连方景行自己都忘了这茬。于是他给了一个贴近事实的理由："梦见你惹我了。"

方景行哭笑不得："怎么惹的你？"

姜辰指着旁边的空地："那边去，你先别和我说话。"

方景行更加哭笑不得："这我有点冤吧？"

你还能有我冤吗？

姜辰扭头走人，不搭理他。

方景行好脾气地在后面跟着他走了两条街，问道："你迷路了？"

姜辰道："没有。"

方景行道："那你知道你又转回来了吗？"

"知道，"姜辰头也不回，"我想换个方向走。"

方景行品了品他的语气，估摸消气了，便快步走到他身边，陪着他走了一条街，见他又停住了，问道："怎么？"

姜辰道："我想了想，还是走刚才的方向吧。"

方景行挑眉，正想问一句原因，便见前方过来了一个熟悉的身影，正是联盟主席，杜飞舟。

他打了声招呼："巧，主席怎么来这边了？"

杜飞舟："我帮会在这里。"

方景行觉得意外："是吗？"

话一出口，他突然想起上次和封印师来这边做[血狼]的剧情，上线的时候发现封印师不在原地，后来封印师也没说去了哪儿。

他便多问了一句："在哪儿啊？"

杜飞舟为他指了指："那边，离这里不远。"

那正是某人想折回去的地方，方景行看了一眼封印师，有一种"他这么来回转悠是要偶遇杜飞舟"的想法，于是试着递梯子："我们来这边是做隐藏剧情的任务。"

姜辰紧跟着道："在找几个NPC，找不到。"

还真的是？难道上次他遇见了杜飞舟，得知杜飞舟对这里很熟？但这有必要瞒着自己吗……方景行不动声色，帮腔道："主席您总在这边，对城里的NPC熟吗？"

杜飞舟道："熟，找谁？"

姜辰很满意。

游梦的玩家有些不爱剧情，对背景一概不知，一心只想打打杀杀，有些则很喜欢里面的故事，什么都知道，杜飞舟和几个老朋友就属于后者。

杜飞舟当年看似严肃老成，其实很爱研究这些细节的东西。以前他们在游戏里建了一个会帮，杜飞舟那几个人就把城里的NPC和犄角旮旯都过了一遍。

可是三十年了，他也不清楚他们的爱好改没改，这么看来应该还没变。原本他上午就想问的，结果查看好友列表，老当益壮的人都没在线，大概是和家人享受假期去了。刚才他看见杜飞舟上线的消息，一时犹豫要不要私聊，便想偶遇试试，没想到能成功。

他为杜飞舟形容了一下几个 NPC。

杜飞舟道:"我没接任务,在我这个视角,那些 NPC 都还在原来的地方。不过我知道墓园在哪儿,带你们去看看?"

姜辰:"行。"

几位帮主分散在城内找人,听见大佬喊他们,以为是找到了线索,便赶过来集合,结果对上一个妖族的游荡,诧异道:"这位是?"

姜辰:"我朋友,他知道墓园在哪儿。"

木枷锁:"这里还有墓园?"

杜飞舟:"有。"

于是一行人跟着他到了城内一座荒废的小院,接着穿过前院来到长满杂草的后院,最后站在斑驳的墙壁前,听他说道:"翻过去就是。"

"……"几人道,"没有门?"

杜飞舟:"没有,是一块圈起来的地方。"

木枷锁顿时肃然起敬,改了称呼:"大佬是怎么知道的?"

杜飞舟一指身后,示意他们抬头。

众人一齐看过去,发现是小城的神殿。

杜飞舟:"屋顶那两只鸽子雕像的位置是一个小天窗,能爬上去,站在屋顶一望,就能看见这座墓园。"

这好好的谁爬屋顶啊?

木枷锁几人先是沉默,紧接着一拍大腿:"鸽子!"

姜辰:"怎?"

木枷锁解释:"听说内测就是卡在了这一关。"

那些大佬先是把妖域翻了一遍,找到了和药师相关的线索,然后找到药师本人,开始配药方,虽然不像[灵槐]里小作精占卜师那么难缠,但也耗费了不少时间。

等他们辛辛苦苦拿着配好的药去找狼,却发现狼不见了,之后发生了什么不得而知,只隐约听过一句"鸽子能引领正确的方向"之类的话。大佬们就是卡在了找鸽子上,直到内测结束都没有打完。

飞星重木明白过来:"原来这就是找鸽子,系统怎么不给咱们一点提示呢?"

隐藏剧情难是难,但都会给线索。

他们既然能刷出新任务条,按理说也应该给提示的。

方景行笑道:"有,你们看看地面和墙。"

众人仔细看了看,至少发现了四处血痕,其中一处就高高挂在墙头上。想来是他们亲眼看见了"NPC追狼"的过程，因此也就没有"鸽子指引"一说。

他们对此很服气，把墙根的梯子搬过来，爬上墙头一看，见几个NPC就站在一座墓碑前，身上血淋淋的，显然是被狼咬的。

死妈的那位对着墓碑号啕大哭，撕心裂肺："妈，你放心，我一定把那头狼抓来给你陪葬！"

十人小队："……"

真行，非得等他们冒头了再哭。

早这么号，他们何至于找了一上午？

众人一一翻过去，见这里共有十几座墓碑，也不知埋的是什么人。

几人来到NPC面前，发现这次终于能和他们建立对话了。

对话很简单。

姜辰这边要带着狼走，想知道狼是往哪个方向跑的，NPC们则想抓狼给死者陪葬，双方意见不一致。姜辰便告诉他们血狼以前不疯，大概率是被人害的，冤有头债有主，他们应该找那个罪魁祸首。

死者家属冷笑："好，你们把所谓的幕后黑手找出来，我就告诉你们狼往哪边跑了。"

另一个NPC的态度比较松动，迟疑道："我听说城外的希左村里有一位总对动物下手的巫师，不知道是不是他，你们可以去问问。"

任务刷新：找巫师。

众人很满意，正要离开，只听家属又开了口："为了防止你们问完了不回来，我们要扣留一名人质，你们队长留下吧。"

队长是姜辰。

他还没来得及反应，就被一群NPC按住了，动弹不得。

方景行几人一齐回头。

木枷锁想起两位大佬的风格，试探道："打不打？"

方景行："打打试试。"

九个人便集体开仇杀，英勇无畏地冲过去和NPC干架。

半分钟后，几个人全被NPC解决，扑街成了尸体。

姜辰看着倒在脚边的暗冥师，不客气地踢了一下，觉得舒坦了。

方景行原地复活看了他一眼，摸了把姜辰的头，在他拍开前收回手，笑道："老实待着吧，等着我来救你。"

说完便带着人走了。

而他们一走，NPC就放开了人质。

姜辰来回溜达两步，见 NPC 没管自己，试着摸上梯子，见他们齐齐看过来，还是放弃了，走到新建的墓碑前，想瞅瞅那位死者家属的妈叫什么名字。

杜飞舟刚刚同样跟着他们翻了墙，留在这里没有走。

他见状也到墓前，低头看了两眼，突然蹲下摸了摸一角的血痕，那是一个多边形符号。

杜飞舟说道："月辉组织。"

姜辰："什么？"

杜飞舟："80 级世界 boss 月辉。"

姜辰："干什么的？"

杜飞舟："你没打过？"

姜辰睁眼说瞎话："可能打过，但不知道叫什么。"

杜飞舟点头，为他讲了讲。

月辉是人族，他建立了月辉组织，打算把妖族全变成动物供他们驱使，以此对付魔族，好成为这片大陆的主宰。不过因为搞得生灵涂炭，被人魔妖三族的正义之士联手剿灭了，组织溃不成军，人员四散逃离，首脑月辉也不知所终。

"这就是故事背景，每次 boss 刷新，公告就说他又出现了，请英雄们镇压。"杜飞舟指着墓碑上的符号，"这是他们旗帜上印的图。"

姜辰："这些人其实是月辉组织的余孽？"

这么说他们被血狼咬，并不冤枉。

当初过 [血狼] 剧情的任务时，策划没有让玩家把咬伤人的疯狼打死，而是关进山洞，是不是早就在为这个故事做铺垫了？

杜飞舟自从偶然发现这里有墓地，就一直不明白它为什么会被圈起来，现在倒是懂了。

月辉的余孽人人喊打，他们不敢明着在墓碑上画符号，只敢留下一道血痕。其他墓碑的痕迹肯定被雨冲没了，只有这块新的有，所以他以前才查不出有用的东西。

"大陆上出过公告，一旦发现月辉的人，就告知本城的大祭司，大祭司负责清理余孽。"他停顿一下，补充道，"月辉的人都练过巫术，死后会直接变成骷髅，而骷髅是黑色的，只要把证据拿给城里的大祭司，他们应该就懂了。"

姜辰心想不愧是杜飞舟，了解得真详细。

他环视一周，在墙角发现了一把铁锹，便拎过来对着墓碑一铲。

游戏大概是考虑到了玩家"英雄"的身份，耳边只听"砰"的一声——他这一铲子下去，整个墓都掀了，连棺材都破了洞，从他这个角度刚好能看见一个黑漆漆的骷髅。

他伸手就拿了起来。

NPC 顿时疯了，齐齐扑过来抓他。

姜辰转身就跑，刚爬上梯子，便被他们一把按住，拖回来往地上一扔，抢回骷髅，七手八脚地把墓填上了。

姜辰没有放弃，坐在地上观察了一会儿，见 NPC 都有固定的行动路线，便耐心等他们走到院子的另一边，然后又快速铲开墓碑，拎着骷髅往梯子那边跑。

踏上第一根竹节的时候，他眼见要被追上，扭头就是一个封印符，直接封住了最前面的人，后面的人立刻被堵在梯子口，动作受限，便慢了一拍。

姜辰在这个空当翻过墙，扬声问："去哪儿找大祭司？"

杜飞舟："出门右拐一直走。"

姜辰："谢了。"

方景行一行人这时已经出城。

他们刚走了一百多米，便见一条消息刷了上来。

[喇叭] 八月的尾巴：来来来，快粗来看大佬 [截图][截图][截图]

玩家们好奇地点开，只见小城的街道上，一位眼熟的封印师正拎着个骷髅在前面跑，一群血呼啦的 NPC 在后面追，双方的距离不足十米，整个画面非常刺激。

全服玩家："？？？"

方景行几人："……"

[世界] 漠北讨鱼干：我的妈，这是真……挖人祖坟了？

[世界] 喜欢夏天：哈哈哈大佬快跑！

[世界] 我的大小姐：哈哈哈哈哈，笑死我了。

[世界] 彩虹豆：大佬的生活真是丰富多彩 [羡慕][笑哭]

[世界] 水果发夹：他们是在打隐藏剧情吧？

[世界] 恰瓜：在哪儿，我要去看！

[世界] 旅人：我也要去，我想看看他今天死不死。

[世界] 渣男退散：太牛了，挖 NPC 的坟。

[世界] 蛋挞～酥：哈哈哈哈我比较想知道另外几位大佬在干啥？

另外几位大佬正在风中凌乱。

飞星重木："他什么情况，咱们这才离开一会儿，他就把人家坟给挖了？"

幸天成："这是真的 6 啊。"

白龙骨："竟没被当场打死，也是奇迹。"

木枷锁："可能跑得快。"

情深长寿："不愧是我心尖上的人。"

柳和泽："你是真不怕死啊……"

方景行没有插嘴，在队伍频道里笑着问："你这是去哪儿？"

姜辰："去找大祭司。"

听他这么说，方景行几人便折回小城，往东城的祭台赶。

他们到的时候，这里已经围了不少玩家。

祭台旁边是一个露天的大殿，虽然没有主城的气派，但也还说得过去。只见几位NPC都被大祭司的人压跪在地上，封印师正和大祭司说着什么，然后举起了手里的骷髅。

大祭司霍然起身，从主位迈下来，接过骷髅查看，沉声道："确实是月辉组织的人。"

姜辰看看他，又看看台阶上方的椅子，慢悠悠地走过去坐下，往椅背上一靠，等着大祭司宰人。

围观群众："……"

小队成员："……"

你坐得真心安理得啊。

众人纷纷截图，决定留个念。

方景行笑出声，走到他身边，陪他一起看戏。

042.

对待月辉的余孽，大祭司毫不心慈手软。

他对几个NPC的求饶充耳不闻，验证完他们的身份，挥舞着法杖直接一招轰过去，把他们轰成了一地黑色的骨头碎渣。

木枷锁几个人都在一旁看着，本以为这些NPC临死前会说出血狼的去向，或大祭司会审问一下之类的，谁知他人狠话不多，直接把人给弄死了。

"咋整，狼呢？"

"咱们的剧情应该没走歪吧？"

"能打出剧情就应该没歪，走，问问大佬。"

"哎，这还有个'找巫师'的任务呢，说不定巫师那里有线索。"

"有可能……"

"能"字还没落下，大祭司身边的护卫突然冲向人群，从里面揪出一个裹着灰色斗篷的男人，拖着他回到大殿，往地上一扔，恭敬地对大祭司道："这个人和那几个的关系一直很亲密，祭司要不要也验验他？"

同一时间，十人小队全都看见了任务条的变化：找巫师（已完成）。

木枷锁几个人："……"

原来这就是巫师啊！

巫师也没能说出点有用的东西，刚号出一嗓子，那边大祭司的法杖就过来了，随即巫师便步了同伴的后尘。

木枷锁几人只能去求助大佬。

方景行的注意力从封印师身上移开，微微琢磨了下，说道："那几个NPC既然和巫师认识，推荐咱们过去八成没安好心，最后绕一大圈，剧情可能还是会拐到这里来。"

木枷锁几人心想这是真的坑，幸亏大佬提前破了局，不然他们又要耽误不少时间……话是如此吧，但好好的到底为啥要挖人家的坟啊？

他们看向坐在主位的封印师，见大祭司转身折回来，也到了他的面前。

几人的心一提。

围观的玩家也跟着打起精神，想知道大祭司会不会弄死他。

结果NPC的程序没写这一条，而是继续走剧情了，对着他们道："感谢英雄及时发现了月辉余孽，不然任他们在本城发展，后果不堪设想。"

姜辰坐着不动，等着他往下说。

木枷锁几人服气。

大佬真淡定，比不过比不过。

玩家们也震惊了。

游梦里，大祭司的地位是很高的，基本都是高高在上地坐着，这貌似是开服至今第一个坐上祭司位置的玩家。

必须重新截图。

这次得把站在他身前和他说话的大祭司也截进去。

[喇叭] 大宽面：都来看看咱们服的门面 [截图]

[世界] 看淡今朝：我没看错，那好像是大祭司？

[世界] 论文好难写：跪了，他是怎么把祭司轰下去的？

[世界] 下雨天：他这是要篡位？

[世界] 藏书：又冷又狂的大佬，真霸气。

[世界] 守护爱情：我竟然觉得他和那把椅子挺配的 [捂脸]

[世界] 苟盛：必须配！

[世界] 紫色星：啊啊啊十方俱灭大佬我好喜欢你，表白 [爱心][爱心][爱心]

杜飞舟也站在人群里看着，微微笑了一下。

这小孩的脾气……挺像辰辉兰乐的。

方景行也笑了笑，靠着椅子扶手，把注意力放在剧情上，免得错过线索。

大祭司完全不清楚自己被扔到频道上展览了，说道："你们可以选择一个作为谢礼。"

十人小队同时看见了弹出来的透明框。

1. 帮忙占卜血狼的位置

2. 祭司施法，运气加身

木枷锁几个人都无语了。

太犯规了，弄这么一个选项。

他们顿时又一齐望向了某位大佬。

姜辰就不乐意玩这种选择题，尤其其中一个还特别诱人。

他沉默了下，没能抵挡住诱惑，看着小队成员："我想选2。"

木枷锁几人："……"

就知道是这样！

方景行一向宠他，助纣为虐的事也不是第一次干了，笑道："选吧，从[灵槐]那个看，不管选哪个，最后都能打到结局。"

于是姜辰毫无压力地选了2。

大祭司便将手悬在他的头顶，扬起法杖念念有词一阵，慈祥道："好了，神灵会祝福你们的。"

十人小队："……"

就这？就这？

他们接下来该往哪走啊？

任务条上依旧是两个事。

一是找药师，另一个是带血狼去见伊林。

找巫师则已经完成，在大祭司这里交任务就行。

他们把任务交完，试着和大祭司对话，发现没什么用，都沉默了。

姜辰从座位上起身，感觉自己受到了欺骗。

他带着队友出了大殿，没管周围那些玩家，径自走了几步，突然回头："我现在去打本，会开出好装备吗？"

木枷锁几人一怔，紧接着异口同声："可以试试啊！"

姜辰也觉得有一试的必要，便先去和杜飞舟道了别。

木枷锁几人听他说起挖坟的始末，这才知道原来是游箭的功劳，深深地觉得他太牛了，一边加他的好友一边问道："大佬你觉得狼会在哪儿？"

杜飞舟："它如果只咬月辉的人，可能潜意识里是想报仇，我把月辉组织以前的地址和月辉每次刷新的几个位置发给你们，你们去看看。"

几人觉得靠谱，再次道谢，然后出城。

一行人直奔附近的副本，砍瓜切菜似的推完一号 boss，给大佬让出一条路，让他摸尸。

姜辰便走过去摸了一把，只见微光一闪，地面上出现三件物品，全是烂大街的玩意。

姜辰："……"

木枷锁几人："……"

方景行忍着笑："看来策划应该考虑过这种情况，所以只在隐藏剧情里有用。"

姜辰再次有种上当受骗的感觉，跟着他们打完本，去杜飞舟提供的几个地点看了看，结果连一根毛都没见着。他们只能折回小城，想试试"运气加身"能不能撞出一个见过狼的NPC。

一下午的时间很快过完，到了姜辰下线的点。

他还有些不死心，便走到附近的小河边钓鱼挂机，摘了眼镜。

剩下几个人不着急吃饭，继续在周围找狼。镜中人恰好路过，瞥见他们，颠颠地凑了过来，好奇地询问进展。

幸天成道："进展很快。"

镜中人道："很快是多快？"

幸天成道："这一个白天就超过了他们内测的进度。"

几位帮主一齐点头，虽说最后的大好机会被大佬给浪没了，但他们依然很快。再说万一"运气加身"后期会很厉害呢？

镜中人顿时惊叹一声。

大佬们内测时可是打了二十多天啊，他们竟然一天就打了人家二十多天的进度……不，甚至还不到一天，因为晚上还能打。

他咋舌："这也太牛了，你们学到了吗？"

几位帮主陷入沉思，总结经验。

"就是……脑子要灵活。"

"不能 NPC 说什么就信什么。"

"要善于观察，知识储备也要跟上。"

"对……"

镜中人说："那以后咱们再发现新的隐藏剧情，能自己打了吧？"

几位帮主："应该……"

他们在脑子里过了一遍今天的流程，暗道受益匪浅，这次打白工是真的值，便都自信起来:"应该没问题!"

镜中人很高兴:"那就好。"

附近不少玩家都在盯着他们的进度,尤其是被[灵槐]虐过的人,对此更是关注,想着收集点情报,免得到时候又被[伊林]虐一遍。不过他们不清楚具体的剧情,便同步发到了论坛上,想听听其他大佬的分析。

可惜大佬们没分析。

因为他们直接疯了。

他们自从得知十方俱灭开了[伊林]剧情,就一直在等辰星映缘的消息,这时看完论坛的图,便全都疯了。

17L:咱们打的是一个隐藏副本吗?

18L:这一开始又没有选项,第一个任务不都是找药师吗?

22L:找完药师不是得配药吗,那个药得配好几天呢!

24L:所以为什么会有拎着骷髅在大街上跑的剧情?

25L:大祭司又是什么鬼啊啊啊!

众玩家不明觉厉[1]地围观了一会儿,竟觉得有些惨,纷纷点了根蜡。

此时罪魁祸首正领着他的小鸭崽遛弯。

姜辰在花园里转悠了一圈,吃了饭、消了食,还去看了看昏迷不醒的七号,心情调整好了,便戴上眼镜回到游戏里,发现大外甥竟然在线。

谢承颜也是刚上线,得知他们人还没齐,便跑过来陪他钓鱼。

姜辰查看了一下挂机的收获,见到是一堆破烂,彻底死心。他收起鱼竿,看着大外甥:"晚上还忙吗?"

谢承颜叹气:"还有两场戏要拍,我上来缓缓。"

姜辰:"怎么?"

谢承颜:"没事,就是有点累。"

姜辰摸头:"注意休息。"

谢承颜:"我知道,你也是。"

他扫了一眼小舅舅左手边的暗冥师,喊了两声,见对方不答应,便知道是没在线,问道:"我听我妈说你养了几只鸭子?"

姜辰:"嗯,你要是喜欢,回头送你两只。"

---

[1] 不明觉厉:虽然不明白对方在说什么,但听起来很厉害。

谢承颜脑海里映出自家小舅舅的脸，再把鸭子往旁边一搭，觉得很喜感，笑道："你出院了我去接你，顺便把它们也接回去。"

姜辰点头。

谢承颜："你现在还是不知道什么时候能出院？"

姜辰倒是不担心："嗯，不过项目有了进展。"

"那应该快了吧，"谢承颜很乐观，"最好年前能回家，这样新年我就能和你一起过了。"

姜辰还没应声，就听旁边传来一个熟悉的轻笑："哦，加我一个。"

二人同时一惊，齐刷刷扭头，见那边的暗冥师收起了鱼竿。

谢承颜问："你什么时候来的？"

方景行淡淡道："刚来。"

二人一脸怀疑地看着他，同时在脑中快速过了一遍刚才的对话。

他们说话时特意注意了分寸，谢承颜没喊舅舅，也没说出院是回外公家，只说新年一起过……那应该还好吧。

谢承颜不确定地问："真的？"

方景行品着他这个语气，懂了。

看来这两个人又聊了点他不能听的悄悄话，他压着一点泛酸的感觉，微笑："你猜。"

谢承颜不想猜。

他一想到发小已经在怀疑姜辰可能和他家有关系，就有点虚。

好在这个时候几位帮主也都上线过来了，他便趁机岔开话题，陪着他们聊了五分钟，就急忙撤了。

剩下的人继续做任务。

方景行照例陪着封印师，压低声音："你过年能出院？"

姜辰比谢承颜淡定："不确定。"

方景行凑近了一点："要是能出院，我陪你过年？"

姜辰下意识就要拒绝，但转念想想和谢承颜的对话，乍一听感觉他们是能在一起过年似的，依方景行的聪明程度，不可能注意不到这点。所以，如果他拒绝方景行，那方景行肯定会思考他为什么不拒绝谢承颜，万一深想一层就麻烦了，便说道："到时候再看吧。"

方景行笑着应声，明知故问："在医院无聊吗，我抽空去看看你？"

姜辰道："不用。"

方景行顺势问到重点上："那你喜欢什么，我托阿姨给你带点？"

姜辰立刻拒绝："不需要。"

上午刚出语音乌龙的事，方景行要是再跑去托姜诗兰给他带东西，不用猜都知道他姐姐会往哪方面想。

方景行猜测可能是研究院不让收，毕竟连手机都不让用了，消息也没回……思绪转到这里，他突然想起当初似乎发过什么掉节操的东西，打开聊天页查了查，顿时失笑。

姜辰："笑什么？"

方景行心情愉悦："没什么。"

姜辰不清楚他发什么疯，也不想再谈这个事，便说："快点找，赶紧把这个任务做了。"

方景行道了声"好"，陪他走了一会儿，想起一件事："巫师被狼咬过吗？"

姜辰回忆着巫师的模样："他裹着袍子，看不出来。"

方景行："它咬的都是月辉的人，如果没咬过巫师，会不会去找巫师？"

既然会去找巫师，那它当初应该是往小村庄的方向跑的。二人同时想到这一点，便召集小队成员，去了附近的村庄。

木枷锁："巫师后来不是又去祭坛了吗，它没跟过去？"

方景行："有可能半路出了事，先去看看。"

一行人抵达村庄，眼尖地发现了地面上的血迹。

他们便去和这里的 NPC 对话，得知有一头血狼冲进村子跑了一圈，看样子是在找人，可惜没能找到，就进了山里。于是他们顺着零星的血迹往山上搜，最后到了猎户的门口。

该不会已经被做成围脖了吧……

几人沉默一下，推开门，见血狼就瘫在地上，奄奄一息。

猎户正摸着它的头，得知他们的来意，叹气："行，你们带走吧，多好的一头狼，怕是熬不过去了。"

木枷锁几人也觉得它要完，问道："这怎么办，把尸体送过去？"

方景行看着"找药师"的任务条，说道："咱们差个药师。"

木枷锁问："来得及吗？"

方景行："试试吧。"

众人便死马当活马医，准备分成两队，一队运着狼去找伊林，另一队去找药师。

为了多一些保障，木枷锁几人强烈要求两位大佬拆开。方景行无奈，只能暂时和封印师分别。

不过二人也没分开多久。等运狼的队伍走到伊林的位置，他们就见伊林的身边站着一个女孩，同时"找药师"的任务条也变成了"已完成"，显然这位就是药师。而血狼意志还算坚定，愣是到现在还留着一口气。

伊林和女孩都十分惊慌，急忙上前查看它的伤势。

女孩告诉他们缺药，接着一个清单就上了任务条。

得，看来还是避不开找药的工作。

十人小队只好去搜集药材，一直找到深夜都没找完，便约了明天继续。

方景行看一眼时间，知道封印师早就睡熟了。他想了想，拨通了谢承颜的电话。

谢承颜刚拍完戏，正是累的时候，见状一个激灵，绷着脸接了："怎么？"

方景行看着他："问个事。"

谢承颜努力保持镇定："什么事？"

方景行："你和封印师到底什么关系？"

谢承颜睁眼说瞎话："没什么关系，对他好，真的是因为心疼他。"

方景行又问："他哪里让你心疼？"

谢承颜今晚的情绪消耗太多，脑子有些不转弯，闻言下意识地想起舅舅的脸，张嘴就来："脸让我心疼。"他为什么就没继承小舅舅的长相呢！

方景行一怔："脸？"

谢承颜说完才反应过来，只好顺着方景行以前的思路，接着说："就……有点那啥……"他试图找个合适的理由，"我不是看过照片嘛，感觉他可能不受待见，就心疼他。"

他越说越觉得逻辑通顺，理直气壮起来："很心疼他，你看了你绝对也心疼！"

方景行："哦，那我看看。"

谢承颜："我没照片。"

方景行微笑地盯着他，不说话。

谢承颜被他看得发虚："那……你等等，我找我妈要照片。"

方景行本来只是觉得谢承颜今天状态不对，想诈一诈他，没想到竟有意外收获。他无法拒绝这个诱惑，笑道："行，等你。"

谢承颜切断通话，跑去洗了两把脸，意识清醒了便有点后悔，但事已至此，只能继续填窟窿。他急忙跑去找助理，让他给自己拍照，想要P一下。

助理问："你想发自拍？"

谢承颜："不发，你快拍，赶紧P，有多丑弄多丑。"

助理一脸蒙："……啊？"

谢承颜来不及解释，等他拍完，便凑近指挥："不能让人看出是我，五官弄扭曲点，头发弄黄点，发际线调高，弄点青春痘上去……哎，多弄点。"

助理一边干活一边紧张道："你这是想干什么？"

谢承颜："别问，P就完事了。"说完又思考了一下，决定弄个大的，"这样，你再弄一个大黑痣上去，拇指那么大。"

助理道："……拇指那么大？！"

谢承颜想了想："算了。"

助理顿时松了口气。

谢承颜："小拇指那么大吧。"

助理："……"

他确定谢承颜今天是疯了，按照要求P完，只觉得惨不忍睹，看了一眼后完全不想再看第二眼。

谢承颜很满意，把照片发给了方景行。

方景行正期待地等着，见状急忙打开聊天框，对上了一张脸。

方景行："……"

谢承颜等了半天，见他不吭声，也不知道他发没发现是假照片，便小心翼翼地发消息询问："怎么样，是不是挺惨的？"

方景行猛地受到一轮冲击，暂时没办法把照片上的脸和封印师联系在一起，总觉得哪里怪怪的。不过他也知道封印师是遇上了医学解决不了的难题，才会去研究院当志愿者的，想想他可能真的因此受过歧视，便有些心疼。

于是方景行的脑子还没缓过来，手就自动帮自家封印师说了句好话："也还好。"

谢承颜："？？？"

043.

谢承颜："你说的是真心话吗？"

方景行："嗯。"

谢承颜看了看照片，诚恳地询问助理："好看吗？"

助理一言难尽地看着他。

谢承颜看懂了他的表情，沉默。

这都觉得还好，所以景行的审美得歪到什么程度？难怪至今还单身，原来是没有遇见"顺眼"的。

不对，等等，是他想岔了。

景行一直想签小舅舅进俱乐部，他那么护短的一个人，待人又一向体贴，确实不可能说出难听的话。

于是他又发了条消息，寻找认同感："反正他这样挺让人心疼的，对吧？"

方景行回了一个"嗯"。

谢承颜抹了把脸，心想总算是糊弄过去了。

拍了一晚上的戏，血条见底，脑子都是木的。他强迫自己集中精神过了一遍今晚的事，觉得妥了。照片一出，以后他再对小舅舅好，景行大概也不会怀疑了。

他找补道："看完就删，毕竟是人家的隐私。"

方景行这时缓过来一点，想起封印师参加的是研究院的项目，姜诗兰应该不会随便给谢承颜照片，问道："照片是你要来的？"

谢承颜没有立刻回。

他盯着这句话反复琢磨了一会儿，回了一个还算严谨的答案："没有，她不给，但我知道她的云盘密码，偷偷上去找的，你可千万别在她面前提这事。"

方景行第三次回给他一个"嗯"。

不过这次多加了一句："早点睡，晚安。"

谢承颜："晚安。"

他关掉对话框，长出一口气。

一时嘴快搞到这一步，幸亏兜住了，他拍了一下助理的肩："谢了。"

小助理刚刚瞥见了方景行的名字，不清楚这两位玩的什么 play，无奈道："你赶紧回房睡吧。"

谢承颜逃出生天，顶着发木的脑袋走了。

另一边，方景行忍不住又看了一眼照片，想起封印师貌似说过他自己颜值高，或许以前不这样，生病后才变成这样的？

他按灭手机，感觉还是得先缓缓，洗漱完就睡了，转天正常时间上线，看见了身边的封印师。

姜辰也是才来，淡淡地打招呼："早。"

方景行看着他这个游戏角色，回道："早。"

今天是中秋假期的最后一天，几位帮主决定努力冲一下进度，因此除了个别起晚的还没来，大部分都到了。昨晚封印师下线后，他们收集药材直到十二点才散场，如今还差一小部分。一行人忙了将近两个小时，人员到齐，药材也终于搞定，便交给了药师。

药师急忙给血狼医治。

药是好药，一剂下去，血狼的命是保住了，但仍在昏迷。

伊林小心翼翼地靠近它，只敢稍稍沾边，在它身边趴下了。

伊林也耗费了不少精神，靠着血狼，很快沉沉地睡去，嘴里喃喃："哥……"

药师看得叹气，对英雄们讲了讲他们的事。

他们以前和她一样，都是妖族的人。

两个人在大陆上闯荡，原本过得刺激又快乐，谁知突然撞见了月辉的人。那时月辉正如日中天，四处搜罗妖族的人下咒，自然不会放过他们。

"伊林被月辉的人抓走，吃了不少苦，温炎把他救了出来，"药师指着昏迷的血狼，苦笑，"但由妖族转化成的动物，和真正的动物气味是不同的，月辉的人还是会找过来。所以温炎用自己的血给伊林下了防护咒，只要他不死，伊林身上的气味就会永远被掩盖，相应的，伊林也无法走出这片森林，只能暂时和血狼族待在一起。"

她说道："当时月辉的人正在后面追他们，温炎下完咒就帮着伊林引开了那些人，从此一去不回，下落不明，直到今天才被你们送回来。"

她祈求地看着玩家："我只能治他们的伤，但没办法解他们身上的咒，你们能不能帮帮忙，去查一查解咒的办法？"

任务刷新：*寻找解咒之法*。

隐藏剧情不会给玩家具体的坐标，只会给线索。

于是他们商量了一下，再次去了月辉组织的老巢。

老巢建在半山腰上，虽然已经荒废，但仍能看出一点当初辉煌的影子。这里共有好几栋房子，他们便分队搜，看看能不能找点有用的东西。

方景行照例跟着封印师。

两个人走了一会儿，姜辰突然说道："你今天话很少。"

方景行不动声色："有吗？"

姜辰道："有。"

他是不爱搭理人，但不是对人漠视。虽说时常嫌弃方景行，但别人对他好，他不会无动于衷，所以也不是真的嫌弃，要是真烦，他早就让方景行有多远滚多远了。

方景行看着他："可能是昨天睡晚了。"

姜辰："现在还没清醒？"

方景行："没有。"

姜辰"哦"了声，不问了。

方景行跟着他离开房间，进了隔壁，发现是间书房。

二人一个翻书柜一个翻书桌，方景行忍了一下，实在压不住心里的诸多情绪，便挑着不敏感的话题问："你什么时候生的病？"

姜辰道："年初吧。"他就是年初醒的。

方景行道："医生怎么说？"

姜辰道："说能治。"

方景行点点头，结束了话题，免得戳到痛点。

想想先前他还问过封印师是不是不敢见他，就觉得不应该，不过这封印师的心态也是真稳，换个人绝对没这么淡定。

他一边想一边拉开书桌的抽屉，看见一个烧焦的卷纸，试着拿了拿，发现能拿动。

虽说是全息环境，但和键盘模式一样，里面的很多东西都是背景似的装饰品，是不能挪动的，不然什么都能让玩家拿着玩，游戏就乱套了。

一般能拿动的，基本都有一定的用途。

姜辰见状走过来扫了一眼，见他缓缓展开，是烧了一半的画像。画像里画了好几个人，每人的身上都写着名字，大部分都挺眼熟的。

方景行："是那几个NPC。"

他记忆力很好，快速浏览一遍，指着其中一个："这个人咱们没见过。"

与此同时，木枷锁他们也找到了一本人员名单。

他们按照名字翻到那个人的资料，上面清楚地写着那人来自哪个村子。方景行又翻了翻名册，说道："这几个人是一个编队的，可能当初就是他们抓的伊林。"

所以血狼才会专门咬他们。

如果给伊林下咒的也是他们，那仅剩的这个活人很可能知道如何解咒。

十人小队直奔上面记录的村庄，和NPC对话后得知要问村长，于是到了村长的家。

村长是个白发苍苍的老人，脸上满是皱纹。他坐在棋盘前，手里拿着一枚棋子，似乎在和自己下棋，听见他们进门，抬起了头。

姜辰和他对话，询问那个月辉的人在不在村子里。

村长看了他半天，咧开嘴笑了："哦，你……你们来……来旅游的啊！"

姜辰这边的系统自动回复："不，来找人的。"

村长听完，笑得更灿烂了："太……太好了！来……来送钱的……的啊！"

十人小队："……"

好极了，耳背加结巴。

姜辰："是找人。"

村长还是没听清："啊？是干……干活儿？"他说道，"我……有……活儿！"

话音一落，一个透明框弹了出来。

帮助村长修屋顶。

是，否。

姜辰想也不想就拒绝了。

村长遗憾地靠回原位，重新望着棋盘。

姜辰再次和他对话，大致重复了一遍上面的内容，不同的是，这次从"修屋顶"换成了"扫厕所"。姜辰不太爽，又拒绝了。

村长摇摇头，落下一颗棋子，继续盯着棋盘。

木枷锁问："那啥……是不是得帮着干点活儿，他才会告诉咱们？"

姜辰点头，第三次和村长对话，等着系统在一边自动回答，自己伸手摸了摸棋子，发现能拿起来。

木枷锁几人一怔："难道要和他下棋才行？"

姜辰低头一看，心想就是个五子棋，有什么好下的。

虽是这么想，他还是试着下了一颗，见村长一点反应都没有，便拿着棋子一扔，砸到了村长的脑门上。

方景行："……"

木枷锁几人："……"

策划图省事，压根没有设计这一动作，村长被砸后一点反应都没有，高兴地结巴着，欢迎他们来送钱。

姜辰便又往他身上扔了一颗棋子。

把棋盘上的棋子全部扔完，他摸了一下杯子，发现拿不动，便换成棋盘，这次能拿动了，于是抱了起来。

棋盘离桌，村长的话戛然而止。只见村长的一只手正放在下面，手里握着一把锋芒逼人的短刀。

十人小队："……"

几目相对，姜辰抡着棋盘就扣在了他脸上。

村长顿时大喝而起，却没有攻击他们，而是把短刀一收，推开他们跑了出去，结巴着："来来来来……人！"

小村的村民瞬间围了过来，足有三十多号人。

十人小队："……"

村长抖着手往姜辰身上一指："轰轰轰……出去！"

村民很听话，冲着玩家就来了。

十人小队立刻开仇杀硬刚，打了几下发现没效果，眼见他们人多势众，扭头就跑。

方景行和他并肩往前跑，说道："分开他们。"

姜辰轻轻应声，跑到前方的小路口，和他一左一右分开跑。

木枷锁几人也分成两队，分别跟着两位大佬跑路，准备把后面的队伍拆开。结果跑了几步，扭头一瞅，只见三十来号人就像看不见方景行似的，齐刷刷追着姜辰过去了。

姜辰的五人小队："……"

方景行不禁笑了一下："你引开他们，情深跟随加血，其他人散开搜房子。"

一声令下，几人迅速执行。

姜辰和情深长寿负责引着村民跑圈，方景行他们负责找东西。

五分钟后，翻村长家的方景行有了收获，在频道里说："我找到了一颗记录球。"

记录球长得像水晶球，巴掌大小。

它属于NPC道具，只在剧情任务里出现，作为记录回忆的一种工具，专门让玩家看剧情用的。

那位月辉的成员是这个村子里的人。

组织被端，他如果逃回村子，村长肯定知道，这记录球里显然是有线索的。

情深长寿连忙道："我要看，我喜欢看剧情。"

方景行问："你们那边怎么样了？"

情深长寿说道："很安全，你们过来吧。"

小队的八个人便去找他们会合。

只见这二人不知何时顺着梯子爬上了屋顶，一群村民在下面围着，企图上去抓人。

封印师盘腿坐在屋檐上，一手托着下巴，另一只手轻轻一拨，把村民搭的梯子拨到一边，"砰"地摔在地上。

村民们哇哇乱叫，搬起梯子重新搭上屋檐。

姜辰很淡定，再次伸手一拨，又把梯子弄下去了。

村长这次倒是有动作设计了，看得直跳脚，机关枪似的怒道："你……不……像……像话！"

姜辰"嗯"了一声。

村长道："你……下……下来！"

"不下。"姜辰嘲讽道，"你们自己缺心眼不知道抓着点梯子，怨谁？"

木枷锁几人看得很服气，观望一会儿，问道："那咱们怎么上去？"

方景行望着屋顶上的人，忍不住笑了笑。

他绕着房子走了一圈，见后面有能落脚的地方，便带着他们爬了上去。

刚站稳，就见情深长寿定定地望着封印师，往那边挪了挪："大佬，我真的特别喜欢你这样的人，收小弟吗？"

姜辰："不收，滚。"

"别呀，你有实力我也有，我们不一起闯荡江湖多可惜，"情深长寿卖力地推销自己，"要不我给你发照片看看？我长得可帅了，能带出去显摆的那种，收我做小弟你不会吃亏的。"

姜辰不为所动："你还能有我帅吗？"

方景行："……"

情深长寿听得很激动，急忙顺着台阶连滚带爬："我能啊！不信咱们发照片比比！"

姜辰道："你不用跟我比，方景行那张脸你见过吧，他都没我帅。你先和他比，比不过他就不用来污染我的眼睛了。"

方景行："……"

情深长寿更激动了："真的假的？"

姜辰道："真的。"

情深长寿："我不信，你给我看看照片！"

方景行走过去打断他们："我都没看过，他怎么可能给你看？"

木枷锁几人紧随其后也到了他们身边，打开了记录球。

只见一群人在追一个妖族的男子。

从这个角度能看清他怀里正抱着一头血狼，应该就是温炎和伊林。

那群人追到森林就失去了对方的踪影，找了半天都没有收获。

接着画面一闪，场景一变，那位妖族的男子站在他们面前，宰了他们的一个同伴。他扔掉尸体，冷冰冰地望过来："你们打了他多少下，我会百倍千倍地还回来。"

月辉的人喝道："你是他什么人？"

温炎道："我是他哥。"

温炎的复仇之路就此展开。

他一路追杀月辉小队，要把伤害过伊林的人全弄死，然而那几个都是月辉组织的中层人物，面前有无数小喽啰挡着，要杀谈何容易。

同时月辉的人也不想放过他，他稍微有些暂避锋芒的意思，他们就对他穷追猛打，双方就这么相互僵持，耗到了老大月辉出面。

月辉的实力很强，温炎身上的伤越来越多，终于被他们擒住，被下了变身咒。

然而他实在意志坚定，变身咒只起了一半作用。他维持着半人半狼的姿态，依然不肯屈服。

月辉觉得有趣："你弟弟对你这么重要？"

温炎:"我是他哥。"

月辉大笑:"我喜欢你,我要亲自给你下咒,以后你就是我的宠物了。"

大boss的咒盖过去,温炎的另一半身体化为了狼身。

月辉愉悦道:"你会逐渐失去意识,从此只听我一个人的命令。"他看着战利品,问道,"那头狼是你什么人,还记得吗?"

温炎的目光渐渐涣散,沙哑道:"那是……我不能舍弃的人。"

月辉一愣,哈哈大笑:"原来如此,原来如此!"

下一刻,小喽啰仓皇地跑进来,说大陆的正义之士来攻山了。

之后正义之士剿灭了月辉组织,没人再关注一头血狼的去向,温炎彻底失去意识,他虽然不记得回森林的路,但仍记得给伊林报仇,于是就去咬了那几个NPC。

画面再次一转,方景行他们想找的NPC对着其余几个NPC道:"那是头疯狼,咱们早晚会被他咬死!我要离开这里,别怪我,圣物归我了。"

画面第三次变化,到了村长的家里。那个离开的NPC站在屋子里,摸着自己满是皱纹的脸:"这下他总算找不到我了,从此以后,我就是这里的村长。"

木枷锁几人震惊道:"原来村长就是他,难怪在棋盘下藏刀!"

情深长寿也震惊道:"感人的兄弟情!"

几位帮主嘴角抽搐地看了眼如意的这位人渣,说道:"你想什么呢?"

情深长寿道:"我喜欢!"他看向封印师,"大佬,你瞅瞅这多美好啊!"

姜辰不搭理他,回忆起刚刚的剧情,又看了眼下面跳脚的村长,几乎和方景行同时开口:"是项链。"

木枷锁:"啊?"

方景行说道:"他前几次出现都没戴项链,只有最后一次变成村长才戴了,联系他之前说的圣物,可能就是那条项链。"

木枷锁:"咱们把它扯下来?"

方景行点头,从屋顶下去,来到村长面前拽下了他的项链。

村长猛地一僵,一把夺回来,转身就跑:"散……散了!"

村民们不明所以,见村长不再计较,也就都走了。

姜辰终于舍得下来了,在频道里询问方景行:"你刚刚没躲?"

方景行一直在追村长,说道:"躲不开,应该是强制夺回。"

姜辰问:"他去哪儿了?"

方景行:"回家了。"

剩余九个人便又回到了村长家。

村长这次不装聋子和结巴了，有问必答，得知他们是来寻找解咒的办法，便把自己的血装进小瓶子里交给他们："当初是我下的咒，我的血就能解咒。"

姜辰伸手接了过来。

村长哭着求道："这个村长的死和我没关，我只是顶替了他的身份而已，我当村长的这段时间天天起得比鸡早，为他们操碎了心，没干过一件伤天害理的事，而且我还得装结巴，你们能不能别揭发我？"

姜辰这边仍是系统代答："好。"

村长："谢谢，你们真是好人。"

姜辰："你以后别干坏事了。"

村长："嗯，我不干了。"

姜辰："那我们走了。"

村长："好，路上小心。"

任务瞬间刷新：*寻找解咒之法（已完成）*。

姜辰收好小瓶，见系统代答结束，便一把抓住村长的项链，用力一拽，转身就跑。

方景行："……"

木枷锁几人："……"

村长疯了，急忙追出去。

姜辰遛着他跑到人多的地方，把项链扔上了屋顶。

村民们一齐看过来，见村长没了圣物的遮掩，渐渐变回本来的样子，先是震惊，接着愤怒，合力把人抓住，请来村里的祭司，将人就地正法了。

祭司递给姜辰一个盒子，感激道："不是你，我们都不知道村长被他顶替了。这是我们村子的纪念品，希望你不要嫌弃。"

木枷锁几人顿时激动，一齐凑过来，想看看给的是什么。

只见大佬打开盒子，里面是个吊坠，属性为空，信息栏里清楚地写着一行字：*清茹村纪念品，用于装饰*。

姜辰："……"

木枷锁几人："……"

就真是纪念品？

他们看看大佬，说道："也挺好看的。"

"对，一般人到这里可能就直接走了，想不到拽那一下。"

"咱这是限量版。"

方景行忍着笑："戴上试试？"

姜辰不戴，往包裹里一放，发现到时间了，便下线吃饭。

剩下的人也先后离开，等着下午继续做任务。方景行摘了眼镜，感觉封印师太有意思了，想起他的病情，便又打开了照片。

这时他突然发现后面的门框有一点弧度，便放大了细看，确认没看错，是P过的痕迹。

方景行："……"

谢承颜，你出息了。

044.

方景行没想过谢承颜能骗他。

他们自小一起长大，感情深厚，说话没那么多顾虑，所以很多事他都是直接问的。他昨晚主要是想知道发小和封印师的关系，不是冲着照片去的，只是话赶话说到那里，便提了一句。谢承颜给就给，不给就不给，根本没必要骗他，因此他也就没有多想。

谁知现实开了一个又一个玩笑。

这照片竟是P的。

为避免误伤，他又仔细看了看门框。

正常看只是有一些轻微的弧度，放大后比较明显，加之这张脸太过夺目，如果不是他恰好扫见门框，估计不会发现。

看背景，大概是在酒店里拍的。

想来是昨天P得急，漏了这处细节。

那问题来了，谢承颜为什么骗他？

谢承颜和封印师的关系那么好，应该不会黑封印师。无缘无故，他也不会和自己开这种玩笑，所以一定有某种不得已而为之的理由。

方景行回想谢承颜昨晚的状态，再联系这张假照片，总觉得某人有几分欲盖弥彰的心虚。

有很大可能性，谢承颜是知道研究院项目的。

不过依他俩的交情，谢承颜完全能对他提一句和项目有关，那他也就不会再往下问了。可是连提都不提，这说明谢承颜在这件事中至少不是单纯的路人角色，而是一定和这事有某些牵扯。

方景行刚想到这里，就听见手机响了。

他看了眼名字，按了"接通"。

谢承颜今天上午没戏，睡到将近中午，终于睡饱了。

他回想了下昨天的事，突然担心照片会影响景行对小舅舅的态度，便忍不住打了过来，问道："你吃饭了吗？"

方景行："还没有，你呢？"

"马上吃。"谢承颜顿了顿，"你照片删了吗？"

方景行也睁眼说瞎话："删了。"

谢承颜放心了，毕竟是他的黑历史。

他找补道："他吧……主要是脸的问题，我妈说能治好，人家治完了就不长那样了，知道吗？"

方景行微笑地看着他："我也没说介意。"

谢承颜心里暗道发小虽然偶尔心黑了点，但对待自己人是没话说的，真是既温柔又体贴。

他觉得很靠谱，便开心地换了话题："你们隐藏剧情过得怎么样了？"

方景行："应该快打完了。"

谢承颜意外："这么快？"

方景行笑道："封印师厉害。"

谢承颜顿时感兴趣了："跟我说说。"

方景行说："等你拿到攻略就知道了。"

他简单应付了几句，示意对方赶紧吃饭，这便切断了通话。

既然谢承颜想瞒，他就不拆穿了，免得又弄出什么乱七八糟的东西。

依谢承颜的性格和态度，方景行能猜到照片大概率是对方用自己的脸P的，他决定等以后真相大白了再算账。

方景行又看了一眼照片，心情愉悦地去吃午饭。

饭后休息完，他两点上线，等了十几分钟，见到封印师的身影，打招呼道："来了？"

姜辰轻轻一点头，见小队成员全部到齐，便拿着假村长的血回到森林，交给了药师。

药师给两头狼都灌了一口。

只见伊林的身体微光一闪，变回了妖族，温炎的身体却只是闪了一小下，仍是狼身。

伊林和药师急道："这是怎么回事？"

十人小队都清楚原因。

温炎最开始中过诅咒，但只起了一半的作用，后来是月辉亲自出手又盖了一层诅咒，他才彻底变成狼身的。按照"谁下咒就用谁的血解"的规则看，他想变回去，得喝月辉的血。

"月辉是 80 级的世界 boss，不能让咱们去硬刚他吧？"

"应该不能，都不够给他塞牙缝的好吗？"

"除非剧情能给他降点级。"

"降级了我也不想打。"

他们正说着话，温炎那边终于睁开了眼。

或许是消掉一层诅咒的原因，也或许是见到了伊林，他不再暴躁，定定地看了伊林片刻，凑过去用头蹭了蹭对方的脖子。

情深长寿下意识地抓住身边人的胳膊："我去，策划很会啊，那么高傲的一个男人撒娇，遭不住，完全遭不住，看得我心都化了！"

旁边的人抽了一下手臂。

情深长寿扭头一看，对上孤问的脸，立马放开他，跑到封印师那里，问道："男神你觉得呢？"

姜辰道："我觉得拿到奖励后可以不用付你辛苦费。"

方景行顿时笑了一声。

情深长寿默默反应了下，识时务地闭上嘴，老实了。

剧情仍在继续，伊林抱着血狼哭了一会儿，很快擦干眼泪，变得坚强起来，说要想办法为他哥解咒。

温炎仍是一眨不眨地望着他，眼神专注而深邃。

伊林道："你还认识我吗？"

温炎点头又摇头，意思是眼熟但想不起来。

伊林的眼眶红了红，摸着狼头："没关系，你以后会想起来的。"

温炎便又蹭了蹭他。

伊林道："那你还记得多少事？是不是也不记得我们是什么关系了？"

温炎点头。

伊林伸手抱住他，没说话。

片刻后，一人一狼站起来，走到他们面前。

伊林说道："这次真的多亏了你们，我都不知道该怎么感谢才好，你们能不能留个联系方式？我们以后一定会报答你们的恩情。"

姜辰这边又是系统代答，说要跟着帮忙。

伊林很惊喜："真的吗，那太好了！"

药师也走了过来，要陪他们一起出发。

他们在玩家那里得知给温炎下咒的是月辉，脸色都不太好，但很快想出了办法，药师配了瓶药粉，能让月辉的动作迟钝一分钟，他们只要在这一分钟内取血逃走就好。

"既然都迟钝了，还取什么血，这几个 NPC 就不能趁机给他抹个脖子，把他宰了？"

"好歹是世界 boss，有保命的办法吧。"

"就是，你给他点排面。"

"得，他们这是又让咱们带队？"

"不然呢？"

他们认命了，翻出月辉经常刷新的几个坐标，带着这两人一狼上路了。

从野区到 boss 的刷新点要走很长一段路。他们原本就备受关注，如今身边跟着三个 NPC，更是吸引眼球。这一路走来，身后跟了一串看热闹的玩家。

一行人找了两个坐标都没见着人，最后是在靠近第三个坐标的位置发现的。

这是一处山洞，月辉穿着他那依然光鲜亮丽的教主法袍慢悠悠地走出来，眯眼打量他们，接着把目光转到血狼的身上，笑了："这不是我的小宠物嘛。"

围观的玩家齐齐震惊。

[喇叭] 强者无敌：原来伊林的隐藏剧情是要打世界 boss 月辉啊！大白天出来的月辉，你们见过没有 [截图]

全服玩家跟着发疯。

众所周知，世界 boss 血厚且伤害高，每次都得几十人甚至上百人才推得动。

[世界] 恰瓜：？？？

[世界] 西瓜最甜：啥？？？

[世界] 莫再提：这也是人能打的？

[世界] 板蓝根：策划怕不是想被人用唾沫淹了。

[世界] 诗人不望天：没事，有大佬！

[世界] 生死与共：淡定，我感觉不会让玩家硬刚 [颤抖点烟]

[世界] 镜中人：我这就过去，看看能不能帮个忙！

[世界] 负一米：不能帮，也能鼓个劲。

[世界] 眼泪不值钱：确定是要打吗，而不是只简单地对个话？

消息刷屏的工夫，只见月辉笑着对血狼勾了勾手指。

温炎的目光立刻呆滞，简单一个跳跃，到了他的身边。

十人小队："……"

不是他们想的那样吧？

月辉表扬地摸了一把血狼的头，指着面前的人："去，给我杀了他们。"

果然这么缺德！

没等几位帮主爆粗口，就见伊林率先挡在他们的身前，对上了血狼："哥，住手！"

温炎把他扑倒，锐利的牙刚要刺破他的脖子，便僵住了，神色挣扎起来。

伊林急忙抱住他，药师也跑过来帮忙制住他，把药瓶和取血工具扔给玩家，让玩家对付月辉。

十人小队："……"

哦，难怪这几个不直接抹了月辉的脖子。

原来一见面就被废掉了，只能他们自己来。

方景行拿着药瓶，快速扫了一遍地形。

这里地形简单，山洞左侧是开阔的草地，零星地种着几棵树。右边是一片小树林，树林后是一片小湖。他当机立断："进树林。"

小队成员自然听他的，撒丫子就往树林里跑。

月辉眯眼盯着那个药瓶，似乎觉出了威胁，看也不看那边的两人一狼，对着玩家就追了过去。

[喇叭] 床前明月光：确定要打 [截图]

众玩家轰动，急忙向这边赶，想看看他们十个人怎么扛世界 boss。

方景行打头阵率先进了树林，同时示意他们稍微散开一点，见月辉依然只盯着自己，分析道："他现在只会追我，等咱们取完血，他应该也只追取血的人。"

姜辰说道："下水。"

方景行笑了："这叫什么，心有灵犀？"

姜辰："滚。"

方景行："那就是你住我心里了？"

姜辰："一边儿去。"

小队里的八个人："……"

你们还记得咱们是在逃命吗？

情深长寿痛心疾首："能不能先顾顾正事？他就要够着我了！"

方景行扫了眼身后，说道："他不追你们，别挡路，我带着他先绕一下。幸天成、朝辞、飞星重木、情深，你们下水，间隔两米，其余人在岸上等。"

他简单交代了一遍打法，紧接着一个侧身闪到树后，闪过了月辉的攻击。

其余人按照他的指令行动，问道："这有用吗？"

"万一水里用不了药，怎么办？"

"而且要是万一有人接漏了，可咋整？"

"只要大概方向对，也没超出一定的距离，应该就不会漏。"方景行道，"反正先试试吧，不行就重来。"

他再次惊险地避开一击，见他们差不多要站好了，便直接下水，向湖中心游去。

月辉紧随其后，很快追上了他。方景行见状无奈，只好硬挨了一下，看着自己的血条，说道："脆皮两下带走，战神和剑客可能要用三下。"

他有几种回血的药，嗑完这一轮，成功把月辉拉到湖中心的位置，打开药瓶一洒，洒在了月辉的身上。

事实证明，药在水里也是起作用的。

月辉的行动立刻变得迟缓，连攻击都放不出来了。方景行便拿出工具，足足用了半分钟才走完读条，取好了血。

下一刻，他们都看见了一个倒计时。

不用问，只要扛过一定的时间，他们就算过关了。

方景行迅速往回游，把另外半分钟耗完。

月辉药性解除，顿时大怒，扭头去追方景行。

方景行嗑着药扛攻击，接近幸天成，把取好的血扔给他。

刚才药师给他药和工具时，彼此的距离就是两米，既然能扔过来，那应该也能扔过去。

幸天成伸出手，果然一把接住了。

月辉的目光瞬间转向幸天成。

幸天成压根不瞅他，扭头扔给两米开外的朝辞。

后者接住，再往后扔，就这么一路扔到了岸上。

站在岸上的木枷锁拿着小瓶，拔腿就跑。

月辉看到更怒了，便往岸上游。

但游戏设定，在水里的动作是受限制的，他远没有在岸上快。

还在水里的幸天成几人都默默跪求能够过关。

药性过了没关系，就想别的办法给你减速，这……到底是什么脑子！

围观群众也目睹了一路扔瓶的全过程。

他们都凑在一起，倒也不用发消息了，直接切了公共频道。

虽然不知道具体任务和剧情，但这不妨碍他们根据眼前的情况猜。

"牛×，还能这么遛 boss？"

"不愧是大佬！"

"那围成一圈不好吗？"

"距离太近，应该是考虑到了 boss 有群攻技能。"

"也是，boss 也不是吃素的，速度毕竟比玩家快很多。"

"他上岸了……"

月辉一旦上岸，速度就回来了。

木枷锁已经跑出一百多米，姜辰几个人是和他一起跑的，都在他的前面，和他隔着一段距离。

片刻后，月辉追上了木枷锁。

木枷锁一边跑一边嗑药扛攻击——方景行不敢赌他们的技术和节奏，便告诉他们只要血条不满就嗑药，等药都进入冷却，就把小瓶扔给前面的人。

于是木枷锁吃完最后的药，扛完一击，顶着半血把小瓶扔给了孤问。

孤问同样如此，扔给了前面的柳和泽，柳和泽吃完一轮药，利落地给了白龙骨。白龙骨伸手一接，扭头要跑，突然被旁边的小树杈挡了一下。

队友们："……"

白龙骨也没想到这么一根小树杈竟能挡一个身位，忍不住爆了粗口，绕路继续跑，把瓶子扔给了封印师。

时间只剩下一分钟。

姜辰拿着瓶子，成了最后一棒。

他们刚刚在刻意地跑一个大圈，想着拉长距离，首尾相接地跑。

不过一是因为水里的人得花时间上岸，二是临时弄的队形，有些跟不上节奏，加之是第一次尝试，所以他们不小心跑得有点远，如今还差那么一段距离。

他看着方景行的方向，努力向那边跑。

方景行则迎着他过来，想要接应一下。可惜没等二人跑到，姜辰的药就进入冷却了。

月辉追上他，抬手就是一掌。

几位帮主齐齐爆粗口。

白龙骨尤其悔恨，要不是他耽搁的那点时间，可能就一次性过了，现在怕是还得再打一次。

他们看着 boss 的攻击落下，都叹了口气，连姜辰也不反抗了，等着扑街。

结果下一刻，他愣是好好地站着，什么事都没有。

小队成员："？？？"

"这……他为啥没死？"

"不知道，时间也没到啊！"

"是啊，boss 不是还在追吗？"

"咳，战斗信息……"

其余人急忙低头查看，对上了一个词：miss。

游戏中 miss 的意思是"错过"。

要么攻击失败，要么落空，要么是敌人成功躲避。总之，这是无效攻击。

"不能吧，咱们可是眼看着他挨了一下。"

"而且那是 boss 的攻击，哪可能 miss 啊？"

"这要是都能 miss，得多大的运气？"

"就是……"

几人说着停住，默默反应一下，集体热泪盈眶。

运气加身……原来你是这么用的啊！

"运气加身"的姜辰成功和方景行会合，赶在 boss 的攻击落下前把瓶子扔给了他。

与此同时，倒计时终于结束。

月辉一挥衣袖，无趣道："喊，跳梁小丑，追起来没意思，饶你们这一回。"说罢扔下他们，慢悠悠地回山洞了。

"跳梁小丑"们一起目送他，有点想骂街。

不过他们忍了，拿着血给温炎灌下去，见他也恢复了人身。

伊林高兴极了，一把抱住了他。

温炎回抱住他，和他对视，一向冷傲的双眼里满是柔情。

情深长寿在旁边一脸欣慰。

伊林有些不好意思地别开头："你还记得咱们曾说过收集了十个地方的纪念品，就告诉对方一个秘密吗？咱们已经收集完九个了，还剩下一个，继续去冒险吧？"

温炎："嗯。"

十人小队："……"

姜辰见他们走过来道谢加道别，拿出祭司给的纪念品，递了过去。

剧情自动触发，系统代答，说要送给他们。

伊林一张脸都涨红了，但没有拒绝，接过来看向温炎，说道："哥，我的秘密就是……我希望我们可以永远在一起。"

温炎目光深邃："好。"

他把人一拉，兄弟俩紧紧地抱在一起。

围观群众默默离开，把空间留给他们二人。

同一时间，熟悉的公告传遍全服：恭喜玩家十方俱灭、暗冥、白龙骨、飞星重木、孤问、柳和泽、木枷锁、情深长寿、幸天成、朝辞率先通关 [伊林] 剧情！达成完美通关成就！

[世界] 苟盛：牛×！

[世界] 落幕：两天啊！

[世界] 青春难依舍：两天推完隐藏剧情，除了一句牛不知道能说什么。

[世界] 六花：而且又是完美通关！

[世界] 床前明月光：听说内测打了二十多天来着。

[世界] 网瘾少女：二十天 VS 两天，你们体会一下，怕不怕？

[世界] 学会放弃：不怕，就是想跪。

[世界] 爱像呼吸：另外九个服的大佬怕是又要疯一轮。

他们猜得没错，事情传到论坛上，大佬们果然又疯了。

众人觉得自己和他们打的简直不是一个隐藏副本，一时间哀鸿遍野，心想那两个简直不是人。

不是人之一的方景行抱着箱子，带着他们回到了如意，帮着开了箱。

虽然几位帮主说了打白工，但姜辰没想过真的一毛不拔，便想给些辛苦费。他望着奖品，目光突然转到一个东西上，拿起来一看，是一块圆形的勋章，上面刻着符号和花纹，没有属性，信息显示的是"隐藏剧情完美通关纪念章"。

方景行接过来看了看，刚想还给姜辰，却又放到眼前细看了一下。

姜辰："怎么？"

方景行笑道："应该是送给玩家的小彩蛋。"他指着边缘的花纹，"仔细看，这是一圈字，刻意变形组成了修饰花纹。"

周围的几个人听得好奇，也看了看。

只见从上往下顺时针写着一行字——

  谨以本故事纪念二〇二八年九月一日这特殊的一天，愿天下有情人终成眷属，爱就是爱。

几人一时间都有些感动。

游梦为什么能火这么多年？就因为它不仅好玩，还有情怀。

方景行笑着把纪念章还回去："你收着吧，或许能收获一份爱情。"

姜辰瞥了他一眼，正要给个评价，察觉胳膊被戳了戳。

他摘下眼镜，见冰冻小组的人来了，说要测一组数据，需要一下午的时间，让他晚上再玩。他点点头，回到游戏里收好纪念章，示意方景行分东西，他晚上再来，这就下了。

方景行将神器和两件稀有材料留下,剩下的给他们分了分,然后便帮着封印师写攻略,免得他再花时间弄。

不知不觉玩到傍晚,他挂机下线,见手机闪了一下,进来一条消息,是上次委托调查研究院的朋友发的。

这位以前当过兵,如今和几位战友开了家安保公司,和方家有过几次合作,关系还算不错。他们偶尔会接点侦查的活儿,嘴也严,不用担心会泄密。

消息很简单,问他方不方便聊聊。

方景行直接拨了过去。

那头接通,说道:"那些科研人员都比较高冷,不好接触。"

方景行也不是真的要查这个,而是当初实在担心封印师,想着能尽量了解一下那边的情况,对方能联系他,应该是查到些东西了。

他说道:"不好接触就算了。"

那头道:"嗯,他们不好查,但别人可以。"

说着在通话屏上发了张照片。

方景行看了一眼,一对朴素的夫妻,看着没什么特殊之处。

那头道:"这男的有个弟弟,三十年前死了,他前不久去过研究院,后来又去祭拜了一下他弟弟,我派人看过,那墓碑有翻动的痕迹。"

方景行道:"所以他弟弟的遗体这三十年都在研究院里?"

那头道:"嗯,捐遗体做研究也是常事,我原本没在意,后来也是赶巧了,我的人正好在饭店和他遇见,听他喝醉了和朋友念叨了几句冰冻项目,说是把得绝症的人冻个几十年再解封,等着未来医学发达了救命。"

冰冻项目,早已不是什么新鲜词。

那头的人觉得既异想天开又无足轻重,便给了方景行这么一条小道消息,评价道:"要我说人都死了,哪能救活啊,这不是扯嘛。"

方景行下意识地想跟着笑一下,紧接着心头一跳,脸色微微变了变。

原本他觉得封印师是得了现代医学不好解决的病,才跑去研究院当志愿者了。这种情况一般就是试个研发阶段的药剂或接受什么特殊手术,且志愿者很可能不止一个,因此他才会让人搜一搜八卦,想试着推敲一下封印师的境况,也好安心。

另外,封印师或许和姜家或谢家有某种不可对人说的联系,所以才会认识姜诗兰,谢承颜也才会帮忙隐瞒。

但现在,他想到了另一种可能。

如果这是真的，那这件事就很麻烦了。

那头的人看不见他的神色，说道："我暂时就打听出这一点事。"

方景行镇定道："嗯，不用再查了，我回头把钱打到你账上。"

那头道："嘁，没帮你什么忙，不用了。"

方景行努力维持着正常的语气，笑道："要的，辛苦费。"

那头的人便没再和他客气，笑着聊了两句，切断了通话。

方景行看着暗下去的手机界面，起身走到阳台上吹了吹风，想让自己冷静一下。

他自诩聪明，却从没想过有人能死而复生。

无数蛛丝马迹在这一刻如潮水似的一齐往心头涌。

为什么他当初在各个俱乐部查了一圈，怎么都查不到封印师这号人？

为什么那小子封印师玩得这么溜，却像是以前没玩过游梦似的？

为什么封印师对谢承颜这么好，却死活不肯认对方当哥哥，而承颜那么有偶像包袱的一个人，竟能短时间内和封印师好到那种程度？

为什么封印师能答应杜飞舟的 PK 邀请，还特意问过他们的 ID，这次做剧情任务也故意想偶遇杜飞舟，似乎对他很信任？

以及为什么被问及年龄，封印师和姜诗兰的第一反应都是十八岁。

这所有的一切，都能用一个答案解释。

因为他是姜辰。

不是三十年后游梦又出现了新的黑色封印师。

而是当年那位传奇黑色封印师……他回来了。

CHAPTER
SIX

辰辉兰乐
CHEN HUI LAN LE

045.

方景行在阳台上缓了半天。

他试图说服自己想多了，冰冻几十年再救活，这事太玄乎，目前也没什么成功的案例，他朋友查到的兴许只是一个失败项目捕风捉影的信息，和封印师根本没关系。甚至那可能都不是研究院的项目，毕竟那位死者家属只提了两句"人体冰冻"，连死者名字都没提，万一是看过什么新闻，一时兴起呢？

而他会往姜辰的身上联想，搞不好是被谢承颜奇怪的态度和假照片的事带歪了，总是下意识地想把封印师和谢承颜联系在一起。

然而越想否认，以前的各种细节就越往脑海涌。

比如封印师第一次见他，粉他的理由是"健康命硬"；比如他当初装萌新，莫名用姜辰的签名拉了一波好感；再比如封印师曾经亲口说过自己玩游梦的时候他还没出生，让他以后喊他叔。

对了，还有70级的大招，爆裂风暴。

封印师是"第一次"接触游梦，当时才升70级不久。他们整天待在一起，他没见对方做过相关练习，但对上俱乐部的新人，封印师竟能使出那么炸裂的效果，仿佛得心应手，玩过无数次似的。

——我是为你好。

——一个比你颜值高，比你有天赋，比你更年轻的人站在你面前，怕你自卑。

曾经的某段对话不期然撞入脑海。

方景行深吸一口气，搜了搜姜辰的照片。

互联网拥有记忆，即便过了三十年，网上仍能搜到姜辰的照片。

虽然和现在的像素水平比，照片显得有些糊，但足够让人看得清清楚楚。

少年神色淡漠，五官锐气逼人，眼角下的泪痣像着了火，观之令人惊心动魄。

方景行的心狠狠一跳，立刻关上了。

他又冷静了半天，直到单身狗 AI 上来喊他吃饭，这才稍微平静下来，下楼来到餐厅，极缓慢地吃完一顿晚餐，回房拿起眼镜，进了游戏。

世界频道都在聊隐藏剧情的事。

辰星映缘自带热搜效果，尤其前不久安静了十多天，现在像是憋着一股劲似的，今天的事一出就又上了热搜。连游梦的官方账号都特意为这个"两天"的逆天时间发了状态，皮了那么一下，说策划团队被大佬震得集体请假回家缓神去了。

论坛上更是热闹。

玩家们膜拜和震惊的同时，开始猜测那两位是不是职业选手，因为在他们的印象里，职业选手都比较变态。

攻击系的封印师，他们暂时没有怀疑对象。

倒是暗冥师，谁都知道联盟大神方景行退役了，搞不好就是他。有他带队，推得当然快。

但很快有辰星映缘的玩家和几个知情人士透露，说十方俱灭才是队长，暗冥师一向听他的。方景行的粉丝深深觉得男神不可能这样，于是立刻冒泡否认，带了一波节奏，所以这件事至今也没讨论出个所以然。

相比起来，七大帮会的人就没有纠结这个事。

他们等来了自家功成身退的帮主，"呼啦"围过去，想问问感想如何。

几位帮主的收获还是蛮大的，只不过想起封印师在村子里的骚操作和暗冥师在最后一关的指挥，他们原本八分的自信降到了五分，嘴上维持着帮主的颜面："还好。"

帮众问："那咱们以后是不是也能抢个首杀了？"

帮主道："可以一试。"

帮众很激动："帮主牛×！"

几位帮主坚强而镇定地接住了彩虹屁，心想好在隐藏剧情和副本不是那么容易发现的。他们由衷地希望那一刻能来得晚一些，免得到时候丢脸，便岔开了话题，要组织他们打本或打赏金墙和竞技场。

骨干们站着没动，询问今天开出来的两把神器卖没卖，想让帮主帮忙联系大佬，他们想买。

帮主："我帮你们问问，但做好准备，够呛能成。"

谁都知道两位大佬在上次的隐藏剧情里各拿了一把神器，这次开出的两把恰好都不是他们能用的，自然能卖。

可一来是有如意的人排在他们前面，二来是几位帮主里也有想买的，还有就是本服的土豪们一个个的都不差钱，竞争的人太多，说不好最后会落到谁的手里。

几位帮主看了眼好友列表，发现封印师还没上线，暗冥师倒是一直在线，但不确定是不是挂机，他们便发了消息。

方景行刚回来，就被各种消息给淹了。

他暂时没有理会，见封印师不在，这才肯屈尊看几眼，发了条喇叭。

[喇叭]暗冥：别问我，做不了主，听他的[微笑]。

众人见他冒泡，都出来了。

[世界]镜中人：那他啥时候回来？

[世界]生死与共：度日如年，煎熬。

[世界]仓鼠球：大佬这次会不会也公开开剧情的条件呀[期待]

[世界]锦鲤大琉球：肯定的，好多人都知道。

[世界]木枷锁：黎明森林野区，去最里面打30只血狼就能开。

[世界]千年古意：哦豁！

[世界]一碗打卤面：爽快！

[世界]豆腐渣：我就知道，首杀都没了，瞒着也没什么必要。

[世界]镜中人：我现在只关心大佬啥时候能回来，这都过了他平时上线的点，他不会来打个隐藏剧情，就又消失了吧？

众人震惊，方景行也看得眼皮一跳，想想封印师上次毫无预兆地失联，心想这真是说不准的事。

但没等众人发表看法，一条消息就上来了。

[世界]十方俱灭：不会。

方景行没去看疯狂刷屏的频道，猛地回头，对上了熟悉的身影。

姜辰站在先前下线的位置，发完那一条就走了过来。

方景行望着他，一时心率都有些失常。

姜辰晚饭吃得晚，又遛了遛小鸭崽，于是晚来了那么一小会儿。

他看了一遍各种消息，问道："神器里有一把长弓？"

方景行定了定神："对。"

"你帮我给杜飞舟……"姜辰说着一停，改口，"给杜主席送过去。"

方景行以前是不会留意这些细节的。

因为私下里，很多小孩有时也会直呼主席的姓名，这并不少见。但今天他心里有鬼，便听什么都不对劲，问道："因为他帮了忙？"

姜辰"嗯"了声。

方景行问:"他要是不收呢?"

姜辰很淡定:"你告诉他,要是不收的话,我以后虐他们更没意思,就不和他们PK了。"

方景行忍不住追问:"说完要是还不收呢?"

姜辰:"应该不会。"

杜飞舟又不是什么别扭的性子。

一把神器而已,杜飞舟打比赛的时候什么神器没玩过,不至于和他较真。

方景行品着他这笃定的语气,努力压下心里冒出的念头,没有继续追问。

姜辰说道:"另外一把你自己安排吧。"

方景行:"好。"

姜辰便走到小湖边挂机,准备写个攻略。

正要动笔,他想起方景行一贯体贴,问了一句:"你写攻略了吗?"

方景行:"写完了,我传给你?"

姜辰很满意:"不用,你拿着就行。"

九个服的大佬最开始是想观望一下的,但这个变态的"两天"一出,他们立刻连挣扎的意愿都没了,急忙跑过来买攻略。

两位大佬在如意的门口和他们交易完,坐地分账,然后给小队成员发了红包,便给这次的隐藏剧情画了一个圆满的句号。

方景行站在姜辰身边,没动也没开口。

姜辰主动问:"打本?"

方景行:"几人的?"

姜辰:"都行。"

他做完隐藏剧情升了几级,打算今晚一口气满级。

在游梦里,满级才是这个游戏真正的开始,他能去打赏金墙和竞技场,还能和方景行约着PK了。

方景行:"好,我去喊人。"

五分钟后,打本小队凑齐,浩浩荡荡地去了满级的十人本。

成员基本都是满级的,只有两个人例外,一个是姜辰,另一个是如意的帮主,儒初。

儒初建完帮会就没上过线,一直停留在35级,是封印师失联后才上来的,他断断续续地打到现在,目前和姜辰的等级差不多。

如意的人听说大佬要打本,便捎带上了自家帮主,想着让这两位尽快满级。

儒初和逸心人一样，玩的也是人族。

不同的是，逸心人是驱魔师，而儒初选的是傀儡师。

傀儡师是新加的通用职业，三个族的人都能练。他的特点是把尸体做成傀儡，用以攻击或辅助。人族的傀儡是用魔族和妖族的尸体做成的，同理，魔族和妖族的傀儡也是用另外两个族的尸体做的。总之一句话，半斤八两，谁也别说谁流氓。

这些帮主各有各的特色，有些善于交际，话很多，比如焚天的木枷锁。

有些则话少，儒初和金竞联盟的帮主孤问都属于这种类型，区别在于孤问是真的冷，而儒初有时候话还挺多的，只是大多数情况下，他都不乐意和人多聊。

姜辰在他上线那天就见过他。

两个人的对话不超过三句，相互见个面、道声好，就没有然后了。

这是姜辰第二次和儒初接触。

一行人通过传送阵抵达荒漠，往副本门口走去。

方景行和姜辰并肩走在队伍的最后，知道姜辰没打过满级的本，便细心地为他介绍了一下。

这个副本在 10 人副本中难度是很高的。

一般的副本都是设置三个 boss，这个本一共有五个，且刚进去就有三条路可走，系统会随机把玩家分成三队，到 1 号 boss 那里才会集合，打完就共同去推 2 号 boss，之后又会分队。

他说道："简单讲，一三分，二四不分，最后的 boss 也不分。"

姜辰自然能听懂，点了点头。

方景行开始为他讲解每个 boss 的特点。

前四个难度一般，最后一个会难点，而且 boss 喜欢养金丝雀，每隔一段时间便会随机选择一个人进笼子给她当鸟，相当于废掉一个玩家的战斗力，因此玩家们每次打这个本，都至少带两个战神和两个奶妈。

姜辰沉默地盯着他。

随机分队、随机当鸟……这也是人能玩的副本？

方景行见他看着自己不吭声，大概猜出他的心思，有些想笑。

如果没有傍晚那件事，他兴许会大胆地摸摸他的头。但一想到这封印师背后可能的身份，他就没敢伸这个手，解释道："他们别的本都打完了，就剩这一个没打，只能来打这个，再说打五个 boss，你们涨得经验也多。"

姜辰暗道也是，忍了。

十人小队很快抵达目的地，传送了进去。

系统自动分组，把他们分别扔到了三条路上。

"嚯！"苟盛第一个开口，"我这边竟然有五个人。"

情深长寿紧跟着说："我这边三个，我，渣渣和暗冥大佬。"

苟盛简单核对了下名单，得出结论，第三条路上的是十方俱灭和儒初。

榨紫也在问："那有一条路是两个人啊，是谁？"

姜辰和儒初异口同声："我。"

众人沉默。

好极了，竟把两个等级低的组一起去了。

苟盛问："你们能行吧？"

儒初："能行。"

姜辰："我没打过。"

儒初看了眼队友："跟着我。"

苟盛几人知道他们的实力，想一想觉得应该没问题，便放心了。

三个小队同时出发，很快都迎上了第一波小怪。儒初这边等级低，立刻召出傀儡给自己和队友加护盾。

这是个魔族的傀儡，青白的脸上斜斜地缝着一道伤疤，身上穿着破旧的衬衣，虽然只是傀儡，但实在太有封印师既视感了。

姜辰见他顶着一张死人脸杵在自己面前，像个同族的标本，说道："我觉得有被冒犯到。"

其余两条路上的人："？？？"

儒初懂了他的意思，扔给他两个字："憋着。"

姜辰还没什么反应，方景行就先憋不住了，在队伍频道里问："怎么了？"

姜辰和儒初又是异口同声："没事。"

方景行："……"

身边的两人赶紧过来拍拍他的肩表示安慰。

那两个人性格相冲，或许能碰撞出剧烈的火花。有句话是怎么说的来着……爱情来了，挡也挡不住啊。男人嘛，看开点。

方景行微笑地盯着这两个没节操的家伙。

情深长寿和榨紫一齐缩回手，老实了。

三个小队继续往前推怪，最快的是苟盛的五人组，方景行的三人小队次之，两个等级低的最慢，好在他们的技术不错，没有被小怪弄死，全须全尾地和队伍会合了。

一路推得有惊无险，众人很快抵达最后一个 boss 的老巢。

这是个艳丽的女人，红彤彤的指甲对着他们一指，玩味地说道："我的鸟前两天死了，就从你们当中选一个陪我吧。"

话音一落，姜辰眼前一花，进了笼子。

苟盛几人："……"

竟完全不意外。

方景行笑着安抚："没事，一会儿就出来了。"

姜辰早有心理准备，点点头，在笼子里转悠了一圈。

笼子整体呈金色，和房间齐高，占地面积等同于一间卧室。他见里面还有秋千，伸手晃晃绳子，发现竟是活动的，便坐在上面荡秋千，看着他们干活。

苟盛几人："……"

大佬还挺美的。

方景行忍俊不禁，一边指挥着他们打 boss，一边分出一部分注意力放在他身上。五分钟后，姜辰被传送出来，到了方景行身边。

方景行笑着问："感觉如何？"

姜辰："意犹未尽。"

同一时间，美女说道："哎呀，鸟儿跑了，那我换一个人吧。"

她再次对着他们一伸手。

众人只见笼子里白光一闪，大佬又进去了。

姜辰："……"

方景行："……"

其余几人："……"

让你意犹未尽……

苟盛等人嘴角抽搐，不知是该恭喜还是该点蜡。

姜辰站在原地沉默两秒，这次不想荡秋千了，见里面的大床看着挺舒服的，便摸了摸，感觉并没有想象中的手感好。不过他不介意，上床一躺，安详地望着外面的风风雨雨，顺便鼓劲："加油。"

苟盛几人："……"

方景行不知为何突然想起了他们初遇的画面，忍不住笑了一声。

他发现那些纷乱的忐忑、震撼情绪一瞬间平息了下去，终于把自己的状态调整回来，笑道："我把 boss 引过去让你打两下出气？"

姜辰："不用，你们打吧，我看着就好。"

一语成谶。

boss 点了五次名，姜辰一共进去四次，基本就是全程围观。好在击杀几个 boss 得到的经验丰富，姜辰和儒初都涨了不少。

一行人乘胜追击，一齐去组队刷野怪，总算是把这两个人带到了满级，原地放烟花庆祝了一下。

绚烂的光一团团炸开，原本昏暗的野区都染上了亮色。

方景行静静地陪着封印师看完，扫一眼时间，发现快九点了，问道："还有半个小时，有什么打算？"

姜辰："咱们开个房吧。"

方景行一怔："PK？"

姜辰点头。

于是二人去竞技场建了一个房间，同时打开了录像。

PK 两把，方景行全赢。

他看着这封印师，先前压下去的猜测又冒了出来，脑海中闪过一个清晰的念头：他对技能不熟悉。

当年 70 级满级，封印师能把 70 级的大招玩得炉火纯青，可现在满级 99，封印师这才刚满级，还没用过新的技能，所以不熟悉。不熟的话，PK 的时候就会慎重，这相当于他多出封印师一个技能。

这也证明了封印师当初使用爆裂风暴以一敌十，并不是什么天赋异禀、无师自通。

他镇定地把人拉起来，笑着问："服吗？"

姜辰很淡定："得意什么，再来。"

两个人又打了三局，姜辰渐渐摸出一点心得，开始反击。

方景行那些乱七八糟的想法立刻没了，越来越专注，一直和他打到九点半，这才不舍地看着他下线。

姜辰下线后，方景行又回味片刻，查看一下好友列表，见杜飞舟在线，便联系对方，找过去送神器。

把封印师交代的话一说，杜飞舟果然没和他矫情，收了东西，说道："替我谢谢他。"

方景行笑道："好。"

他犹豫几秒，觉得这件事过不去太难受，便装作好奇地问："主席，我记得您和辰辉兰乐是同一期的选手吧？他是个什么样的人？"

杜飞舟看向他："怎么？"

方景行道:"我家封印师是他的粉丝,我想多了解一下,和他多点共同语言。"

杜飞舟听得有些想笑,暗道网上都传暗冥师对封印师格外关注,搞不好是真的。

他回忆着故人:"辰辉兰乐……性格有点冷,但对人很不错,嘴有时候很毒,能噎死人,你家封印师的脾气和他挺像的。"

方景行:"……是吗?"

杜飞舟:"嗯。"

说话的工夫,老当益壮的人找了过来,方景行便礼貌地道了别,回帮会挂机。他认真看了一遍和封印师的PK录像,然后摘眼镜下线,在网上搜了搜辰辉兰乐的比赛视频,同样认真地看完,感觉他们的打法风格极像。

他陷入沉默。

想要证实这事,最好的办法就是旁敲侧击地从谢承颜口中问出,但谢承颜还在拍戏,而这么大的事,打电话可能不安全,所以得等谢承颜回来再说。

其实都不用等,方景行心想。

他把已有的线索过了一遍,很努力地站在客观角度分析这件事,觉得真的不是他一厢情愿、异想天开,那封印师是姜辰的可能性确实挺大的。

所以他一心想签进俱乐部的,竟是游梦的初代大神……他一想到这事公开的画面,就觉得有点刺激。

046.

姜辰每天的作息都很规律。

不过最近除了遛弯和喂小鸭崽,他又多了一项行程,就是去看望七号。

七号已经睁眼了,和当初的姜辰一样,他目前只有眼珠能活动。

姜辰隔着玻璃窗打量了下,见七号虽然瘦,但骨相不差,绝对是走在街上会被偷拍的类型。他知道十位志愿者里只有他一个比较出名,便对这位帅气的七号有些好奇:"他是干什么的?"

冰冻小组的人说:"送快递的。"

姜辰看着他:"真的?"

冰冻小组的人说:"资料就是这么写的,你看。"

姜辰看了一眼。

孤儿,高中学历,快递公司员工……他收回目光,又看了看病床上的七号,转身要回房玩游戏。

　　这时只听"叮"的一声，不远处的电梯开了，从里面出来五个人，肩膀上的杠杠星星晃了他满眼。几人快步走到无菌病房，一字排开站在窗前向里望，陪同的工作人员去帮他们拿防护服了。

　　姜辰反应了一下，看向冰冻小组的人。

　　后者也默默看着他，干笑。姜辰懂了，看来七号来自某些特殊的部门，身份不好公开，因此对外的资料都是假的。

　　他识趣地回了自己房间，往床上一躺，戴着眼镜进了游戏。

　　方景行早已上线，见状过来找他，笑道："早。"

　　姜辰回了句"早"，听他询问想干什么，思考了一下："去桥上看看琉光河吧。"

　　方景行挑眉："今天这么有兴致？"

　　姜辰想：能看一眼是一眼。

　　特殊部门的人才，身体素质应该挺不错的。七号很可能不像他那么废，需要躺两个月，搞不好一个多月就能转到普通病房，到时候他就不能玩了。

　　他说道："天气好，阳光明媚。"

　　方景行回想起今早的阴天，沉默。

　　姜辰说完才想起他们住在同一座城市，补充道："我是说游戏里。"

　　方景行当然不会计较这种事，陪他走到附近的桥上，站在栏杆前眺望琉光河。

　　看了一小会儿，他微微侧头看向身边的人，想起了姜辰的生平。

　　游梦职业联赛第一、二赛季的冠军，冠军之夜上突然宣告退役。此后没几个月就去世了，得的是胰腺癌，死时只有十八岁，整个电竞圈为之震动，粉丝们也悲恸不已。

　　而第二年，游梦就开了世界赛，他没能赶上。

　　黑色封印师如流星般短暂地闪耀了下，便消失在天际。

　　带病上场，夺得冠军，那时的姜辰究竟有多疼、多不容易，方景行不得而知，也无法想象。但换位思考，如果他只打了一年多的比赛就被迫退役，也绝对会不甘心。

　　不甘心，所以参加了冰冻项目。

　　一个还在摸索阶段、技术不成熟、成功率未知的实验。

　　从他朋友查到的八卦来看，解封失败就是死，没有再冻回去一说。可能当初只差一点，他们就见不到了。

　　而且解冻后身体如何，有没有后遗症，这些他都不知道，只能从这封印师每天都散步遛弯儿，和姜诗兰曾说过的话中推测，应该是没事，这让他多少放心了一点。

　　他以前觉得能遇见这封印师是运气好。

现在看来，他的运气简直是逆天了，遇见的竟是曾经的传奇。

方景行想得出神，思绪便有些飘。

等他回过神时，手已经自动伸了出去，几乎要碰上对方的金框眼镜。

姜辰扫了他一眼："爪子。"

方景行笑着收回了手。

姜辰只当他是想玩自己的眼镜，扒着栏杆看了几眼河，说道："打赏金墙吧。"

中秋假期结束，人少了很多。

大早晨的，竞技场里估计没什么人，打起来也没意思，不如打赏金。

方景行笑道："好。"

游梦里，玩家的自由度比较高。

喜欢 PK 和团战的就去竞技场，不仅能和本服的人打，还能跨服打，单人多人，应有尽有。喜欢打人机的，各种野怪、副本和 boss 任意挑选，风格多样，绝不枯燥。还有喜欢生活类的，美食、缝纫、锻造、药师……都有相应的段位和称号，所谓一技在手，吃喝不愁。甚至还能更佛系一些，弄块菜地，天天种菜玩，或者和绑定的伴侣轧地图，谈谈情说说爱。

而如果既不想和人 PK，也不想和人组队打本，更不想在游戏里过日子，但又想获得高额奖励，那就可以去打赏金墙，当个"莫得感情"的赏金猎人。

顾名思义，赏金墙就是能够提供奖励、委托任务的，玩家可以任意挑选适合自己的工作。

除去系统发布的任务，玩家也能花钱悬赏杀人或找物，奖励可以放钱也可以放物品，只是有一定的时效，过期后没人接，玩家也不再续钱，就会自动撤掉。

值得注意的是，赏金墙也是有等级的。

一个服的赏金墙能开到多少级，全看玩家的努力。等级开得越高，可供选择的任务就越多，而任务越难，奖励和积分也越高，等积累到一定的积分，就能换取套装和神器了。

赏金墙分布在六大城市里，建得金碧辉煌，十分有排面。

二人身在碎星城，便来到了这里的赏金墙，见墙上已经亮起了很多板块，全是这段时间几大帮会的人打出来的。

赏金猎人榜上排第一的非常眼熟，正是金竞联盟的帮主，孤问。

姜辰看了一下前二十的名单，发现好几个都是孤问他们帮会的，说道："金竞联盟……这是个喜欢打赏金墙和竞技场的帮会？"

方景行："嗯，听说大多数都喜欢。"

姜辰下意识地想问那他跟着他们打什么隐藏剧情，但转念想想毕竟是一次性的任务，孤问他们可能也想打一下，便不再好奇，抬头看向任务栏。

赏金墙的另一特色——墙上亮的任务条，玩家都能接。

玩家可以一上来就接个最强的，只要有命完成就行，这也是姜辰愿意打赏金墙的原因——不用从最鸡毛蒜皮的杂活做起。

赏金墙也分单人和多人，目前双人组队的板块只开到三级。它的机制是二十个任务升一级，但每一级里都有几十个任务条，因为很多都是平行的。

比如此刻，排在最上方的就是五条平行的任务，分别是击杀魔猩首领、击杀炎龟首领、击杀苍劲鸟首领、寻找材料觅立石、寻找材料水杉。

这五条任务任选其中一条就行，完成后上面就会再亮起一排，以此类推，直到等级越来越高。

他们两个组在一起，自然接最强的任务。

姜辰自动忽略材料收集，看了看三个怪，发现有一个没打过，问道："魔猩首领在哪儿？"

方景行笑道："我带你去。"

二人接完任务，便进了传送阵，很快抵达幕席山。

这座山的海拔很高，站在山顶往另一侧望，能看见整片魔域。这里路不好走，森林的光线也暗，平时就没什么玩家来，早晨自然就更少了，如今放眼一望，就他们两个人。

双人赏金三级的怪对他们而言再简单不过，二人轻轻松松就打完了魔猩首领。姜辰正要走，却被方景行拉住了，回头问道："怎么？"

方景行调笑道："想和你找块风水宝地殉个情。"

姜辰痛快道："走。"

他们要是下山，不仅费工夫，还要慢慢往传送阵走，太麻烦。所以不如找个悬崖一起往下跳，死了就直接回城，也省去了赶路的时间。

游梦里倒是有回城道具，每天能免费使用三次，剩下的需要花钱买，并且用得越多，冷却越长，到零点才会重新计算。他们今天要做不少任务，既然遇见能自杀的地图，当然要合理利用。

二人便找到一处悬崖，一起跳了下去。

微风吹在身上并不冷冽，反而有些舒爽。方景行想起初遇时的事，笑道："你这次要是再遇见空气墙怎么办？"

姜辰："你上次是怎么出来的？"

方景行："保密。"

姜辰："我最后那个烟花管用了？"

方景行："没有。"

姜辰"哦"了声，懂了："那就是你下线又上去，卡完 bug 了。"

方景行失笑，觉得自己逗不到他。

下方的景色越来越清晰，可以看见波光粼粼的琉光河，山体向里凹进去一块，留出一片洁白的类似沙滩的空地。

空地上站着七八名玩家，站在最前方的是一男一女，都穿着在商店买的时装，一个西装一个礼服，显然是在办一场小型婚礼。

"看来要吃碗狗粮了。"方景行说着一顿，"咱们这么过去躺尸，是不是不太好？"

姜辰没搭话，因为他发现自己的坠落点似乎就在新郎的身上，便喊道："让开！"

下方的人一齐抬头，看着这天降飞人，一时震惊，没反应过来。

等姜辰再喊第二声的时候已经晚了，他直接砸向了新郎。

键盘模式下，被这么砸到是死不了的。

但在全息环境里，策划可能是想更贴近现实，只见新郎被拍中，二话不说就扑街了。

新娘愣愣地看着她凉透的丈夫，"哇"地就哭了。

姜辰："……"

方景行："……"

两个罪魁祸首这下没办法回城了，只能原地复活。

姜辰压低声音："都是你的主意。"

方景行提醒："悬崖可是你亲自挑的。"

姜辰："现在怎么办？"

方景行："道歉，给他们砸点烟花？"

然而砸烟花不管用。

新娘才不管他们是不是大佬，这是她特意算的日子，特意选的礼服和地点，连背景音乐都浸着她的心血。本以为能有场完美的婚礼，结果就这么被搞砸了，几个烟花根本弥补不了她受伤的心灵！

姜辰："那你的意思？"

方景行想了想，觉得要有点诚意，便翻出自己的特长："要不我给你们唱首歌，祝你们白头到老？"

新娘怒道："谁稀罕你的歌！"

方景行切换原声唱了两句，问道："还可以吗？"

新娘沉默了一下。

其余几名亲属里有方景行的粉丝，听到这熟悉的声音双眼冒光，急忙跑过来和新娘嘀咕，后者干咳一声，勉为其难："那……那你唱三首。"

方景行笑道："好。"

他走到一旁的石块上坐下，示意姜辰坐在他身边陪他。

姜辰："你唱你的，我在这里听。"

方景行："你选的崖，你砸的人。"

姜辰理亏，沉默地过去了。

047.

石块不大不小，刚好能坐下两个人，同时彼此又不会分得太开。

方景行特意挑了首情歌，跟着伴奏唱给他们，温润的声音缓缓散开，听得人心里发痒。

粉丝们"狼血沸腾"，竭力压住尖叫的冲动。

方队在役八年，除了某次从解说那里流出过一段他们夺冠后在 KTV 聚会的视频，里面有疑似方队的人在唱歌外，这些年粉丝们就没听他唱过歌。连直播的时候偶尔做抽签小游戏，里面也没有唱歌的选项，简直让他们又爱又恨。

可现在这是什么运气，竟能现场听！

新郎也早已爬了起来。

他对飞来横祸其实不太介意，如今能听大佬唱歌，更加没有火气了，便陪着老婆听歌。

只是看看被老婆紧紧抓住的胳膊，想起老婆是个声控，他忽然又有些介意了——两位大佬砸场子也就算了，还要勾引人家媳妇，这就过分了吧？

姜辰离得最近，感觉声音像灌进脑袋里似的，忍不住看向方景行，想想他的实力和那张妖孽的脸，电竞迷、颜控、声控……基本全能满足，他能当这么多年的联盟男神也不是没有道理的。

联盟男神认真善后，慢慢唱完了一首歌。

新郎鼓掌，率先开口："大佬有才，好了都是误会，就不耽误两位大佬了。"

新娘和粉丝同时道："不行，还有两首呢！"

"……"新郎瞅着自家老婆，"吉时还没过呢，你自己算的时间。"

"咱们可以先说誓词再听歌。"新娘说完看向大佬，态度转了一百八十度的弯，"你们等等哈，很快的。"

方景行便好脾气地让他们继续，抽空询问身边的人："好听吗？"

姜辰难得夸了他一句："挺好听的。"

方景行心想能得他一句夸奖真不容易，问道："你要不要也唱一首？"

姜辰："不唱。"

方景行笑着打开论坛，一边和他聊天一边精准搜索帖子，说道："我看了一圈，至今还没人说跳崖能砸死人，咱们算不算是第一个发现的？"

姜辰："有可能。"

方景行琢磨："你说竞技场上，这设定管用吗？"

姜辰："试试就知道了。"

方景行："你砸我，还是我砸你？"

姜辰："我砸你。"

方景行很痛快："行，我在下面伸胳膊接着你。"

姜辰想象了一下那个画面，觉得太美，拒绝了："不用伸胳膊。"

方景行笑道："这显得我心甘情愿。"

"……"姜辰不买账，"用不着。"

二人聊天的工夫，那边终于宣誓结束。

新娘和粉丝冲过来，围成圈等着大佬开麦。方景行便又挑了两首情歌，唱完见粉丝对他招手，配合地走过去，明知故问："有事？"

粉丝压着声音，激动道："你……你是方队吧？"

"我是。"方景行很坦诚，他嘱咐道，"要保密，不然又把我逼走了，你们可就看不见我了。"

他很懂得为自己拉盟友，便对粉丝透底："我想签封印师进俱乐部。商业机密，就只告诉你了，你们要是想让战队多拿几个冠军，千万别往外说。"

果然，粉丝猛点头，保证道："你放心吧方队，我一定不说！"

方景行笑道："谢谢。"

他和粉丝道别后，满意地回到了姜辰的身边。

姜辰："又是怎么糊弄粉丝的？"

"我这次说的是实话。"方景行指着琉光河，"走吧，再殉一次情。"

二人潜入河底，面对面站着等呼吸条结束，纷纷被溺死，选择回城复活，接任务继续打。

他们打了一上午，成功把双人组队的任务栏升到四级，中午各自下线休息，到点回来接着打，拿了一堆奖励和积分。

玩家们晚上进入游戏，往赏金墙的面前一站，顿时瞪直双眼。只见双人组队那一栏里亮起了一大片任务条，金光闪闪，即将开到第五级。

"我做梦了还是怎么着,我怎么记得昨天才刚到三级?"

"你没做梦,我早晨上来收过菜看了一眼,确实是三级。"

"这怎么突然就要五级了?"

"有大佬在前面推?"

"呃……可能是好几个大佬一起推的吧?"

赏金墙的任务难度是层层递进的,游戏还专门为它弄了一批厉害的野怪,且位置刁钻,目的是充分让玩家体验赏金猎人的生活。从四级中间开始,往后基本都是这批野怪。而一级要打二十个任务条,如果只有两个人打,一天打了将近两级,那简直是连口气都不带喘的。

他们急忙翻看积分榜,看见了迅速上蹿的两位大佬的名字,跪了。

"推土机啊这是?"

"我就说肯定有大佬,果然。"

"我看其他人的积分变化不大,真就他们两个人在打?全是一次性过呗?"

"而且还是干净利落地过,不磨怪。"

"厉害,看他们以往的风格,再看看这个气势,这次不开到十级说得过去吗?"

"十级就强人所难了吧,八级后半段都是五颗星的难度。"

"我以前在的那个服只开到九级,还是他们磨了半天才开的。"

"我们也是……"

两位大佬不理会外面这些风雨,组队接着往上推,花了半个多小时,推到了第四层的最后一行任务栏。

姜辰照例要忽略那些材料,结果扫了一下,突然觉得其中一个有点眼熟,伸手一指:"这个材料咱们是不是打过?"

方景行想了想:"金彩石,昨天十人本五号 boss 出的东西,出货率比较低,玩家一般不太好收,被系统放在这里了。"

但他们昨天运气好,开出来一块,所以姜辰会有些印象。方景行便在频道里问了几句,得知那块石头已经被用了,无奈地笑了笑。

王飞鸟:"哇,你们打到那一关了?"

苟盛:"就接那个任务吧,咱们再打一遍,刚好我们想找人打本。"

榨紫:"是啊,你们打了一天的怪,不累吗?"

情深长寿:"偶尔换换口味会有新发现,这一点对人也适用哦。"

姜辰确实有些累,心想大不了就再荡秋千,说道:"行。"

于是二人便接了"收集金彩石"的任务，和帮会的人会合后，进了十人副本。

昨天打过一遍，姜辰得心应手，和他们一路推到五号 boss 处，神奇地第一次没被点名，等到第二次才轮到他。

他坐在秋千上荡了几下，看看上方的笼门，发现就是个插销，连锁头都没有。

只是离地太高，根本爬不上去。他思考两秒，起身踩到秋千上，用力往前荡，想靠惯性把自己抡过去。

小队成员正打着 boss，突然听见"砰"的一声，顿时扭头，见某位大佬整个人拍在笼子上，慢慢滑了下去。

苟盛几人："……"

这是在玩啥？

方景行一心二用看了全过程，差点笑抽。

姜辰站起身，没有放弃，环视一周，对上了一个人，喊道："儒初。"

儒初给他一个眼神。

姜辰招手。

儒初沉默一下，过去了："你最好有正事。"

姜辰："你的傀儡能直接召到笼子里来吗？"

儒初："不知道。"

他也不多说，召出一个试了试，发现能放进去。

姜辰指挥他贴着笼子放，再次踏上秋千，荡了两下，这次把自己抡到了傀儡的肩上，然后踩着对方的肩往上爬，成功抵达笼门，弄开插销跳了出去。

儒初："……"

方景行："……"

苟盛几人："……"

够可以的，副本开启至今，这是第一个成功越狱的人。

没等几人发表看法，boss 就疯了。

她"啊"地大叫起来，声音尖锐："为什么要跑！陪着我就这么让你受不了吗！为什么要跑！"

话音一落，她直接血红，然后从身后的床上拎出一把和她等高的长刀，拿着就往他们身上抡。

小队成员："……"

我去！

boss 疯起来根本挡不住，基本是一刀一个。她把他们全砍死，捂着脸哭泣："我知道，你们都不喜欢我，没有人喜欢我。"说罢就"嘤嘤嘤"地跑了。

十人小队："……"

打到一半 boss 自己跑了，说出去谁信？

现场一片静默，罪魁祸首木着一张脸，不说话。

方景行是第一个发现能原地复活的，便站了起来，其余人一看，纷纷跟着效仿。

下一刻，金色的大字传遍全服：恭喜玩家十方俱灭、暗冥、本宫最美、苟盛、老梧桐发芽、情深长寿、儒初、王飞鸟、逸心人、榨紫发现隐藏副本[囚鸟]！

十人小队："……"

048.

苟盛看着封印师，问得很诚恳："采访一下，又发现了隐藏副本，有什么感想？"

姜辰冷漠道："没感想。"

"别这样，说说呗。"老梧桐发芽好奇极了，"我特想知道公告出来的那一刻，你是什么心情。"

苟盛："你看逃狱、团灭、系统公告，大起大落又大起的，怎能无动于衷！"

姜辰扫了他们一眼："真想听？"

苟盛几人顿时一齐点头，想听听大佬的"开本"感言。

于是姜辰成全了他们："金彩石没了。"

苟盛等人先是一怔，接着迅速反应过来，都笑喷了。

他们一时竟分不清大佬的运气是好是坏。

说好吧，他 roll 点感人，被 boss 点名的概率极高，好不容易不刷怪，换口味接个材料任务来打金彩石，结果产石头的 boss 跑了。可要说坏吧，他总能出人意料地发现各种隐藏剧情和副本，且通关效率奇高，甚至到了惊动官博的程度。

方景行也笑得不行，安抚道："开不出来，咱们就放弃任务，再换个新的。"

姜辰点头。

说话的工夫，世界频道已经炸锅。

[世界]镜中人：？？？

[世界]飞星重木：？？？

[世界]朝辞：又来？？？

[世界]负一米：这啥？

[世界] 白龙骨：[大拇指]

[世界] 眼泪不值钱：我去！

[世界] 此门皆吾友：How old are you？

[世界] 情字当头：我也想说这句话，咋又是你？

[世界] 藏书：服了，隐藏剧情副本探测器啊？

[世界] 柠檬茶茶：还得再加个推土机。

[世界] 桃和黎：已跪得麻木 [呆滞]

玩家们纷纷刷屏，震惊的、膜拜的、恭喜的，什么都有。

但人有千面，很快有玩家提出了质疑。

[世界] CF蓝：说实在的，这有点不太科学吧，都没人怀疑吗？

[世界] 脱单万岁：+1，怀疑提前有攻略啥的 [抠鼻]

[世界] 体重不达标：加个身份证号。

[世界] 镜中人：咋的？上个隐藏副本是我们和大佬一起误打误撞开的，后来是几大帮会一起试的开启条件，更是一起开的荒。[伊林] 剧情是内测大佬打出来的，并不是我们率先发现的。综上，大佬也就发现了一个隐藏剧情而已，这是第二个副本。

[世界] 血容：[伊林] 就只打了两天呢 [棒棒哒]，你们是选择忽视了吗？

[世界] 佐&心：还都是完美通关，我要是有攻略我也打得出来 [开心]

[世界] 恰瓜：是不是傻，真有问题官方账号会专门发个状态？

[世界] 举起杯：再说这次的副本只是有他的ID，不一定是他发现的啊。

[世界] 彩虹豆：我寻思着上次的副本，官博都已经说了他们没问题，鱼的记忆？

[世界] 脱单万岁：万一人家是游戏公司的呢？担心人们开不了，就来做个示范 [托腮]

[世界] 血容：或许是黑了游戏公司？拿着攻略被奉为大佬，厉害 [鼓掌]

[喇叭] 十方俱灭：智商2？

频道静了一瞬，紧接着玩家们都笑了。

大佬这脾气，真的是不爽就噘回去啊。

如意的人也没落后，跟着冒了泡。

[世界] 儒初：不服憋着。

[世界] 老梧桐发芽：憋不住说一声，我们帮你 [拍肩]

[世界] 榨紫：红眼病就去医院看看呗。

[世界] 暗冥：得先去脑科 [微笑]

[世界] 镜中人：哈哈哈哈！

[世界] 生死与共：我才发现大佬你也很毒啊 [笑哭]

方景行心想敢说他的人，岂能放他们过年？

他见那几个人不再冒头，估摸是要转战论坛，便暂时没有理会，而是把注意力放回到副本上。

小队成员同样如此，他们如意帮会的一向腥风血雨，早已习惯了，不会被几个玩家影响心情，再说这也说明了大佬足够牛×。

他们看着没有半点动静的地图，猜测可能得自己找副本入口，四处转了一圈，没见着有什么机关暗道。而 boss 离开的方向就是他们来时的路，苟盛探头瞅了一眼，没发现有变化，便报告给了两位大佬。

方景行仔细检查完 boss 的房间，确认没有漏下的，说道："出去看看，可能中间会开一条路。"

一行人便追着 boss 过去了。

副本建在荒漠上，却一点也不凄苦，反而十分奢侈。

这是座巨大的私人庭院，前四号 boss 都是这里的仆人，最终 boss 是位大小姐。她喜欢艳丽的颜色，整个副本花团锦簇，像在荒漠上开了一朵娇艳的花，从高空俯瞰应该会很美。

几人顺着来路往回折，走到岔口突然见到不远处有一扇雕花的门，估摸这就是副本的入口，上前推开了。

苟盛："我去，原来她家还有个后花园！"

王飞鸟："羡慕，家里有矿系列。"

榨紫："荒漠，可能有点石油什么的，我觉得给小姐姐当鸟挺好的。"

情深长寿："嗯，我也愿意当一个专门负责暖被窝的男宠。"

老梧桐发芽："……闭嘴吧你俩。"

后花园和前院是两个风格。

前面是姹紫嫣红，百花盛开，后面则种着大片的黑玫瑰，栅栏、地面、树木等则是金色居多，整座后院像一个巨大的笼子。

他们站在门口环视一周，只觉风平浪静，连只小怪都没有。倒是尽头有一栋白色的建筑，矗立在大片的黑和金里。

方景行示意王飞鸟带队，摆好阵形往前推。

王飞鸟打起精神，率先踏上鹅卵石小路。其余几人在后面跟着，很快路过第一片玫瑰，只听耳边一阵窸窸窣窣的动静，紧接着那片花自里面掀开，站起十个帅气的男人，对着他们扑了过来。

"这花竟是活人伪装的！"

"让活人躺在这里给她当花，太有想法了！"

"还都挺好看的，这么多小哥哥随意差遣，过的是什么神仙日子？"

"羡慕就完事了……哎，你啥情况？"

周围的人闻言快速看了一眼。

玫瑰花是左一块右一块的，他们离右边近，引的是右边的怪。

由于是开荒，本着尽量存活的原则，他们把两位大佬拆开了，一个在中间指挥，另一个在后排跟随。作为队伍的火种，大家都想着等他们死绝了再轮到他。结果右边小怪跳出来的同时，他们那颗"火种"竟溜溜达达地去左边看花了。

姜辰目前对副本一无所知，便不想放过任何一个线索。

他对什么都好奇，因此想摘朵花试试，结果手刚碰到其中的一朵，就见一张脸猛地从地面抬起来，木然看向了他。

姜辰："……"

下一刻，对方闪电般往他肩上一抓，把他拖进了花池。

旁边的本宫最美见状急忙来帮忙，顺便想加个血，这时又见站起来几个人，她"啊"的一声也被拖进去了。

方景行恰好看见这一幕，说道："离左边远点，右边是攻击，左边是抓人……"

说话间，只见那两个人被拖进花池深处，周围的小怪一齐起身对着他们狂轰滥炸，二人眨眼扑街。于是方景行又补充："……被抓到就是死。"

一般情况下，奶妈是能复活队友的。但官方盖章难度的隐藏副本有一个机制，死了就会被直接送出去，没有复活一说。

姜辰只觉眼前一花，就被扔了出去，回到了副本门口。

本宫最美紧随其后，站在他身边，一脸蒙地看着他。

姜辰："……"

队伍频道里都是王飞鸟等人的号叫。

方景行的轻笑在这些嘈杂声中像一阵清风："今天恐怕摸不着 boss 了，你把任务取消，接一个你顺眼的，我一会儿过去找你。"

姜辰"嗯"了声。

他们打的是二人赏金，他这边放弃，方景行那边的任务条也会随之消失。他看向本宫最美："我回主城，你呢？"

本宫最美道："我也回。"

两句话说完，榨紫也死了出来，三个人便凑在了一起。

晚上玩家多，副本门口热闹，几乎立刻就有人发现了他们。

[喇叭] 永远不会远：报！大佬死出副本了 [截图]

众人顿时激动。

因为这艳丽的背景，一看就是某个满级的 10 人本。

[世界] 镜中人：哦，大小姐那个本！

[世界] 生死与共：冲！

[世界] 负一米：太好了，我今天还没打这个本哈哈哈 [大笑]

[世界] 情字当头：已打完 [沧桑]

[世界] 暗影蘑菇：我也没打，大小姐本，有组的吗？

[世界] 叶子青：组组组，加我一个！

[世界] 轶千万：我也去。

[世界] 我的大小姐：看看我的 ID，我能不去吗？

[世界] 西红柿鸡蛋：梦想还是要有的，万一实现了呢~

[世界] 藏书：看这情况，大佬今天肯定是没办法打通关了。

[世界] 恰瓜：刚才嚷嚷大佬有攻略的几个人，脸疼吗？

[世界] 暗影蘑菇：大小姐本 7=3，缺个奶，速度。

玩家们组队喊得热闹，几大帮会自然也不会落下，都在商量这个事。要知道，这算是开服以来他们第一次和两位大佬竞争首杀奖励，想想就有些小激动。

几位帮主就很惆怅了。

他们前脚刚把牛吹出去，想着隐藏剧情和副本不好发现，能有一段喘息的时间，谁知大佬后脚就打出来一个，简直不给活路。

然而面对帮众高昂的情绪和殷切的期待，他们只能亲自带队下本，一边走一边观察，争取不放过任何一点可疑的东西。

就这么一路打到了大小姐那里，感觉和平时没有半点区别。

问缘帮会的队伍里，镜中人看着帮主："咱们怎么打？"

幸天成很镇定："你们先等等，我查一下资料。"

他翻到 boss 简介，拿出做阅读理解的架势，从头看到了尾。

资料说大小姐很寂寞，时不时需要金丝雀的陪伴，金丝雀跑了会哭……他的目光一顿，看了看笼子，说道："是不是得被抓的人逃出来才行？"

镜中人先是一愣，接着一拍手："有道理，十方俱灭那个运气，铁定是被抓的命！"

他越想越觉得有可能："而且这几个隐藏剧情和副本都是全息才加进来的，很多是全息环境才能办到的事，键盘模式下，玩家根本开不了门。"

另外几人也觉得很有道理，赞道："不愧是帮主！"

幸天成惊险地保住了帮主的颜面，自信重回高地，沉稳地一点头："开怪。"

他说完，十个人便摆好阵形开怪，很快第一个人选就出来了。

镜中人站在笼子里，抬头望着笼门的高度，感受到了理想和现实的差距，问道："这怎么逃？"

幸天成凑过来看了两眼，想想大佬的骚操作，灵光一闪："那不是有秋千吗？抡上去试试。"

镜中人："有才！"

于是他跑到了秋千上。

其余人打着 boss，听见"砰砰"声不绝于耳，见某人不停地撞笼子又不停地往下滑，都有些惨不忍睹："你找个东西垫垫脚。"

镜中人万分悲催："我找了，根本没有能移动的东西好吗！"

幸天成思考几秒："是不是和体重有关？你把衣服脱了。"

镜中人心想有可能，快速扒了衣服，穿着大裤衩站在秋千上来回荡。

幸天成："⋯⋯"

其余几人："⋯⋯"

他们的眼睛！

"砰""砰""砰"，大裤衩再次开启撞笼之路。

幸天成："⋯⋯"

其余几人："⋯⋯"

这回更感人了。

幸天成："⋯⋯你觉得高了吗？"

镜中人："高了那么一点，但还是差一块。"

幸天成便不阻止了："你继续。"

其余几个帮会这时都在打本。

有几个也猜到可能是要出笼子，另外几个还在绞尽脑汁地想条件，其中最惨的就是孤问。

孤问和白龙骨都不是喜欢打本的人。不同的是，白龙骨只是个人喜好，孤问却是和全帮风格一致。他们甚至连十人本都没推过，集体死出了副本。

孤问冷冷道："还打吗？"

帮众齐刷刷摆手。

"算了，爱过。"

"大好的青春打什么本啊，竞技场它不香吗？"

"咱们打打隐藏剧情就得了，副本啥的就拉倒吧，怪麻烦的。"

"就是，走走走，赏金墙。"

金竞联盟，率先退出首杀竞争。

孤问满意了，转身去打赏金墙。

刚迈出去两步，便见一条消息刷了上来。

[喇叭]生死与共：原来大小姐还有个后花园，给你们看看隐藏副本长什么样[截图][截图][截图]

孤问一脸冷酷，不为所动。

玩家们都被炸了出来。

[世界]树影：哇，我喜欢这个配色，风格好强烈！

[世界]彩虹豆：里面难道藏着大小姐的顶级宠物[星星眼]

[世界]爱的seven：啊，想看[口水]

[世界]恰瓜：你们好快，不是找大佬问出来的吧？

[世界]生死与共：不是，我们帮主想的[骄傲]

[世界]奶香鸡蛋羹：厉害厉害[大拇指]

[世界]我是个杀：分享一下呗？

[世界]独享山河：我发现其他几个大帮会的人都没冒泡。

[世界]就是肤浅：还没开出来呗[吃瓜]

其他几个帮主不想说话。

他们感受着陡然增大的压力，只想把朝辞从头到脚骂一遍。

不过他们不知道朝辞和大佬用的办法不一样，他没想到用傀儡师，而是让在外面的人脱光衣服挤进去一个肩膀，给里面的人垫的脚。

但这不重要，反正他们成功开出来了。

朝辞想想那几个帮主的情况，只觉万分舒爽，弯腰赏花："你们看这个黑玫瑰，开得多好……"

随着"好"字落下，一个男人猛地从里面抬起头，和他来了一个脸对脸。

朝辞："……"

帮会成员："……"

男人往他身上一抓，拖着他就进了花海。

帮会成员急忙过去救人，却也被先后拉了下去，一轮攻击砸下来，全部扑街。

一行人站在副本门口，有些弱小可怜加无助。

带队开出副本，又带队"门口游"的朝辞深吸一口气，说道："没事，开荒嘛，正常，咱们明天再打，十方俱灭他们搞不好也要被拖下去了。"

确实被拖下去过的姜辰这时已经等来了方景行。

他们新接了一个任务，再次踏上打赏金的道路。

姜辰问："后面是什么？"

方景行道："没走完那个花园，走中间行不通，肯定会引一边的怪，不是左边就是右边。"

姜辰想了想："你们把第一批小怪打死后，派一个人去引怪呢？"

"派了，"方景行无奈道，"第二堆花丛是左边攻击，右边抓人。"

姜辰想象一下负责引怪的人大义凛然跑到右边，被拖进去的画面，沉默几秒，又问："左边和右边的怪能打起来吗？"

方景行暗道一声心有灵犀，笑道："我试了，没用，他们不会相互打。"

姜辰："那上树打呢？"

方景行："他们也会上树，我就是在树上死的。"

姜辰不问了，想着明天再研究。

方景行陪着他把手里的任务做完，成功将赏金墙开到五级，便去竞技场里做实验了。

二人选了一个有高低落差的地图。

方景行站在下面望着姜辰，等他跳的时候便张开双臂，把人接在了怀里。姜辰没和他计较，看了看他的血条，发现掉了一块，便知道"高空坠物"的设定管用，如果再高一点，肯定能砸死人。

方景行也觉得全息里新加的这个有点意思，能趁着别人还没发现出其不意地来一把，坑点人。也是多亏某人"运气好"，跳崖都能砸到人……他笑着看向封印师："PK还是打竞技场？"

姜辰道："PK吧。"

方景行自然随他，陪他打到九点半，望着他的身影消失，之后去论坛看了看。

论坛果然十分热闹，怀疑的人不在少数，毕竟是接二连三地开出隐藏剧情和副本，而且都是短时间内就打通了关，实在让人不能不多想。不过这并没有持续多久，官方似乎也在关注这事，等方景行看的时候，他们的公告刚好出来，说人家没问题。

质疑的玩家全被打脸，不吭声了。

其余人则又是一轮膜拜，终于把注意力转到新开的副本上，从辰星映缘那边的消息看，他们打的是满级大小姐的副本。这不像上次的副本有那么多条件，因为大小姐那金灿灿的笼子实在太惹眼了，另外九个服很快也开了出来，但都没能走多远，只能第二天再打。

时间悄然溜走，到了零点。

除了已经放弃的金竞联盟，其他几个帮会和另外九个服的人都去了副本，要抢这个首杀。可惜一整晚过去，公告栏风平浪静，全都没能通关。

最先开出副本的大佬一觉睡到天亮，上线后就收到了全服玩家的热情问候。

[世界]诗人不望天：大佬来了，让你们看看什么是实力！

[世界]雪山仙：大佬加油！

[世界]恰瓜：押注吗？我赌今天。

[世界]板蓝根：我也是。

[世界]糖葫芦：我也。

[世界]我是个杀：这还有什么可赌的！

[世界]夜樟树：咱们可以赌几点。

[世界]西红柿鸡蛋：大佬又打赏金去了。

[世界]我才不饿：我赌晚上==

[世界]最好的男神：为啥打赏金？

全服玩家："……"

是啊，首杀的关键时刻，你打什么赏金啊！

然而大佬们不仅打了，还打了一整天。

因为队伍里有人白天要上班，只能晚上打。姜辰便等着他们上线，这才集合出发，进了大小姐的副本。

同一时间，另有几个主力队伍也进了副本，开始攻略。而已经打完的便只能在外面观望，忐忑地等着大佬的消息，祈祷他们快点死出来。

官方同步关注着进展，忍不住又找策划团队确认了一遍："这次不会出岔子了吧？"

策划抖着腿："放心，我们又检查了一下，他们这次绝对没有落脚点，只能正常打！"

"对，前期就够他们受的了，今天应该通不了关。"

"要是再给他们钻到空子，我把脑袋给你。"

"加我一个，我就不信这个邪了。"

官方觉得妥了，放心地回去了。

049.

一回生，二回熟。

姜辰他们这次连 boss 都不怎么打了，等大小姐选完人，王飞鸟负责遛她，被选中的人则抓紧时间从笼子里爬出来。

大小姐顿时又疯了，把他们全砍了一遍，之后哭着跑了。几人原地复活，再次走到后花园，站在门口没有动。

鹅卵石小路仅能容纳两个人并肩通过。

昨天方景行他们已经试过，单人走在正中间，总会吸引一边的怪。何况这一关卡设计出来，总不能让玩家只走一条直线就过关，所以找对称线的办法行不通。

左右的花池是水平对齐的，而且长得都一样。

门口到第一组花池的距离和几组花池的间距平均约为两米，这个空间大概是给玩家打怪用的，毕竟全挤在小路上打不现实。而这个两米再加上小怪起身后腾出来的地方，这才够他们施展。

打副本拉一群小怪，往往容易团灭。

可这个本却是强制性的，一引就是十只。虽说经过上次的交锋，他们发现这些小怪的攻击没有其他副本的强，但一次性打十只，还是有些费劲。

正常看，这关就是拉十只怪，集火[1]打完，成功通过第一组花池，抵达间隔两米的空地上，找出第二组花池里攻击属性的区域，继续拉怪、继续集火……打完全部的五组，这一关卡就算是过了。其间如果打得太专注，不小心踩到抓人花池的感知区域，往往就是个死。

打起来困难且有危机，确实符合隐藏副本的难度。

但实在是太麻烦、太浪费时间了。

姜辰和方景行的目光不由得投向左边的花池，思考了下，几乎同时看向儒初。

儒初言简意赅："说。"

方景行笑道："召个傀儡出来。"

儒初便随意弄了一个单体攻击的傀儡给他们。

方景行和姜辰试着抬了一下，没能抬动，估摸这设定和 NPC 差不多，都是不能通过外力移动的。想让他动，只能主人操控，或用技能抓取、击飞等。

姜辰问："你能让他趴下吗？"

---

[1] 集火：集中打一个目标物。

儒初："不能。"

苟盛好奇："干什么用？"

方景行："想试试左边的花池，看能不能贴着边爬过去。"

说着，他让儒初操控傀儡和左边间隔一个人的距离站好，尽量能在竖直方向上和栅栏紧贴。

儒初便一点点调整，最后停在满意的地方。

方景行见状转向王飞鸟："开仇杀，把他抡地上。"

王飞鸟点头，手里的枪一横，猛地攻向傀儡。

只见傀儡笔直地倒下去，往地上一躺，头皮恰好进入左侧的感知范围，且紧紧贴着栅栏。

下一刻，栅栏后冒出一个人，抓住傀儡的头发拖进了花池里。

众人："……"

看来溜边爬这个办法不管用。

姜辰想了想："他们什么都抓？"

"不知道。"方景行说着挑了件没用的装备，扔到了左边花池前。

然而一朵花都没冒头。

苟盛猜测："可能只抓玩家，或者是只抓活物。傀儡虽然是死物，但是属于儒初的，被他们当成了玩家的一部分。"

方景行也是这么想的，打开商城买了包萤火虫，走过去对着左边放了。

萤火虫，系统盖章的活物。

左边的花池立刻被惊动，几朵花"嗖嗖嗖"地站起来抓虫。

苟盛几人："……"

还能这么试？

方景行心情愉悦："原来能抓活物。"

他又连续放了两包，观望片刻，发现花池并不是无限往上冒人，而是有一定的总量，而且他们抓人有个规律——每次只能抓一个，先抓离自己近的，抓完再抓远处的。

这就好办了。

一行人迅速排队站好，每人手里两包萤火虫。

方景行站在最前面，一边走一边放虫，趁这几朵花忙活的工夫，快步往前走。

后面的人有样学样，只要萤火虫减少，就及时添一包，总之不让他们闲着。看着他们抓得不亦乐乎，一行人渐渐体会到了逗猫的乐趣。

不过这萤火虫设定的是乱飞的，其中一个队员比较惨，好巧不巧，他走过的那个空当和花池对应的线上恰好没有虫子，一下子被拉了下去。

情深长寿被踢出副本，在频道里幽幽叹气："我怀疑是因为我长得太帅，他们想和我玩点多人游戏。"

苟盛泼冷水："想多了，是看你太渣，想让你当花肥。"

情深长寿不服："我只是多情而已，再说我能有渣滓渣吗？"

榨紫："渣也是分技术的好吗，我技术比你高。"

老梧桐发芽："恭喜，你们两个到底谁最渣，今天终于有了结果。"

两分钟后，说完"恭喜"的老梧桐发芽步了情深长寿的后尘，他们在门口喜相逢了。

情深长寿啧啧道："阿芽，看不出来啊，你比渣渣还渣？"

老梧桐发芽："滚蛋，我这是舍生取义，为了救队友才牺牲的！"

他是站在十方俱灭身后的。

刚刚他们路过第二组花池，他眼看着有朵花要对大佬伸手，想想大佬一贯的运气，估摸大佬那条线上也恰好没有萤火虫，就冲过去挡在了大佬的面前，这才被抓。

"你死了值一挂鞭炮，而我值一块纪念碑！"老梧桐发芽说完，对着频道问，"你们说是不是？"

姜辰沉默，没有开口。

他走到一半见队友突然扑过来赴死，一时间也不知道该说什么。

倒是后面的儒初不咸不淡地给了一句："他手边有一只萤火虫，你没看见？"

老梧桐发芽："……"

其余人："……"

频道安静了两秒钟，紧接着众人都笑抽了。

本以为是为战友而死，谁知是救了一只萤火虫，白死了。

当事人默默蹲到一边，就想静一静。

情深长寿陪他过去蹲着："要不我牺牲一下，安慰安慰你？"

老梧桐发芽："闭嘴吧你。"

副本门口都是人，有来下本的，也有过来等消息的。

几大帮会知道两位大佬正在下本，都派了人守着，此刻看到如意的人，便及时把消息传了回去。

几位帮主算了算时间。

把打副本的时间刨除，如意的人应该是刚开始打[囚鸟]。

刚打就死了两个，而且还是一个奶妈和一个战神，都属于队伍刚需。想到这里，他们几位帮主有些放心了。

吃瓜群众也在第一时间发现了那两个人。

他们并不是来下本的，而是想来凑个热闹，见状都激动了。

[喇叭]辰星观察缘：报——！大佬的队伍死出来两个[截图]

[世界]累了散了：看着还挺郁闷的？

[世界]板蓝根：我算了一下时间，他们这才刚开始打吧？

[世界]彩虹豆：看来情况不乐观啊[吃瓜]

[世界]恰瓜：我昨晚凌晨盯了半天，那些进去打的基本都是很快就死出来了。

[世界]渣男退散：那这个本还挺难的？

[世界]论文好难写：完了，我押大佬今晚能通关的。

[世界]糖葫芦：我也是[哭泣]

[世界]goodsleep：大佬加油，一口气过啊！

[世界]藏书：莫慌，相信大佬，上次也是差不多都死完了，最后不还是过了？

[世界]兔子不秃鸭：上次可能是找了什么bug，这次不能还那么幸运吧？

[世界]木乔南：其实这才是正常的，开荒不死几轮，哪过得去？

外面讨论得激烈，副本里的人则放着萤火虫，顺利通过了五组花池。

门口到白色建筑物的距离看似不太远，但小路曲曲折折的，并不能直线通过。他们在花池里左拐右拐，终于到了第二关。

眼前是一个圆形的喷泉，不过没有喷水。

池子里有一些积水，同样泛着金光。正中央的位置矗立着一座金色石雕，手拿重剑，看起来华丽又严肃。

他们被花池坑过一回，这次便让儒初的傀儡在前面探路，免得走到一半又遇见一个"惊喜"。

好在石雕就是石雕，不是什么缺德的玩意，一行人跟随傀儡绕过喷泉，发现后面是一条曲折的花藤走廊。

走廊上轻轻垂着开有白、金、黑三色小花的藤蔓，枝条很长，几乎垂到了地上。

它们彼此都有一定的间距，轻轻地晃动着，帘子似的挂在眼前，好看极了。

"这是吹的东南西北风吗？往哪边晃的都有。"

"碰上可能就要倒霉。"

"就……躲避障碍物？"

"不走这条路会怎么样？"

"我也想知道。"

队伍里不止一个人在想这个问题。

因为走廊两侧就只有些草地和小花，看起来无害极了。他们放着草地不走，为啥要走明知道有坑的走廊？

儒初一言不发，指挥着傀儡过去了。

只见傀儡迈进草地，刚跨出半步，身体便开始下陷，紧接着咕噜咕噜沉底，没了。

众人："……"沼泽啊我去！

没办法，只能接受现实。

儒初便又召出一个傀儡，帮着他们探了探。

白色定身，金色减速，黑色中毒……反正没好事。

而且这些藤蔓会朝着各个方向晃，往往玩家被定身后，又会被附近的黑色或金色藤蔓打中，惨上加惨。只凭这点，就能预想到有多少队伍会在这一关怀疑人生。

姜辰仔细观察了一阵，发现有几条藤蔓靠走位是躲不开的，必然会被打中，便有些嫌麻烦，抬头看了看走廊的高度。其余几人跟着他看了一眼——好像能爬上去，只不过需要一个人在下面搭脚。

王飞鸟身为战神，自告奋勇："我来吧。"

其余人都没意见。

留下的那个没办法爬上来，需要过走廊，而战神的血槽厚，中点毒也没关系。

于是儒初操控傀儡停在木柱前，王飞鸟则往傀儡的身旁一蹲，示意他们可以了。

苟盛打头阵，踩着王飞鸟的肩爬上傀儡，再踩着傀儡的肩翻上走廊，站在顶层迈了两步，说道："安全。"

后面的人便鱼贯爬上去，只留王飞鸟和傀儡做伴。

下一刻，儒初直接指挥傀儡跳沼泽自杀，免得他还得在上面操控，浪费时间。王飞鸟正想拍拍傀儡的肩，见状哀怨地看了眼自家帮主，孤零零地踏上了坑爹的走廊。

他躲开了前面几个，倒霉地被白色藤蔓扫中，定住不动了。

众人眼看着他又要被金色的藤蔓抡上，逸心人身为驱魔师，便蹲下试着透过缝隙给他扔了一个驱散，发现竟然管用。

王飞鸟急忙跳开："谢了。"

逸心人："悠着点，我技能冷却了。"

王飞鸟："知道。"

这话说完没多久，他又被黑色藤蔓打中了。

上面的本宫最美暂时没管王飞鸟，想着等他的负面状态叠得多了再净化和加血，免得技能冷却，等需要用的时候捉襟见肘。

众人就这样放慢速度，照应着王飞鸟。

片刻后，方景行突然道："你们有没有听见什么声音？"

姜辰侧耳一听："水声？"

其余人也停止交谈，一齐回头。

只见喷泉喷出一道水流，打在了石雕上。石雕身上的金粉随之褪去，露出原貌，这石雕似乎是活的。

与此同时，王飞鸟在下面叫道："又撞上了。"

上面的人集体沉默。

儒初说道："你再撞一条。"

王飞鸟不明所以，但很听话，又撞了一条黑色藤蔓。

上面的人一眨不眨地目视前方，见喷泉瞬间又喷出一道小水流，冲掉了石雕上的一点金粉。

众人看着那尊快要完全解封的雕像，再次沉默。

大小姐，你可真会玩。

王飞鸟视线受阻，不知道出了什么事，问道："怎么了？我还撞不撞了？"

上面的人异口同声："你最好别再撞了。"

王飞鸟道："为啥？"

苟盛："免得有人来收你。"

王飞鸟一头雾水："……啊？"

榨紫温柔道："别问了，往前走，记得照顾好自己，别让我心疼。"

王飞鸟不问了，继续前进。

然而不撞是不可能的，这一关设计出来就是为了让玩家撞，区别只在于撞多撞少。在他又撞了三条藤蔓后，上面的人眼睁睁地看着雕像拎着重剑，上了岸。

"……"上面的人喊道，"躲开白色和金色的，别管黑色藤蔓，快跑！"

王飞鸟："咋？"

说话的同时，只见下方的藤蔓齐刷刷往上缩，缠住屋顶，把缝隙堵得严严实实。逸心人和本宫最美正要抓紧时间给他驱散和加血，却发现技能根本放不出来了。

王飞鸟眼见视野忽然开阔，愣愣地环视一圈，对上了身后过来的人，顿时惊叹一声。

"雕像"不和他废话，拎着剑就砍。

上面的人不仅帮不上忙，连看都看不见，只能听声音。

两分钟后，系统刷出一条消息。

[战斗] 王飞鸟死亡。

几人一齐默哀。

外面同步更新。

[喇叭] 辰星观察缘：报——！大佬的队伍又死出来一个战神。[截图]

[世界] 板蓝根：这有十分钟吗？

[世界] 眼泪不值钱：好像差不多。

[世界] 镜中人：[蜡烛]

[世界] 藏书：上面的那个，既然都冒泡了，有本事再多说几句啊，到底啥情况？

[世界] 追一只鹿：我知道我知道，我听我朋友说第一关是一口气打十只小怪，一共要打五回，难打又耗时。

[世界] 糖葫芦：完了[哭泣]

[世界] 我叉会腰：那是药丸，俩战神都死出来了[抠鼻]

几位帮主都知道第一关是怎么回事，此刻又放心了点。

一边是小怪池一边是死亡池，炸烟花、走中线、贴地爬……他们都试过，根本不管用。如今有效的办法就是把五组花池中的小怪池先找出来，再牺牲一个人一口气把小怪全拉走，给队友创造机会，这才能省时间。

但这是开荒，大佬们不可能一上来就知道哪边是小怪池，只能先打。

眼瞅着大佬那队要够呛了，他们多下几次本就能多积攒几次经验，离首杀也就更近一步。

于是，几位帮主便在帮会频道里喊了两声，让没打的成员都去打一打。

帮众回复道："倒是还能凑齐一队人，可种族对不上啊。"

从上一个隐藏副本就能看出，游戏设计出副本是给全服玩家打的，对职业没那么多限定条件，顶多就是种族限定罢了。为以防万一，他们每次组队下本都是三族全带，可现在缺人。

几位帮主很和气，鼓励道："没事，兴许不需要种族，你们打打试试，多一队人就多一分希望。"

帮会成员一想也是，便叫齐人走了。

此刻"够呛"的小队纷纷从走廊上跳了下来。

雕像杀完人，似乎是觉得走廊里干净了，便又回到了之前的位置。姜辰他们不需要和他打，顺利通过这一关，继续往前推，终于抵达白色建筑前。

他们推开门，微微一怔。

屋子里没有地面，是掏空的。

房顶挂着一盏精致的吊灯，门边有一条楼梯，螺旋通向下面，好像一座塔，只有顶部露在地面上，剩下的部分则深埋地下。

楼梯仅能容纳一人通过。

他们排好队，照例由儒初的傀儡探路，慢慢顺着台阶往下走。片刻后，只见周围的墙壁上镶着一个玻璃展柜，里面站着一个身穿金色羽衣的男人，帅气极了。

几人停住。

儒初操控傀儡在那男人面前溜了溜，见他没反应，又试着对里面放了一个攻击技能，见他依然不动，这才放心地走过去。

结果就在儒初还有半个身位便要通过的那一刻，玻璃展柜突然"唰"地打开，里面的男人抬腿一脚，把人踹了下去。紧接着展柜又"唰"地合上了，男人在众目睽睽下推开身后的墙，潇洒地走了。

[战斗] *儒初死亡*。

其余人："……"这也太不要脸了！

等等，你知道你踹的是谁吗？他下次再来，绝对得把你炖了！

楼梯上的众人一阵沉默。

榨紫语气微妙，带着点不可思议："咳，我刚刚好像听见他短促地'啊'了一声。"

姜辰："嗯。"

苟盛："太猝不及防了吧。"

本宫最美："要是换成我得吓死。"

逸心人："哈哈哈哈哈……"

方景行笑着问："所以呢？"

榨紫更微妙："就觉得有一点那啥……带感，懂吧？"

死出去的儒初在频道里道："都想死？"

副本里的几个人顿时老实了，接着往前走。

一路上共有十个展柜，分为三种类型，一种是会出其不意地踹人一脚，一种是需要他们打残了轰走，还有一种是会把人抓进展柜里弄死。

榨紫和本宫最美在这条路上先后阵亡，存活的只剩逸心人、苟盛和两位大佬。

他们来到最下层，看见了坐在床上的大小姐。

她原本艳丽的衣裙换成了纯黑色，脸上的妆容更浓，冷艳地坐在昏暗的屋子里，一动不动。

这栋建筑与其叫"塔"，不如叫"笼子"更贴切一点。

整个笼子只有头顶那一点阳光，很符合"囚鸟"的名字。

苟盛站在最后一级台阶上问："打？"

姜辰看看大小姐，然后抬起头，望向房顶。

方景行笑道："想试试？"

姜辰："想。"

逸心人："想什么？"

方景行来回观察一阵，指着房间中央的位置："你们两个负责拉 boss，把她拉到这儿来。"

逸心人："你觉得我拉得住 boss？"

方景行："不用太久，稍微嗑药坚持一下就行。"

逸心人："行，那你们呢？"

方景行："我们两个折回去。"

他笑着对他们挥挥手，跟随姜辰回到门口，找好位置，示意下面的两个人动手。

逸心人和苟盛听话地去开怪，一把 boss 拉到指定地点，就告诉了他们。

于是，姜辰和方景行先后从一个位置跳了下去。

下面的两个人苦苦支撑着，不清楚大佬要搞什么。

逸心人："行不行，都要挂了。"

话音一落，一个熟悉的身影从天而降，不偏不倚砸在 boss 身上，大小姐的血"唰"地下去了四分之三。

苟盛："……"

逸心人："……"

二人还没反应过来，另一人紧随其后。

"砰"的一声，大小姐的血量直接清零，连个血红的机会都没有。

苟盛："……"

逸心人："……"

血条见底的大小姐并没有死，而是清醒了过来。

她身上的黑衣破碎，露出原来的色彩，一脸蒙地看着他们，哭道："我……我怎么了？"

您被高空坠物砸到了，括弧，两下。

二人一齐看着她，沉默。

好在大小姐也不需要他们回答，环视一周："我……我又不清醒了？"

苟盛："她这是双重人格的设定？"

逸心人："有可能。"

外面的人不明所以，只知道两位大佬也死出来了。

[喇叭] 辰星观察缘：报！两位大佬也挂了。[截图]

[世界] 糖葫芦：为什么？[大哭]

[世界] 喜欢夏天：得了，这下彻底没戏了，都散了吧。

[世界] 恰瓜：嗯，我瞅着就剩下逸心人和苟盛了。

[世界] 追一只鹿：那完了，听说如意的副帮主水平一般，苟盛还行，但独木难支啊。

[世界] 眼泪不值钱：散了散了，等明天吧。

[世界] 镜中人：明天加油~

[世界] 幸天成：正常的事，开荒嘛，多打打就行了。

[世界] 木枷锁：对，主要是副本太难。

[世界] 白龙骨：我最讨厌打本。

[世界] 飞星重木：听说孤问他们都不打了？

[世界] 孤问：嗯。

几位帮主互相安慰着，一颗心彻底放回肚子里，带着帮众去打别的本或竞技场了。

与此同时，副本里的大小姐哭够了，为感谢他们唤醒她，就不和他们计较先前的事了，给了他们一堆谢礼，让他们赶紧滚。

金色的公告飘上来：恭喜玩家十方俱灭、暗冥、本宫最美、苟盛、老梧桐发芽、情深长寿、儒初、王飞鸟、逸心人、榨紫通关隐藏副本[囚鸟]！达成首杀成就！

全服玩家："……"

几位帮主："……"

这啥！

050.

那一瞬间，众人都觉得是看错了。

他们急忙翻看系统记录，确认是大佬的队伍，疯了。

[世界] 镜中人：？？？

[世界] 木枷锁：……

[世界] 白龙骨：……

[世界] 飞星重木：……

[世界] 眼泪不值钱：出bug了还是系统发神经了？

[世界]追一只鹿：系统发神经了，都洗洗睡吧。

[世界]糖葫芦：啊啊啊啊大佬好厉害！

[世界]藏书：哈哈哈哈膜拜！

[世界]恰瓜：今天这热闹没白看[笑哭]

[世界]负一米：这才打了多久？

[世界]朝辞：我记得柳和泽差不多是和他们一起进的吧@柳和泽

[世界]柳和泽：我们还在打第一关的小怪[沧桑]

[世界]情字当头：所以他们到底是怎么打的！

玩家们简单算了一下，发现他们打隐藏副本貌似比前面那个正常本用的时间还少，又疯了。

几位帮主毕竟亲自带队打过[囚鸟]，疯得尤其厉害。

拜两位大佬所赐，他们早已建了聊天群，这时纷纷在群里冒了泡。

"他们第一关肯定是想办法规避了。"

"没错，不然光打小怪就得费半天工夫。"

"那究竟是怎么规避的啊啊啊！"

"这谁知道……"

"就算规避了吧，但你们想想他们死出来的人，两个战神都挂了，而且这还是他们第一次推 boss，谁拉的怪？"

"不会又找到啥 bug 了吧？"

"策划是干什么吃的！"

孤问静静听了一会儿，伸手屏蔽消息，带着帮会的人进了竞技场，真心觉得他们放弃打本挺好的。

策划团队这个时候也疯了。

他们立刻调出视频，挤在一起看。

"萤火虫！"

"要不要脸，逗猫呢这是！"

"快进，这一点不想看了……我去，爬走廊！"

"他们脑子里到底装了什么东西？"

"再快进，我要看 boss，这点时间不够打 boss，我要知道他们是怎么打的。"

视频迅速快进。

只见两位大佬先后跳楼，直接砸死了大小姐。

策划团队："……"

死一般的寂静下，电话响了。

项目主管前脚刚到家，后脚论坛上就炸了。他知道肯定又有不少玩家质疑，忍着心梗道："你们刚刚是怎么说的？把头给我？"

策划团队抖着腿，有点不想活。

项目主管道："这次又是怎么回事？给我看看视频。"

策划把视频发了过去。

主管看完，脑子里那根理智的神经"啪"地就断了："为什么 boss 能被砸死？她不是血厚吗！"

策划团队觉得有点冤。

"开会说的，全息要尽量贴近现实。"

"物理重量啥的都要考虑，这是全息基础设定，在游戏里哪都能用。"

"你看，从楼上扔瓶矿泉水都能砸死人，更别提是两个大活人跳楼了。"

"这高度跳下去能秒杀玩家，boss 一个攻击都打不死满血的玩家，你算算这个伤害量。"

主管道："谁让你们把笼子弄那么高的！"

"十个展柜，每隔一段距离放一个，当然高啊。"

"这么顺着楼梯往下走，还能造成一点压抑和恐怖的效果。"

"你想想 boss 黑化的内心，渴望阳光又惧怕阳光，在下面望着那一点亮光和自由，那种孤独又脆弱的 feel……"

主管面无表情："改。"

策划团队见他把"头"的事忘了，顿时一齐附和："改改改，我们马上研究修改方案！"

游戏里依旧热闹，十个服的玩家都在讨论这件事。

处于风暴中心的如意一行人已经回到了帮会，他们其实也很蒙，但副本门口的人太多，他们便先撤了。

苟盛收好自己的下巴，给队友们讲了讲大小姐究竟经历了什么。

王飞鸟几人震惊："这也行？"

方景行笑着看了眼身边的封印师，说道："我们偶然发现的。"

王飞鸟几人深深地觉得他们太牛了，排队膜拜了一轮。

方景行看向逸心人："你们怎么过了一会儿才出来？"

逸心人："她没死，从黑化变回正常了。"

苟盛跟着说道:"我们觉得她可能是个双重人格,后院那些东西都是阴暗的一面搞出来的。"

不过打副本嘛,推就完事了,他们很少关注剧情。而且这个隐藏副本刚被玩家发现,可能得再等几天,官方才会放出大小姐的完整资料篇,到时候看看就知道是怎么回事了。

他们分完首杀奖励,看了眼仍在沸腾的世界频道,想想有可能会抓狂的策划,觉得这日子值得庆祝,便在院子里放起了烟花。

几位帮主这时已经走到如意的门口,见状犹豫了下,觉得这种情况暂时不宜打扰两位大佬,便去广场上遛弯儿了,想再缓缓。

两位大佬也买了点烟花,点燃放了。

方景行笑道:"咱们去屋顶上看?"

姜辰扫了眼旁边的房子,点了点头。

二人便顺着梯子爬上去,并肩坐在屋顶看烟花。

下面的人看了看他们,没有上去惹人嫌。

儒初和逸心人站在院子的另一边。

前者也看了一下屋顶上的人,问道:"方景行签完人了吗?"

逸心人笑道:"还没有,据说封印师有点顾虑,不想签。"

儒初点头。

逸心人:"这封印师很有个性,承颜也挺喜欢他的。"

儒初看向他。

逸心人:"真的,你等承颜上线就知道了。"

热闹的烟花会持续了近半个小时,这才在玩家们的意犹未尽中结束。

两位大佬仍坐在屋顶没下来。

姜辰听见他们询问要不要打本,扫了一眼时间,看快九点了,懒得动:"不打,你们打吧。"

于是苟盛几人组了队,说说笑笑地出门了。

方景行看着身边的人,觉得就这么坐着聊天挺好的。

可惜天不遂人愿,不到半分钟,看门的护卫就进来了,说是外面有人找他们。他无奈地呵出一口气:"肯定是那几个帮主,信吗?"

姜辰点头:"走,PK。"

方景行明白他的意思,跟着他回到地面,出了大门。

几位帮主齐齐迎了上来。

方景行不等他们问,主动把副本的几个关卡说了说。

首杀已经拿到，后面也不会影响奖励，像这些网游里的东西，他们早已习惯有什么打法就分享一下。要知道目前这些副本的通关办法，基本都是玩家通过不停地实践得出来再分享的，瞒着也没什么意思。

几位帮主听得很服气。

萤火虫，这谁想得到啊！

方景行笑道："至于 boss 那里……"

几位帮主立刻打起精神。

方景行："保密。"

几位帮主猝不及防："……啊？"

方景行："萤火虫那个不知道修不修，但 boss 那里肯定修，我们是用特殊办法过的，不清楚她的攻击规律和血红机制，你们推推看。"

几位帮主一想有道理。

他们这次哪怕推过了也没用，奖励又不会多给，等游戏公司修改完，他们还得来回扑街，不如就直接正面推，也少浪费点时间。

不过他们还是很好奇："到底什么办法？"

方景行笑着摇头，不告诉他们。

他觉得像这种基础设定，游戏公司搞不好不会改，只会修 boss 的关卡，而如意的人肯定不会往外说。因此这一设定目前还只有他们知道，以后兴许能再坑点人。

几位帮主见他不说，便识趣地不问了，说道："谢谢大佬，我们等过了零点去看看 boss 的机制，回来告诉你们。"

方景行鼓励了两句，目送他们离开，之后和姜辰去了附近的竞技场，见他那边按了"准备"，笑道："就这么干打？"

姜辰："不然？"

"来点彩头，"方景行思考两秒，"真心话和大冒险玩不玩？咱们加个机制，你选大冒险，我下一轮输了也得选大冒险，如果连输两次，就按照最近的那次选。"

姜辰："不玩。"

方景行笑着问："怕输给我？"

姜辰自然不怕，决定成全他，说道："不能问我的隐私。"

方景行："我不问你生了什么病、在哪家医院等等和你病情相关的问题，像'你有没有追过人''以前做过的最尴的一件事'这种应该能问吧？"

姜辰很痛快："能。"

两个人准备好，等着倒计时结束，开始 PK。

他们实力相当，姜辰的操作正处于巅峰，而方景行则是经验丰富，胜率基本五五开。

第一把，姜辰顶着一丝血皮，一轮爆发把方景行带走，说道："好好的PK不打，让你浪。"

"风水轮流转，有什么关系，"方景行笑着起身，"我选大冒险。"

姜辰："你发喇叭，就说你的病治好了，以后是个真男人了。"

方景行看着他："……想好了？"

姜辰想了想，觉得不妥。

因为他不能保证百分百的胜率，方景行这货不是个吃亏的人，他搞完对方，对方肯定会搞回来。他们在喇叭上这么互坑，便宜的是看热闹的人。

得想个方景行有，而他没有的。

姜辰突然想起以前和队友们玩过的游戏，说道："这样，你上网找一篇你的同人文，给我念一段，不要你和承颜的。"

想了想，他又补充："换成原声念。"

方景行依言去论坛搜了搜，几分钟后笑出声："行。"

他切换原声，温柔地念道："十方俱灭看着他在雨中越走越远，冲过去抱住了他，哑声道：'别走，你对我很重要。'暗冥瞳孔一震，猛地抓住他的手，回头问道：'你说什么？'"

姜辰打断："……你等会儿。"

方景行努力忍着笑，语气无辜地问："怎么了？"

姜辰："我是让你找'方景行'这个身份的同人文。"

方景行："你没说清楚，这是你的锅，不能马后炮。"

姜辰沉默。

他想知道那些人怎么就这么闲，什么都敢写。他上次都说了他们只是朋友，那些人到底犯了什么病？

方景行观察两眼，见他不吭声，继续念："暗冥看着他，眼中的情绪极深。他只觉这些年的等待和痛苦全冒了上来，第一反应不是狂喜，而是不可置信。他苦涩道：'你别骗我。'十方俱灭道：'我说的是真的。'他不想让这个陪伴多年的人离开自己……两个人的心跳同时加速，暗冥终于肯信了，珍宝般捧住对方的脸，吐出一句话……"

姜辰木着一张脸："够了。"

方景行笑道："下面还有呢。"

姜辰："不用了，PK。"

两个人开了第二把。

姜辰想着那个倒霉机制，能猜出方景行接下来会干点什么，便想再把方景行弄死。

方景行同样想赢，因此极其专注。二人打得十分惨烈，血量一直僵持到最后。

最终方景行得偿所愿，惊险地拿下了这一局，一边回味一边笑道："你看这多好，能激发人的斗志。"

姜辰："滚。"

方景行心情愉悦："按照规定，我上把是大冒险，所以你这把没得选。"

姜辰盯着他，已经能猜到他后面的话了。

果然，不干人事的方队长把那篇文发到频道里，说道："来，你把下面这段念了，到剧情的高潮了。"

姜辰："……"

【该我上场带飞了·正文·完】

□ EXTRA
▼ CHAPTER

建 城
THE CITY...

[世界]镜中人：这次的活动啥意思？咱们要打外星人？

[世界]生死与共：想啥呢，可能吗？

[世界]负一米：咋啦？

[世界]恰瓜：活动预热，官博今天放的料[截图]

不明所以的玩家们打开一看，见上面画的是一颗陨石。图片是它的第一视角，可以看到它已经突破大气层，下方是广袤的大陆和一条波光粼粼的河，显然是琉光河。

[世界]西红柿炒鸡蛋：游梦要破产，所以天降陨石，大家一起game over？

[世界]彩虹豆：或者人们受陨石的影响会变丧尸，新活动是末日生存，对付丧尸大潮？

[世界]酒肉穿肠：我去，有点带感，我要选丧尸阵营。

[世界]醒与醉：+1

[世界]眼泪不值钱：为啥？

[世界]装腔作势：因为能追得人们嗷嗷叫唤[大笑]

[世界]马甲不好穿：当了那么久的人，也该换换口味吃点人了……

[世界]生死白头：我提议咱们那天都选丧尸，一起围攻两位大佬。

[世界]板蓝根：好主意！

方景行吃完晚饭一上线就看见了这两条消息，诧异地冒了泡。

[世界]暗冥：什么丧尸？

[世界]最强召唤师：新活动[截图]

[世界]镜中人：别听他们的，我觉得是打外星人。

[世界]藏书：醒醒，外星人也不靠谱好吗[笑哭]

方景行迅速弄清了来龙去脉，有些想笑，余光扫见身边的封印师动了动，知道是回来了，便上前说了一下这件事。

如意的人都在小湖边挂机，这时也陆续上线，闻言好奇地凑过去，既不信是打外星人，也不信是要变丧尸。

　　苟盛："最大的可能是受辐射的影响，野怪发生变异，让人打怪吧。"

　　本宫最美："或者是砸到某个村子，开启一段剧情，让咱们过去调查？"

　　情深长寿："反正比打丧尸靠谱。"

　　王飞鸟："我还挺想打丧尸的。"

　　榨紫："你可以祈祷一下。"

　　事实证明祈祷是没用的。

　　几天后，官博发布具体公告，说是这颗陨石能散出神秘力量，给玩家带来一场难忘的奇幻之旅。要成功找到陨石的坠落点，得先在指定NPC那里接任务，一点点调查才行。

　　玩家们大战丧尸或外星人的期望破灭，只好耐心等着游戏更新，到了那天纷纷上线，想看看究竟有多难忘。

　　姜辰和方景行照例组在一起，找到了指定NPC。

　　NPC是主城神殿外一位凭栏眺望的老者，他穿着神职工作人员的白袍，表情很是慈祥，见到玩家时一怔，过了两三秒才开口，温和地询问他们来神殿是否有事。

　　姜辰身为队长，自动回答："我们昨晚看见一道亮光划破夜空，觉得不同寻常。"

　　老者点头："神殿这边已经收到了消息，你们对这事有兴趣？"

　　姜辰道："有点好奇。"

　　"据说是在星安镇附近，你们可以去问问那里的人。"老者说完再次望向前方，看着热闹的城市，笑着问，"这碎星城漂亮吗？"

　　姜辰："漂亮。"

　　老者对他们微微一笑："路上注意安全，去吧。"

　　任务刷新：前往星安镇。

　　姜辰又试着对了一次话，见没有新的剧情，便和方景行离开神殿，到了星安镇。

　　游戏活动不像隐藏剧情那么坑，不需要玩家把所有的NPC过一遍，而是给得很直白。姜辰他们很容易就找到了第一个NPC，他告诉他们东城的一位镇民或许知道详情。于是他们找到镇民，做了几个简单的任务，得知坠落点在山上，据说那东西有些邪门，山上的野兽都更凶了。

　　哦，还是要打怪。

　　二人很淡定，接完任务就上了附近的山。

　　这是幕席山，海拔很高。姜辰只在打赏金墙的时候来过两三次，之后就很少过来了，大概游梦也觉得这里太冷清，便安排了一颗陨石。

山上的野怪以前是被动怪,如今全成了主动怪,且身上蔓延着一层暗色的星光。二人试着打了一个,发现它们的攻击力稍微调高了点,但并不难。他们边打边走,很快遇见了一支神殿派来调查的小队,跟着这支队伍做了两个任务,在一条岔口分开,踩着崎岖的山石,慢慢到了山顶。

这里被砸出一个深坑,坑底立着块石头,正往外散着点点星光,和小怪身上的如出一辙。

姜辰扫了一眼任务条,见上面的"找到天降之物"依然没有变成"已完成",便知道他们得下坑。

他们目测了一下这个高度,然后直接跳了下去,带着三分之二的血到了陨石的面前。姜辰摸上陨石,想看看能否拾取,这时只听"咔嚓"一声,陨石从中间裂开,一圈暗蓝色的弧光霍然散开,瞬间笼罩住他们。他们眼前一花,回神后便发现二人正站在一处山坡上,四周林木青翠,鸟语花香,和光线昏暗的幕席山完全不同。

姜辰问道:"副本?"

方景行:"可能,不是说会来一场奇幻之旅吗?"

他们面前只有一条路,二人便顺着山路往下走,片刻后看见了一栋木屋。木屋外躺着一个十岁左右的小男孩,头上带着新鲜的伤,衣着破破烂烂,特别凄惨。

小男孩听见脚步声,艰难地看向了他们。

系统自动进入剧情,二人把他抱进屋,为他处理伤口,之后询问这是什么地方。

小男孩虚弱地答道:"这……这是幕席山。"

二人同时一怔。

方景行笑了:"有点意思。"

姜辰还在过剧情,没办法发表看法,确认道:"幕席山?"

小男孩:"是啊。"

他说完缓过了这口气,挣扎地爬起来,想要下床。

姜辰按住他:"干什么?"

小男孩哽咽道:"我得去救我姐姐,我姐姐被坏人抓走了。"

姜辰和方景行都很懂,心想这应该就是他受伤的原因了。

姜辰通过对话得知了事情的始末,山脚下的小镇里有一位只手遮天的祭司,他多年统治着这块土地,弄得民不聊生,最近更是过分,以"有邪气"为由派人抓了很多女孩,不知要干什么。

姜辰说:"你去了也没用。"

小男孩红着眼咬牙道:"那我也不能什么都不做!"

姜辰和方景行自然是要帮忙的，决定陪他一起下山。

小男孩十分感激，但仍劝了劝，告诉他们那些人不好对付。姜辰表示没关系，他们很厉害。小男孩便抓住了这根救命稻草，跟着他们下山，问道："大哥哥，看你们的衣服不像是这里的人，你们是从哪里来的？"

姜辰："碎星城。"

小男孩："碎星城在哪儿？"

姜辰："在山的南边。"

小男孩"哦"了声，不问了。

姜辰终于结束了这段剧情，看向方景行。

方景行："这里没有碎星城，或者他消息闭塞没听过碎星城，二选一。"

姜辰："第一个。"

不然这段剧情加得没意义。

方景行笑道："我也这么觉得。"

不一样的幕席山、很可能不存在的碎星城，他们要么是到了平行世界，要么就是到了不同的时代。二人带着这点疑问下了山，见所谓的小镇十分落后，镇口有块破败的木板，写着三个字：霍迭镇。

祭司这次疯得尤其厉害，把周围村子的女孩抓完，便将魔爪伸向了小镇上的人，他今天抓了一批新的。

姜辰和方景行过来时就见被抓的人正抱头痛哭。这些人见到小男孩和他头上的伤，听说他姐姐也被抓走了，抱着他又是一通大哭，得知两位玩家要帮着小男孩救人，顿时都跟着揭竿而起，准备推翻祭司的暴政。

方景行粗略一数，发现只有二十个NPC，说道："对话试试。"

姜辰没意见，他对这事很好奇，想多收集一点资料，便挨个对了一遍话，得到一个信息——这个霍迭镇的镇名是祭司亲自取的，人们决定弄死祭司后改一个新名字。

方景行想到他们来时的星安镇，说道："那咱们大概率是到了以前的某个时代。"

姜辰"嗯"了声，带着这些人直奔神殿，从门口一路打进去，终于见到了祭司。

祭司是个满头白发的老人，眼眶里都是血丝，看着就很不正常的样子。对于人们的造反他极其愤怒，扬着法杖就要弄死他们。

跟来的人正在和神殿的喽啰打，姜辰和方景行便对上了这疯老头。

方景行挑眉："这伤害是不是有点高？"

姜辰："血槽也厚。"

只靠他们两个够呛扛得过……二人的脑中不约而同闪过这一念头，不过还是没有退缩，仍在往前顶，想着能打多少是多少。

不知不觉耗了五分钟，就在他们都只剩一丝血皮的时候，只听凌乱的脚步声自殿外响起，随即冲进来一群身穿白袍的人。为首的一个二十出头，手里也拿着法杖。

祭司惊怒："你们是谁？"

年轻人说道："是来收你的人。"

祭司一声没吭，扭头就跑。

姜辰："……"

方景行："……"

你会不会尿得太快了一点？

然而剧情并不考虑玩家的心情，后院有条暗道，祭司竟然逃跑成功了。年轻人自我介绍说是上面派来的祭司，由于政治中心一直在内战，加之信件速度慢，他们没精力管理周边地区，直到新锐派取得胜利才开始逐一进行大清洗。

他们搜了搜祭司的书房，得知疯老头是想在九星连珠的那一天血祭99个处女，练成禁术，以此获得称霸大陆的力量。

年轻人顿时变了神色："一定要阻止他！"

任务刷新：**寻找祭司**。

姜辰察觉胳膊被小护士戳了戳，明白是到点了，便和方景行各自下线吃饭。下午两点再次集合时，见世界频道都在讨论这件事。

[世界]生死与共：说白了就是穿越时空回到过去呗。

[世界]我是个杀：这有啥好难忘的[抠鼻]

[世界]镜中人：就是，还不如大战外星人呢。

[世界]爱吃火锅：想要丧尸[委屈]

[世界]王飞鸟：丧尸+1

[世界]情字当头：丧尸和外星人的画风那么歪，想也知道不可能好吗！

姜辰收回目光，看向方景行。

方景行说道："中午没休息的人已经找到祭司了，猜猜在哪儿？"

姜辰简单一想，说道："幕席山？"

方景行笑道："聪明。"

姜辰估摸着后世的幕席山会变成那个样子，大概率是这疯老头的锅。

他猜得没错，等他们带着一群NPC赶到幕席山时，疯老头已经开始念咒了。地面画着复杂的法阵，被抓来的少女集体昏迷，按照一定规律躺在阵中，马上要成为祭品。

今天不是九星连珠之日，祭品也没收集全，但疯老头被众人围攻，显然是等不了了，想要强行催动法阵。

年轻人急忙道："快打断他！"

姜辰和方景行冲过去，再次对上疯老头。年轻人紧随其后，和他们一起攻击。他的手下则趁着这个空当救出昏迷的少女，抱着她们远离法阵。

双方打了两分钟，疯老头突然大吼一声，一副失智的样子，紧接着就见法阵中发出了一道道暗光。

年轻人道："不好，他强行以身祭阵，法阵被催动却没有足够的祭品，能量肯定会反噬回来，快走！"

疯老头实力强劲，法阵又是传说中的禁术，两者加在一起，能量显然会很恐怖。众人狂奔下山，抬头只见黑雾蔓延，群鸟离巢，光线变得暗淡，成了姜辰和方景行熟悉的幕席山。

人们惊恐不安："他……他死了吗？"

年轻人说："肯定死了。"

但这里不再适合人类居住，想恢复到从前大概要几十年才行，小男孩和姐姐得搬家。年轻人得知这事，看了一眼小男孩，微微一怔，上前对他做了简单的测试，说道："你有当祭司的潜质，既然没地方去，那要不要跟着我走？"

小男孩："祭司？"

年轻人笑得温和："嗯，当一个为人们着想的好祭司。"

小男孩愣了愣，坚定点头："好。"

姜辰和方景行也没闲着，接了任务后开始帮年轻人处理后续的事宜，看着年轻人在镇民的请求下把镇子改成了"星安镇"，便跟着他到了这个时代的主城，见这里正在大兴土木。

据年轻人说这里以前饱受战乱，城市被摧毁了大半，因此人们在一点点建造新的家园。

方景行望着这熟悉的轮廓，笑道："碎星城啊。"

年轻人接收不到他的语音，继续往下说，觉得他们实力很强，询问他们愿不愿意留下定居。姜辰自动接话，回答"同意"，再次接到任务，也投入到了建设当中。

二人不紧不慢地打了三天，这天终于收集齐了 NPC 要的材料。

有个工人低头一看，笑了："你们看这块木材上的花纹，像不像狮子？"

二人看过去，发现果然很像。

姜辰回了一个"嗯"。

工人道："放在桥中间吧，多别致。"

任务刷新：搭桥。

这个任务有系统工具，他们只要操作工具一点点搭好就行，并不难。姜辰和方景行从下午搭到入夜，成功搭好整座桥，站在栏杆前望着下方的琉光河，正要发表感想，只见一道亮光扫过来，他们一下子被罩在了里面。

剧情给了一个上帝视角，年轻人得知他们消失，带着小男孩赶到现场转了转，没有发现半点线索，直到有人说今晚是九星连珠。

年轻人看向小男孩："他们有没有说是从哪里来的？"

小男孩："说是从碎星城来的。"

年轻人惊讶："碎星城？"他低声喃喃，"这座城市恰好要取名叫碎星城，巧合？"

小男孩没有听清："什么？"

年轻人很快镇定下来，摸摸他的头："没什么，那咱们这座城市也叫碎星城好了。"

小男孩："真的？"

年轻人："真的，这里是他们的家。"

剧情结束，姜辰和方景行眼前一花，回到了幕席山的山顶。陨石大概是把能量都消耗完了，正在一点点碎裂，很快消散得无影无踪。神殿派来的小队恰好赶来，见他们站在坑底，便询问他们有没有什么发现。

姜辰自动给了句"没有"，和方景行爬上去，跟着他们离开了。

二人对视一眼，快速回到主城，找到他们当年建的桥，见中间果然有一块狮子花纹的木头——可能是以前就有的，也可能是这次更新后新加的，不管是什么，都让人有一种成就感。

此时世界频道上那些通关的人也很激动。

[世界]生死与共：我收回之前的话，穿越时空太好了！

[世界]镜中人：你们看见这棵树没有，这是我当年亲自种的[截图]

[世界]青蓝色：这棵是我种的，都长这么高了[大哭]

[世界]藏书：中心广场的砖是我搬的。

[世界]诗人不望天：我也搬了！

[世界]本宫最美：太好哭了[捂嘴流泪]

[世界]糖葫芦：虽然是套路，但我愿意咬这个钩！我真的太感动了，原来碎星城的建设也有我的一份[大哭][大哭][大哭]

方景行简单问了一圈，得知任务分几个种类，有些搬砖，有些种树，还有一些是铺广场。

镜中人正好路过，上前和他们打招呼，好奇道："你们是什么任务？"

方景行指着脚下："这座桥是我们建的。"

"……"镜中人道，"为什么你们的任务那么高大上！"

双方把过程叙述了一遍，得到一个结论，任务的难易很可能和两次打疯老头的伤害量有关，两位大佬的组合实在太霸气，所以拿到了搭桥的工作。

几句话的工夫，频道上再次炸锅，原因是人们发现凭栏眺望的老者就是当年的年轻祭司，而如今主城的祭司则是那个小男孩，便又哭了一轮。

镜中人收到帮会信息，看向两位大佬："他们要在中心广场开宴会。"

因为广场周围的树是玩家种的，广场的砖是玩家搬的，整个广场是玩家一块一块铺出来的，而广场尽头这座桥更是两位大佬搭的。

镜中人："今天不开个宴会，实在说不过去。"

方景行笑道："好。"

镜中人便跑去通知其他人。

方景行和姜辰再次看了看脚下的琉光河，并肩走过大桥，迈向了热闹的人群。

【番外篇·完】

图书在版编目（CIP）数据

该我上场带飞了 / 一世华裳著.
—武汉：长江出版社，2021.4
ISBN 978-7-5492-6822-1

Ⅰ.①该… Ⅱ.①一… Ⅲ.①长篇小说—中国—当代 Ⅳ.① I247.5

中国版本图书馆 CIP 数据核字（2021）第 023877 号

该我上场带飞了 / 一世华裳 著

出　　版	长江出版社
	（武汉市解放大道 1863 号）
选题策划	林　璧
市场发行	长江出版社发行部
网　　址	http://www.cjpress.com.cn
责任编辑	江　南
特约编辑	林　璧
印　　刷	北京盛通印刷股份有限公司
版　　次	2021 年 4 月第 1 版
印　　次	2022 年 3 月第 6 次印刷
开　　本	700mm×1000mm 1/16
印　　张	23
字　　数	472 千字
书　　号	ISBN 978-7-5492-6822-1
定　　价	49.80 元

版权所有 盗版必究（举报电话：027-82926804）
（如发现印装质量问题，请寄本社调换，电话 027-82926804）